'효성과 절의' 표상으로서의 고려 遺臣 실기와 그 후예의 祠宇祭禮文

역주 譯註 퇴재선생실기 退齋先生實紀

역주자 신해진(申海鎭)

경북 의성 출생
고려대학교 국어국문학과 및 동대학원 석·박사과정 졸업(문학박사)
현재 전남대학교 인문대학 국어국문학과 교수

저역서 『역주 회당선생문집』(역락, 2009)
『장풍운전』(지만지, 2009)
『소대성전』(지만지, 2009)
『역주 성은선생일고』(역락, 2009)
『역주 창의록』(역락, 2009)
『한국고소설의 이해』(공저, 박이정, 2008)
『조선후기 몽유록』(역락, 2008)
『권칙과 한문소설』(보고사, 2008)
『서류 송사형 우화소설』(보고사, 2008)
『역주 내성지』(보고사, 2007)
『조선중기 몽유록의 연구』(박이정, 1998)
이외 다수의 저역서와 논문

역주 譯註 퇴재선생실기 退齋先生實紀

초판 인쇄 2009년 12월 15일
초판 발행 2009년 12월 23일

원저자 신 우
역주자 신해진
펴낸이 이대현
편 집 권분옥·이소희·추다영·이태곤
펴낸곳 도서출판 역락
주 소 서울 서초구 반포4동 577-25 문창빌딩 2층
전 화 02-3409-2060(편집부), 2058(영업부)
팩 스 02-3409-2059
등 록 1999년 4월 19일 제303-2002-000014호
이메일 youkrack@hanmail.net

정 가 28,000원
ISBN 978-89-5556-748-9 93810

'효성과 절의' 표상으로서의 고려 遺臣 실기와 그 후예의 祠宇祭禮文

역주 譯註 퇴재선생실기 退齋先生實紀

申　祐 원저
申海鎭 역주

머리말

선조에 좋은 것이 있는데 알지 못하면 밝지 못한 것이요,
알면서도 후세에 드러내어 전하지 못하면 어질지 못한 것이다.
先祖, 有善而弗知, 不明也 ; 知而弗傳, 不仁也.

한 사람의 삶은 긴 역사적 시야로 보면 한 점(點)에 불과하리라. 그러나 그것이 가풍으로든 향풍으로든 국풍으로든 소통의 장에서 이어진다면 불가시적이나마 선(線)이 될 것인바, 그 선의 궤적을 찾아 거슬러 올라가는 작업에 지난 1년 동안 나의 모든 정력을 쏟아 부었다고 해도 과언은 아닐 성싶다. 올 1월에 나의 12대조 『역주 창의록』(호계공 신적도)을 출간한 계기로 6월에 13대조 『역주 성은선생일고』(성은공 신흘)와 9월에 14대조 『역주 회당선생문집』(회당공 신원록)의 출간을 거쳐, 이번에 20대조 『역주 퇴재실기(退齋實紀)』(퇴재공 신우)까지 출간하게 되었기 때문이다. 이 과정은 정녕 고애자(孤哀子)가 된 내 마음의 처연한 아픔을 씻어내는 자기정화 과정이었다고 고백하지 않을 수 없다.

나의 아픔은 남과는 좀 달랐다고 감히 말한다. 태어나기도 전 이미 집안의 어른들에 의해 8대 주손으로서 내정되어 핏줄과의 헤어짐을 일찍이 겪어야 했다. 뿐만 아니라, 회자정리(會者定離)라고는 하지만 나를 낳아준 부모님들도 남들보다 빨리 돌아가시고, 게다가 바로 밑 남동생도 내 품에서 숨지는 소리까지 들려주며 떠나갔다. 이 이별은 일시적인 것이 아니라 이승에서의 영원한 헤어짐이라 가슴 저민 아픔이었다. 네 분이나 되는 부모를 모실 수 있게 된 복이 나도 모르는 사이에 곁을 떠나갔고, 그것도 모자라 남동생과의 행복까지 앗아갔던 것이다. 이러한 성장과정에서 돌아가신 할아버지께서는 8대 주손으로서의 역할을 잠재화시켜 주셨고, 지난 6월에

돌아가신 양어머니는 가슴으로 보듬어 주시며 그것을 늘 일깨워주셨다. 곧, 8대 주손이란 '굵은 선' 위에 있는 존재임을.

나는 이와 같은 자신의 존재 이유를 한동안 망각한 채 그저 앞만 보고 달려왔다. 그런데 작년에 우연한 기회로 나의 혈통, 곧 역사적 한 점으로서만 존재하고 있는 선조들의 삶을 찾아 나서게 되었다. 역사적 한 점으로만 있게 된 데는 그 분들 탓이라기보다는 남긴 유산을 제대로 읽어낼 수 없는 후손들의 탓이었다. 한문문화의 지형 안에 있는 유무형의 유산들을 한글문화의 권역으로 끌어내야 하는 공력(功力)이 필요했다. 이 공력은 무한한 인내와 험난한 고통이 수반되었지만, 많은 음덕을 베풀어준 분들을 위해서라도 기꺼이 해야만 했다. 그 계선(系線)을 찾아 올라가노라니, 결국 근원을 찾지 않을 수 없었다. 그 결과, 현재까지 남아 전해지는 문헌상으로 볼 때 아주신가의 존재를 세상에 알려지게 한 장본인이라고 할 수 있는 퇴재공(退齋公) 신우(申祐)와의 조우는 운명적인 것인지도 모르겠다. 약 700년 전의 선조를 만나 뵈려니 옷깃을 여미어야 했다.

퇴재공은 고려조에서 봉상대부(奉常大夫) 사헌부장령(司憲府掌令), 전라도 안렴사(全羅道安廉使)를 지냈다. 충혜왕(忠惠王) 5년(1344), 공을 「신호위 보승(神號衛保勝) 섭호군(攝護軍)」에 임명한 왕지(王旨)를 집안에서 보관해 오고 있다. 공은 고려 말 정치가 혼란하여 결국 조선조가 개창되자, 그 주도세력과 이념을 달리하여 야은(冶隱) 길재(吉再)와 손잡고 함께 남쪽으로 내려왔다. 이때 공은 상주(尙州) 만경산(萬景山)으로, 야은은 선산(善山) 금오산(金烏山)으로 들어갔다. 야은은 퇴재공의 아우 신면(申勉)의 딸과 결혼했으니 조카사위이다. 조선이 개국된 후, 태조 이성계는 왕이 되기 전의 친구였던 공을 형조판서라는 벼슬을 주며 여러 차례 불렀으나 죽음을 무릅쓰고 끝내 뿌리쳐 응하지 않았으니, 충신이면 두 임금을 섬기지 않는 절의 정신을 보여준 것이다. 이러한 정신은 상주 만경산(萬景山)을 두고 송경을 바라본다는 뜻을 붙여 망경산(望京山)으로 새겼던 데서도 잘 알 수 있다. 이처럼 공은 이성계가 조선을 건국하자 이를 반대하고 끝까지 고려에 충성을 바치고 지조를 지키기 위해 두문동에 들어갔던 제현들의 강직한 정신을 그대로 지녔던 터라, 두문동서원(杜門洞書院)에 봉안되었다. 공은 이러한 절의뿐만 아니라, 효성도 지극하였다. 부친상을 당하여 무덤 곁에 3년 동안 하루도 빠지지 않고 여묘살이를 했는데, 그의 효성에 천지신명도 감명한 탓인지 무덤 앞에 두 그루의 청죽(靑竹)이 돋아나니, 당시 사람들은 이를 효성에서 비롯된 일이라며 칭송하였다. 그 마을 입구에 '효자리'라 새긴 표지석을 세우게 했다 한다. 그리하여 상주의 속수서원(涑水書院)에 배향되었다. 이러한 퇴재공의 사적을 기록한 ≪퇴재실기(退齋實紀)≫가 2권 1책의 목활자본으로 1908년 신돈식(申敦植)에 의해 간행되었다. 책머리에 김도화(金道和)와 16세손 신돈식이 쓴 서문 및 신씨 세계(申氏世系)가 있고, 책 끝에 유도헌(柳道獻)이 쓴 발문이 있다. 그런데 내용은 모두 일반문집에서는 부록에 해당하는 것이라 할 수 있으니, 공이 지녔던 절의정신과 철저히 은둔하려 했던 데서 비롯된 것이라 하겠다.

그렇지만 낭중지추(囊中之錐)라 했던가. 공의 효행과 절의는 저절로 사람들에게 알려지는 바가 되었고, 300여 년이 지나서 이에 대한 실기(實記)로서의 묘표(墓表)가 1628년 우복(愚伏) 정경세(鄭經世)에 의해 지어졌다. 묘표를 지으면서 참고했던 여러 문헌의 기록과, 그 후의 전승 자료들은 ≪퇴재실기≫에는 소개되어 있지 않아서 '퇴재 신우 선생 유적'이라 하여 이 역주서에 함께 소개하였다. 이는 말 그대로 낭중지추의 면모를 드러내기 위해 내 나름대로 생각해낸 방안이었다. 실낱같은 단초들이 어떻게 축적되어 왔는지, 그 흔적들을 발견할 수 있으리라. 그런데 '밀성지(密城誌)' 또는 '여지지(輿地誌)', '승람(勝覽)' 등에 기록되어 있다고 한, '그 몸을 깨끗이 하여 진퇴출처의 도(道)를 얻었다.(皎潔其身, 能得行藏之道.)'는 문구를 뒷받침할 만한 자료는 아쉽게도 찾을 수가 없었다. 특히, 경북 의성군 단밀면과 관련된 '밀성지'는 그 존재 여부조차 확인할 수가 없었다.

한편, 우복 정경세는 묘표를 쓰면서 자신이 '상주 고을의 후학이자 먼 외손이라.(顧余尙鄕之末學, 而於公又外裔也.)' 하여 공과의 관계를 언급하였다. 이는 ≪우복선생문집(愚伏先生文集)≫ 권18에 <고려안렴사신공묘표(高麗按廉使申公墓表)>로 그대로 수록되어 있다. 이 언급을 확인하기 위해서 참으로 고생했다. 진주정씨 어사공파의 족보에서는 직접적으로 확인할 수가 없었고, 어사공파 관계자들에게도 문의했지만 별로 소득이 없었다. 그러다가 최현(崔晛)의 ≪인재선생문집(訒齋先生文集)≫에 수록된 <삼인사적(三仁事蹟)> 가운데 '경은선생(耕隱先生)'에서 실마리를 찾아낼 수 있었다. 곧, "先生娶直提學金成美之女(善山人, 爲尙州按廉使申祐之壻), 生四男一女. 男一曰朝散大夫行大丘敎授恂, 嫡孫淸河縣監堺源, 外派有修撰李德洙, 都事李德泗(淸州), 判書鄭經世(尙州). 曰惴, 外派有縣監李軫・李輔(軍威), 承旨崔晛(善山), 進士申適道, 掌令申達道, 佐郎申悅道(義城). 曰悙, 外派有牧使金涌, 進士李榮男. 曰怡, 外派有進士金安節, 生員金光繼(禮安), 進士朴弘慶, 幼學宋光弘(善山). 女適輔德朴斯悌."이다. 이맹전(李孟專)이 김성미(金成美)의 따님을 부인으로 취했는데 그 김성미가 퇴재공의 사위였으니, 이맹전은 퇴재공의 외손서였던 것이다. 또한 회당공 신원록의 처 증조부이기도 하다. 결국 정경세를 필두로 최현, 이덕수와 이덕사(송시열의 장인) 형제, 이진과 이보의 형제, 김수일(학봉 김성일의 둘째 형)의 아들 김용, 의병장 김해의 아들 김광계 등 모두가 아주신가의 먼 외손들이었던 셈이다. 그리고 김성미는 선산(善山) 김씨 14세손으로 비록 방계라고는 하나 16세 김숙자(金淑滋)・17세 김종직(金宗直) 부자의 족조(族祖)뻘이다.

이로 보건대, 퇴재공은 김성미를 사위로, 길재를 조카사위로, 이맹전을 외손서로 혼인관계 맺으면서, 상주와 선산 일대가 강직한 절의와 사림의 고장으로 자리를 잡는데 수좌(首座) 역할을 했을 것으로 짐작할 수 있다. 김숙자・김종직 부자의 정신적 사부가 바로 길재였음을 상기한다면 더욱 그러하다. 이 시기 이들의 정신적 유산을 물려받은 후세대가 바로 신원록,

신흘, 신적도로 이어지는 아주신가 3대와 신적도 3형제, 정경세, 최현 등이었다고 가정할 수 있을 것이다. 이제, 퇴재공의 자리매김을 정확히 할 때가 되었다. 그러나 공은 철저히 은둔했기 때문에 남겨진 문헌이 전혀 없다. 그럼에도 700년 후손의 욕심으로 공의 발자취를 더 드러내지 못함을 아쉬워한다면 숭조(崇祖) 정신이 부족함일런가.

또 퇴재공의 친손 및 외손들 가운데는 이른바 읍지(邑誌)를 남달리 간행한 특징이 있다. 성은공 신흘(申仡)은 ≪용사사적(龍蛇事蹟 : '난중사적'이라고도 함)≫을 당시 실록청에 찬진해 올렸는가 하면, 그 아들 난재공(懶齋公) 신열도(申悅道)는 의성의 ≪문소지(聞韶誌)≫를, 성은공의 이종사촌이기도 한 인재(訒齋) 최현은 선산의 ≪일선지(一善誌)≫를 간행하였다. 이들과 교분이 깊었던 창석(蒼石) 이준(李埈)도 ≪상산지(商山誌)≫를 간행한 바 있다. 물론 다른 측면의 목적도 있었겠지만, 임진란 직후에 백성들의 피폐한 생활상을 조사한 것임을 염두에 둘 때 그들의 읍지 편찬 활동은 평가할 만한 것이다. 따라서 읍지사(邑誌史)에 있어서 이들의 선구자적 개별 역할뿐만 아니라 동호인적 의식지향도 아울러 살펴볼 필요가 있는 것으로 여겨진다.

이 책이 나오기까지 많은 분들의 은혜를 입었다. 이준(李埈)이 1617년 찬정한 ≪상산지≫에 공과 관련된 기록이 있음을 알고 문의하는 과정에서 최근 이를 번역한 김자상 선생의 친절한 도움을 받았으며, 상주문화원은 번역된 책자를 보내주었다. 또한 진주정씨 어사공파 정재극 선생이 뒤늦게나마 최근 간행된 족보를 보내주어서 확인한 결과, 우복 모친의 외가가 벽진 이씨(외조부 : 李蘭)여서 최현의 언급이 확인되었다. 정 선생의 두터운 성의와 친절한 말씀도 가슴에 새긴다. 이 밖에도 군청, 문화원, 읍사무소, 면사무소, 여러 종친회 등 담당자의 도움을 받았다. 모든 분들께 진심으로 감사드린다.

그리고 일일이 다 열거할 수는 없지만 두터운 정성과 과분한 말씀까지 베풀어 주신 신문(申門) 일가들께도 머리 숙여 감사의 말씀을 올린다. 또한 크고 작은 일을 겪을 때마다 흔들리지 않도록 버팀목이 되어 주신 종조 신문섭, 숙부 신기표, 당숙 신기동·신기수, 재당숙 신기호·신기용 등 집안 어른들께도 복배하는 바이다.

끝으로 편집을 맡아 수고해 주신 역락 가족들의 노고에도 심심한 고마움을 표한다.

2009년 12월

빛고을 용봉골에서

신해진 謹識

차 례

머리말 / 5
일러두기 / 15
퇴재 신우 선생 유적 / 17

번 역

신퇴재선생실기 서 / 김도화 ········· 39
서 / 신돈식 ········· 41
신씨 세계 ········· 43

[권 1]

묘표 / 정경세 ········· 47
묘에 비를 세우는 고유문 / 신달도 ········· 50
속수서원 봉안문 / 김응조 ········· 51
상향축문 / 신열도 ········· 52
속수서원 봉안시 고묘문 / 신적도 ········· 54
우재 손중돈 선생에게 고하는 글 / 신열도 ········· 55
상주 사림들의 통지문 ········· 56
속수서원 경현사 상량문 / 이원규 ········· 58
경현사기 / 권진한 ········· 62
제쌍죽도 / 홍석기 ········· 65
한식날 사포 선영에 배알하다 / 신채 ········· 69
제묘문 / 안응창 ········· 70
난재 배문록 / 신열도 ········· 71
사적 / 신황 ········· 72
또 / 신체인 ········· 76

유허비명 / 채제공 ………… 81
속수서원 명륜당 중수 상량문 / 조목수 ………… 84
명륜당 중수기 / 조학수 ………… 89
신도비명 / 류도헌 ………… 93

[권 2]

부록 후손 사우제례문
이산서원 상량문 / 남몽뢰 ………… 99
장대서원 풍영루 상량문 / 홍만조 ………… 104
회당 선생 봉안문 / 이현일 ………… 107
상향축문 / 이유장 ………… 109
오봉 선생 봉안문 / 김계광 ………… 110
상향축문 / 이유장 ………… 114
매강사 정은 선생 봉안문 / 류심춘 ………… 115
상향축문 ………… 119
단구서원 상량문 / 류주목 ………… 120
호계 선생 봉안문 / 이돈우 ………… 125
상향축문 ………… 128
난재 선생 봉안문 ………… 129
상향축문 ………… 132
인재 선생 봉안문 ………… 133
상향축문 ………… 136
영귀서당 통지문 ………… 137
장대서원 통지문 / 김석유 ………… 138

발 / 류도헌 ………… 140

원문과 주석

申退齋先生實紀 序 / 金道和 ········· 145
序 / 申敦植 ········· 148
申氏世系 ········· 150

[卷 1]

墓表 / 鄭經世 ········· 155
竪碣告由文 / 申達道 ········· 159
涑水書院奉安文 / 金應祖 ········· 160
常享祝文 / 申悅道 ········· 162
涑院奉安時告墓文 / 申適道 ········· 163
告由孫愚齋先生文 / 申悅道 ········· 164
尙州士林通文 ········· 166
涑院景賢祠上梁文 / 李元圭 ········· 168
景賢祠記 / 權震翰 ········· 172
題雙竹圖 / 洪錫箕 ········· 175
寒食謁蛇浦先塋 / 申垛 ········· 179
祭墓文 / 安應昌 ········· 180
懶齋拜門錄 / 申悅道 ········· 181
事蹟 / 申熿 ········· 182
又 / 申體仁 ········· 188
遺墟碑銘(幷序) / 蔡濟恭 ········· 192
涑院明倫堂重修上梁文 / 趙沐洙 ········· 195
明倫堂重修記 / 趙學洙 ········· 203
神道碑銘(幷序) / 柳道獻 ········· 207

[卷 2]

尼山書院上樑文 / 南夢賚 …… 213
藏待書院風詠樓上梁文 / 洪萬朝 …… 220
悔堂先生奉安文 / 李玄逸 …… 224
常享祝文 / 李惟樟 …… 226
梧峯先生奉安文 / 金啓光 …… 227
常享祝文 / 李惟樟 …… 231
梅岡祠靜隱先生奉安文 / 柳尋春 …… 232
常享祝文 …… 234
丹邱書院上梁文 / 柳疇睦 …… 235
虎溪先生奉安文 / 李敦禹 …… 242
常享祝文 …… 245
懶齋先生奉安文 …… 246
常享祝文 …… 248
忍齋先生奉安文 …… 249
常享祝文 …… 251
詠歸書堂通文(丹邱書院營建時) …… 252
藏待書院通文(丹院揭虔時) / 金奭裕 …… 253

跋 / 柳道獻 …… 255

찾아보기 / 257
[부록] 退齋實紀 影印 / 265

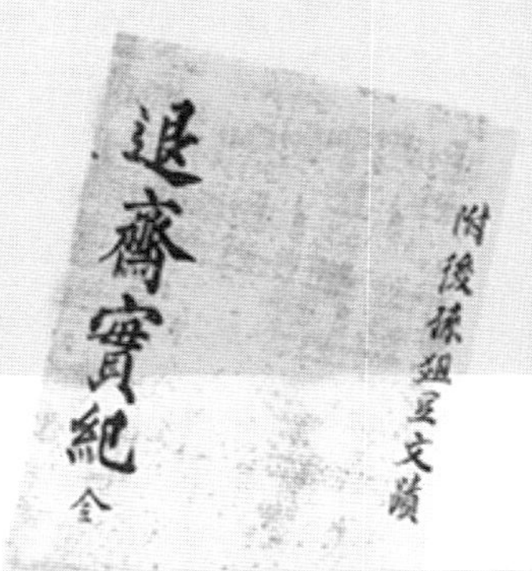

일러두기

이 책은 다음과 같은 요령으로 엮었다.

1. 역문은 직역을 원칙으로 하되, 가급적 원전의 뜻을 해치지 않는 범위 내에서 호흡을 간결히 하고, 더러는 의역을 통해 자연스럽게 풀고자 했다.
2. 원문은 저본을 충실히 옮기는 것을 위주로 하였으나, 활자로 옮길 수 없는 古體字는 今體字로 바꾸었다.
3. 원문표기는 띄어쓰기를 하고 句讀를 달되, 그 구두에는 쉼표(,), 마침표(.), 느낌표(!), 의문표(?), 홑따옴표(' '), 겹따옴표(" "), 가운데점(·) 등을 사용했다.
4. 주석은 원문에 번호를 붙이고 하단에 각주함을 원칙으로 했다. 독자들이 사전을 찾지 않고도 읽을 수 있도록 비교적 상세한 註를 달았다.
5. 주석 작업을 하면서 많은 문헌과 자료들을 참고하였으나 지면관계상 일일이 밝히지 않음을 양해바라며, 관계된 기관과 여러분들께 진심으로 감사드린다.
6. 이 책에 사용한 주요 부호는 다음과 같다.
    1) (　) : 同音同義 한자를 표기함.
    2) [　] : 異音同義, 出典, 교정 등을 표기함.
    3) "　" : 직접적인 대화를 나타냄.
    4) '　' : 간단한 인용이나 재인용, 또는 강조나 간접화법을 나타냄.
    5) < > : 편명, 작품명, 누락 부분의 보충 등을 나타냄.
    6) 「　」 : 시, 제문, 서간, 관문, 논문명 등을 나타냄.
    7) ≪≫ : 문집, 작품집 등을 나타냄.
    8) 『　』 : 단행본, 논문집 등을 나타냄.

퇴재 신우 선생 유적

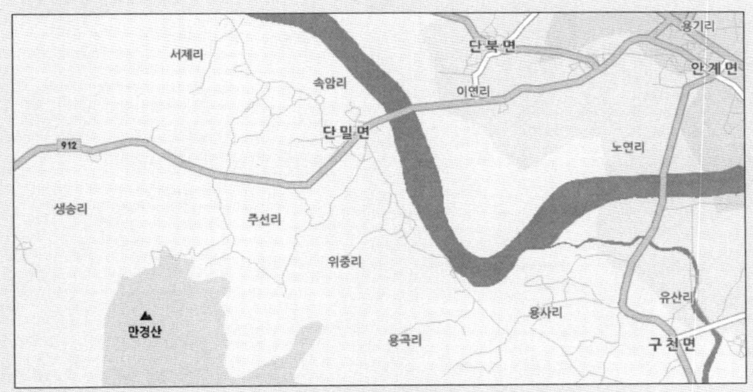

단밀(丹密)은 통일신라시대 사벌국(沙伐國) 문소군(聞召郡)에 예속된 현이었다가, 고려조에 와서 상주목(尙州牧)의 직할현으로 유지되었고, 조선조에서도 역시 그대로 현이었다가 1895년 5월 지방관제 개편에 따라 상주군 단밀면에 속했던 것이 현재는 의성군 단밀면이다.

이 단밀면의 생송리(生松里)에는 밤실 또는 율리(栗里)라고 불리는 자연부락이 있는데, 주선리(注仙里)와 이웃해 있다. 마을 바로 서편에 낙동강이 흐르고 북에서 남으로 강을 접한 긴 강둑에 밤나무가 무성한 숲을 이룬데서 붙여진 이름이라 한다. 퇴재공이 이곳에서 은거생활을 시작한 것으로 보인다.

그리고 주선리(注仙里)에는 퇴재공의 정려각(旌閭閣)이 있고, 속암리에는 속수서원이 자리잡고 있다. 한편, 구천면(龜川面) 용사리(龍蛇里)에는 퇴재공의 묘소와 재사(齋舍)가 있다.

여지승람(輿地勝覽)의 의성 상주 선산 일대

퇴재 선생 묘소 : 의성군 구천면 용사리 산 39

일성록 정조 10년(1786) 9월 7일

한성부(漢城府)가 아뢰기를,

"의성의 유학 신정보(申鼎普) 등이 상언에서, '저의 선조 안렴사(按廉使) 신우(申祐)는 고려의 명신이고 향사(鄕祠)에 배향된 현인으로, 상주(尙州)에 거처를 정하여 분산(墳山)이 원사(院祠)를 바라다보는 곳에 있습니다. 그런데 뜻하지 않게 작년 봄에 상주의 향품(鄕品) 김익권(金益權)이 안산(案山)을 서로 마주 대하는 요해처(要害處)에 자기 아비를 투장(偸葬)하였습니다. 그래서 본관에 정소하니, 본관이 선조의 외가 후손이었으므로 사건을 맡는 것은 부당하다고 인혐(引嫌)하여 영문(營門)으로 옮겨서 보고하고 선산(善山)의 관아로 송사를 옮겼습니다. 선산의 관아에서 파서 옮기라는 뜻으로 김익권에게서 다짐을 받고, 파서 옮기는 문제는 다시 상주의 관아로 옮겨서 정하였습니다. 그러나 본관이 처음부터 끝까지 부당하다고 인혐하니, 삼가 바라건대 기간을 정해 파서 옮기게 해 주소서.'라고 하였습니다. 선산의 관아에서 이미 파서 옮기도록 공초를 받았다면 송사의 이치로 보아 파내야 하는 것을 알 수가 있습니다. 그런데도 상주목(尙州牧)이 외가의 후손이라고 하여 인혐하는 것은 너무 지나친 것이니, 도신으로 하여금 다시 엄히 관문을 보내어 속히 처결하게 하는 것이 어떻겠습니까?"

하여, 그대로 따랐다.

漢城府又啓言："義城幼學申鼎普等上言：'以爲渠之先祖, 按廉使申祐, 卽高麗名臣, 鄕祠腏食之賢, 而卜居尙州, 墳山在於院祠相望之地。不意昨春, 尙州鄕品金益權, 偸葬其父, 於案山相對切害處。故訴於本官, 則本官以先祖外裔之故, 引嫌不當, 轉報營門, 移訟善山官, 則善山官, 以掘移之意, 捧侤音於益權, 掘移一款, 更爲移定于尙州官。而終始引嫌不當, 伏乞刻期掘移矣.' 善山官, 旣以掘移捧, 供可見訟理之當掘。而尙州牧之, 以外裔引嫌, 未免太過, 請令道臣, 更爲嚴關, 卽速處決." 從之。

— 한국고전번역원 사이트에서

신우 유허비각(申祐 遺墟碑閣)

-의성군'향토유적
-경상북도 의성군 단밀면 주선2리

공은 고려말엽 개성에서 태어났으며 호는 퇴재(退齋)이고, 사헌부 장령과 전라도 안렴사(按廉使)를 역임하였다. 태조 이성계가 등극하여 형조판서로 불렀으나 이를 뿌리치고 아주신씨(鵝洲申氏) 의성 입향조이며 판도판서를 지낸 아버지를 모시고 단밀 땅으로 내려와 은거 하였다.

효성이 지극하여 아버지가 세상을 떠나자 구천면 청산리에 장사를 지내고 3년을 하루같이 시묘하였다. 시묘동안 공의 정성이 지극하여 상(喪)이 끝나자 묘 앞에 쌍죽이 돋아났다고 하는 이야기가 구전 되어 오고 있다. 이러한 공의 효행이 세상에 알려지자 동국여지승람과 삼강행실록에 등재되고 정려(旌閭)가 내려졌으며, 그가 살던 마을을 효자리(孝子里)라 부르고, 비명(碑銘)도 효자리비(碑)로 하였다.

비각은 창건 이후 여러차례 중수가 있었고 특히 1992년에는 의성군의 지원과 지역민의 정성을 모아 2칸으로 증축 보수하였다. 드높은 기개로 절의를 다한 충신이자 효자였던 공을 제향(祭享)하는 속수서원(涑水書院)이 가까운 곳(북쪽)에 있다.

권세와 물욕에 집착하는 현실의 세태에서 돌이켜 보면, 절의와 효행의 길을 스스로 지켜 이 땅에 충효의 맥을 잇게 한 공의 유훈(遺訓)이 오늘날 우리들의 삶에 경종을 울린다.

2005. 9. 25

의 성 군 수

속수서원의 경현사와 명륜당 : 의성군 단밀면 속암리 78

신우의 고려조 왕지王旨

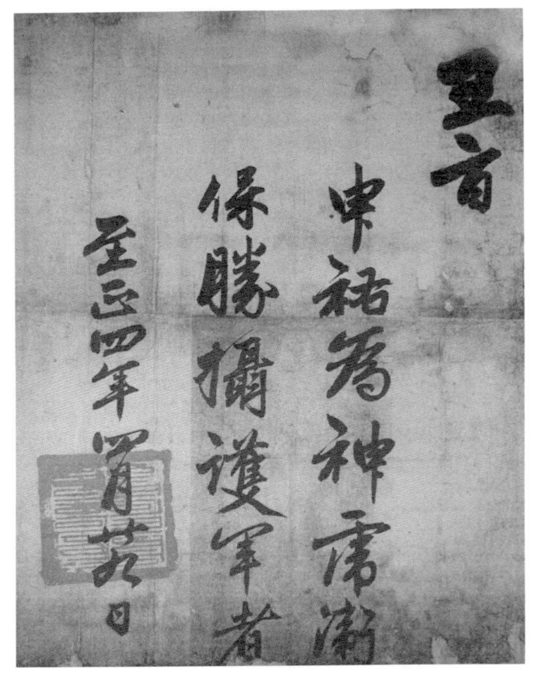

王旨
申祐爲神虎衛
保勝攝護軍者
至正四年四月廿九日

申祐, 爲紳虎衛保勝攝護軍者。至正四年四月廿九日。

신우를 신호위 보승의 섭호군에 임명한다.

지정4년(1344, 忠惠王 5) 4월29일.

* 퇴재 선조의 유일한 유품인 고려 왕지가 아주신가 8세손 언양공(彦陽公) 신사렴(申士廉)의 주손 신정환(이제는 고인이 되었다 함.)에 의해 소중하게 보존되어 있다. 민선 대전시장을 역임한 신기훈에 의해 1980년 이 사본들이 뜻있는 집안에 배포되었으며, 2005년 1월 9일 KBS의 "진품명품" 프로그램에 출품됨으로써 처음으로 세상에 알려졌다.

왕지(王旨)란

봉건시대 사령장(辭令狀) 제도인 왕지는 고려 및 조선 개국 초 국왕이 관원에게 내리는 각종 문서로서, 교지(敎旨)와 같은 의미이다. 조선시대 교지는 많이 보이지만 현존하는 조선시대 왕지도 흔치 않다. 조선조 초기의 왕지에는 연월일 위에 '朝鮮國王之印(조선국왕지인)'이라는 새보(璽寶)가 찍혀 있는데, 세종 7년(1425) '왕지'가 '교지'로 바뀌면서 이 새보도 '施命之寶(시명지보)'로 바뀌었다.

신호위(神虎衛)란

고려시대 중앙군의 조직으로 육위(六衛 : 좌우위, 신호위, 흥위위, 금오위, 천우위, 감문위) 중의 하나. 육위 중 가장 핵심은 좌우위·신호위·흥위위로서 수도 개경(開京)의 수비와 변방에 대한 국경방위의 임무를 맡았다. 신호위는 보승(保勝)과 정용(精勇)의 두 부대로 나뉜다. 보승은 5령(領)으로, 정용는 2령으로 조직되었다. 1령은 정규군 1,000명으로 구성되었다.

보승(保勝)이란

고려시대 중앙군인 육위(六衛)와 지방군인 주현군(州縣軍)을 구성한 단위부대. 육위에는 좌우위(左右衛) 10령, 신호위 5령이 각각 두어져 모두 15령이 있었고, 주현군에는 5도(道) 및 경기(京畿)에 모두 8,600여 명이 배치되어 있었다.

섭호군(攝護軍)이란

고려 말 조선 초에 사용하던 무관직. 고려 때는 2군(軍) 6위의 장군(將軍 : 정4품)에 해당하였는데, 원(元)나라가 고려 조정을 내정간섭하면서 원나라와 같은 직제와 호칭은 모두 바꾸도록 하는 치욕을 당하여, '장군'이란 칭호는 섭호군(攝護軍)으로 개칭된다. 이것이 조선 태종 초까지 사용되다가 1467년(세조 13) 관제개혁 때 부호군(副護軍)으로 개칭하고 법제화되었다.

동국신속삼강행실도 신우 거려

東國新續三綱行實圖 申祐 居廬

申祐居廬

新續孝子圖卷一 四十

護軍申祐尚州人父版圖判書元儒卒祐居廬三年有二竹生于墳

前人以爲孝感所致 旌閭

호군신우ᄂᆞᆫ샹쥐사ᄅᆞᆷ이니아비판도판셔원유죽거늘우삼년

거려ᄒᆞ더니두대무덤앏피나거늘사ᄅᆞᆷ이ᄡᅧᄒᆞ요ᄃᆡ효감의날

원배라ᄒᆞ더라 정녀ᄒᆞ시니라

〈풀이〉

호군 신우는 상주 사람이다. 아비 판도판서 원유가 죽자, 우가 삼년 거려하였더니, 두 대나무가 무덤 앞에 났다. 사람들이 효도의 감응으로써 이루어진 것이라 하였다. (조정에서) 정려하시었다.

동국여지지 경상도 상주목 인물 고려 신우

東國輿地志 慶尙道 尙州牧 人物 高麗 申祐

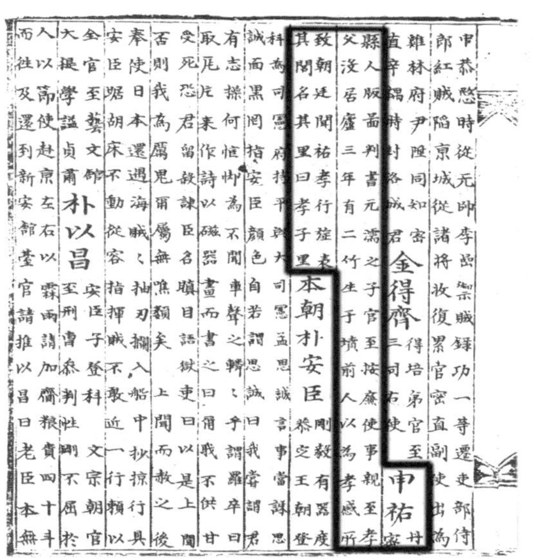

申祐, 丹密縣人, 版圖判書元濡之子, 官至按廉使。事親至孝, 父沒居廬三年, 有二竹生于墳前。人以爲孝感所致, 朝廷聞祐孝行, 旌表其閭, 名其里曰孝子里.

신우는 단밀현 사람으로 판도판서 원유의 아들이고 관직은 안렴사에 이르렀다. 부모를 섬김에 효성이 지극하여 아버지가 죽자 여묘살이 3년을 하니 묘 앞에 두 그루의 대나무가 솟아났다. 사람들은 효성에 감응하여 이루어진 것으로 여겼고, 조정에서 우의 효행을 알고 그 마을에다 정표하니 마을이름을 효자리로 부르도록 했다.

신증동국여지승람 상주목 효자 고려 신우

新增東國輿地勝覽 尙州牧 孝子 高麗 申祐

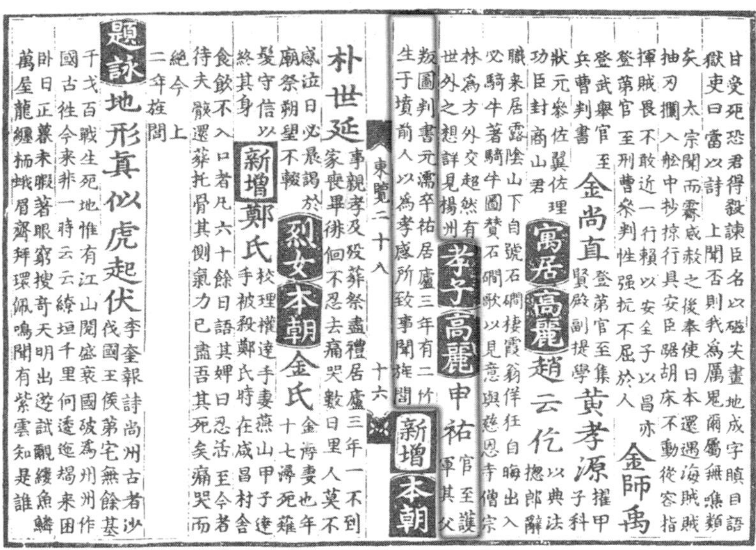

甘受死恐君得殺諫臣名以磁尖畫地成字瞋目語獄吏曰當以詩上聞否則我爲厲鬼爾屬無噍類矣太宗聞而霽威赦之後奉使日本還遇海賊賊抽刃攔入船中抄掠行具安臣踞胡床不動從容指揮賊畏不敢近一行賴以安全子以昌亦登第官至刑曹參判性强抗不屈於人

金師禹 登武擧官至兵曹判書

金尙直 登第官至集賢殿副提學

黃孝源 擢甲科狀元參佐翼佐理功臣封商山君

寓居 高麗 趙云仡 以典法摠郞辭職來居露陰山下自號石磵棲霞翁佯狂自晦出入必騎牛著騎牛圖贊石磵歌以見意與慈恩寺僧宗林爲方外交超然有世外之想詳見楊州

孝子 高麗 申祐 官至護軍其父版圖判書元濡卒祐居廬三年有二竹生于墳前人以爲孝感所致事聞旌閭

新增 本朝 朴世延 事親孝及歿葬祭盡禮居廬三年一不到家喪畢徘徊不忍去痛哭數日里人莫不感泣日必晨謁於廟祭朔望不輟

烈女 本朝 金氏 金府妻也年十七溺死蘿髮守信以終其身

新增 鄭氏 校理權達手妻燕山甲子達手被殺鄭氏時在咸昌村舍食飲不入口者凡六十餘日語其婢曰忍活至今者待夫骸還葬托骨其側氣力已盡吾其死矣痛哭而絶今上二年旌閭

東覽二十八 十六

題詠 地形眞似虎起伏 李奎報詩尙州古者沙伐國王侯第宅無餘基千戈百戰生死地惟有江山閱盛衰國破爲州州作國古往今來非一時云云繚垣千里何逶迤揭來困卧日正暮未暇著眼窮搜奇天明出遊試覶縷魚鱗萬屋龍纏栖蛾眉齊拜環佩鳴閒有紫雲知是誰

申祐, 官至護軍。其父版圖判書元濡卒, 祐居廬三年。有二竹生于墳前, 人以爲孝感所致。事聞, 旌閭。

신우는 벼슬이 호군에 이르렀다. 그 아버지 판도판서 원유가 죽자, 우가 3년 동안 여막에서 지냈다. 무덤 앞에 대나무 두 그루가 나니, 사람들은 효도의 감응으로 이루어진 것이라 하였다. 일이 알려져 정려하였다.

대동운부군옥 효자 신우

大東韻府群玉 孝子 申祐

申祐, 尙州人, 號退齋。性至孝, 父判書允濡卒, 廬墓三年。雙竹生墳前, 人稱孝感, 旌閭。我太祖, 以龍潛舊契, 徵拜刑判, 不就。官至按廉使。

신우는 상주 사람으로 호는 퇴재이다. 성품이 지극히 효성스러워 그 아버지 판서 윤유가 죽자 3년 동안 여묘살이를 했다. 무덤 앞에 두 그루의 대나무가 나니, 사람들은 효도의 감응으로 이루어진 것이라 했고, 정려되었다. 조선조 태조가 왕 되기 전의 친구라 하여 형조판서 벼슬을 주며 불렀으나 응하지 않았다. 관직은 (고려조에서) 안렴사에 이르렀다.

* ≪대동운부군옥≫은 권문해(權文海, 1534～1591)가 1589년에 집필이 완료된 책이다.

상산지 인물편 신우

商山誌 卷二 人物 申祐

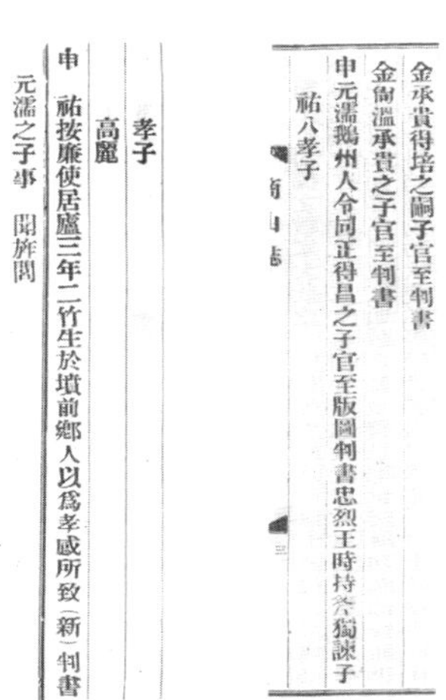

金承貴得培之嗣子官至判書
金倘溫承貴之子官至判書
申元濡鵝州人令同正得昌之子官至版圖判書忠烈王時持斧獨諫子
祐八孝子

孝子
高麗
申祐按廉使居廬三年二竹生於墳前鄉人以爲孝感所致（新）判書
元濡之子事聞旌閭

申元濡, 鵝洲人, 令同正得昌之子, 官至版圖判書。忠烈王時, 持斧獨諫, 子祐。// 申祐, 按廉使, 居廬三年, 二竹生於墳前, 鄕人以爲孝感所致。(新) 判書元濡之子, 事聞旌閭。

신원유는 아주인으로 영동정 득창의 아들인데 관직이 판도판서에 이르렀다. 충렬왕 때 부월을 손에 쥐고 홀로 간언했다. 아들은 우가 있다.

신우는 안렴사로 여묘살이 3년을 하니 두 그루의 대나무가 묘 앞에 솟아나자, 마을사람들은 효도에 감응하여 일어난 것으로 여겼다. (추가) 판서 원유의 아들로 그러한 일이 알려져 정려되었다.

* ≪상산지≫는 1617년 부제학(副提學)으로 있던 이준(李埈)이 찬정(纂定)하여 상주 옥성동(王成洞)에 소장한 것을, 1749년에 낙향 중이던 권상일(權相一)이 명가(名家)의 보첩(譜牒)과 여러 문적을 수집 보충하여 완성본을 만들었다. 이것을 다시 1832년 9월에 성재규(成在奎)・황찬희(黃贊熙)・김우곤(金遇坤)・조술립(趙述立)・채주욱(蔡周郁) 등이 수정 증보한 것이다. 위의 사진은 1929년 상산지간행소가 송돈활(宋暾活) 주도로 간행한 ≪상산지≫에서 인용한 것이다.

조선환여승람 의성군 절의 신우
朝鮮寰輿勝覽 義城郡 節義 申祐

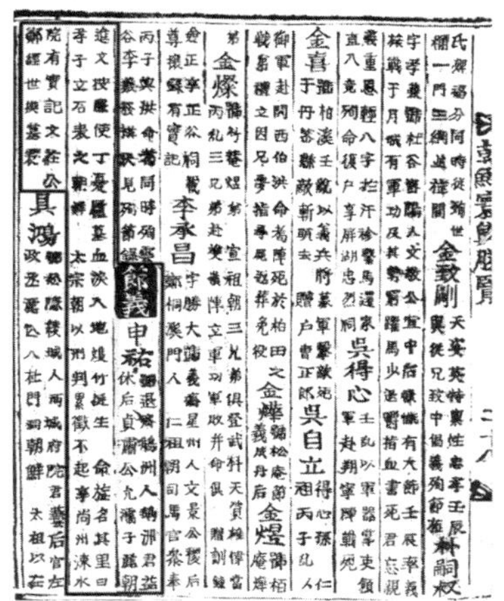
朝鮮寰輿勝覽

節義 申祐 號退齋鵝洲人鵝洲君益休后貞肅公允濡子麗朝進文按廉使丁憂廬墓血淚入地雙竹挺生命旌名其里曰孝子立石表之朝鮮太宗朝以刑判累徵不起享尚州涑水院有實記文莊公鄭經世撰墓表

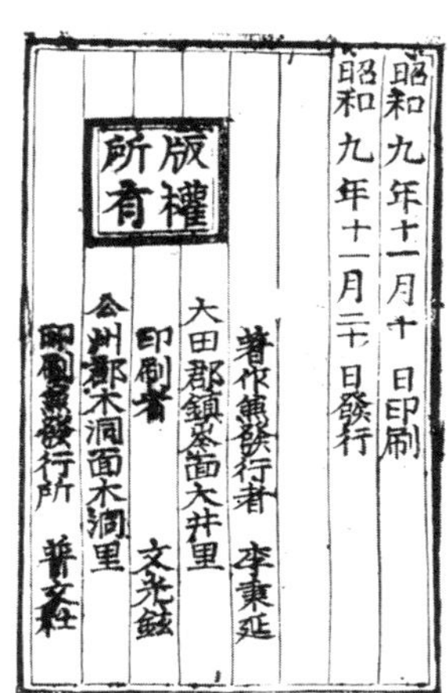
昭和九年十一月十日印刷
昭和九年十一月二十日發行

版權所有

著作兼發行者 李秉延
大田郡鎭岑面大井里

印刷者 文光鉉
公州郡木洞面木洞里

印刷兼發行所 普文社

申祐, 號退齋, 鵝洲人。鵝洲君益休后, 貞肅公允濡子。麗朝, 進文按廉使。丁憂廬墓, 血淚入地, 雙竹挺生。命旌, 名其里曰孝子, 立石表之。朝鮮太宗朝, 以刑判累徵, 不起。享尙州涑水院, 有實記文莊公鄭經世撰墓表。

신우의 호는 퇴재요, 아주인이다. 아주군 익휴의 후손이자, 정숙공 윤유의 아들이다. 고려조에서 문관 안렴사에 올랐다. 부친상을 당하여 여묘살이를 하며 흘린 피눈물이 땅을 적셔 두 그루의 대나무가 우뚝 솟아났다. 그가 살던 마을을 '효자리'로 명명하고 표지석을 세우도록 했다. 조선의 태종이 형조판서로 여러 번 불렀으나 나아가지 않았다. 상주의 속수서원에 제향되어 있고, 실기로는 문장공 정경세가 찬한 묘표가 있다.

* 역자 주 : 종종 다른 문건에도 이와 같이 조선조 태종에 의해 벼슬자리를 제의받은 것처럼 되어 있으나, 이는 '태조(太祖)'의 오류이다.

두문동서원 퇴재 신선생 봉안문

杜門洞書院 退齋申先生奉安文

退齋申先生奉安文。并實蹟
先生諱祐鵝州人版圖判書貞肅公元濡之子官按廉
使從三品 父喪廬墓三年有雙竹生于墳前號堂以雙竹
事聞命旌名所居里曰孝子刻石立之麗運訖遂隱于
尙州萬景山日望松岳恨不死國 太祖有舊契以刑
判屢徵矢死不就享尙州涑水書院
嗚呼先生膺期鍾精孝感天神志秉春王遭麗運訖之死
罔僕杜門不仕名垂無極凡在衿紳疇不欽仰况値陽九
益切羹墻幸玆士林慕義創祠新廟赫赫杜門之址於焉
妥侑肸蠁千禩共義諸賢儼臨孱儀培植綱常光前迪後
杜門洞書院示參十三 奉安文 二二
高風尙凜芳躅不朽將事之始潔薦虔誠願垂顧享佑啓
文明

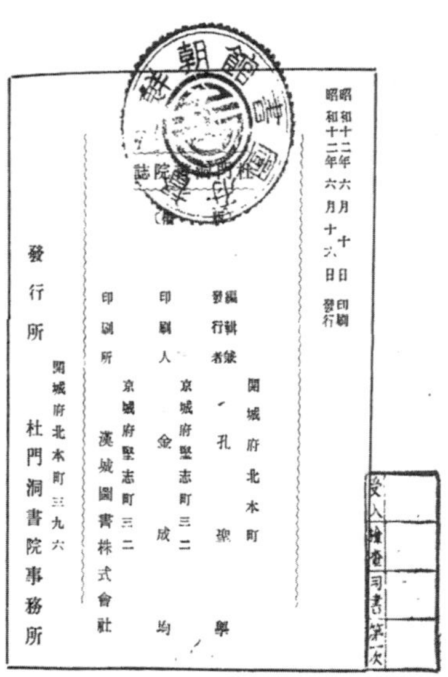
昭和十二年六月十日印刷
昭和十二年六月十六日發行
編輯兼發行者 開城府北本町 孔祺學
印刷人 京城府堅志町三二 金成均
印刷所 京城府堅志町三二 漢城圖書株式會社
發行所 開城府北本町三九六 杜門洞書院事務所

先生諱祐，鵝州人，版圖判書貞肅公元濡之子，官安廉使(從三品)。父喪廬墓三年，有雙竹生于墳前，號堂以雙竹，事聞命旌，名所居里曰孝子刻石立之。麗運訖，遂隱于尙州萬景山，日望松岳，恨不死國。太祖有舊契，以刑判屢徵，矢死不就。享尙州涑水書院。

嗚呼先生，膺期鍾精. 孝感天神，志秉春王. 遭麗運訖，之死罔僕[1]. 杜門不

※ 이 봉안문과 번역문은 신해진, 『역주 창의록』(역락, 2009)의 207~209면을 전재하였다.
1) 罔僕(망복) : 망국의 신하로서 의리를 지켜 새 왕조의 신복이 되지 않으려는 절조를 말함.

仕, 名垂無極. 凡在衿紳, 疇不欽仰. 況値陽九[2], 益切羹墻[3]. 幸玆士林, 慕義創祠. 新廟赫赫, 杜門之址. 於焉妥侑, 肹蠁千禩. 共義諸賢, 儼臨縟儀. 培植綱常, 光前迪後. 高風尙凜, 芳躅不朽. 將事之始, 潔薦虔誠. 願垂顧享, 佑啓文明。

선생은 이름이 우(祐)이고 관향이 아주인데, 판도판서(版圖判書)였던 정숙공(貞肅公) 원유(元濡)의 아들로서 벼슬은 안렴사(安廉使, 종3품)를 지냈다. 부친상을 치르고 3년간 여묘살이를 했는데, 무덤 앞에 쌍죽(雙竹)이 돋아나자 당(堂)을 쌍죽이라 부르니, 조정이 이 일을 알고 정려비(旌閭碑)를 내리면서, 살고 있는 마을에다 '효자리'라 새긴 돌을 세우도록 하였다. 고려가 망하자 상주(尙州) 만경산(萬景山)으로 은둔하였는데, 날마다 송악(松岳)을 바라보며 고려를 위해 죽지 못한 것을 한스러워 했다. 조선조 태조(太祖)가 임금이 되기 전의 친구였던지라 여러 번 형조판서(刑曹判書)로 불렀으나 죽기로 맹세하고 나아가지 않았다. 상주 속수서원(涑水書院)에 배향되어 있다.

오호라! 선생은 때에 응하여 나온 이로 정기를 모아 태어났으니, 효성은 천신(天神)을 감동케 하였고, 지조는 춘왕일통(春王一統)의 대의를 지켰었어라. 고려의 운명이 다하여 망하자 죽음을 무릅쓰고 망복(罔僕)의 의리를 지키려고, 문을 닫아걸고는 벼슬길에 나아가지 않았으니 그 명성이 후세에

殷나라가 장차 망하려 할 무렵 箕子가 "은나라가 망하더라도 나는 남의 신복이 되지 않으리라.(商其淪喪, 我罔爲臣僕.)"(≪書經≫<微子>)라는 말에서 유래한다.

2) 陽九(양구) : 엄청난 災厄을 일컫는 말. 陰陽道에서 數理에 입각하여 추출해 낸 말로, 4천 5백년 되는 1元 중에 陽厄이 다섯 번 陰厄이 네 번 발생한다고 하는데, 1백 6년 되는 해에 양액이 발생하기 때문에 그런 이름이 붙여졌다고 한다.(≪漢書≫<律歷志 上>)

3) 羹墻(갱장) : 어진 이를 사모하는 말. "舜이 堯를 사모하여, 앉아 있을 적에는 요임금을 담에 뵙는 듯하고, 밥 먹을 적에는 요임금을 국에서 뵙는 듯했다."(≪後漢書≫<李固傳>)라는 말에서 유래한다.

길이 전하네. 무릇 벼슬아치들이야 누군들 흠모하여 우러르지 않겠는가마는, 하물며 난세를 만나 더더욱 간절히 어진 이를 사모함에랴. 다행히 이렇게 사림(士林)들이 의로운 이를 사모하여 사당을 창건하니, 두문동 유지(遺址)엔 새 사당이 빛나고 빛나는구나. 어느덧 진실로 봉안(奉安)하기에 마땅하여 제수를 올리오니 천년토록 흠향하옵고, 절의를 함께한 제현들도 엄연히 성대한 의식에 임하소서. 강상(綱常)을 배식하면서 선현을 빛내고 후세를 이끌어 주었나니, 높은 풍도는 여전히 늠름하고 훌륭한 행적도 썩지 않고 우뚝하여라. 비로소 이제야 제사를 받들려고 깨끗이 잔과 제수를 경건하고 정성스레 갖추었으니, 바라건대 흠향하시고 문명성대를 도와서 계도해주옵소서.

— ≪杜門洞書院志≫, 두문동서원사무소, 1937, 228-229면

퇴재선조 정려각 중수 상량문

退齋先祖 旌閭閣 重修 上樑文

이것은 1882년 4월 25일 신시(申時 : 오후 3시~5시)에 네 번째 중수하면서 17세손 희직(熙稷)이 짓고 15세손 면류(冕鎏)가 쓴 상량문인데, 1992년에 전사(轉寫)한 것이다. 오자(誤字)와 결자(缺字)가 있고 순서의 착종(錯綜)까지 있어 원문교정을 할 필요가 있다. 현재 아주신씨 대종회는 이 상량문을 교감하고 있으며, 2010년 발간 예정인 대동보에 실을 예정인 것으로 안다. 나는 이 자료를 초교(初校), 초역(初譯) 및 주석 작업을 한 바 있다.

번 역

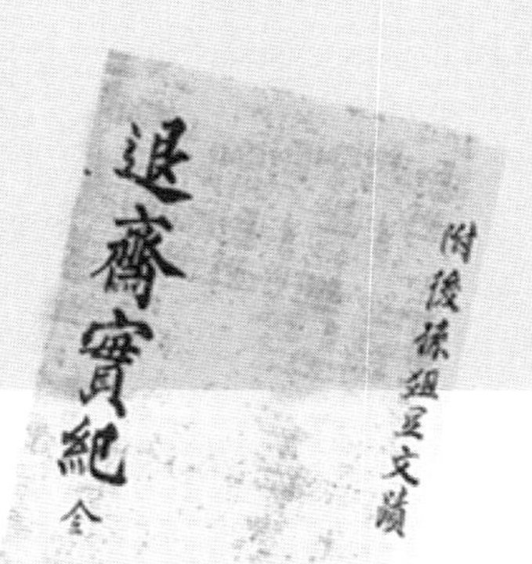

신퇴재선생실기 서/申退齋先生實紀序

저 옛날 고려의 사직이 무너질 때, 포은(圃隱 : 정몽주의 호) 선생이 죽고 운곡(耘谷 : 元天錫의 호) 처사가 떠났으니 그 뜻은 똑같았던 것이다. 그런데 죽는 것을 기꺼이 받아들이는 것과 떠나는 데에 발을 들여놓는 것이 사람들은 그런 줄을 알지 못했으나, 오직 퇴재(退齋) 선생 신공(申公)임에랴.

아! 공은 충효와 절의가 대대로 드러났던 집안에서 탁월한 행적이 있었으니, 부모를 섬김에 있어서는 처음부터 끝까지 조금도 게을리 하지 않았고 피눈물이 땅을 적시니 대나무 두 그루가 높이 솟아났으며, 임금을 섬김에 있어서는 청렴결백함을 스스로 지켰고 풍모가 늠름하니 안렴사로 특별히 뽑혔도다.

그런데 북풍이 씽씽 부는 데다 기상이 아름답지 못하니 기미를 보고는 조금도 지체하지 않고 그 지조를 돌처럼 확고부동하게 지켰으며, 산천이 옛날과 다른 데다 천명(天命)까지 등돌리니 망연자실하고도 조선조의 신복(臣僕)이 되지 않고 저 제(齊)나라 노중련(魯仲連)이 동해에 빠져 죽을지언정 진(秦)나라 백성이 되지 않겠다고 한 높은 절개를 본받았다. 이야말로 이른바 제 시체가 구렁텅이에 버려짐을 생각지 않고 스스로 선왕(先王)에게 뜻을 바친 것이리로다.

오호라! 당시 상자 속에 간직해둔 공의 발자취들이 노(魯)나라 군주 때문에 숨기던 습속에 얽매여 감히 세상에 크게 드러나지 않았으나, 사가(史家)들이 수록한 후에는 현인(賢人)들이 기술하였다. 그리하여 우복(愚伏) 정경세(鄭經世) 선생이 공의 묘표(墓表)를 짓고, 번암(樊巖 : 채제공의 호) 문숙공(文

肅公)이 또 공의 유허비명(遺墟碑銘)을 지었는데, 누에 실을 뽑아내는 여인네와 같은 뛰어난 필치로 써서 족히 백세토록 증거하여 믿을 수 있게 되었으니, 어찌 문적(文蹟)이 없고 전해지지 않음을 한할 것이랴.

그럼에도 후손 돈식(敦植)은 아직 선조의 일을 상고할 만한 문헌이 없음을 많이 두려워하였지만, 선대에서 모아둔 바와 선배들의 글 및 후손들의 글을 취하여 실기(實紀) 한 책으로 묶어서 대략 공의 생애를 보이고, 족질(族姪) 양환(亮煥)을 시켜 못난 나에게 서문을 부탁하였다. 스스로를 돌아보건대 늙고 혼미한 데다 문장에 능한 자가 아니지만, 세상에 유례가 없는 감회를 이기지 못하여 책머리에다 삼가 한 마디의 말을 쓴 것이 이와 같을 뿐이노라.

1908년 9월 의금부도사 문소(聞韶 : 의성의 옛 명칭)

후인 김도화(金道和) 삼가 서문을 쓰다.

서/序

우리 태조(太祖)께서 용이 구름을 얻어 하늘로 올라가듯 새 왕조를 일으키시니 사람과 귀신이 다 귀의하였으나, 포은(圃隱) 정몽주(鄭夢周)와 야은(冶隱) 길재(吉再) 두 선생만은 죽거나 떠나가서 임금과 신하 사이의 근본 도리를 지키고 영원토록 명성을 세웠도다. 우리 선조 퇴재공(退齋公) 같은 분은 고려가 망할 즈음에 의리상 조선의 곡식을 먹을 수 없다 하여 조선의 벼슬을 받지 않으셨고, 훌쩍 홍곡(鴻鵠) 마냥 대번에 날아서 상주(尙州)의 만경산(萬景山)에 숨으시고는 그 산의 이름을 '망경(望京)'이라 새겨 송경(松京)을 바라본다는 뜻을 붙였으니, 대저 죽을망정 의리를 지키셨고 떠나는데도 지혜로우셨다.

두문불출하고서 종적을 감춘 채 어버이를 지극한 효성으로 섬기고 3년을 여묘(廬墓)하니 두 그루 대나무가 높이 솟아났다. 그럼에도 후세 사람들이 묘소 앞의 석물(石物)에 새긴 글이나 사우제향(祠宇祭享)의 글에서 충의(忠義)만 지키셨다고 하는 구절이 적잖게 보이니, 왜 그런가? 아! 아마도 당시의 사적을 시속(時俗)에 얽매여 감히 드러내지 않아서 그런 것이리라.

살피건대, 공은 일찍이 포은 선생을 좇아 사람으로서 마땅히 행해야 할 도리를 들었는데, 고려의 정사가 기강을 잃자 야은 선생을 데리고 고향마을로 돌아왔다. 오호라! 백대의 먼 훗날에 우러러 마음과 자취를 헤아리나니, 어찌 임금과 신하 사이의 근본 도리를 살피고 이 율리(栗里 : 단밀면 생송리에 있는 자연부락)라는 전원을 마련하여 돌아오신 것이 아니랴. 그렇지만 세월이 오래 되고 병화가 끊이지 않아서 공의 아름다운 행실과 보배로운 글들이 한두 가지조차 제대로 전해지지 않으니, 자손들이 공의 덕을 생각하며 정성껏 제사지내는 감회가 응당 어떠하겠는가.

후손 돈식(敦植)이 외람되게도 어리석고 비루한 몸으로 족보 만드는 일을 마치고서 다시금 가만히 생각해 보건대, 우리 아주신씨는 모두 퇴재 부군(退齋府君)의 자손이거늘 상자 속에 간직해둔 문적들이 아직도 간행되어서 널리 전하지 못하고 있으니, 밝지 못하고 어질지 못함이 실로 크게 두려운 바이다. 이에, 선대에서 모아둔 바를 취하여 앞에는 세계도(世系圖)를 싣고, 뒤에는 자손들의 사당(祠堂)과 관련된 글들을 붙여 한 권으로 만들었다. 힘이 겨워 아직까지 못하고 있었으나, 그대로 활자를 사용하여 비정재(比汀齋)에서 간행하기로 하였다. 마음속에 품고 있던 바를 간략히 서술하여, 은미한 것을 드러내고 숨겨진 것을 밝히려는 뜻을 붙일 따름이노라.

17세손 돈식(敦植) 머리가 땅에 닿도록 절하고 삼가 쓰다.

신씨 세계/申氏世系

본관은 평산(平山)이었으나 아주군(鵝洲君)에 분봉된 후에는 이를 관향(貫鄕)으로 삼았다. 아주는 거제(巨濟)의 속현(屬縣)이었으나 지금은 거제부(巨濟府) 아주현이다. 그래도 성씨가 신(申)인 사람들이 많다고들 한다.

포은 정몽주 선생의 문과방목(文科榜目)에 "신인보(申仁甫)는 아주인(鵝州人)"이라 등재되어 있고, 야은 길재 선생의 부인도 또한 아주신씨(鵝州申氏)라 한다. 그런데 '주(州)' 글자에 물수(水)변이 빠져 있지만, 상고해보건대 이 분들은 모두 '아주(鵝洲)'의 신(申)이시다. 물수변이 없으면 본시 '아주(鵝州)'란 글자가 그 연해(沿海)를 지칭할 수 없는 줄 알지 못한 것이므로 물수변이 있어야 할 것이리라. 주(洲)와 (州)는 소리도 같고 글자도 서로 비슷한 까닭에 바꾸어서 쓴 것이다.

또 살피건대, 퇴계(退溪) 이황(李滉) 선생이 찬한 참봉(參奉) 신춘년(申椿年)의 묘갈문(墓碣文)에 "공은 거제인(巨濟人)이다."라 하였고, ≪회당선생효우록(悔堂先生孝友錄)≫ 및 중세의 일문(一門) 가운데는 대소과(大小科)의 방안(榜眼 : 문과 2등으로 급제한 사람)에 든 선현들이 더러 거제(巨濟)라 쓰기도 하고 더러 아주(鵝洲)라 쓰기도 하였는데, 어찌 거제가 아주가 거느리는 군(郡)이 될 것이랴, 단지 아주가 거제에 예속된 현이라서 서로 달리 일컬어 그런 것이리라. 그러나 지금 보건대, 온 일족(一族) 가운데 혹시라도 거제라고 쓰는 이가 없으니, 본래 아주(鵝洲)라고만 부르기로 만일 서로 상의해서 그런 것이라면 어느 시대부터 시작되었는지 알지 못한다. 그런데 집에서 간직하고 있는 옛 서적에 역시 매성후인(梅城後人)이라고 많이 쓰여 있는데, 이

'매성(梅城)'은 거제의 옛 명칭이거나 아주현의 한 이름으로써 또한 매성이라 부른 것이 아닌가 한다.

* 역자 주 : 이 부분에는 시조 신숭겸부터 시작하여 27세손(아주신가 16세손)까지 306명이 소개되어 있는 바, 이는 부록의 영인 자료를 참고하기 바란다.

권 1

묘표/墓表

상주목(尙州牧) 직할의 단밀현(丹密縣)에 돌로 된 작은 표지석이 길옆에 서 있으니, '효자리(孝子里)'라 새겨져 있다. 예로부터 어른들이 전하는 말에 의하면 안렴사 신공(按廉使 申公)이 살았던 곳으로, 그곳을 지나는 사람이면 공경해 마지않았다고 한다.

삼가 살펴보건대, 공의 이름은 우(祐)요, 고려 때 벼슬하여 관직은 장령(掌令)에 이르렀고, 일찍이 전라도 안렴사가 되었다. 고려의 고사(故事)에 의하면, 임금이 필요에 따라서 아주 가까운 신하를 각 지방에 파견하여 명산대천(名山大川)에 드리는 제사를 대행케 하고, 백성들의 풍속을 두루 살피면서 수령 가운데 어리석은 자는 내치고 현명한 자는 승진시키도록 하게하고는 이를 '안렴사(按廉使)'라고 하였으니, 당대의 인물 중에서 극진히 선택된 사람이라 할 것이다.

공은 혼탁한 세상에 처하여서도 능히 몸가짐을 결백하게 하고, 부모 섬김에 효성을 다하였다. 아버지 판도판서(版圖判書) 윤유(允濡)가 돌아가시자 여묘(廬墓)살이 3년을 하면서 아침저녁으로 묘 앞에 목 놓아 슬피 운 그곳에 대나무 두 그루가 돋아나니, 사람들은 이를 지극한 효성에 감응한 것이라 여겼고, 이 일이 조정에 알려져 정려(旌閭)를 내리고 그 마을을 '효자리'로 부르게 한 사실이 국승(國乘) 및 여지승람(輿地勝覽)에 수록되어 있다.

공은 두 아들이 있었으니, 광부(光富)와 광귀(光貴)다. 광부도 두 아들이 있었으니, 현령(縣令)을 지낸 사윤(士贇)과 언양현감(彦陽縣監)을 지낸 사렴(士廉)이다. 그 현손 원복(元福)은 침랑(寢郎)에 제수되었으며, 원록(元祿) 또한 효행으로서 공의 아름다움을 본받아 정려되었다.

공의 8세손으로써 지금 시강원문학(侍講院文學)인 달도(達道)씨는 나와 아주 친하게 지내는 벗이다. 어느 날, 그가 집안 어른의 행장(行狀)을 나에게 보이면서 말했다.

"우리 선조께서 돌아가신 지 이미 수백 년이 지난 데다, 의관을 파묻은 선조의 묘소는 살고 있는데서 동쪽으로 십 리쯤 되는 사포(蛇浦)라는 곳의 신향(辛向)의 언덕에 모셔져 있지만 묘소 가는 길에 아무런 표지석이 없고, 자손들 또한 먼 곳에 흩어져 살고 있어 성묘도 제때에 하지 않은 채 오래도록 버려두어서 마침내 봉분의 흙이 씻겨 나가 평평해지고, 나무꾼이나 목동들이 혹여 선조의 묘소에 오르내리기라도 하면 자손들이라 해도 역시 그곳을 알지 못하게 될까 염려되오이다. 더구나 그 탁월한 행적이 장차 전해지지 않는다면 어찌 슬프고 또한 두렵지 않겠나이까? 족형(族兄) 승지공(承旨公)이 살아 있을 때 이미 나와 모든 일가들과 더불어 비석으로 쓸 돌을 뜨고 비석받침을 갖추어 놓았으나 미처 세우지 못하고 돌아가셨나이다. 이제 바라옵건대, 공이 글을 써주셔서 돌에 새기게 되어 우리 선조의 덕이 후세에 전해질 수만 있다면 그 은혜가 매우 클 것이옵니다. 이에 감히 절을 하고 청하는 바이옵니다."

내가 생각하건대, 안렴공의 효성은 이미 귀신을 감동시키고 천지조화에까지 퍼져서 뚜렷이 사람들의 이목에 남아 있는데, 어찌 거칠고 졸렬한 나의 글이 있어야만 전해지랴? 돌아보건대, 나는 상주 고을의 후학이며 또한 안렴공과는 외가로도 먼 후손인지라, 의리상 사양할 수 없어서 마침내 그 선조의 행장을 상고하여 위와 같이 서술하였다. 공이 조정에서 역임한 벼슬이나 집안에서의 행의(行誼) 등은 세월이 이미 오래 지났고 문적을 살필 수가 없어서 자세히 쓰지 못하였다.

그 자손들은 아주 많아서 이루 다 기록할 수가 없는지라 대략 다음과 같이 기록한다. 현재 조정에 있는 사람은 문학군(文學君) 달도(達道)가 있고,

그의 형 적도(適道)는 상운도 찰방(祥雲道察訪)으로 있으며, 동생 열도(悅道)는 예조좌랑(禮曹佐郎)으로 있다. 이른바 그의 족형 승지는 이름이 지제(之悌)인데, 문명이 있어 대과에 급제하여 선비들의 두터운 신망을 받았으나 불행히도 수를 누리지 못하였다. 그의 아들은 이름이 홍망(弘望)으로 진사이고, 문학군의 아들은 이름이 재(在)와 규(圭)인데 모두 다 준수하고 온아하다. 내가 미처 알지 못하는 사람들도 마땅히 적지 않을 것이니, 신씨가의 복록이 다하지 아니함이라. ≪시경(詩經)≫에 이르기를, "효자의 효도 다함이 없는지라 영원히 복을 받으리로다.(孝子不匱, 永錫爾類.)" 하였고, 또 "군자는 만년토록 영원히 자손과 복을 내려주신다.(君子萬年, 永錫祚胤.)"고 하였으니, 공을 두고 이른 말이 아니겠는가? 오호라! 아름답도다.

1628년 4월 정헌대부 행 홍문관 부제학 지제교 겸 경연참찬관 춘추관 수찬관 예문관 제학 세자좌부빈객 정경세(鄭經世) 짓다.

10세손 진사 홍망(弘望) 쓰다.

묘에 비를 세우는 고유문/竪碣告由文

공손히 생각하건대, 우리 선조께서는 고려 말 걸출한 인물로서 하늘을 감동시킬 만한 효성과 세상의 법도를 뛰어넘는 행동이 천지를 진동하고 역사기록에 찬란히 올랐다.

그런데 지금 300백년이 될 만큼 오랜 세월이 지나도록 묘소 가는 길에 표지석 하나 없으니, 의관을 파묻은 선조의 묘소가 세월이 흘러 장차 봉분의 흙이 씻겨 나가 평평해지기라도 하여 묘소 있는 곳을 알지 못할까, 불초한 모든 후손들이 이것을 걱정하여 서로 재물을 거두어서 비석을 세우기로 하였다. 또한 외손(外孫)인 부제학(副提學) 정경세(鄭經世)에게 당대 공의 행적 가운데 한두 가지라도 대략 써주기를 청하여 돌에다 새겨서 길일을 택하여 세워 (선조의 묘소를) 영구히 보존토록 하였다.

오호라! 제사를 받드는 것은 (이제) 거의 폐함이 없을 것이지만, 후손들에게야 서리나 이슬이 내리는 날이면 선조를 서글피 사모하는 감회가 어찌 다함이 있으리오. 오늘에야 삼가 맑은 술과 여러 가지 제수(祭需)를 갖추어 경건히 아뢰옵나이다.

8세손 통훈대부 세자시강원문학 지제교 달도(達道) 짓다.

속수서원 봉안문/涑水書院奉安文

단밀현(丹密縣)은 상주목(尙州牧)에 있어서 실로 궁벽한 고을인데다 워낙 동쪽으로 치우친 곳이라 향교가 매우 멀었다.

군자가 계시지 않으면 어찌 기풍을 세울 수 있으랴만, 퇴재옹(退齋翁)이 세상에 걸출하게 근본을 세우매 도(道)가 생겼도다. 지성이면 감천이라 피눈물 흘린 곳에 죽순이 돋아나니, 큰 글자로 새긴 표지석을 세웠으매 옛날의 일이건만 혁혁하도다.

우재(愚齋 : 孫仲暾) 어른은 성주(城主)로서 촉(蜀) 땅을 교화시킨 문옹(文翁)이 되니, 뛰어난 치적이 조정에 알려져서 벼슬을 높이어 부르는 조서가 이르렀도다. 깊은 인덕과 후한 은택이 백성들의 뼈와 살에 골고루 미쳤으니, 우리의 두 어진 어른은 앞섰든 뒤섰든 그 행한 법도가 똑같았도다.

세상이 바뀌고 그 사람은 갔어도 훌륭한 자취는 어제와 같으니, 인간의 떳떳한 덕은 누구나 좋아하는 것이라 보답하는 제사를 어찌 소홀할 수 있으랴. 돌아보건대, 생사당(生祠堂)이 규모가 소략하여 하물며 향현(鄕賢)으로라도 제사 한번 아직까지 올리지 못했으니, 합사(合祠)하고 배향(配享)함은 선정(先正)의 가르침이라 이에 새로운 터를 잡아 엄연한 사당을 세웠도다.

산하(山河)가 생동하고 풍광이 더욱 좋은지라, 좋은 날을 택하여 영령(英靈)을 모시나니 술은 향기로우며 제물은 기름지나이다. 날씨도 맑고 영령들이 옆에 와 계신 것같이 정성을 다하여 전범(典範)을 고쳐 새롭게 하였으니, 부디 와서 흠향하시고 우리 후인들을 깨우치소서.

통정대부 사간원 대사간 김응조(金應祖) 짓다.

상향축문/常享祝文

효성은 천지조화에 퍼지고	孝通天地
정성은 쌍죽으로 돋아나니	誠貫雙竹
근본을 세우매 도가 생겨나	本立道生
백대에 본받을 모범이어라.	百代準則
이 고장의 후학들이	鄕邦後學
한결같이 우러러 흠모하와	景慕惟均
이 따뜻한 봄날을 맞이하여	屬玆仲春
삼가 정결한 제사를 올리옵니다.	敬薦精禋

8세손 통훈대부 사간원 사간 지제교 열도(悅道) 짓다.

忠義壇 尹暹 李慶流 朴篪 金浚臣
金鎰
玉成書院 金得培 申潛 金範 李塤
李埈
涑水書院 申祐 孫仲暾 金宇宏
趙靖 趙翊
近巖書院 洪汝河 李德馨
金弘敏 李萬敷 權相一
鳳山書院 盧守愼 沈喜壽 成允諧 丁好
善 金弘微 曺友仁 黃翼

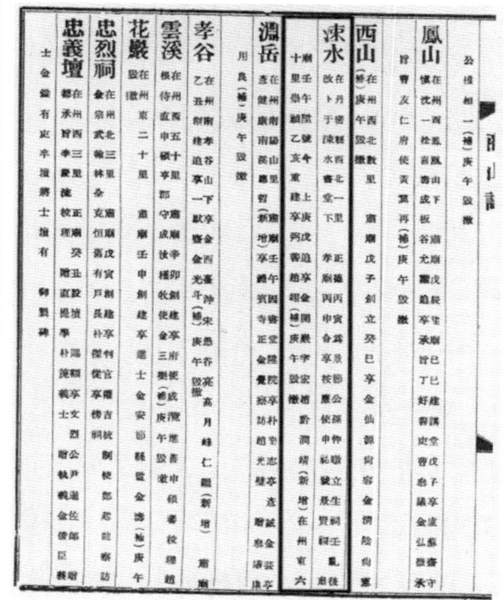
鳳山
西山
涑水
淵岳
孝谷
雲溪
花巖
忠烈祠
忠義壇

〈설명〉

좌측의 ≪경상도지(慶尙道誌)≫ 권9에는 속수서원(涑水書院)에 봉안된 다섯 분에 대한 간략한 소개가 있으며, 우측의 ≪상산지(商山誌)≫에는 속수서원의 내력에 대한 간명한 소개가 있다.

속수서원 봉안시 고묘문/涑院奉安時告墓文

거룩도다, 우리 선조이시여! 고려 말에 걸출한 인물이셨도다. 산악의 정기를 받아 영매(英邁)한 자질을 지니셨고 빙옥 같은 고결한 정신을 품으셨도다. 가정교육을 받으며 스스로 체득하신 바르고 곧은 절조로 조정에서 우뚝하니 관료들이 부끄러워 움츠러들고 무서워 떨었다. 전라도 안렴사로서 강직하고 명석하여 탐관오리들이 숨죽이도록 하고, 저 ≪시경(詩經)≫의 <비풍(匪風)>과 <하천(下泉)>처럼 쇠퇴해 가는 나라를 걱정하였으나 운명이 다함을 어찌할 도리가 없었어라. 스스로 의리에 편안하게 하여 선왕에게 뜻을 바치니 끝내 조선조의 신복(臣僕)이 되지 않으셨고, 오로지 함께 고향으로 돌아와 기꺼이 절의의 발자취를 밟으셨도다. 지극한 효성이 하늘을 감동시켜서 피눈물을 흘린 곳에 대나무가 돋아나니, 돌에다 몇 글자를 새겨서 만세토록 닳지 않도록 했고, 그 마을에다 정문(旌門)을 세워 표창하여 사람들의 이목을 혁혁히 비추게 했어라. 세속을 떠난 은거와 준엄한 행동은 마땅히 제향을 받을 만하여 고을의 후학들이 의견 일치로 사당을 세워 제사를 올리기로 했나이다. 사당에 제사 올리는 옛 뜻을 받들어 오늘이 있기를 기다려서 후손들은 깊이 감사하옵고 삼가 경건히 영령께 아뢰나이다.

8세손 건원릉 참봉 적도(適道) 삼가 짓다.

우재 손중돈 선생에게 고하는 글/告由孫愚齋先生文

생사당에서 옮겨 봉안할 때

꿩도 길들일 교화를 이루어 백성들의 뼛속에 사무칠 정도로 은택을 베풀었거늘, 생사당(生祠堂)에만 받들어 배향(配享)함이 어찌 그 은덕을 보답하는 것에 부합하리오.

더구나 퇴재(退齋) 어르신은 이 고을의 우뚝 빼어난 인물이시라. 피눈물 흘리며 3년을 시묘하니 묘 앞에 두 그루 대나무가 돋아났는지라, 마을 이름[孝子里]으로 판각하여 훌륭한 명성이 백대토록 전해오거늘, 제향을 베풀지 못함은 우리들의 수치로다.

예의상 두 분을 합향(合享)함이 마땅하와, 선비들의 공론이 일치되어 묘우(廟宇)를 세우니 그 사당이 엄숙하도다. 성대한 의식을 거행하려고 사당에 모여 자리를 같이하고서 장차 옮겨 봉안하기 위해 날을 택하니 바로 오늘이라, 감히 연유를 고하며 공손히 변변찮은 술잔을 올리나이다.

* 역자 주 : 이 글은 난재 신열도가 지은 것이다.

상주 사림들의 통지문/尙州士林通文

두 선현을 합향(合享)할 때

고려조에서 안렴사를 지낸 퇴재(退齋) 선생은 우리 고을 분이시다. 부친이신 판서공(判書公)의 상(喪)을 당하여 피눈물 흘리며 3년을 시묘하니, 두 그루의 대나무가 묘 앞에 돋아났다. 이 일이 조정에 알려져 그 마을에다 정문(旌門)을 세워 표창하고 그 마을을 '효자리(孝子里)'라 하여 그가 살던 곳에 표지석을 세우게 하였다. 또 국승(國乘) 및 여지지(輿地誌)를 살피건대, 공의 지극한 효성은 귀신을 감동시키고 천지조화에까지 미친 것이라 하겠다. (결락) 그가 혼탁한 세상에 처하여서도 능히 몸가짐을 결백하게 하여 또한 행하고 숨는 도리에 조금도 잘못이 없었음은 대체로 주위의 사람들이 일찍이 들었던 것이다.

가만히 생각건대, 한 번의 행적으로나 한 가지의 재예(才藝)만으로 이름난 사람도 모두 향리에서 제사지내 줄 만하거늘, 우리 선생은 천지조화에까지 미치고 만고에 없는 탁월한 행적임에도 아직까지 향기로운 제사 음식을 받지 못했으니 어느 누군들 개탄하지 않을 수 있으리오. 지난날 월성군(月城君) 손중돈(孫仲暾) 선생의 묘우(廟宇)를 세우고 나서 고을의 나이 많은 어른들이 우리 선생을 병향(幷享)하는 일로 우복(愚伏) 정경세(鄭經世), 창석(蒼石) 이준(李埈), 사서(沙西) 전식(全湜) 등 세 분의 선생께 여쭈었을 적에 이미 봉안하기로 결정하였으나, 손 선생의 묘우가 너무나 협소하여 배향하지 못하자 선배들이 탄식하는 바가 되었다.

그런데 지금 사우(祠宇)가 기둥은 기울어지려 하고 주춧돌은 이미 구부

러졌는지라, 우리 사림들은 물자가 넉넉지 않음을 생각지 않고 중수(重修)하는 일을 꾀하려 한다. 이에, 그 사유를 고을의 선생님들께 여쭙고 현재의 사우에다 몇 칸을 더 늘릴 것인지 결정하고서 합향(合享)하는 논의를 거행하려고 한다. 그런데 해마다 흉년이 든 데다 역사(役事)는 방대하고 힘이 모자란다고 하여 쉽사리 중도에 그만두어서 선현을 모욕하는 잘못을 면치 못한다면, 어찌 우리 사림들이 모두 부끄러워 할 일이 아니랴. 삼가 바라건대, 군자(君子)들은 정성스러운 뜻일랑 어진 이를 좋아하는 데에 두고 한마음 한 목소리로 힘을 도와 일을 같이하게 된다면 매우 다행이겠노라.

속수서원 경현사 상량문/涑院景賢祠上梁文

1656년에 합향(合享)하고, 이에 경현사라 부르다.

한 고을에 끼친 교화가 이미 당시에 흠뻑 감동하게 하였으니 백세가 지나도 잊지 않고 이곳에서 존경의 향화(香火)를 사름은 마땅하와, 이제야 옛것을 중수하여 규모를 갖추니 홀연히 새로운 사당이 되었도다. 일찍이 옛 현인(賢人)이 지나가신 고을을 보노라면 반드시 후인(後人)들이 우러러 바라볼 곳이 있사와, 와룡(臥龍) 암자를 지으니 제갈량(諸葛亮)의 호와 우연히 서로 부합하였고, 서봉(栖鳳) 서원이라 이름하니 도경(道卿)이란 사람이 가다가 하루밤 자고 간데 불과하도다. 이것은 모두 현인을 좋아함이 독실한 바에서 나온 것이니, 하물며 지금 어진 사람이 끼친 은택이 있는 곳임에랴.

삼가 생각건대, 퇴재(退齋) 신(申) 선생은 효성이 귀신을 감응케 하여 충효에 근본을 세우신 분일러라. 피눈물이 땅을 적신 곳에 대나무가 솟아남은 효자의 마음이고, 비바람 서리가 뿌리는 길에 감당나무가 그대로 서 있음은 어사(御史)의 충절이로다. 오직 가장 가까운 시대에 살았던 군자들이 친히 교화를 받은 까닭에 그의 덕망은 더욱 깊도다.

우재(愚齋) 손(孫) 선생은 백성들을 아픈 사람 보듯 보살피고, 만물을 윤택케 하여 백성들의 생활을 이롭게 하셨도다. 우리를 살리고 우리를 오래 살게 하고 우리에게 복을 내리시니 서천(西天)에서 영험한 부처라도 나온 듯하고, 드러나지 않게 불쌍히 여기시니 자상한 어미가 어린 자식을 대하듯 한 것이라.

이 분들이 잠시 하루를 머물렀다고 이르지 못할지니, 지금에 이르러서 길이 특별한 은혜[二天]를 높이 받들고자 한다. 비록 앞서고 뒤서서 시대의 멀고 가까움이야 같지 않더라도 진실로 보고서 감동받아 흠모하는 것은 조금도 차이가 없으리라. 우재 선생이 다른 곳으로 떠나신 후에도 사랑은 남아있으니 오히려 살아계신 분을 섬겨서 경건히 제사드릴 줄을 알았거늘, 곧 이곳에 영령(英靈)이 모셔 있으니 감히 현인을 예로써 숭상하는 것을 모르오리까. 여러 해 동안의 역사(役事)는 이로부터 시작된 것이고, 또한 많은 사람들에게 의견을 구한 것은 역사를 처음 시작할 때부터였도다. 제사를 드려서 봉안(奉安)함은 이미 노선생(老先生)들의 지도와 가르침을 받았고, 인간의 떳떳한 덕을 누구나 좋아함은 한 고을의 많은 선비들이 한 마음으로 부지런함에서 더욱 보게 되었도다.

무지개처럼 굽은 대들보가 홀연히 얹어짐을 보나니 새가 날개를 편 듯한 사당이 마치 발돋움하듯 돌올함에 기쁘도다. 산들이 우뚝하게 섰으니 높고 높은 기상을 쳐다볼 수 있고, 큰 냇물이 굽이쳐 흐르니 근원 있는 샘물이 퐁퐁 솟아남을 깨달을 수 있도다.

제수들을 정결히 갖추어 음력 2월과 8월의 첫 정일(丁日)에 향사(享祀)를 비로소 거행하게 되었고, 공자(孔子)의 사문(師門)이 더욱 높아지니 많은 사람들이 의지할 곳이 있게 되었도다. 벗이 있어 멀리서부터 오기를 원한다면 어진 이를 뵙거든 그와 똑같이 되기를 생각하며 공경함이 마땅하리로다. 사람들은 그런 사람이 없다고 말하지 말지니 바라보면 앞에 있고 우러르면 위에 있으리라, 도리도 이와 같이 해야 옳으니 들어오면 효도하고 나가면 충성하리로다. 선배들의 법도 있는 모습을 실추시키지 말고 옛 사람이 하신 일을 더욱 힘써야 하리로다. 송(頌)을 잘할 수 있도록 도와서 이 역사(役事)가 완성되었음을 즐겼으면 한다.

들보 저 동쪽에 떡을 던지노라.	抛樑東
두 분의 높으신 명성은 효와 충일러라.	二子高名孝與忠

훌륭한 법도가 이제 이미 멀어졌다고 말지니	莫謂典型今已遠
세상에 널리 알려 몽매한 자들을 깨우치리로다.	表章將欲啓羣蒙
들보 저 남쪽에 떡을 던지노라.	抛樑南
속수의 맑은 빛은 옥거울을 머금은 듯해라.	涑水晴光玉鏡涵
저 독락원(獨樂園)에서의 당시 즐거움일랑	獨樂園中當日樂
청하노니 모름지기 이 속으로 들어가서 찾으라.	請君須向此中探
들보 저 서쪽에 떡을 던지노라.	抛樑西
까마득하게 높은 산을 어찌 오를 수 있으랴.	山高萬頃豈能躋
비록 그러하나 힘쓰고 힘써 잠시도 멈추지 않고	雖然勉勉無停步
아주 적게나마 오르면 스스로 오를 수 있으리라.	分寸攀緣自有梯
들보 저 북쪽에 떡을 던지노라.	抛樑北
강물은 넘실넘실 물길 따라 끝없이 흐르네.	道波浩浩流無極
물길 거슬러 참 근원을 찾고자 하는 양이면	泝洄如欲尋眞源
이제부터 배를 타고 각자 힘써 저어야 하리라.	從此撑船各努力
들보 저 위쪽에 떡을 던지노라.	抛樑上
물도 더 맑아진 것 같고 산도 더욱 상쾌하네.	水若增淸山更爽
마땅히 양양함을 보면 좇을 바를 알게 될 것이니	當見洋洋知所趍
무지한 자들이 방향을 잃게 하지 말지어다.	莫令貿貿迷方往
들보 저 아래쪽에 떡을 던지노라.	抛樑下
난간에 기대어 내려다보니 천 이랑의 들판이네.	倚檻平看千頃野
밭 갈지 않고서 수확함은 들은 바가 없으니	不耕而獲非所聞
학문에 힘씀은 마땅히 농사에 힘쓰듯이 할지어다.	務學當如務農稼

삼가 바라건대, 대들보를 올린 다음에는 패도(覇道)를 따르던 풍속이 한 번 변하여 주공(周公)의 법제를 따랐던 노(魯)나라의 문화에 도달했듯이, 우리들이 백 번에 능하도록 해서라도 남에게 보탬이 되게 하소서. 좌우에 책

을 꽂아 두고 아침저녁으로 흡족하게 공부하는 즐거움이 있게 하며, 마룻대를 올리고 서까래를 얹은 집안에 비바람이 몰아치는 재해가 없도록 하여 주소서. 다만 성현의 경서 가르침을 알아 묵은 밭을 갈면서도 가난은 걱정하지 않고 도를 걱정하게 하고, 감히 고량진미(膏粱珍味)와 비단옷의 부귀를 원하여 밖으로 치달리고 밖으로 경영치 않게 하소서. 장차 남아 있는 적막한 물가도 태평성대의 문명 교화를 보게 되기를 바라나이다.

통훈대부 사간원 정언 이원규(李元圭) 짓다.

경현사기/景賢祠記

상주(尙州) 중심지의 동쪽에는 단밀현(丹密縣)이 있다. 단밀현의 서쪽 속수(涑水) 위에는 사우(祠宇)가 있는데, 퇴재(退齋) 신우(申祐)와 우재(愚齋) 손중돈(孫仲暾) 두 선생의 위패를 봉안하고 제향(祭享)하는 곳이다.

살펴보니 퇴재 선생은 고려조의 사람이다. 집에서는 두 그루의 대나무가 효성에 감응한 이적(異蹟)을 드러냈고, 조정에서는 풍채가 한 시대의 명성을 떨쳤으니, 이 일은 모두 삼강록(三綱錄)과 여지지(輿地誌)에 실려 있다. 옛날부터 (고을의 선생이 돌아가시면) 사당에 제사를 모실 수 있다고 말한 것은 바로 이 분에게 있어야 할 일이 아니겠는가.

우재 선생은 퇴재 선생보다 훨씬 뒤 이 고을에 부임하여 왔으니, 곧 조선조 중종(中宗) 때 세신(世臣)이었다. 당시 가장 자애롭게 다스렸으니, 더욱이 이 고을에서 자애로움이 깊었다. 고을사람들은 우재 선생이 가신 후에도 그지없이 생각하니 송덕비(頌德碑)만으로는 부족하였는지라, 옛날 저 적량공(狄梁公)이 부모를 그리워한 고사(故事)에 의거하여 생사당(生祠堂)을 세워서 사모했다. 이때 퇴재 어르신을 배향하는 제사는 미처 거행하지 못했다. 대개 가까운 시대에 사신 분에게 이목이 미치는 것에만 간절했을 뿐이고, 백세의 먼 시대에 사셨던 분을 배향하는 논의는 반드시 정중해야지 감히 쉽사리 할 것이 아닌지라 또한 수년 동안 신주(神主) 자리가 있지 않았다. 임진년(1592)의 난에 이르러서 생사당과 우재 선생의 초상(肖像)이 병화에 모두 불타버린 지 43년이 지난 을해년(1635)에 중건하여 도로 봉안하였다.

이에, 고을의 나이 많은 어른들이 함께 서로 논의를 하는데, "우재 노선생이 우리 고을에 끼친 사랑은 진실로 없앨 수 없는 것이고, 퇴재 어르신의 맑은 행실도 덕을 쌓아 널리 알려진 이곳에서 성대히 제사를 아직까지 올리지 않았으니 이는 우리들의 수치로다. 또한 그 분들의 영령을 함께 모시고 제향(祭享)해야 하지 않으랴?"고 했다. 이러한 의논을 일으킨 사람은 조광영(趙光瑩), 권육(權堉), 손극창(孫克昌) 등이었다. 그 말을 옳게 여겨 중론을 화합시켜 정한 사람은 우복(愚伏) 정경세(鄭經世) 선생, 창석(蒼石) 이준(李埈) 선생, 사서(沙西) 전식(全湜) 선생이다. 이 아름다운 일을 추후로 기술한 자는 대성(臺省) 신열도(申悅道)이요, 사실을 드러내어 찬양한 자가 대성(臺省) 이원규(李元圭)와 대간(大諫) 김응조(金應祖)이다. 논의가 의견의 일치를 보자, 드디어 사당을 넓혀서 두 분을 함께 모시고 제사하였다. 이때가 숭정(崇禎) 갑신년(1644)에서 12년이 지난 병신년(1656) 겨울 11월이었다. 이 일은 참으로 성대한 일이었다.

아, 단밀은 상주목(尙州牧)의 직할 현이나, 실로 궁벽한 고을인데다 워낙 외진 곳이라, 고을의 향교에서 가장 멀었다. 군자가 계신데도 향모(向慕)의 모범을 세우지 않으면, 후생들이 어디에서 덕을 본받아 착한 마음을 일으키랴. 두 선생은 살아서 기풍을 세우고 죽어서 거룩한 공을 드러내었으니, 이처럼 그리워하는 아름다운 마음이 없으면 세상 사람들이 절의는 숭상해야함을 어찌 알겠으며, 이렇게 우러러 공경하여 받들지 않으면 어느 누가 향하여 나아갈 바가 있음을 알겠는가. 제사를 받들고 받들지 않는 것이야 두 분의 선생에게는 아무런 상관이 없으나, 우주 사이에 우뚝할 공론(公論)이 지금에 이르러서야 비로소 정해진 것은 여러 분들께서 힘써 숭상하며 보살펴주신 덕택인데 풍속과 교화에 보탬이야말로 얕지도 적지도 않게 있을 것이다. 사람이 마땅히 지켜야 할 도리와 그것의 밝은 가르침을 일으켜 세우니 이제부터 뿌리가 내릴 것이다.

나는 뒤늦게 태어나서 비록 두 분의 선생으로부터 친히 가르침을 받지 못했지만 그 분들이 사신 곳과 이같이 매우 가까운지라 그 풍문을 듣고서 그 분들의 덕을 흠앙하는 나 같은 사람도 없을 것이다. 속수서원의 재사(齋舍)에 있는 사람들이 나에게 그 사실을 기록하라 하여, 나는 일어나서 사양하여 말했다.

"타고난 본성에 덕을 좋아하는 마음이야 나는 기필코 남에게 뒤지고 싶지 않으나, 두 선생의 사실을 기록하는 이번 일은 그 담당할 사람이 따로 있을 것이다. 내가 어찌 감당할 수 있겠는가?"

그래도 사람들은 더욱 더 간청하므로 의리를 저버릴 수가 없어 감히 끝내 사양하지 못하고 드디어 그 전말을 들어 대강 기술하는 바이다.

통훈대부 사간원 정언 권진한(權震翰) 기술하다.

제쌍죽도/題雙竹圖

맹종(孟宗)이 겨울 대숲에 가서 슬피 우니	孟宗泣冬竹
눈 속에서 푸른 죽순이 솟아났고,	雪裏青笋生
왕부(王裒)가 묘소의 잣나무를 붙잡고 슬피 우니	王裒攀墓栢
잣나무가 시들어 봄인데도 잎이 피어나지 않았네.	樹枯春不榮
자식이 된 자로서 진실로 효도를 다하면	人子苟盡道
하늘은 반드시 그 지성(至誠)을 알아주는 것이로다.	天必格至誠
오늘에야 쌍죽도(雙竹圖)를 보노라니	今看雙竹圖
물을사 상서공(尙書公)의 무덤이라 하네.	問是尙書塋
상서공에게 이런 아들이 있어	尙書有是子
훌륭한 자손은 집안의 명성을 떨쳤으리니,	寶樹振家聲
호남(湖南) 절도사(節度使)로 이미 풍속을 교화시키매	湖節旣化俗
어사대에서 일찍이 훌륭한 명성을 드날렸다 하네.	栢臺曾蜚英
묘 옆에서의 여묘살이 3년 동안	墓側廬三年
피눈물 흘리며 슬픔이 그지없으니,	血泣哀惸惸
지극한 효성은 귀신도 아는 바라	至孝神亦知
지신(地神)이 감응한 바 있었구나.	地祇有所呈
저 푸른 대나무가 우뚝 솟으니	亭亭碧玉竿
기이타, 상서로운 것이로다.	異哉物之禎
봉분 곁의 두 그루 대나무는	雙叢傍馬鬣
형제가 뫼시고 서 있는 듯해라.	侍立如弟兄

이에 효자의 마음을 알겠으니 乃知孝子心
곧은 절개가 대나무와 같도다. 與竹同其貞
대저 식물 가운데 大凡植物中
대나무는 바로 성인의 청렴이러니, 此君聖之淸
그 열매는 봉황새가 먹고 其實鳳凰食
그 절의는 송백과 다투네. 其節松栢爭
효성에 감응한 것은 所以感於孝
효자와 함께 나란히 있고자 함이라. 欲與孝子並
풀 베어내고 여막을 지은 곳에 芟除築場地
근본 없이 싹이 났을 것이며, 不因根本萌
떨기로 솟아난 것 어찌 우연이라 하랴 苞矣豈偶然
기이함 드러냄에 땅의 신령한 정기와 통했도다. 效異通靈精
푸른 옥 같은 대나무가 묘소의 길가에 섰으니 玉立塚隧外
무성히 우거진 가운데 두어 대가 특출하네. 猗猗卓數莖
덕을 세움에 있어서는 현자와 비슷하여 樹德似於賢
늠름하게 마르고 단단한 줄기이나, 凜然瘦骨勍
댓잎에 맺힌 이슬은 눈물방울 같고 葉露如淚滴
숲속의 반포(反哺)하는 새는 슬피만 우누나. 林禽爲哀鳴
들바람 불어오니 울음소리 더욱 차갑고 聲寒野風吹
산 위의 달 밝으니 그림자 더욱 처량하여라. 影凄山月晴
어디서 산들 온통 외롭지 않으랴 生何幷不孤
이 이치는 우리도 훤히 아는 바이나, 此理吾且明
퇴재 어르신의 후손들은 後於退翁者
대대로 저 황향(黃香)과 육적(陸績)과 같은 효자 나왔네. 世有黃陸名
가지는 뿌리에 근본이 있는지라 其枝本乎根
자손 또한 조상이 행한 바를 따르나니, 孫亦祖攸行

침랑공(寢郞公)과 그 자손들은	寢郞及子姪
착한 행실 모두가 남의 칭찬을 받도다.	善行俱可評
어머니의 병환에 탕약을 손수 달이며	炷掌侍母疾
밤새도록 하늘에 기도하였고,	祈天達五更
몸이 시퍼런 칼날에 쓰러지면서도	身以當白刃
혈서를 쓰니 왜적조차 인정을 베풀었고,	賊虜猶人情
하늘이 송골매 시켜 기일(忌日)에 꿩을 날아 들였거늘	天敎鶻擊雉
큰 참새 정도로 비유함은 어찌 그리도 경솔한가.	王雀比豈輕
한 집안에서 세 번이나 단지(斷指)의 효행이 있으니	一家三斷指
동네 어귀엔 마땅히 임금의 정려가 내렸도다.	門閭宜寵旌
대나무가 북돋우어 길러주기를 기다리지 않듯이	如竹不待培
타고난 성품은 다듬지 않고서 이루어지는 것이니,	天性非琢成
옛 사람들은 후손들의 일을 아름답게 여겨서	先人美其事
글들이 종횡무진 거침없이 씌어 빛나도다.	文字炳縱橫
고을사람들 이를 보고 듣곤 고무되어	鄕黨聳瞻聆
사람마다 놀라고 탄식해 마지않았는지라,	人人歎且驚
집안의 행실이 영원히 민멸되지 않았으니	家行永不墜
혹시라도 세상의 법식과 모범에 도움이 있으리라.	庶或裨世程
효성은 먼 후손에게까지 전해지고 있으니	孝以傳苗裔
어찌 황금을 광주리에 가득히 남겨주랴,	何須金滿籯
지금도 효자리에는	至今孝子里
한 조각의 표지석 어찌 그리 높고 높은가.	片石何崢嶸
경현사에 배향(配享)하고	餟食景賢祠
봄과 가을에 향사(享祀)를 드리나니,	春秋薦犧牲
삼강록을 다시금 살펴봄에	復觀三綱錄
꽃다운 이름은 난초 향기 같도다.	流芳若蘭蘅

사람치고 누군들 부모가 없을까마는 人誰無父母
세상엔 올빼미처럼 부모를 모질게 모시는 자 많도다. 世多鴟梟獰
아, 나는 어릴 적 어머니를 여의고 嗟我幼失慈
곰국이라도 갖다 드릴 부모 있는 사람이 부러웠어라. 羨他遺君羹
부모가 한번 가고 다시 오지 않으니 所怙亦已矣
백발의 늙은이가 의지할 곳 없어 슬프다네. 白首悲孤煢
쌍죽도(雙竹圖)를 어루만지며 가신 부모님 생각노니 撫圖憶古人
하염없이 흐르는 눈물 내 갓끈을 적시누나. 潸然霑我纓

1671년 3월 하순 진사 남양(南陽) 홍석기(洪錫箕) 쓰다.

한식날 사포 선영에 배알하다/寒食謁蛇浦先塋

조상의 우로와 같은 은혜를 감개(感慨)하오니　古人雨露感
오늘은 더욱 마음이 아프나이다.　此日尤傷情
한식에 충신의 눈물 흘리는 소리　寒食忠臣淚
망국(亡國) 그리는 두견새의 울음일러니,　故國杜宇聲
포은과 야은의 절개 지킨 마음과 같고　心同圃冶節
백이와 숙제의 맑은 뜻과 같사옵니다.　志合夷齊淸
충성과 절의는 효에 근본이 있으니　忠義根於孝
피눈물은 부친의 무덤에 사무치는지라,　血淚徹佳城
그곳에 기이할사 쌍죽이 솟아남은　呈異雙笋抽
지신(地神)이 그 지성에 감응한 것이옵니다.　地祇感至誠
정문(旌門)이 마을 어귀에 세워져 빛나는지라　棹楔輝閭里
후손들은 제물을 정결히 갖추었나니,　畏壘潔犧牲
진실로 조상의 정의가 깊지 않으셨다면　苟非情義深
어찌 이렇게 상서로울 수가 있겠사옵니까.　胡能乃爾禎
후손들이 오래도록 애통함을 머금은 것은　耳孫悽愴久
단지 선영의 감회만 얽키설킨 것이 아니니옵니다.　不但感楸縈

9세손 진사 신채(申埰) 삼가 쓰다.

제묘문/祭墓文

지헌 안응창

병신년(1656, 효종 7), 의성현(義城縣) 현감 안응창(安應昌)이 고려조의 안렴사(按廉使)를 지낸 효자 퇴재(退齋) 신공(申公)의 묘에 공경히 제사하나이다. 엎드려 생각하옵건대, 오직 몸가짐을 깨끗이 하고 오직 효성을 다하였나이다. 부모를 받들어 모시는 정성은 자신의 뜻이 아닌 부모의 뜻을 받드는 데에 한결같았으니, 살아계실 때는 공경을 다하고 돌아가셨을 때는 지나치게 슬퍼하셨나이다. 3년 동안 여묘(廬墓)살이를 하면서 아침저녁으로 피눈물을 흘리시니, 신명이 굽어 살피시매 그 성의가 얼마나 지극했는지 느끼겠나이다. 홀연히 두 그루의 대나무가 묘소에 진실로 솟아나니, 그 효에 감응을 함이라 식물도 기이함을 드러낸 것이옵니다. 이 일이 조정에 알려지자 정려(旌閭)를 내려 그 아름다움을 포상하고, 한 조각의 표지석에다 '효자리(孝子里)'라는 이름을 새기게 하였나이다. 덕풍(德風)을 듣고 공경하는 마음이 일어나 변변찮은 제수를 올리나이다.

난재 배문록/懶齋拜門錄

신열도

* 역자 주 : 이 글은 약간의 오해가 있도록 편집되어 있다. <배문록(拜門錄)>은 난재공(懶齋公)이 기록한 것은 분명한 사실이나, 이 대목에 있어서는 약간의 오해와 혼란을 낳고 있어, 여헌(旅軒) 장현광(張顯光)의 선생의 질문 내용과 이에 답한 분이 만오공(晩悟公)임을 주석에 밝혀 놓았으니 참고하기 바란다.

임술년(1622) 봄, 열도(悅道)가 여헌(旅軒) 장(張) 선생을 뵈었는데, 선생이 묻는 것에 (같이 간 달도가) 대답하였다.

"선조(先祖)께서 야은(冶隱)과 도의지교(道義之交)를 맺으셨는데, 고려 말에 정사가 어지러워짐을 보고는 말고삐를 나란히 하고 남쪽으로 내려와서 선조는 상주(尙州)에 세거지를 잡으시고 야은은 선산(善山)에 세거지를 트셨습니다. 세대가 이미 오래 되어서 지금으로서는 고증할 만한 것이 없사오나, ≪승람(勝覽)≫에 실려 있는 '그 몸을 깨끗이 하여 행장(行藏 : 진퇴출처)의 도(道)를 얻었다.'는 구절로 보면 전해오는 말이 빈 말은 아닌 듯하옵니다."

이에 선생은 재삼 칭찬하고 감탄하였다.

사적/事蹟

유허비문(遺墟碑文) 지어주기를 청할 때

공의 이름은 우(祐)요, 호는 퇴재(退齋)요, 성은 신씨(申氏)요, 관향(貫鄕)은 거제(巨濟) 아주현(鵝洲縣)인데, 장절공(壯節公) 신숭겸(申崇謙)의 17세손이요, 아주군(鵝洲君) 신익휴(申益休)의 5세손이다. 고조부는 태자태사(太子太師)로 이름은 영미(英美)요, 그 아들의 이름은 진승(晉升)으로 영동정(令同正)을 지냈다. 그 아들의 이름은 득창(得昌)으로 산원동정(散員同正)을 지냈다. 그 아들의 이름은 윤유(允濡)로 판도판서(版圖判書) 겸 군기시별검교사(軍器寺別檢校事)를 지냈으며 시호는 정숙(貞肅)이다. 깨끗한 명성과 곧은 절조로서 고려 충렬왕(忠烈王) 때 드날렸다. 이때 원(元)나라 황제가 고려에서 올린 표전문(表箋文 : 일종의 외교문서)이 불경하다고 몹시 노하여 표문을 지은 자를 부르니, 사람들은 모두 두려워 숨고는 나아가려고 하지 않았다. 정숙공만이 나아가 아뢰기를, 나랏일을 가벼이 알고 자신의 안위만 아는 무리들을 벨 것을 청하니, 왕은 그대로 따라서 집현전 제학(集賢殿提學) 유득소(柳得韶) 등 4인을 옥에 가두자, 당시 사람들은 정숙공을 송(宋)나라 당개(唐介)에 비견하였다. 이 분이 공의 아버지이시고, 어머니는 성주(星州) 이씨(李氏)로 지평을 지낸 언(堰)의 따님이다.

퇴재공은 상주(尙州) 단밀현(丹密縣) 관동리(官洞里)에 살았는데, 효렴과(孝廉科)에 응시해서 관직을 시작하여 봉상대부(奉常大夫) 사헌부 장령(司憲府掌令)에 이르렀다. 일찍이 전라도 안렴사(全羅道按廉使)와 신호위 보승(神虎衛保勝), 섭호군(攝護軍) 등 중외의 관직을 두루 거칠 제 풍도가 늠름하였고, 나중에 혼탁한 세상을 만나서는 청렴하고 강직함이 우뚝하였다. 고려사를 살피건대, 공은 일찍이 포은(圃隱) 정몽주(鄭夢周)로부터 사람으로서 마땅히 해야 할 도리를 들었던 것 같다. 세상에 전하기를, 공은 고려의 정사가 어지러워짐을 보고 야은(冶隱) 길재(吉再)와 함께 고향마을로 돌아왔다 하고, 여지지(輿地誌)에도 '그 몸을 깨끗이 하여 행장(行藏 : 진퇴출처)의 도(道)를 얻었다.'고 되어 있으니, 기상을 관측하고 점을 치는 것처럼 망국의 신하로서 멀리 숨고 자기 몸을 깨끗이 하여 선왕에 바치는 의리를 알았다고 할 수 있겠다. 태종(太宗 : 태조의 잘못)이 왕이 되기 전에 친구였던 정으로 형조판서(刑曹判書)로 불러도 끝내 나아가지 않았기 때문이다.

성품이 지극히 효성스러워 부친 정숙공의 상을 당하자 3년 동안 여묘살이를 하면서 아침저녁으로 슬피 울었는데, 피눈물이 땅을 적셔서 천지신명을 감동케 할 만하니 귀신도 감동했는지 묘를 살피던 곳에 두 그루의 대나무가 솟아나는 이적(異蹟)이 있자, 사람들은 효성에 감응한 것으로 여겼다. 이 일이 알려져 정려(旌閭)가 내려지고, ≪삼강행실록(三綱行實錄)≫에 기록되었다. 그 마을을 '효자리(孝子里)'라 부르게 하고 그것을 돌에 새겨 세우도록 했는데, 지금 단밀현 길가에 있는 작은 돌비석이 바로 그것이다. 단밀이 처음에는 참으로 척박하고 인심이 사나운 곳이었으나, 퇴재공 이후로는 효자가 연이어 나와 홍살문이 마을들 사이에서 빛나고 신역(身役)을 면제받고 호역(戶役)까지 면제받는 자가 있었으니, 그 유풍이며 끼친 교화가 사람들에게 받아들여짐이 이와 같았다. 상주의 선비들이 공을 기리고 사모함이 그치지 아니하여 곧 마을에 묘우(廟宇)를 세워서 제향하기로 했으니, 대체로 우복(愚伏) 정경세(鄭經世), 창석(蒼石) 이준(李埈), 사서(沙西) 전식(全湜) 등의 공론을 따른 것이었다.

공의 부인은 약목(若木) 류씨(柳氏)인데, 부원군(府院君) 류익정(柳益貞)의 따님이다. 두 아들을 두었으니, 장자는 광부(光富)로 내부령(內府令)을 지냈고, 차자는 광귀(光貴)로 지봉주사(知鳳州事)를 지냈다. 대대로 예모를 갖춘 자손들이 끊이지 않아 효성과 우애, 풍도와 절개로 이름을 드날린 사람이 많았다. 부령공의 5세손인 원복(元福)은 참봉(參奉)으로 효성이 알려졌고, 원록(元祿)은 호조참의(戶曹參議)가 추증되었고 학문을 돈독히 배워 이를 실천하였으며 효행으로 정려가 내려지니 사림들이 의성(義城) 장대서원(藏待書院)에 봉안하였다. 참봉공(參奉公 : 원복)의 손자 홍도(弘道)는 학문으로 세상에 이름을 떨쳤고, 참의공(參議公 : 원록)의 아들인 심(伈)은 감찰(監察)이고 흘(仡)은 승지(承旨)가 추증되었다. 승지공(承旨公 : 흘)의 맏아들 적도(適道)는 건원릉참봉(建元陵參奉)으로 학문과 절의가 세상에서 추앙을 받았고, 둘째 아들 달도(達道)는 수찬(修撰)을 지내고 승지에 추증되었고 경학(經學)과 풍도가 한 시대의 존경을 받았으며, 막내아들 열도(悅道)는 장령(掌令)으로 사림들의 우러르는 바가 되었다. 봉주공(鳳州公 : 광귀)의 8세손 지효(之孝)는 임진란 때 부모를 지키려다 순효(殉孝)하였고, 지제(之悌)는 승지를 지내고 참판(參判)에 추증되었고 덕망이 있어 참의공(參議公 : 원록)과 함께 장대서원에 제향되었다. 참판공(參判公 : 지제)의 아들 홍망(弘望)은 정언(正言)으로 맑고도 곧은 지조가 칭송되었다. 참봉 지익(之益)은 아들 심(鐔), 조카 협(鋏)과 함께 모두 효행을 연이어서 정문이 세워지는 은전(恩典)을 입었다. 지금까지 효우의 가문이라고 칭해지는 것은 대개 이유가 있어서 그런 것이다.

오호라! 공은 상서로운 때를 만나지 못하자 산림에 은둔함으로써 세상에 그 뜻이 베풀어지기를 크게 바랄 수가 없었다. 선조들이 지은 가장(家狀)도 잃어버려 전해지지 않아서 생몰년, 조정에서의 언행, 집안에서의 행적 등 모두 살필 수가 없으니 개탄스러울 따름이다. 비록 그러하나 공은 초야로 은둔하여 조선조의 신복(臣僕)이 되지 않고 홀로 고려의 종묘사직(宗廟社稷)을 죽을 때까지 지키려고 했었으니, 알아주지 않아도 공에게는 조금도 손상됨이 없을 것이다. 공은 하늘이 낸 효자로서 인간 세상을 초탈한 몸가짐은 선조들을 잘 받들도록 후손들에게 법도를 남기시어 고을을 교화하고 사람들의 마음을 선하게 하였으니, 백세토록 후세사람들이 듣고 본받을 만한 것이다. 후세에 덕을 알고 옛 사람의 일을 논하는 군자들은 이로 인하여 그 대략을 알 수 있었던 것이다.

묘는 효자리 동쪽 10리쯤 사포(蛇浦) 신향(辛向)의 언덕에 있다. 문장공(文莊公) 정경세(鄭經世)가 묘표(墓表)로 삼을 글을 지었고, 자손들은 해마다 한 차례 제사를 지냈다. 그런데 향화(香火)를 폐하지 말고 돌보야 하거늘 유허(遺墟)가 잡초로 묵어져 있으니, 동서로 지나가는 자이면 서성대며 손으로 가리키지 않는 이가 없었다. 토규(兎葵 : 너도바람꽃)와 연맥(燕麥 : 패랭이꽃)과 같은 잡초가 무성한 폐허를 보노라니 황량한 감회가 일어나는지라, 보잘것없는 자손들은 돌을 세워 글을 새기기로 하고 후세에 전하려는 뜻에서 마침내 글을 모와 사적(事蹟) 1통을 엮어 만들었다.

감히 누가 되더라도 붓을 잡고 훌륭한 문장을 집안에 지어주시기를 바라나이다. 만약 비문을 지어 내리는 은혜를 입어서 옛터에다 표지(標識)를 할 수 있고, 길이 후손들이 비석을 어루만지며 백세를 하루 지난 것처럼 공경할 수 있다면, 후손들은 뼈에 새겨야 하는 감사일뿐만 아니라 또한 세교(世教)를 돕고 무너진 풍속을 일으키는데 큰 도움이 되지 않겠나이까. 삼가 목욕재계하고 거듭 절하며 청하나이다.

1765년 2월 하순 13세손 황(熿) 손을 씻고 삼가 쓰다.

또/又

공의 이름은 우(祐)요, 퇴재(退齋)는 호요, 성은 신씨(申氏)요, 계통은 아주(鵝洲)에서 나왔다. 부친의 이름은 윤유(允濡)로 고려 충렬왕(忠烈王) 조정에서 벼슬살이를 하여 관직은 판도판서(版圖判書)였는데, 깨끗한 명성과 곧은 절조를 당대에 드날리니 사람들은 송(宋)나라 당개(唐介)에 비견하였다. 원(元)나라 황제가 고려에서 올린 표전문(表箋文 : 일종의 외교문서)이 불경하다고 하여 표문을 지은 자를 부르니, 사람들은 두려워 숨고는 나아가지 않았다. 하지만 판서공(判書公 : 신윤유)만은 나아가 아뢰기를, "나랏일은 없는 일로 할 수가 없나이다. 무릇 신하가 된 자는 좋든 궂든 피하지 않고서 따르는 것이 원래 나라 관직에 있는 자의 본분이거늘, 지금 조정의 신하들은 쥐가 이리를 무서워하여 제 살 길을 찾느라 분주하고, 제 한 몸 지키는 데만 전전긍긍하는 것을 천금같이 소중히 여기고 있나이다. 나라를 위하는 것이라면 헌 신짝 버리듯 제 한 몸 버려야 함을 잊고 그 천한 몸을 이처럼 지키느라 급급하니, 나라가 장차 어찌 신하들을 보호할 수 있겠나이까? 청컨대, 나랏일을 가벼이 알고 자신의 안위만 아는 무리들을 벰으로써 나머지 사람들을 힘쓰게 하시고, 사신으로 나가 독자적으로 응대하며 일을 잘 처리할 수 있는 사람을 보내어 걱정거리가 생기지 않도록 하소서." 하였다. 왕은 이 말을 기꺼이 받아들였으니, 이 일은 고려사에 실려 있다. 모친은 성주(星州) 이씨(李氏)로 지평을 지낸 언(堰)의 따님이다.

퇴재공은 상주(尙州) 단밀현(丹密縣) 관동리(官洞里)에 살았는데, 효렴과(孝廉科)에 응시해서 관직을 시작하여 봉상대부(奉常大夫) 사헌부 장령(司憲府掌

令), 전라도 안렴사(全羅道按廉使)를 지냈으며, 고려 충혜왕(忠惠王) 2년(이는 5년의 잘못)에는 '신호위 보승(神虎衛保勝), 섭호군(攝護軍)'에 제수되었다. 고려의 고사(故事)에 의하면, 임금이 필요에 따라서 아주 가까운 신하를 각 지방에 파견하여 명산대천(名山大川)에 드리는 제사를 대행케 하고, 백성들의 풍속을 두루 살피면서 한 도만 책임지고 수령 가운데 어리석은 자는 내치고 현명한 자는 승진시키도록 하게하고는 이를 '안렴사(按廉使)'라 하였으니, 지금의 어사(御史)나 관찰사(觀察使)와 같은지라 청렴하고 준엄하며 높은 명망이 있는 자가 아니고서는 혹여라도 선발될 수가 없었다. 공이 청렴하고 강직한데다 바르고 곧은 것은 가정교육을 받으며 스스로 체득한 것인데, 사헌부에 드나들 제는 조정의 신료(臣僚)들이 그 풍도에 떨어 움츠렸으며, 안렴사일 때는 은택을 베풀어 백성을 교화하면서 탐관오리를 보면 삭탈관직을 하였다. 말세에 이르러 정사(政事)가 어지러워져 시국의 모든 일이 날로 그르쳐지기만 하는데, 세상을 따라 조아리거나 아부하는 것을 부끄럽게 여겨 세속을 떠나 몸을 깨끗이 하고 깊이 숨어버렸다. 사람들 가운데 이를 칭송하는 자들은 '조정에서의 풍채가 한 시대에 그 명성을 떨쳤다.'고 하기도 하고, '비바람 서리가 뿌리는 길에 감당나무가 그대로 서 있음은 어사의 충절이라.'고 하기도 하고, '기꺼이 자신을 감추었으니 행장(行藏 : 진퇴출처)의 도(道)를 얻었다.'고 하기도 한다.

공이 부모를 섬기는 지극한 효성은 천성에서 나온 것이니, 부친 판서공이 죽자 3년 동안 여묘살이를 하면서 아침저녁으로 슬피 울었다. 피눈물이 땅을 적시자 묘 앞에 두 그루의 대나무가 솟아나는 이적(異蹟)이 있었으니, 사람들은 효성에 감응한 것이라 여겼고, 이 일이 조정에 알려져 정려(旌閭)가 내려졌으며, 공이 살던 마을을 '효자리(孝子里)'로 부르게 하였다. 이 일은 ≪고려사≫ 및 ≪여지승람≫과 ≪속삼강행실≫에 수록되었다. 지금 유허(遺墟)의 길가에 있는 '효자리'라고 세 글자가 새겨진 작은 돌비석이 바로 그것이다. 이 돌비석이 정표에 의해 세워진 것임이 알려지게 되자, 그곳을 지나는 사람이면 더욱 공경해 마지않았다.

효자리로부터 서쪽으로 몇 리 정도 떨어진 곳에 청신동(淸愼洞)이 있는데, 부친 판서공의 묘가 일찍이 바로 이 동네에 있었으나 세월이 너무나 오래되어서 묘지(墓誌)와 묘갈(墓碣)을 알 길이 없어 불행히도 그 묘를 잃어버렸다. 지금 단밀현의 사람들은 서로 '거려동(居廬洞)'이라고 하면서 전해 온다.

퇴재공의 묘는 효자리 동쪽 10리쯤 사포(蛇浦) 신향(辛向)의 언덕에 있다. 우복(愚伏) 정경세(鄭經世) 선생은 묘표(墓表)에서, "혼탁한 세상에 처하여서도 능히 몸가짐을 결백하게 했도다." 하고, 또 "안렴공(按廉公 : 퇴재공)의 효성은 이미 귀신을 감동시키고 천지조화에까지 퍼져서 뚜렷이 사람들의 이목에 남아 있도다." 했다. 그 후에 우복, 창석(蒼石 : 李埈), 사서(沙西 : 全湜) 선생들이 또 경현사(景賢祠)를 세워서 제향(祭享)하고, '속수서원(涑水書院)'이라 부르기로 결정지었다. 학사(鶴沙) 김응조(金應祖) 선생은 봉안문을 지으면서 "근본을 세우매 도가 생겼도다. 지성이면 하늘도 감응하도다."고 했다. 호서(湖西) 지방의 진사 홍석기(洪錫箕)가 지은 <쌍죽도가(雙竹圖歌)>에서도 대략 "호남(湖南) 절도사(節度使)로 이미 풍속을 교화시키매, 어사대에서 일찍이 훌륭한 명성을 드날렸다 하네. 지극한 효성은 귀신도 아는 바라, 지신(地神)이 감응한 바 있었구나. 이에 효자의 마음을 알겠으니, 곧은 절개가 대나무와 같도다."고 하였다. 단밀현은 퇴재공 이후로 효자가 많이 나는 곳으로 불리고, 지금도 마을에는 이적(異蹟)이 계속해서 일어나 정문(旌門)이 서로 바라보고 있으니, 식자들은 "퇴재공에게 제향을 드리고 난 다음부터이다."고들 한다.

공의 부인은 약목(若木) 류씨(柳氏)인데, 곤산부원군(崑山府院君) 류익정(柳益貞)의 따님이다. 두 아들을 두었으니, 장자는 광부(光富)로 내부령(內府令)을 지냈고, 차자는 광귀(光貴)로 지봉주사(知鳳州事)를 지냈다. 부령공의 후손으로서 상주(尙州)에는 '홍효(興孝)'가 살았는데 효행이 특출나서 ≪밀성지(密城誌)≫에 실렸으며, 그 후손들도 유허지(遺墟地)에 살고 있다. 의성(義城)에는 '원복(元福)'이 살았는데 참봉을 지냈고 호는 정은(靜隱)이며, 효우로 칭송되었다. 원록(元祿)은 참의(參議)에 추증되었고 호는 회당(悔堂)이며, 효행은 퇴재공의 아름다움을 그대로 이어받아서 역시 3년 동안 여묘살이를 하여 정려가 내려졌고, 의성의 장대서원(藏待書院)에 배향되었다. 정은공의 손자 홍도(弘道)는 학문으로 세상에 이름을 떨쳤고 호는 정봉(鼎峯)이다. 정봉공의 아들 유(瑠)는 문과에 급제하여 현감을 지냈고 청백리(淸白吏)로 칭송되었으며 호는 청재(淸齋)이다. 회당공의 아들 심(佖)은 감찰(監察)을 지냈고 임진란 때 의병을 일으켰으며, 흘(仡)은 승지(承旨)에 추증되었고 효성과 우애로 칭송되었다. 승지공의 아들 적도(適道)는 찰방(察訪)을 지냈고 정묘년(1627)과 정축년(1637)에 의병을 일으켜 척화(斥和)를 주장하였으며 호는 호계(虎溪)이다. 달도(達道)는 수찬(修撰)을 지내고 도승지(都承旨)에 추증되었으며 또한 정묘년(1627)에 척화를 주장하였고 호는 만오(晩悟)이다. 열도(悅道)는 장령(掌令)을 지냈고 정축년(1637) 남한산성에서 어가(御駕)를 호종하였으며 호는 난재(懶齋)이다. 호계공의 아들 채(埰)는 진사를 지냈고 사림들의 평판이 좋았으며 호는 인재(忍齋)이다. 만오공의 아들 재(在)는 위솔(衛率)이요, 규(圭)는 문좌랑(文佐郞)이다.

봉주공의 후손으로서 의성에는 '지효(之孝)'가 살았는데, 임진란 때 부모를 지키려다가 순효(殉孝)하면서, 죽음에 임해서도 혈서를 써 동생에게 주었으니 "나라를 위해 기꺼이 죽도록 힘쓰라."는 내용이었다. 지제(之悌)는 승지를 지냈고 임진란의 녹훈(錄勳)에 올라서 참판(參判)에 추증되었으며, 덕행이 있어 칭송되었고 호는 오봉(梧峯)으로 장대서원에 배향되었다. 오봉의 아들 홍망(弘望)은 문과에 급제하여 정언(正言)을 지냈으며 호는 고송(孤松)이다. 청주(淸州)에는 '지익(之益)'이 살았는데, 참봉을 지냈고 효행으로 정려가 내려졌다. 참봉의 아들 심(鐔)과 조카 협(鋏)도 모두 효행으로 알려져 정려가 내려졌다. 이처럼 우뚝하게 세상에 드날린 사람이 많은지라 이루다 기록할 수가 없다.

오호라! 공은 세속을 초탈하고 출중한 몸가짐으로서 비록 지위가 경상(卿相)에 이르지는 못했을지라도 품은 포부만은 끝까지 펴신 듯하다. 사헌부를 드나들 제는 집안의 명성을 계승해서 이었고, 온갖 행실의 근원인 효의 모범을 후대에 남겨서는 자손들과 고을사람들이 서로 이어서 교화가 일어나 행해지게 하였으니, 평소의 지극한 행실과 훌륭한 덕을 생각해 보면 반드시 앞서 기술한 것에만 그치지 않았으리라. 세월이 이미 오래 지났고 문적을 살필 수가 없어서 생몰년 및 출처(出處)와 이력(履歷)을 모두 알 수가 없으니 개탄스러울 따름이다. 지금 유허(遺墟)를 보면 아직도 그대로 있거늘 지나가는 자이면 흠모하는지라, 돌을 세워 글을 새기기로 하고 후세에 전하려는 뜻에서 마침내 선배들이 칭송한 글들을 모아 사적(事蹟) 1통을 만들었다.

감히 누가 되더라도 붓을 잡고 훌륭한 문장을 집안에 지어주시기를 바라나이다. 만약 귀중한 비문을 받아서 옛터에다 표지(標識)를 할 수 있고, 길이 후손들이 비석을 어루만지며 공경할 수 있다면, 우리 아주(鵝洲) 일족은 진실로 은덕을 입은 것이고 세교(世敎)를 돕는 것도 적지 않게 있을 것이옵니다.

1765년 2월 상순 15세손 체인(體仁) 삼가 쓰다.

유허비명/遺墟碑銘(幷序)

단밀(丹密)은 상주목(尙州牧)의 한쪽 모퉁이이다. 지경이 워낙 궁벽지고 치우쳐 있으니 의당 세상에 잘 알려질 수가 없었다. 하지만 관동(官洞)이란 마을에 '효자리(孝子里)'라고 새겨진 돌비석이 있다. 냇물이 그 앞을 흐르니 효수(孝水)라 하고, 그 냇물 가에 번듯하게 서 있는 것이 있으니 속수서원(涑水書院)이라 한다. 대개 고려조에서 안렴사(按廉使)를 지낸 퇴재(退齋) 신공(申公)이 일찍이 이곳에서 살았기 때문이다.

고려의 역사를 그윽이 상고해 보니, 사대부는 상례(喪禮)에 그런 풍속이 없고 3년 복(服)을 입은 사람도 있지 않았다. 비록 박상충(朴尙衷) 같은 어진 사람도 그가 남들과 달랐던 것은 단지 (3년 동안) 고기를 먹지 않고 조정에 나아간 것에 불과할 뿐이다. 그런데 공은 성품이 지극히 효성스러워 부친이 돌아가시자 3년의 여묘살이를 마치는 동안 아침저녁으로 묘 앞에 나아가 울며 슬퍼하였다. 피눈물이 땅을 적시니 묘 앞에 두 그루의 대나무가 솟아나자, 사람들은 효성에 감응하여 일어난 것으로 여겼고, 이 일이 조정에 알려져 그 마을에 정표(旌表)가 내려졌던 것이다. 맹자께서도 "몸을 잃지 않아야 부모를 잘 섬길 수 있다는 것은 내가 들었으나, 몸을 잃고 부모를 섬긴다는 것은 나는 아직 듣지 못하였다."고 하셨을 정도이다. 공은 고려 말기의 혼탁한 세상에 처하게 되자, 일찍부터 안렴사로 호남(湖南)에서 수령 가운데 어리석은 자는 내치고 현명한 자는 승진시키던 것을 그만두고 고향으로 돌아와 일생을 마쳤으니 곧 관동리(官洞里)라는 곳이다. ≪여지지(輿地誌)≫에서도 "그 몸을 깨끗이 하여 행장(行藏 : 진퇴출처)의 도를 얻었다."고 일렀다.

오호라! 공은 부모를 섬김에 그 효를 다한 분이니, 어찌 몸을 잃지 않으려고 한 것이 아닌데도 그렇게 될 수 있었단 말인가. 공이 작고한 지 거의 3,4백 년이 되었는데, 밀성(密城) 주위에는 효자가 연이어 나와 정문(旌門)이 서로 바라보고 있으니, 식자들은 '공에게 제향(祭享)을 드리고 난 다음부터이다.'라고 일컫는다. 심지어 공의 후예들도 모두가 효성과 우애로써 공의 그 아름다운 행실을 본받았다. 지금 가장 현저한 자들을 들어보면, 원복(元福)은 효우(孝友)로 천거되어 일명(一命 : 말단 관직)에 제수되었고, 원록(元祿)은 지극한 효성으로 정려(旌閭)가 내려지고 장대서원(藏待書院)에 제향되었다. 적도(適道), 달도(達道), 열도(悅道) 등도 모두 다 효우로서 사림들의 추앙을 받았는데, 적도는 정묘년(1627)과 정축년(1637)의 호란(胡亂)을 당하여 의병(義兵)을 일으켰고, 달도는 화의(和議)를 반대했으며, 열도는 죽음을 무릅쓰고 어가(御駕)를 호종했다. 흥효(興孝)도 그 효행이 밀성지(密城誌)에 실렸다. 지효(之孝)는 임진란 때 외인의 칼날에 죽었는데 죽음에 임해서도 아우에게 혈서를 써 보내기를 '나라를 위해 기꺼이 죽도록 힘쓰라.' 하였고, 지제(之悌)는 효우와 덕행이 있어 장대서원에 제향되었다. 지익(之益), 심(鐔), 협(鋏) 등도 모두 효행으로 정려가 내려졌다. 홍망(弘望)은 효우와 맑고 곧은 지조가 칭송되었고, 채(採)는 육행(六行)으로서 천거되었고, 염(濂)은 효행으로 지평(持平)에 추증되었다. 오호라! 어찌 이리도 성하단 말인가.

공이 속수서원에 제향됨은 우복(愚伏 : 정경세), 창석(蒼石 : 이준), 사서(沙西 : 전식) 등 여러 선생들이 실로 주관한 것이고, 우복은 묘표(墓表)를 짓기까지 하여 공을 높이 선양(宣揚)하는데 조금도 섭섭함이 없도록 했다. 공의 후손들은 그래도 공이 살던 마을이 오랜 세월 지나면 혹 없어질까 염려하고 비석을 세워서 글을 새기기로 하였다. 후손 도통(道通)씨가 천리 길 서울에 달려와서 나 제공(濟恭)에게 그 사적을 기술해달라고 부탁하는지라, 나 제공은 일어나서 말하였다.

“참으로 아름다운 일이로다. 후세 사람들이 현인이 살았던 마을을 지나며 경배함은 그 현인을 본받음만 같지 못하고, 그 현인을 본받음은 그 마음을 본받음만 같지 못하며, 그 마음을 본받음은 또한 온갖 행실의 근원인 효보다 앞서는 것이 없도다. 만일 사람들 가운데 밀성을 지나는 자가 이 비석으로 인하여 그 현인을 흠모(欽慕)하고, 그 현인을 흠모함으로써 현인의 마음까지 흠모하여 마을에서 고을로, 고을에서 나라 전체로, 마을마다 온갖 행실의 근원인 효를 일으켜서 집집마다 훌륭한 인물이 나온다면, 이 일이야말로 반드시 앞장서지 않아서는 아니 될 것이로다. 그것은 풍속을 교화하는 데에 보탬이 클 것이니, 나 제공이 어찌 사양하겠는가?”

공의 이름은 우(祐)요, 호는 퇴재(退齊)이며, 아주인(鵝州人)이다. 공의 부친 이름은 윤유(允濡)이며, 관직은 판도판서(版圖判書)를 지냈으며, 곧은 절개가 있어서 사람들은 송(宋)나라 당개(唐介)와 비견하였다고 한다.

다음과 같이 명(銘)한다.

어지러운 곳에는 가지 않았으니 행적이 어찌 그리도 깨끗한고.

자식으로서 본분은 다하였으니 행실이 어찌 그리도 돈독한가.

여기 신 퇴재의 고향에서 공의 남기신 가르침을 전해들은 자는 본받고 법도로 삼을지라.

1765년 가선대부 원임 사헌부대사헌 겸 예문관제학
춘추관사 채제공(蔡濟恭) 짓다.

속수서원 명륜당 중수 상량문/涑院明倫堂重修上梁文

* 역자 주 : 이 글은 1805년 씌어졌다.

현인(賢人)을 좋아하는 치의편(緇衣篇 : ≪시경≫의 편명)을 읊조리면 아직도 '해어지면 내 다시 지어드린다.' 하매, 희상(羲象 : ≪주역≫을 일컬음)의 치고괘(治蠱卦 : 폐단을 구제함)를 새기노니 명륜당(明倫堂)을 새로 중수(重修)하기로 도모하지 않을 수 있으랴. 선비들은 발돋움하여 보고, 산천은 더욱 보수(補修)하도록 하는구나.

삼가 생각건대, 안렴사 퇴재 신우(申祐) 선생은 상서(尙書 : 부친 판도판서 신윤유)의 효자요, 고려의 명신(名臣)이셨도다. 문헌으로야 고증할 수 없지만 오직 어사(御史)로서의 높은 절조만이 전해 오고, 나이 많은 어른들이 손으로 가리키니 아직도 빼어난 어진이[上仁]가 여묘살이 하던 곳만은 알겠도다. 하루에 삼시(三時)로 슬피 우는 울음소리가 하늘에 사무치니 지극 정성으로 어버이를 그리워한 것이요, 두 줄기 흘러내린 피눈물이 땅을 적시니 정령(精靈)이 감응하여 두 그루의 대나무가 솟아났도다. 그러니 어찌 저 진(晉)나라 왕부(王裒)가 여막에서 붙잡고 슬피 운 잣나무가 절로 말라버린 것과 견줄 것이겠는가. 저 오(吳)나라 맹종(孟宗)이 겨울에 자신의 어머니가 즐기는 죽순이 없음을 슬퍼하자 눈 속에서 홀연히 죽순이 나왔다는 기이함을 드러내는 정도일 뿐이리오. 세월이 냇물처럼 끊임없이 흘렀어도 여전히 온갖 행실의 근원인 효는 남았으니, 높다란 조각돌엔 '효자'란 두 글자의 마을 이름이 빛나고 있도다. 어찌하여 저 남쪽 마을의 정려는 보지 않는 것인가, 대개 우리 선생의 들리는 명성만 듣고 있도다.

경절공(景節公) 우재(愚齋) 손중돈(孫仲暾) 선생은 부친이신 양민공(襄敏公)의 가르침을 이었고, 점필재(佔畢齋) 김종직(金宗直) 선생의 학문을 전수했다. 감격스럽게도 중종(中宗)의 남다른 총애를 받아 국왕에게 올리는 모든 문서를 접수하고 왕명을 하달하는 도승지(都承旨)를 하였고, 낭묘(廊廟 : 의정부)에서 원대한 정책을 수립하는 일에 보좌하여 임금의 교화를 넓히는 참찬(參贊)을 하였도다. 문원공(文元公) 이언적(李彦迪)의 어진 외삼촌이 되어서는 어릴 때부터 타이르고 이끌어주는 정성을 다했고, ≪국조보감(國朝寶鑑)≫에 실린 글에 따르면 몸소 절약과 검소를 행하는 덕에 힘쓰라고 했도다. 대개 봄빛 같은 은택은 가는 곳마다 골고루 비춰주었지만, 단밀현(丹密縣)에 베푼 어진 은택은 유독 깊었도다. 때마침 큰 흉년을 만나게 되자 강동(江東)의 곡식을 배로 실어다가 널리 중생의 목숨을 먹여 살리니 서방정토(西方淨土)에서 온 미타(彌陀)라 칭송하였다. 그래서 화상(畵像)을 그려 생사당(生祠堂)을 지어 모시니, 이로써 덕을 숭상하고 제사를 지내는 기풍이 회복되었도다.

부제학(副提學) 개암(開巖) 김우굉(金宇宏) 선생은 칠봉(七峯) 김희삼(金希參)의 아들이요, 동강(東岡) 김우옹(金宇顒)의 형이다. 이산해(李山海)의 문하에 드나들며 천 길 같은 높은 풍모를 우러렀고, 퇴계(退溪) 이황(李滉)의 편지에서 성한 이름 아래에 헛된 선비가 없다는 칭찬을 받았도다. 요망한 중 보우(普雨)의 목 베기를 청하여 벼슬을 하기 전인 위포(韋布) 때부터 충성과 울분으로 심정이 북받쳤고, 재물을 탐하는 관리(당시 진도군수 李銖 사건)들의 부정한 짓을 적발하여 장죄(贓罪)를 논하니 풍채가 조정을 진동시켰어라. 임금을 직접 뵙는 경연(經筵)에서 논할 때도 소신을 굽힐 기미는 전혀 없었고, 차자(箚子)를 통해서도 임금의 마음이 너그럽고 넓어야 정치에 보탬이 된다고 직간했도다. 진실로 전체의 도(道)인 의(義)를 알지 않고서야 덕을 함양할 수 있었을 것이랴, 어찌 세상에 크게 쓰일 재주를 펼칠 것이지 조용히 실천하고 간단 말인가. 명성을 조야(朝野)로부터 얻고서도 끝내 암천(巖泉 : 상주 소재의 開口巖)에서 벼슬길에 들기 전의 마음을 그대로 이루었도다.

증(贈) 참판(參判) 검간(黔澗) 조정(趙靖) 선생은 강직하고 엄정한 자질을 지녔고, 순수하고 정결한 학문을 하였다. 한강(寒岡) 정구(鄭逑) 선생에게 심경(心經)을 배워서 일찍부터 내면으로 향하는 학문을 하였다는 명성을 들었고, 학봉(鶴峯) 김성일(金誠一) 선생의 문하에서 ≪주자서절요(朱子書節要)≫를 수학하고 종신토록 마음에 간직할 밑천으로 삼았다. 한 번 의병을 일으켜 벼슬 없이 고군분투하였고, 세 번이나 친정(親征 : 임금이 몸소 나아가 정벌함)하시기를 상소하느라 가슴 가득한 붉은 피가 솟구쳤도다. 오직 자기의 직분을 다하고자 하였으니, 어찌 용렬하게 하찮은 미관말직인들 사양했으랴. 예교(禮敎)로써 인도하고 다스려 영남(嶺南) 고을에 향학(鄕學)의 좋은 풍속을 일으켰고, 학과를 설치하여 유생들의 학문적 성취를 살피니 한 선비도 북론(北論)에 물든 자가 없었다. 좋은 훈계(차라리 죽는 날까지 독서를 하지 않을지언정 하루라도 소인의 말을 가까이 해서는 안 된다.)는 자손에게 끼쳐주었고, 도의(道義)는 고을이 본받고 존경하였도다.

대개 생각건대, 우리 네 선생은 비록 세대야 선후의 차이가 있으나 도리로 충효를 헤아림은 서로 똑같았다. 그래서 숭정(崇禎) 후 병신년(丙申年 : 1656)에 퇴재 신 선생과 우재 손 선생을 병향(竝享)하고, 또 영조(英祖) 경술년(庚戌年 : 1730)에 개암 김 선생과 검간 조 선생을 추봉(追奉)하였다. 다만 이 정당(正堂)과 집채들이 완공된 것은 세 번 지나간 계사년(癸巳年 : 1653)이니, 그 연월(年月)의 수를 계산하면 모두 150여 년이나 된다. 대들보가 휘어지고 장차 무너지려하니 어찌할 것이랴, 건물이 오래되어서 허물지 않아야 할 것이 있지 않았다. 마침내 상주(尙州)의 젊은 선비들과 함께 두루 물어 의논하고, 이에 강동(江東 : 낙동강의 동쪽에 있는 상주를 일컬음)의 선배들과 정중히 계획하였다. 모두가 '이는 우리의 책임이라.' 하니 어찌 한 때의 분주한 수고를 꺼릴 것이랴만, 진실로 지금 미처 도모하지 못하여 쓰러지게 되는 염려가 있을까 두려웠다. 이에 드디어 따뜻한 봄날에 중수를 시작하여 마침내 청화절(淸和節 : 음력 4월)에 들보를 걸었다. 지세가 너무 높은 것을 꺼려 옛터보다 한 자쯤 낮추었고, 유생들이 기숙하는데 넉넉하여서 전과 같이 다섯 칸을 지었다. 저 옛날 민자건(閔子騫)이 '옛것을 그대로 쓰면 어떠냐.'고 한지라, 오직 그런대로 갖추었을 따름이도다.

선비들이 정성을 다하고 공인(工人)들이 힘을 다하여 문득 새가 놀란 듯하고 꿩이 나는 듯한 웅장한 누각이 지어졌는데, 날짜도 이미 길하고 때도 또한 좋으니 마치 귀신이 도와주는 듯했도다. 요행히 쓰러지려는 것을 세우고 파손된 것을 보수하였지만 옛사람들과 거의 못지아니하고, 겨우 또 후세에 알려서 먼 훗날에 이어받게 했으니 장차 후세에도 할 말이 있게 될 것이로다. 이에, 제비가 와서 축하하리니, 무지개 들보를 올리는데 돕는 노래를 하려한다.

들보 저 동쪽에 떡을 던지노라.	抛樑東
선학산이 높으니 바람을 타야 한다네.	仙鶴山高可御風
꼭 바람 타야 하는 것은 아니고 학 타고도 가나	不必御風乘鶴去
선경(仙境)이야 원래부터 이 명륜당일러라.	仙鄕自在此堂中
들보 저 서쪽에 떡을 던지노라.	抛樑西
온갖 경치 어둑어둑 지는 해 나직하네.	萬景蒼蒼落日低
해가 지면 별들이라도 천년세월 비칠 것이나	日暮星稀千載下
옛사람의 풍범을 어느 누가 본받으려 생각할꼬.	前人風範孰思齊
들보 저 남쪽에 떡을 던지노라.	抛樑南
도호엔 푸른 봄물이 일렁이며 고였도다.	道湖春水綠成潭
내 이 냇물이 효수(孝水)임을 아나니	吾知此水源於行
예로부터 이 고장에 효자가 얼마나 많던가.	從古丹邱幾孝男
들보 저 북쪽에 떡을 던지노라.	抛樑北

강물 거슬러 오르자니 구불구불 굽이지네. 江流遡上如彎曲
봄이 되자 몽충선이라도 띄우고자 하매 春來欲放蒙衝船
촌로들은 굳이 힘들인다고 걱정 말지로다. 野老莫須愁費力
들보 저 위쪽에 떡을 던지노라. 抛樑上
달 밝고 바람 맑아 하늘은 광활하도다. 月白風淸天宇曠
원기(元氣)가 유행하여 잠시도 멈추지 않으니 一氣流行不暫停
스스로 힘쓰는 군자는 하늘의 모양 보기에 마땅하네. 自强君子宜觀象
들보 저 아래쪽에 떡을 던지노라. 抛樑下
콩 보리 벼 오곡들이 사방 들판에 가득하도다. 菽麥禾秔連四野
나라 걱정하는 늙은이들 풍년만 들라 하니 憂國老夫但願豐
화창한 바람이 오늘은 남쪽에서 불어오네. 和風是日從南也

삼가 바라건대, 대들보를 올린 다음이면 이 강당(講堂)에서는 봄여름 동안 시서(詩書)를 읽고, 이 서재(書齋)에서는 가을겨울 동안 예악(禮樂)을 익히는데, 아침에 더욱 많이 배우고 저녁에는 그것을 익혀 거문고를 타며 글 읽는 소리가 끊이지 않게 하시고, 비루한 자도 청렴해지고 박한 자도 후해지도록 더욱 단정하고 삼가는 행실을 익히도록 하소서. 더러는 학문을 통해서 벗을 모으고 그 벗들과 함께 서로 도와 간절히 권하며, 향사(享祀) 때는 제수를 받든 발걸음이 엄숙히 위의가 있게 하소서. 무릇 그런 연후에 현판이 다시 빛나게 되면 아마도 궁장(宮墻)에 광채가 날 것이나이다. 대들보 위의 먼지를 쓸어내니 그 옛날 황무지였던 이곳을 김맸던 어르신들의 출중한 명문장이 빛나는지라, 부처 머리에 똥칠하듯 못난 사람이 졸렬한 글을 쓰자니 황송하고 부끄럽지만, 백 년 천 년 대대로 의당 전해져서 지금의 글과 옛날의 글들이 모두 다 있게 하소서.

풍양(豐壤) 조목수(趙沐洙) 짓다.

명륜당 중수기/明倫堂重修記

* 역자 주 : 이 글은 1805년 씌어졌다.

상주목(尙州牧)의 밀성현(密城縣 : 지금의 단밀면)에는 속수서원(涑水書院)이 있으니, 곧 네 선생을 향사(享祀)하는 곳이다. 정덕(正德) 원년(元年 : 1506년)에 경절공(景節公) 우재(愚齋) 손중돈(孫仲暾) 선생이 우리 고을의 목사(牧使)로 오시어 선비를 양성하고 백성을 다스리며, 재앙을 구제하고 환난을 구휼하는 데에 극진하게 하지 않음이 없었으나, 유독 단밀현에 베푸신 은덕이 가장 깊었다. 이에, 고을사람들이 생사당(生祠堂)을 세우고 제사하기를, 저 당(唐)나라 조주(潮州)의 사람들이 사당에 문공(文公) 한유(韓愈)를 모신 것처럼 했는데, 임진란을 겪고 나니 빈터만 남게 되었다.

숭정(崇禎) 갑신년(甲申年)의 12년 후인 병신년(丙申年 : 1656년)에 한 고을의 모든 선배(先輩)들이 개연히 탄식하고는 마침내 가시덤불을 베어내고 묵은 먼지들을 털어내었으며, 옛터를 다져서 새 사당을 지었다. 그래서 여러 사람들과 의논하기를, "손 선생을 지난 시절에 생사당을 지어 받드신 것은 참으로 아름다운 일이었다. 그러나 이는 한 고을의 사람들이 그 베풀어주신 은덕을 감사한 것에 그치고 마는 데 불과할 뿐이다."고 하였다. 선생은 조정에 나아가서는 좌참찬(左參贊)과 우참찬(右參贊)의 중책을 차례로 졌고, 외직으로 나아가서는 사방 백리(百里)의 백성들을 흡족하게 할 은택으로 다스렸는데, 성대한 덕업(德業)과 통달한 학식은 진실로 사림들이 존경하여 본보기로 삼는 바가 되었었다.

또 사당의 남쪽에는 안렴사(按廉使) 퇴재(退齋) 신우(申祐) 선생의 정려(旌

閭)가 있으니, 선생은 곧 전조(前朝) 고려의 명신(名臣)이었다. 고려의 운명이 기울자, 초야로 은둔하여 새 왕조의 신복이 되지 않으려는 절조를 지켰다. 성품이 지극히 효성스러웠는데, 여묘살이를 한 정성에 감응하여 두 그루의 대나무가 솟아나는 이적(異蹟)이 있었다. 그래서 높은 절개와 아름다운 행실은 또한 풍교를 세워서 후세들이 부지런히 본받게 할 만하였으니, 어찌 이곳에다 병향(竝享)하지 않으랴. 마침내 한 당에 두 현인을 제향(祭享)하게 되니, 그 사당의 이름을 '경현사(景賢祠)'라 하였던 것이다. 그 후 47년인 계미년(癸未年 : 1703)에 승격되어 서원이 되었고, 또 그 후 27년인 경술년(庚戌年 : 1730)에 개암(開巖) 김우굉(金宇宏) 선생과 검간(黔澗) 조정(趙靖) 선생 두 분을 받들어 이에 더하여서 제향하니, 간절한 추모의 정을 나타냈던 것이다.

아! 본 서원은 세워질 때가 실로 우리 상주(尙州)에 있어서 크고 작은 서원이 있지도 않은 시기이었던 데다, 그 다음 오래전에는 병화(兵火) 중에 불타서 잿더미가 되고, 중도에는 물자와 형편에 구애를 받아 조치를 했어도 모두 허술하게 대충한 데서 벗어날 수가 없었다. 강당이 더욱 심하였으니, 전후하여 수백 년 동안에 몇 번이나 손보아 고쳤으랴만, 세월이 점차 오래되어서 기와가 두루 새고, 기둥이 휘어 기울어지고, 서까래가 썩어문드러지고, 창틀이 헐고, 동서가 기울어진 지경에 이르렀는지라, 더 이상 지탱할 수 없을 듯한 지도 이미 여러 해가 지났다. 고을의 나이 많은 어른들이 이를 크게 걱정하고는 약간의 재물을 거두어 동지와 선배들로 하여금 일을 맡아 책임지도록 계획하여서, 복구공사를 일으킨 지 8개월 만에 공사가 끝마치게 되었으니, 우리 성상(聖上 : 純祖를 가리킴) 즉위 5년 을축년(乙丑年 : 1805)이었다.

아! 단밀(丹密) 땅이란 곳은 물 좋고 산 좋으며, 하늘 아득하고 들이 드넓으니, 끝없이 펼쳐진 청풍명월(淸風明月)과 시원스런 풍광이 모두 흉중을 상쾌케 하고 눈을 유쾌하게 하매, 나는 이 명륜당에 올라 감탄하여 이르노라.

"이 세상의 명승지, 정자와 누각은 곳곳에 있으니 어찌 한둘이랴만, 그것들은 한갓 시인 문사들이 때로는 술 한 잔을 마시기도 하고 때로는 시 한 수를 읊기도 하는 곳에 지나지 않을 뿐이다. 그런데 하늘이 이처럼 절의와 효성을 다한 군자의 고장에다 이와 같은 뛰어난 풍광까지 베풀어서 현인(賢人)을 숭배하고 도의(道義)를 가르치는 곳으로 삼을 수 있게 하였으니, 어찌 우리 고장으로서는 커다란 만남이 아니었으랴. 그러니 선배들이 책을 읽고 학문에 힘쓰는 곳을 세우려했던 뜻이 어찌 공연한 일이었겠는가.

옛날 주자(朱子)가 남강군(南康軍)의 태수이었을 때 백록동서원(白鹿洞書院)을 중건하였는데, 손수 '명륜(明倫)'이라 써서 그 당우(堂宇)에 편액하고, 함께 조목(條目)까지 써서 벽에 걸어두고는, 시골의 수재[村秀才]들에게 부자(父子), 군신(君臣), 부부(夫婦), 장유(長幼), 붕우(朋友) 사이의 차례를 가르치고, 박학(博學 : 널리 배움), 심문(審問 : 자세히 물음), 신사(愼思 : 조심스럽게 생각함), 명변(明辨 : 분명하게 판별함), 독행(篤行 : 독실하게 행함)의 조목(條目 : 학문하는 방법임)으로 이끈 것은 모두 인륜(人倫)을 밝히려는 이유에서였다. 사람의 도리가 위에서 밝아져야 그 치교(治敎 : 정치와 교화)가 아래로 행해진다. 그러므로 교화가 세상에 두루 미치면 다스림이 융성하고 풍속이 순박하고 아름다워진다. 저 삼대(三代 : 夏殷周) 이후에 가장 밝고 빛난 치교로 반드시 남송(南宋 : 주자의 남강 태수시절)을 제일 먼저 간주하는 것은 이 때문일러라.

우리 동방에 있어서 영남(嶺南)이 특히 성하였으니, 가숙(家塾 : 집안의 학교), 당상(黨庠 : 마을의 학교), 향사(鄕社 : 고을의 학교), 국학(國學 : 나라의 학교) 등이 곳곳마다 서로 바라보고 있는데, 규모와 시설, 크고 작은 절차 등은 하나같이 주(朱) 선생의 의례와 법도를 따랐다. 이렇게 되자, 많은 현인들이 배출되고 유도(儒道)가 크게 밝아져서, 시서를 읽고 예악을 익히는 가르침과 효도하고 근신하며 진실하고 믿음직스러운 행실은 해동(海東)의 추로지향(鄒魯之鄕 : 공자와 맹자의 고향)이 될 정도로 성했다. 그러나 아! 세대가 내려오면서 풍속도 야박해지고, 현인이 없어져서 교육도 해이해지자, 인륜을 밝히는 학문을 하며 군자의 몸가짐을 익히던 곳은 도리어 멋대로 즐기고 이야기하는 장소가 되고 말았다. 또 심한 풍파(風波 : 개암 김우굉과 겸간 조정 철향 사건을 일컬음)가 일어나서 몇 년간 계속되어 지역의 기상이 별로 좋지 못했을 때도 있었으니, 이 어찌 세태의 한심스러움을 식견 있는 사람들이 그윽이 한탄하지 않았으랴.

비록 그러하지만, 사물의 이치는 극에 달하면 다시 원래대로 돌아오는 법이다. 본원이 근래 몹시 황폐한지라, 하루아침에 수리하여 복구가 되지 않을 듯하더니만, 5~6칸 규모의 웅장하고 화려한 건물이 어느새 땅에서 우뚝하게 솟으니 얼마나 다행이냐. 곁채며 푸줏간 등도 차례로 또한 거듭거듭 새로워졌다. 여러 나이 많은 어른들이 정성을 다하고 애쓴 보람은 사람들로 하여금 공경히 우러르게 하기에 족하며, 유도(儒道)가 아름답게 회복될 수 있었던 운도 또한 어찌 이에 말미암지 않았다고 할 수 있으랴. 무릇 우리 유림의 군자들은 명륜당의 중건을 계기로 나날이 새롭게 하고 또 새롭게 하여 공부할 것을 각오하고서, 이 문에 들어서면 모범이 될 만한 풍채를 지닌 선현들을 상상하고, 이 당에 올라서면 밝게 걸린 '명륜(明倫)'을 둘러보아야 하리라. 여기에서 강론하고 여기에서 읽고 여기에서 읊조린 것을 돌이켜 마음과 몸에서 궁구해보고 말과 행동으로 징험해 보여 분발하도록 진작하며 서로 어울려 힘쓰면 이전에 창설하고 중건한 분들의 뜻을 거의 저버리지 않는 것이니 어찌 우리들이 구구한 정성으로 서로 권면할 곳이 아니겠는가."

진사 풍양(豐壤) 조학수(趙學洙) 짓다.

신도비명/神道碑銘(幷序)

퇴재(退齋) 선생의 성은 신씨(申氏)요, 이름은 우(祐)요, 아주현(鵝洲縣) 사람이다. 장절공(壯節公) 숭겸(崇謙)의 17세손인데, 그 12세 익휴(益休)에 이르러 군공(軍功)이 있어서 아주군(鵝洲君)에 봉해지니, 자손들은 이에 관향으로 삼았다. 4세 윤유(允濡)는 고려 충렬왕(忠烈王) 때 판도판서(版圖判書) 벼슬을 하였고, 시호는 정숙(貞肅)이요, 깨끗한 명성과 곧은 절조로서 드날렸다. 이 분이 공의 아버지이시고, 어머니는 성주(星州) 이씨(李氏)로 지평(持平)을 지낸 언(堰)의 따님이다.

퇴재공은 상주(尙州) 단밀현(丹密縣) 관동리(官洞里)에 살았는데, 효렴과(孝廉科)에 응시해서 관직을 시작하여 봉상대부(奉常大夫) 사헌부 장령(司憲府掌令)에 이르렀다. 일찍이 전라도 안렴사가 되었으니, 대개 당시에는 엄선되는 자리였다. 포은(圃隱) 정몽주(鄭夢周) 선생으로부터 사람으로서 마땅히 해야 할 도리를 들었던 것 같다. 고려 말 정사가 어지러워지자, 야은(冶隱) 길재(吉再) 선생과 함께 고향마을로 돌아왔다. 상주의 만경산(萬景山)에 들어가 숨고는 세상에 나오지 않았으니, 우리 태종(太宗 : 太祖의 잘못)대왕이 왕 되기 전의 친구였던지라 공을 형조판서(刑曹判書)로 불렀으나 나아가지 않았던 것이다.

성품이 지극히 효성스러워 부친 정숙공의 상을 당하자 묘 옆에 여막을 짓고 아침저녁으로 슬피 울며 3년을 마쳤는데, 그 눈물이 떨어진 곳에 홀연히 두 그루의 대나무가 솟아나자, 사람들은 효성에 감응한 것으로 여겼다. 이 일이 알려져 정려(旌閭)가 내려져 그 마을을 '효자리(孝子里)'라 부르게 하니, 마을사람들은 돌에 새겨서 표지석을 세웠다. 그 후로는 효자가 연이어 나왔으니, 대개 공이 지나간 곳이라 감화를 받았기 때문이다. 상주의 선비들이 공을 기리고 사모함이 그치지 아니하여 속수서원(涑水書院)에 제향하였으니, 우복(愚伏) 정경세(鄭經世), 창석(蒼石) 이준(李埈), 사서(沙西) 전식(全湜) 등 여러 선생의 공론을 따른 것이었다.

공의 부인은 약목(若目) 류씨(柳氏)인데, 부원군(府院君) 익정(益貞)의 따님이다. 두 아들을 두었으니, 장자는 광부(光富)로 내부령(內府令)을 지냈고, 차자는 광귀(光貴)로 지봉주사(知鳳州事)를 지냈다. 관직이 대대로 끊이지 않았는데, 자손들이 효성과 우애, 명망과 절개로 드날린 사람을 여기에 기록한다. 부령공의 5세손인 원복(元福)은 효행으로 천거를 받아 참봉(參奉)을 제수 받았으며, 호는 정은(靜隱)이고 매강서원(梅岡書院)에 제향되었다. 원록(元祿)은 학행이 높았으며, 효행으로 정려가 내려지고 참의(參議)에 추증되었으며, 호는 회당(悔堂)이고 장대서원(藏待書院)에 제향되었다. 아들 심(伈)은 임진란 때 의병을 일으켰으며, 감찰(監察)을 지냈고 호는 흥계(興溪)이다. 그 아우 흘(仡)은 정인홍(鄭仁弘)을 배척하는 상소를 올렸으며, 승지(承旨)가 추증되었고 호는 성은(城隱)이다. 그 아들 적도(適道)는 건원릉 참봉(健元陵參奉)을 지냈고 학문과 절의가 세상에서 추앙을 받았으며, 정묘년과 정축년에 의병을 일으켜 척화를 주장했으며, 참의(參議)가 추증되었고 호는 호계(虎溪)이며 단구서원(丹邱書院)에 제향되었다. 그 아우 달도(達道)는 수찬(修撰)을 지냈고 경학(經學)과 곧은 절의가 한 시대의 존경을 받았으며, 정묘년에 척화를 주장하였으며, 도승지(都承旨)가 추증되었고 호는 만오(晩悟)이다. 그 아우 열도(悅道)는 장령(掌令)을 지냈고 사문(師門)의 지결(旨訣)을 전수받았으며, 병자년에 호가(扈駕)하며 죽기를 맹서하였고, 호는 난재(懶齋)이며 단구서원에 제향되었다. 정은공의 손자 홍도(弘道)는 학문으로 세상에 이름을 떨쳤고, 호는 정봉(鼎峯)이다. 그 아들 류(瑠)는 마지막 관직이 정언(正言)이었고 덕망으로 이름이 높았으며, 호는 청재(淸齋)이고 매강서원에 병향(竝享)

되었다. 호계공의 아들 채(採)는 진사를 지냈고 효행과 학행으로 추천장에 이름이 올랐으며, 호는 인재(忍齋)이고 단구서원에 제향되었다. 봉주공의 8세손 지효(之孝)는 임진란 때 부모를 지키려다 순효(殉孝)하였고 호는 응암(鷹巖)이다. 그 아우 지제(之悌)는 승지를 지냈고 덕망이 있었으며, 임진란의 공훈록에 올랐고 이조참판에 추증되었으며, 호는 오봉(梧峯)이고 장대서원에 제향되었다. 그 아들 홍망(弘望)은 정언을 지냈고 맑고도 곧은 지조가 칭송되었으며 호는 고송(孤松)이다. 참봉을 지낸 지익(之益)은 호가 양일당(養一堂)이었으며, 아들 심(鐔)과 조카 협(鋏)과 더불어 모두 효행의 정려가 내려졌다. 이들은 겉으로 드러난 사람들이다.

오호라! 선생은 고려의 운수가 다해가는 시기에 처해서 그 기미를 보고 일어나 하루가 끝나기를 기다리지 않고 떠났다. 그 후 비록 여러 번 부름을 받았으나 조선조 곡식은 먹지 않겠다며 나아가지 않았으니, 대개 그 자취를 감춘 것이다. 기자(箕子)가 "나는 남의 신복(臣僕)이 되지 않겠다."고 말했는데, 후세에 옛일을 논하는 자들은 이 말에서 공에게 크나큰 절개가 있었음을 알 수 있을 것이다. 묘는 사포(蛇浦) 신향(辛向)의 언덕에 있다.

어느 날, 17세손 돈식(敦植)이 공의 실기(實紀)를 소매 속에 넣고 와서 못난 나에게 보이며 묘도문(墓道文) 짓는 책임을 지웠다. 나를 돌아보건대 늙고 또 병들었는지라 어찌 그 일을 감히 감당하랴만, 더욱 굳게 청하매 가지고 온 행장(行狀)을 참고해서 대략 손질하고 평소에 존경하던 마음의 정성을 그윽이 부치노라. 이어서 명(銘)을 지었는데, 다음과 같다.

나라가 이미 망했을지라도	國旣屋社
나는 남의 신복이 되지 않겠다며	我罔臣僕
몸가짐을 깨끗이 하고 떠나니	潔身而去
구렁텅이에 버려짐을 생각지 않았네.	不忘丘壑
의리는 백이(伯夷) 숙제(叔齊)와 나란하고	義並採薇

뜻은 운곡 원천석(元天錫)과 같았으니	志同耘谷
맑은 풍도 굳은 절의	清風苦節
백세가 어제 같도다.	百世如昨
효도하는 정성을 충성으로 옮겨	移孝而忠
시종일관 한 절개인 채로	終始一節
자취를 거의 감추어 버렸으니	跡幾沈晦
참으로 깊은 안목이었도다.	有證深目
듣는 사람 근본을 바로세우고	聞者有立
지나는 길손 반드시 경의 표하리라.	過者必式
무성한 숲 그늘 짙으니	有菀者陰
쉬는 자손이 천억이로세.	子孫千億
사포의 무덤길에	蛇浦之阡
석자 높이 묘비가 있노니	有崇三尺
그 교훈 우리들에게 무궁히 이어질 것이라	詔我無窮兮
태산도 닳고 빗돌도 닳으리로다.	山可平石可泐

의금부도사 후인 풍산 류도헌(柳道獻) 삼가 짓다.

권 2

후손 사우제례문

이산서원 상량문/尼山書院 上樑文

남몽뢰

* 퇴재 선생 6세손 회당(悔堂) 원록(元祿)은 기유년(1669)에, 위패를 봉안하고 제향(祭享)할 곳을 짓자는 사론(士論)에 의해서 송은(松隱) 김광수(金光粹)와 함께 배향(配享)하려 했으나 이루어지지 않다가 장대서원(藏待書院)으로 옮겨 봉향(奉享)되었다.

그 덕을 높이고 착한 것을 드러내어 주는 데는 하늘로부터 부여받은 사람으로서 지켜야 할 도리가 이미 있는 법이니, 토지의 신(神)인 사(社)에 제사 모실 수 있는 사람이 있으면 그 영령을 봉안할 곳이 없을 수 있으랴. 두어 칸 되는 고요한 묘우(廟宇 : 신위를 모신 집)를 짓고, 이에 사방의 이목을 새롭게 하였다.

멀리 서라벌(徐羅伐) 옛 나라 때부터 이 의성부(義城府)가 새로 생길 때까지, 물길은 앞뒤 둘로 나뉘어 흐르다가 낙동강(洛東江)에서 만나 바다로 들어가며, 산들은 동서에서 진(鎭)을 둘러싸듯 하는데 금성(金城 : 의성군 금성면)에서 시작하여 오토산(五土山)에서 끝난다. 신령스럽고 맑은 정기(精氣)가 천지에 충만하여 걸출한 재주를 지닌 자들을 길러 냈으니, 고려(高麗) 태조(太祖)가 창업할 때는 홍술(洪術 : 洪儒의 초명)과 같은 무장(武將)이 있었고, 우리 조선을 건국하여 중흥하고 태평하던 시절에는 김순(金淳)과 김말(金末) 같은 문신(文臣)이 칭송받았다. 공(功)을 세워서 이름을 드러낸 사람을 말하려면 진실로 이루 다 열거하기가 어렵지만, 참 선비[眞儒]를 말하는데 있어서는 잠시 예외로 하자.

삼가 생각건대, 송은(松隱) 김광수(金光粹) 선생은 뜻이 세속을 떠나 높이 뛰어났으며 행동이 자연스럽고 학문이 성숙하였다. 등용되면 세상에 나아가 도를 실천하고 등용되지 않으면 숨어살며 덕을 수양하는지라 부귀를 뜬구름으로 여겼다. 집에 들어와서는 효도하고 나가서는 공손하는 가운데서도 여사(餘事)로 익힌 문장이 있었다. 열 장(章)으로 된 경심잠(警心箴)은 대개 삼강령 팔조목(三綱領八條目)에서 얻은 것들로 되어 있고, 붉은 기운이 뻗쳤다고 하는 풍성(豐城)에서 나는 한 조각의 보검이라 해도 또한 <이조부(二鳥賦)>와 <구변가(九辯歌)>에야 무엇이 해로웠으랴. 당시에 모범이 되었고 후세에까지 풍교를 세운 지 지금 어언 백 년이 지났으나 아직도 추모의 정이 간절하다. 구천(九泉)으로 가시기 전에는 어느 누가 그의 집안을 엿볼 수 있었으랴. 아! 뒤좇으려 하나 미칠 수가 없으니, 이런 까닭에 오래도록 잊지 못한다.

또 생각건대, 회당(悔堂) 신원록(申元祿) 선생은 효도와 우애가 천성에서 나왔고, 실천은 현장에서 이행하였다. 일상생활에 있어서 마땅히 행해야 하는 길이 있으면 오직 효도하고 오직 충성을 다하였으며, 젊어서 의지할 스승을 만나서는 기뻐하고 즐거워하였다. 자신을 낳아준 세 가지(부모, 임금, 선생)를 하나같이 섬기는 데에 치상(致喪)·방상(方喪)·심상(心喪)을 극진히 하였고, 아는 것이 있으면 곧바로 실행하는데 있어 마음에 간직한 가르침을 잠시도 잊지 아니하였다. 선대(先代)의 유학자들이 지닌 조예 깊은 견해들을 체득하여 평생 동안 확실하게 믿는 마음을 증험하였으니, 사람들은 조금도 흠잡을 수가 없었으며 또한 강직한 아들 형제를 두었다. '나는 반드시 그를 배웠다고 이르리라.'고 한 자하(子夏 : 본명 卜商)의 말이 없었다 할지라도, 가문에서는 이미 효칙(效則)으로 삼았겠지만 이 세상에다 법도로 삼아야 한다고 해야겠다.

이 두 분과 같은 현인(賢人)의 출현은 5백년을 기약해야만 하거늘, 한 고을에 모두 모여들었고 또한 이삼십 리 안에 계시었다. 무릇 하늘의 뜻이 아니고서야 아, 찬란했던 사이에 정기(精氣)가 모여 태어나서는 한 때의 곤괘(困卦)와 둔괘(屯卦)를 어찌 논했으며, 기나긴 밤에도 해와 별처럼 밝게 빛났으랴. 온 세상이라 해도 어긋나지 않을 것이니 온 나라의 스승으로 삼을 수 있는 분들이고, 같은 마을에 나시고도 이름이 났으니 우리 고을로서야 더욱 친절해지는 것이 마땅하리라. 상상컨대, 흠모한 지 이미 오래여서 그림자, 음성과 체취조차 찾을 수 있었으니 더 돈독히 숭상하고 보답하려는 정성으로 제향(祭享)하는 의전(儀典)을 논의했으리라. 이렇게 아름다운 덕을 좋아함은 사람들의 마음이 똑같음을 보여주는 것이며, 안락한 이 언덕의 무덤은 하늘의 조화가 결코 우연이 아님을 깨닫게 한다.

방백(方伯 : 관찰사)이 성심을 다하여 기율을 잡고 특별히 성묘(聖廟 : 공자의 사당)를 짓다 남은 묵은 재목을 내어주었으며, 지주(地主 : 고을 원님)는 관리하는데 온 힘을 기울이고 현인들의 사우(祠宇)를 새로 짓는 것에 대해 맨 먼저 거론하였다. 그러자 경서를 보고 학업을 닦던 많은 서생(書生)들이 의기투합하여 나오고, 풍속을 따라 역사(役事)에 모여든 백발의 노인까지 다 함께 권하며 스스로 나왔다. 삼대(三代)의 법궁(法宮 : 천지의 상서로운 기운을 모으는 곳) 체제를 징구하여 처마가 쳐들지 않은 크나큰 하옥(廈屋)의 규모를 짓는다 하여도 이미 장인(匠人)의 솜씨가 좋은데다 재목(材木)까지 좋고 또한 관리가 근면하고 인력도 풍부하니, 우거진 잡목을 처음으로 거두어내자 산천의 모습이 바뀌고 세월이 얼마 지나지 않아서 우뚝하게 집채가 발돋움한 듯 드높았다. 방과 마루, 출입문과 창문, 섬돌과 글방 등이 질펀히 흐르는 물가에 있고, 처마, 기둥, 네 귀퉁이 등이며 밝고 밝은 그 남향이로다. 기이하고 빼어난 산봉우리들이 머리 숙여 읍(揖)하듯 마주보지만 세워놓고 보면 높고 높으며, 잔잔히 흘러가는 장천(長川)은 요해처 금대(襟帶)이니 근본이 용솟음치는 곳임을 알겠도다. 송(宋)나라 백록동서원(白鹿洞書院)에서 그 전범을 모방하고 하늘이 아끼고 땅이 감춘 이름난 곳이 되었으며, 문묘(文廟)에 배향하여 세상은 다르나 합하는 지극한 즐거움을 얻었다.

거룩도다, 온 고을의 성대한 일이어라. 아름답도다, 백세토록 훌륭한 모범이어라. 옛날에 선현(先賢)에게 알려진 적이 있으니 어찌 혼몽하다 말할 것이며, 청하노니 이제 동지들에게 널리 간(諫)하여 떠들지 않고 듣게 해주소서. 하늘이 우리에게 부여한 것은 바라는 바대로 되는 것이니 어떻게 할 것이며, 우물을 파 내려갔다 하더라도 샘물에 이르지 못할 것 같으면 학문을 포기한 이후에 능해질 수 있으랴. 더러 높은 산과 큰 길처럼 훌륭한 인품의 사람에 미칠 수 있으려면 조금씩 느리게 쌓아가되 게으르지 말아야 하니, 자신에게 달렸을 뿐이거늘 남을 기다려야 하겠는가. 이어서 노래 부르기를 청하노니 부르는 것을 허락한다면 감히 '어기영차' 노래를 부르겠노라.

들보 저 동쪽에 떡을 던지노라.	抛樑東
훌륭한 마을에 정려가 내려졌네.	仁里旌閭這箇中
이로부터 만일 자식의 본분을 알고자 한다면	從此儻知人子職
그대에게만 친히 회당옹을 뵙게 하겠네.	許君親見悔堂翁
들보 저 서쪽에 떡을 던지노라.	抛樑西
치악산 후봉이 눈 아래 보이네.	雉岳堠峰眼下低
운암산에 비가 어둑하여도 전혀 상관치 않으니	雲暗雨昏渾不管
우뚝이 천년 세월 숨어사는 곳을 보호해야겠네.	屹然千劫護幽棲
들보 저 남쪽에 떡을 던지노라.	抛樑南
위로는 동제가 있고 아래로는 벽담이 있네.	上有銅堤下碧潭
서리 내리고 안개 자욱한 것 원래 싫어하지 않으나	霜落霧凝元不惡
거센 비바람이 살짝 낀 이내 걷는 것은 싫어하네.	却嫌狂雨打晴嵐
들보 저 북쪽에 떡을 던지노라.	抛樑北
공부자(孔夫子)의 궁장 높이가 백 척이네.	夫子宮墻高百尺
뭇 제자들 73인이 긴 고리처럼 둘러쌌으니	羣弟長環七十三
응당 때가 오면 참석케 해주소서.	也應時來許參席

들보 저 위쪽에 떡을 던지노라.	抛樑上
비갠 날의 달, 맑은 날의 바람은 무진장한 보배러라.	霽月光風無盡藏
경물이 은은하니 도가 이곳에 있거늘	景物依依道在斯
아름다운 광간자(狂簡者)들, 아! 우리 고향 사람일세.	斐然狂簡嗟吾黨
들보 저 아래쪽에 떡을 던지노라.	抛樑下
버들 파릇파릇한데 현사(縣舍)가 연이어 있네.	柳色靑靑連縣舍
영각에선 때로 복자천(宓子賤) 거문고 소리 들리니	鈴閣時聞宓子琴
태평세월 한가한 겨를이 많아라.	太平煙月閒多暇

삼가 바라건대, 대들보를 올린 다음에는 지령(地靈)은 빼어난 자를 잉태하고 귀신은 상서롭지 못함을 금하소서. 우리에게 광명의 빛을 내려주시되 한 시대를 새롭게 하는 교화가 사람들의 모범이 되고 온갖 행실의 근원으로 공경하게 하소서. 사람들은 스승이 달리 있는 것이 아니니, 옛 성현들을 본받고 현인들을 본받기 바라는 마음을 펼치게 하소서. 왕에게 현인이 많아서 나라 일을 경륜하고 세도(世道)를 바로잡는 계책을 올리도록 하게 하소서.

장대서원 풍영루 상량문/藏待書院風詠樓上梁文

홍만조

* 회당은 오봉 지제(之悌 : 퇴재 9세손)와 숙종(肅宗) 을축년(1685)에 이곳에 함께 제향되었다. 송은(松隱) 김광수(金光粹)와 경정(敬亭) 이민성(李民宬)을 함께 모시어 제사를 드렸는데, 무진년(戊辰年 : 1868)에 나라의 금령(禁令)이 있어 철거를 당했다.

온 우리 고을사람들에게 공경하고 본받을 분들이 있어 제수(祭需)를 이미 차려놓고 의식을 거행하였다. 많은 선비들이 의지할 스승을 만나서는 이에 새 누각의 건물을 지었으니, 도는 실추되지 않을 것이고 우러러볼수록 더욱 높아질 것이다. 돌아보건대, 이 사당에 영령들을 모신 것은 진실로 현인을 본받고자 하는 아름다운 뜻에서 나온 것이다. 회당(悔堂) 신원록(申元祿 : 1516~1576)과 오봉(梧峯) 신지제(申之悌 : 1562~1624) 같은 분은 학문과 효우가 모두 이름깨나 날린 사람들[名家]보다 뛰어났으며, 또한 송은(松隱) 김광수(金光粹 : 1468~1563)와 경정(敬亭) 이민성(李民宬 : 1570~1629) 같은 분은 실천과 문장이 나란히 앞 시대에서 칭송되었다. 전해오는 풍도가 아직도 완연히 그대로 남아 있어서 우리 고향의 음덕(陰德)으로 이어지는지라, 후학들이 오래도록 추모하여 향기로운 제사를 다 함께 올린다.

풍속을 가다듬는 방도는 여기에 힘입음이 있었을 것이고, 아마도 학업을 익히는 선비들은 이에 제 자리를 얻었을 것이다. 다만 유림들이 애쓰지 않은 연유로 아직까지 서루(書樓)가 뒤이어 완성되지 않았다. 이 누각에 올라 멀리 바라보나니 이전에는 관물(觀物)할 곳이 갖추어져 있지 않았었는지라, 선비들이 이곳에 들어오게 되면 어찌 머물려는 기쁨을 얻었으랴.

그리하여 선비와 벼슬아치들이 계책을 합하고 한 목소리를 내자, 그 옛날 유명했던 노반(魯般)과 공수(工倕) 같은 뛰어난 장인(匠人)들이 일을 맡아 온갖 재주를 다 쏟았다. 그러자 산허리에 가파른 곳의 반을 파낸 데에는 풀이 무성히 우거질 조용한 뜰이 생겼고, 높게 매달려 있는 현판을 맘껏 볼 수 있는 덴 단청(丹靑)이 찬란한, 나는 듯한 누각이 있도다. 산봉우리는 빙 둘러 있어 마치 머리 숙여 읍(揖)한 듯하고, 난간과 마루는 높고 탁 트여서 실로 바르고 큰 모습을 드러내었다. 상상노니, 백년 이후에도 문득 지금의 시내와 언덕이 더욱 빛남을 깨닫게 되면, 손가락으로 가리키는 곳마다 짚신에 죽장을 짚고 머무르지 않은 곳이 없으리라.

이른바 땅은 사람으로 인해서 명승(名勝)을 떨친다고 하거늘, 하물며 이름과 뜻이 서로 부합하는 곳임에랴. 학문을 닦고 때를 기다리는[藏而待之] 이곳은 바로 우리 모두가 스스로 힘써 몸과 마음을 가다듬어야 할 곳이요, 도가 있는 곳으로 곧 스승이 있는 곳이다. 어찌 다만 문인(門人)들이 스승에게 친히 배울 때만, 높은 곳에 오르려면 낮은 곳에서 출발해야 함을 쌓아가야 할 가르침으로 마땅히 생각할 것이며, 남과 비교하려면 똑같은 기준에서 해야 함은 어찌 그 경중(輕重)의 구분을 살피지 않아도 될 것이랴. 비단 읍인(邑人)들만 우러러볼 뿐이 아닌지라, 문풍(文風)을 진작하고자 하여 이에 좋은 날을 가려서 장차 긴 대들보를 올리려 하였다.

재주는 실로 영인(郢人)에게 부끄럽고, 뛰어난 소리가 부족하다 할지라도 송(頌)은 적이 진(晉)나라의 장로(張老)를 본받고자 하였지만 훗날의 기롱이나 면할 수 있었으면 좋겠다.

들보 저 동쪽에 떡을 던지노라.	抛樑東
망망한 들판에 사방이 훤히 트였네.	茫茫原野四望通
좌우엔 서책 비치하였으나 도무지 일이 없으니	圖書左右渾無事
때마침 책상머리엔 한 줄기 바람소리일러라.	時有床頭一陣風
들보 저 서쪽에 떡을 던지노라.	抛樑西

앉아서 석양빛이 산자락으로 지는 양을 보네.	坐看殘照下山低
사람들아 황혼이 다가옴을 말하지 말라	傍人莫道黃昏近
현관을 깨치면 길을 헤매지 않으리라.	透得玄關路不迷
들보 저 남쪽에 떡을 던지노라.	抛樑南
온화한 기운이 잡목 무성한 솔 삼나무에 성대하네.	藹然和氣蒲松杉
원룡의 백척루(百尺樓)처럼 공중에 솟았으니	元龍百尺空中起
월굴과 천근을 앉아서도 살펴볼 수 있네.	月窟天根坐可探
들보 저 북쪽에 떡을 던지노라.	抛樑北
성인 우(禹)임금께선 짧은 시간조차 아끼셨네.	聖人猶有寸陰惜
젊은 시절은 훌쩍 지나니 모름지기 책을 읽어야지	少壯幾時須讀書
오두막집에서 산다고 탄식한들 무슨 이익 있으랴.	窮廬歎息亦何益
들보 저 위쪽에 떡을 던지노라.	抛樑上
녹수와 청산에서 기상을 보는 듯하네.	綠水靑山看氣像
사계절 제사를 받듦에 우러러 절하는데	香火四時瞻拜地
훌륭한 젊은 선비들이 빽빽하게 서로 마주보네.	靑衿濟濟森相向
들보 저 아래쪽에 떡을 던지노라.	抛樑下
시서 배우고 익히는 데는 여름 겨울 따로 없네.	詩書講習無冬夏
생생한 물을 보니 근원에 흘러들어오기 때문이라	試看活水源頭來
끊임없이 흘러 언제 그친 적이 있던가.	混混何曾晝夜舍

삼가 바라건대, 대들보를 올린 다음에는 유교가 크게 융성하여 선비들의 추세가 더욱 단정하고, 옷차림을 바르게 하고 나아와 스승을 받드는 예를 옆에 계시는 듯이 하며, 시를 읊고서 돌아올 때는 저 증점(曾點)이 하겠다고 한 무우(舞雩)의 바람을 쐴 수 있게 하소서. 제사 드리는 일 대단히 밝아 봄가을의 제향(祭享)을 길이 올리나니, 어진 선비가 번갈아 나와서 우뚝이 국가의 동량이 되게 하소서.

회당 선생 봉안문/悔堂先生奉安文

이현일

* 역자 주 : 항재(恒齋) 이숭일(李嵩逸)은 <문소향사봉안문(聞韶鄕社奉安文)>에서 갈암 이현일을 대신하여 <장대서원 봉안문>을 자신이 지었음[代葛庵兄作]을 밝히고 있다.(≪항재선생문집(恒齋先生文集)≫ 권5 제문)

지극한 성품은 하늘이 준 것이라	至性天全
억지로 힘써 기다리지 아니해도	不待勉强
부모가 살아계실 때나	事生之節
정성껏 장례를 치를 때	送終之誠
사람들이 조금도 흠잡을 수 없었고	人無間然
증삼(曾參)의 효에 견줄 만하였도다.	可也參孝
근본이 이미 섰으니	本旣立矣
일마다 근원을 만나며	隨事逢源
집안에서 도탑게 행한 효가	行惇于家
남에게까지 미쳤도다.	善推於外
잠깐일지언정 한미한 벼슬에 응하여	乍就微祿
쌀을 짊어지고 오려는 뜻 이루고	負米之心
온 정성 다하여 굶주린 이 구휼하니	竭誠賑飢
사람 구제하려는 뜻 이루었도다.	濟人之惠
처음 공경하는 글 들고서	贄文往謁
신재(愼齋) 선생 찾아가 뵈옴에	愼齋之門
여러 차례 격려와 칭찬 받았고	屢蒙賞嗟

덕 있는 그릇이라 인정받았으니 許以德器
정밀히 연구하고 힘써 배워야 하며 研精篤學
말과 행동이 서로 맞아야 한다고 하자 言行相符
은덕을 흠씬 입고 돌아와서는 飽德來歸
종신토록 마음에 새겼도다. 佩服終始
민망히 여겼어라, 우리 후학들이 閔我後學
학문 닦을 곳이 없음을. 無處藏修
이에 드러나지 않게 慇斯勤斯
서원을 끝내 세우셔서 庠塾之事
후진들을 권면하였으니 勉勗後進
사문을 호위하였도다. 以衛斯文
끼친 은택이 인간 세상에 남아 遺澤在人
100년이 어제인 듯 百歲如昨
고인이 되셨어도 더욱 더 沒世愈久
덕을 우러름이 깊어지나이다. 仰德滋深
저 언덕에 올라 돌아봄에 瞻彼崇阿
엄연한 사당의 모습 있는지라 有儼廟貌
길한 날짜를 택하여 日辰之吉
영령을 편안히 모시었도다. 于以妥靈
젊은 서생들이 모여들어 青衿鼎來
나란히 제기 차려 놓나니 籩豆有楚
천년 세월 변함없이 千秋無替
우리들의 향기로운 제물 흠향하소서. 歆我馨香

상향축문/常享祝文

이유장

마음에 효도와 우애를 품고 心存孝悌
배우고 실천함에 힘썼도다. 學務踐實
겉과 속이 일치하였으니 表裏相符
사나 죽으나 유감이 없도다. 無憾存歿

오봉 선생 봉안문/梧峯先生奉安文

김계광

* 역자 주 : 장대서원은 경상북도 의성군 봉양면 장대리(藏待里)에 있는 서원이다. 지방유림의 공의(公議)로 1669년 신지제(申之悌)의 학문과 덕행을 추모하기 위해 위패를 모셨다. 1672년 이민성(李民宬)을 추가로 배향하고, 1685년 신원록(申元祿)과 김광수(金光粹)의 위패를 옮겨와 향사(享祀) 하였다. 흥선대원군(興宣大院君)의 서원철폐령으로 1868년에 철거되었다.

아름다운 덕을 좋아하는 것은	懿德之好
사리에 밝은 사람이든 아니든 상관없이	無間哲愚
참으로 떳떳한 도리에서 나왔나니,	寔出彛秉
신명께 제향(祭享)하는 의식은	神明之享
보답하는 술잔을 올리는 것이니	報侑是圖
진실로 정성과 공경으로 해야 할지라.	亶由誠敬
지극한 행실이 각박한 이들 후하게 하고	至行惇薄
높은 풍도가 탐욕스런 이들 격발시키는 것은	高風激偸
옛날에도 병행하기가 드물었거늘,	在古罕倂
그 귀감 멀리 있는 것 아니라	柯則非遠
향리가 서로 인접한 곳에	枌楡接區
선대의 현신(賢臣)들이 있었도다.	粤有先正
우리를 누를 만한 산악 같았고	山嶽我鎭
우리가 우러를 북두성 같은지라	星斗我盱
우리들의 사모함이 영원하니,	我思則永
마침 엄숙한 서옥이 있어	有儼書屋

대략 규모만 갖추었거늘　略備規模
저 시서(詩書)를 강학하던 행단(杏壇) 같도다.　依如壇杏
이곳에다 제수를 차리자고　俎豆斯設
사대부의 여론이 서로 부합하여　聲氣相孚
공론이 이미 모아지니,　公議已定
지난 자취 미루어 거슬러 생각노라면　追惟往躅
전모(典謨)와 같은 그 언행을 기리고　誦其典謨
가르침들을 직접 받드는 듯해라.　若接欬謦
덕이 밝고 신실한 오봉(梧峯)은　顯允梧峯
타고난 천성이 남달랐고　天賦特殊
효성 집안의 경사였으며,　孝家餘慶
형제끼리 서로 화목했다.　塤唱篪和
법도가 단정하여　規步端趨
삼가기를 증자(曾子)가 하루 세 번 반성하듯 했으니　惕若三省
여색을 경계해야 할 나이 때는　戒色之年
미인을 쳐다보지도 않았다.　目不視姝
부정하고 옳지 못한 말과는 멀어　淫邪自迸
조정에 이름을 크게 떨쳤는데,　大鳴王庭
벼슬길에 나와서 처음부터　初闢晉途
고을 원님을 곧바로 청하였고　專城卽請
난리를 만나서는 자신의 안위를 잊었으며　遭亂忘身
두루 몸소 고아를 돌보아 주었도다.　周窮恤孤
의열이 천추에 밝게 빛났으니　義烈炳炳
사헌부의 강직한 어사(御史)이었고　烏府避驄
창원(昌原)의 민심을 안정시킨 부사(府使)였는데　合浦還珠
얼음처럼 맑음과 출중한 강직함을 지녔도다.　冰淸桂勁

시운이 일변하자　　時運一變
강호에서의 시름도 즐거움도　　憂樂江湖
오직 의리와 천명에 맡기고는,　　惟安義命
저 ≪시경≫의 <육아(蓼莪)>을 사모하여　　終慕蓼莪
늙어서도 계모 봉양하는데 독실하였으니　　老篤烏哺
증자(曾子)와 민자(閔子)의 효행이었어라.　　曾閔之行
이복동생들도 서로 우애를 다한 것은　　推而友愛
친형제 간으로 똑같이 대한 것이었으니　　一視髮膚
왕상(王祥)과 왕람(王覽)의 성정이었도다.　　祥覽之性
맑은 냇물이 흘러 아름다운 경치가 비치고　　淸流暎帶
골짜기 숲 서로 뒤얽혀 울창하며　　林壑盤紆
지형이 정결한 느낌이었는지라　　地勢潔淨
이에 뜻을 같이하는 이들이　　爰有同好
기꺼이 우글우글 모여들었네.　　鼎來于于
좋은 날이요 좋은 때인지라　　日吉辰令
신위를 봉안하고자　　聿妥神位
경건하게 온화한 정성을 다해　　虔誠穆愉
엄숙히 받드나이다.　　肅肅門屛
신령이여 우리를 도와주길 바라나니　　神庶佑我
우리의 어두운 거리를 환히 비추고　　燭我昏衢
우리의 묵은 때 낀 마음을 갈도록 하여서　　磨我古鏡
백성들의 풍속도 후한 데로 돌아가고　　民俗歸厚
선비들의 풍습도 오염된 데서 벗어나　　士習變汚
문운이 찬란한 곳으로 되게 하소서.　　文明一境

▌梧峯申先生神道碑銘(幷序)

아주(鵝洲) 신씨 고려 판도판서 휘 윤우의 후손이요 증좌승지 휘 몽득과 증숙부인 월성 박씨 민수의 따님 사이에서 오봉 신지제(申之悌) 공이 태어났다. 천성이 지극히 효성스러워 8세에 모친상을 당함에 성인처럼 초상을 잘 치렀다. 강보에 있는 누이동생이 심히 슬피 우니까 공이 항상 안고 자기 곁에 두면서 부지런히 돌보아주었다. 커서 유일재(惟一齋) 김 선생의 문하에 나아가 글을 배웠는데 김 선생이 몹시 사랑하였다. 17세에 산방(山房)에서 독서할 때에 미녀가 찾아와 떠나지 않음에 공이 꾸짖어 물리쳤다. 그 후에 학봉(鶴峯) 선생에게 나아가 글을 배웠고 문과를 거쳐 사섬시 직장을 시작으로 수많은 벼슬을 지냈다. 성품이 강개(慷慨)하여 권귀(權貴)들에게도 아부하지 않았는데 당시 정인홍(鄭仁弘)이 합천에 있으면서 조정을 좌우하고 있어도 찾아가지 아니했다. 인조반정(仁祖反正)으로 승정원 동부승지에 배명(拜命)되었는데 상소를 올리고 부임하지 아니했다.

— 유교넷, 김홍락(金鴻洛, 1863~1943)의 ≪모계집(某溪集)≫에서

상향축문/常享祝文

이유장

참되고 순수한 크나큰 덕망 眞純碩德
효성과 우애의 지극한 행실. 孝友至行
고을과 나라에 모범을 남겨 鄕邦範則
훌륭한 많은 선비들 공경하네. 多士起敬

매강사 정은 선생 봉안문/梅岡祠靜隱先生奉安文

류심춘

* 정은(靜隱) 원복(元福)은 회당(悔堂) 원록(元祿)의 형으로 이곳에 영령을 모시고 장손 정봉(鼎峯) 홍도(弘道)와 증손 청재(淸齋) 류(壛)를 함께 제향 하였는데, 무진년(戊辰年 : 1868)에 철거되었다.(두 분의 문집은 일실되어 전하지 않는다.)

퇴재(退齋) 우(祐)의 어진 손자이자	退齋賢孫
회당(悔堂) 원록(元祿)의 어진 형으로	悔堂難兄
자질은 순수하고 아름다웠고	資禀粹美
지조는 견고하고 곧았도다.	操履堅貞
천성적으로 타고난 지극한 효성은	至性出天
오직 모든 행실의 근원이었으니,	惟行之源
부엌에 들어가 맛있는 음식을 장만하고	廚有具味
빨래는 남에게 시키지 않았도다.	澣不替人
당상에 올라 모친의 안부를 묻고	上堂起居
모친의 마음을 매우 기쁘게 하니	親心克悅
그 정성에 감동되어 안심하시는지라	誠感靈藥
쌍죽이 돋아난 퇴재 선조의 효성을 이었도다.	孝追雙竹
저 옛날 양(梁)나라 효자 유검루(庾黔婁)를	比古黔婁
오늘날 선생의 형제에 견주어야 되리로다.	於今二連
도리를 몸소 두루 행하면서도	道在躬行
학문을 정밀히 연구하려 했으니,	學期精研
익히는 데 힘쓰고 힘써서	勉勉之工

참된 도리에 부합했도다.　實地眞諦
우애가 돈독하여　篤于友愛
형과 아우는　惟兄及弟
본분을 다하도록 힘써 북돋워 주며　勗以征邁
서로를 따르고 스승으로 삼았도다.　俾從之師
어찌 흠모하지 않을 수 있으랴　曷不欽慕
저 인재공(訒齋公) 최현(崔晛)이 쓴 바,　大賢攸題
자식들 가르칠 때 의리에 입각하였고　敎子義方
사람을 계도할 때 공손과 공경으로써 하였음을.　迪人遜悌
장천 옛 서원은　長川舊院
아, 누가 세우기 시작했는가.　緊誰經始
참봉에 제수되어도 나아가지 않았으니　一命不起
돌아가시고 계시지 않은 모친을 생각함이라.　風樹之思
학문에 힘쓰기로 늘그막에 계획하여　藏修晩計
골짜기 깊고 시내가 감도는 곳에　洞深溪迴
집 짓고 편액하기를 정은(靜隱)이라 하더니　扁齋靜隱
우리들의 성정(性情)을 길러 주셨네.　養我情性
서사(書史)를 섭렵하는 데서 진정한 낙을 찾고는　樂在書史
간혹 읊조리기도 하니　間以嘯詠
고매한 기풍은 아름다운 모범인지라　高風懿範
그 모습 그려 보니 잊을 수가 없도다.　想像不諼
위패를 봉안하고 제향하는 곳이 없음은　尸祝之闕
사림들의 탄식하는 바가 되었으니　士林攸歎
하물며 후손들에 있어서야　矧爾雲仍
감히 사당에 배향함을 잊으랴.　敢忘崇報
예는 인정을 따르는 법이나니　禮緣人情

사당의 모습을 흔쾌히 의논하고	議愜廟貌
이 매강(梅岡)을 돌아보매	瞻玆梅岡
발자취 남긴 향기가 자욱하도다.	杖履遺馥
어느새 일을 경영하고는	於焉營度
내게 가문의 미덕을 지어 달라 하네.	求我世德
가풍을 이어받아 아름다운 자취를 이었으니	襲訓趾美
손자 정봉(鼎峯), 증손 청재(淸齋)와 함께	鼎峯淸齋
한 묘우(廟宇)에 삼대(三代)를 모시기로	一廟三世
중론이 결말났도다.	衆論所歸
이에 좋은 날짜를 가리어서	載涓吉日
이에 위패를 받들고	載奉祠版
제수를 정연히 진설하니	籩豆有踐
제례의 의식이 화락하였도다.	禮儀有衎
충만하여 옆에 계시는 듯하니	洋洋如在
이미 흠향하셨도다.	旣右享之
이 이후부터는	自今伊始
이곳에 변함없이 오소서.	無斁于斯

* 역자 주 : 정은공 신원복에 대한 이중철(李中轍, 1848~1934)의 <정은신공행장(靜隱申公行狀)>(≪효암집(曉庵集)≫ 권17)이 있으나, 2면이나 되는 분량이 공백 상태이어서 번역하지 못했다. 후손으로서 비통한 심정이다.
다음 면에는 류심춘(柳尋春)이 쓴 <매곡사봉안문(梅谷祠奉安文)> 전문을 수록한다. 전문 가운데서 정은공과 관련된 부분만 뽑아내고, 정봉공과 청재공과 관련된 부분은 생략되었기 때문이다.

■ 〈梅谷祠奉安文〉(代本孫作)

按廉賢孫, 悔堂難兄, 姿稟粹美, 操履堅貞, 至性出天, 維行之源, 廚有具味, 辭不替人, 上堂起居, 親心克悅, 誠感靈藥, 孝追雙竹, 比古黔婁, 於今二連, 道在躬行, 學期精研, 勉勉之工, 實地眞諦, 篤于友愛, 惟兄及弟, 勖以征邁, 俾從之師, 曷不欽慕, 大賢攸題, 教子義方, 迪人遜悌, 長川舊院, 緊誰經始, 一命不起, 風樹之思, 藏修晩計, 洞深溪回, 扁齋靜隱, 養我情性, 樂在書史, 間以嘯咏, 高風懿範, 想像不諼, 尸祝之闕, 士林攸歎, 矧爾雲仍, 敢忘崇報, 禮緣人情, 議愜廟貌, 瞻玆梅谷, 杖屨遺馥, 於焉營度, 求我世德, 襲訓趾美, 鼎峯清齋, 一廟三世, 衆論所歸, 載涓吉日, 載奉祠版, 籩豆有踐, 禮儀有衎, 洋洋如在, 旣右享之, 自今伊始, 無斁于斯, 右靜隱申公。

詩禮令望, 金玉美質, 蚤歲志學, 其基安宅, 勿慎有銘, 聖言服膺, 恨後溪門, 一齋所稱, 從遊講劘, 旅老樂翁, 沿溯伊洛, 以及我東, 彙言考證, 有聞有觀, 本之躬行, 順乎事親, 養備甘脆, 喪致誠愼, 按廉有孫, 鄕里欽歎, 孝可移忠, 際島夷難, 張我義旗, 贊我軍謀, 肉食者嬉, 曷與同仇, 書陳其罪, 義凜鈇鉞, 獻策天將, 戢彼悍卒, 微公之功, 一境其魚, 有薦遺逸, 公不自居, 斥邪扶正, 以幸斯文, 紹興古事, 致堂名言, 仙巖遯時, 事堪唏唏, 何求乎世, 有書有詩, 梧峯之評, 敬亭之推, 後生所式, 愈久不忘, 有窈梅谷, 有翼斯堂, 祖享孫躋, 公議克愜, 吉日薦虔, 千秋芬苾, 右鼎峯申公。

姿渾良玉, 操勵淸氷, 生而耿介, 長益通明, 孝則順志, 友于聯床, 閱史窮經, 淹貫汪洋, 自得之妙, 實踐之工, 泮宮譽蔚, 金門籍通, 暫哇二松, 寧察雞豚, 一路淸風, 有石堪言, 斂避勢利, 蹈履堅貞, 晩入憲府, 遂出宣城, 難進之操, 不欺之治, 瞻仰陶山, 恨未摳衣, 講論遺集, 若先生臨, 一袍去來, 何愧吾心, 有二字符, 無慾爲先, 以世其家, 以誡後昆, 無慕乎外, 蓋有其樂, 紫陽書中, 愈見親切, 淸名雅望, 百載不諼, 梅谷之祠, 世德可觀, 以公而祔, 疇不曰宜, 精靈如在, 歆我牲粢, 右淸齋申公。

— 유교넷, 류심춘(柳尋春, 1762~1834) ≪강고선생문집(江皐先生文集)≫에서

상향축문/常享祝文

도리를 몸소 두루 행하였고	道在躬行
학문을 정밀히 연구하려 했도다.	學期精硏
지극한 행실과 아름다운 법도는	至行懿範
저희 후인들에게 넉넉히 끼쳤도다.	裕我後人

단구서원 상량문/丹邱書院上梁文

류주목

* 호계(虎溪) 적도(適道)는 회당(悔堂)의 손자로 철종(哲宗) 병진년(丙辰年 : 1856)에 막내 동생 난재(懶齋) 열도(悅道)와 윤자(胤子) 인재(忍齋) 채(埰)와 함께 제향 되었는데, 무진년(戊辰年 : 1868)에 훼철되었다.

고을에서 제사 드리는 것은 옛 사람들이 그 은덕을 성대히 보답하는 의식을 중히 여기는 것이고, 서원에서 제사 지내는 것은 후학들이 존경하고 사모하는 뜻을 붙이는 것이다. 어찌 단지 깊은 학덕만을 떠받들 뿐이랴, 도리어 장차 유림에 사표가 되리로다.

삼가 생각건대, 호계(虎溪) 선생은 퇴재(退齋)와 회당(悔堂)의 후예로서 오직 효도가 모든 행실의 근원이었고, 의리와 학문의 재능은 유현(儒賢)들에 의해 장려하는 바가 되었도다. 사문(師門)에 나아가서는 사랑과 존경으로 추앙하여 한강(寒岡) 정구(鄭逑)와 여헌(旅軒) 장현광(張顯光)을 받들었고, 벼슬길은 사양하려는 뜻을 가지고서 사서(沙西) 전식(全湜)과 백헌(白軒) 이경석(李景奭)에게 응대했도다. 밤새워 왕을 위해 힘을 다한 충성은 오늘날에도 흠앙(欽仰)하고, 빙산(氷山)에 불과한 정조(鄭造)의 이름을 칼로 깎아낸 곧은 기개는 천추에 빛나리로다. 사리를 분명히 알고 마음에 거짓됨이 없이 의리를 축적한 공부는 평소에 고치실과 쇠털처럼 많은 학설들을 서로 갈고 익힌 것이요, 명(明)나라를 높이고 오랑캐인 청(淸)을 배척하여 청과 화친하자는 논의를 물리쳐야 한다고 올린 장주(章奏 : 상소문)는 경황이 없었을 때에 의리를 분별해야함을 가장 먼저 주장한 것일러라. 아흔 살이 되어 임천(林泉)에 은둔하던 이는 평지에서 신선(神仙)이 되었고, 제릉(齊陵)과 건원릉(健元陵) 참봉(參奉)도 아귀다툼의 이 세상에 뜬구름으로 부쳤도다.

거룩도다, 난재(懶齋) 선생은 학문에 힘쓰는 선비였고 재주와 도덕을 겸비하였어라. 통달하고 온화함은 태어날 때부터 남달리 타고난 자질이었고, 경학(經學)과 문장은 일가(一家)를 성취한 업적이로다. 한강 정구를 배알하고 여헌 장현광의 가르침을 받아 사문(斯文)의 고제(高弟)가 되었으며, 우복(愚伏) 정경세(鄭經世)를 찾아 경의를 표하고 수암(修巖) 류진(柳袗)과는 서로 도와서 덕을 닦으니 사문의 도리를 다하였네. 명성을 드날린 초년에 도성을 떠나 강화(江華)로 피란하는 어가(御駕)를 호종하였고, 배를 타고 남경(南京)으로 조공하러 갈 때 충직한 절개를 비로소 드러내었도다. 책상에서 직무를 수행하면서도 주자(朱子)의 글 읽기를 그치지 않았고, 병풍은 문순공(文純公) 이황(李滉)이 선조(宣祖)에게 올린 성학십도(聖學十圖)로 만들었도다. 무인년(戊寅年 : 1638) 응지소(應旨疏)를 통해 천하에 대의(大義)를 펼치니, 산성의 수축을 주장한 상소(上疏 : 창석 이준의 <논수성급수덕지요소(論守城及修德之要疏)>) 이후에 제일의 의론(議論)이라 하였도다. 향약의 네 조목을 바닷가 울진(蔚珍)에 시행하여 이웃 고을의 온갖 일도 보고 감동받을 만했고, 대대로 교분을 이어온 벗으로부터 배척을 당해도 태연하였으니 죽도록 마음과 힘을 다한 후에는 그만이었기 때문이었으리라. 이것이야말로 모두 본연의 주고받음이니 어찌 진퇴출처에 적절하지 않았으랴.

인재(忍齋) 선생은 ≪소학(小學)≫을 자신의 집안에 관한 책이라 하고, 집안에 관한 책이라 했으니 읽는 데 조금이라도 게을리 하였으랴. 젊은 나이에 성인의 가르침(이황의 ≪성학십도(聖學十圖)≫을 가리킴)을 유차(類次)에 따라 하나하나 설명하여 올렸고, 유사한 것(<태학명(太學銘)>을 일컬음)이 성균관의 벽에 걸렸으니 대개 장차 가슴에 새겨야할 명(銘)이었도다. 숭모하는 사람에게 직접 배우지 못하고 그 사람의 도(道)나 학문을 본받아 닦는 사숙(私淑)에 관한 설(說)도 있으며, 학문을 논한 것에 대한 도(圖)도 있도다. 잠시이지만 <십도십목(十圖十目)>을 지은 장인 호양(湖陽) 권익창(權益昌)에게

서 아마도 틀림없이 서애(西厓) 유성룡(柳成龍)과 학봉(鶴峯) 김성일(金誠一)의 비결(秘訣)을 들었으며, 수암(修巖) 유진(柳袗)·목재(木齋) 홍여하(洪汝河)와 학문을 묻거나 바로잡는데 나아간 것도 바로 여기에 있었을 것이로다. 세 사람의 아무개라고 칭해진 영남의 대유(大儒)요, 육행(六行)으로 천거되어 관학(館學)의 수석이라는 화려한 명예를 지녔도다. 설사 벼슬길에는 나아가지 않았다 할지라도 진실로 위기지학(爲己之學)에는 변함이 없었도다.

그윽이 생각건대, 단구(丹邱)의 좋은 경치는 소주(韶州 : 의성의 옛 명칭)의 제일가는 명승지일러라. 참으로 저 주자(朱子)가 중수한 백록동서원(白鹿洞書院)의 옛터와 같으니 맑고 서늘함이 그윽하며, 진실로 서생들이 고요히 생각을 모을 곳으로 합당하니 넓고 멀리 떨어진 한적한 곳이어라. 오직 이 곳에 이 세 어르신을 모시니 정녕 한 집안의 윤서(倫序)가 있게 되었는데, 예전에 이미 스승의 자리에 모셔야함이 마땅했거늘 그래도 아직까지 옷자락을 걷어들어야 할 스승의 옛 법도가 남아 있었도다. 그 인자함이 지극하니 집안에서 효도와 우애의 행실을 다하였고, 덕을 베풀며 살았는지라 마을에서는 충성과 신의를 신임하여 기쁜 마음으로 따랐도다. 이 진실한 덕은 내적으로 충만하고, 찬란한 덕화(德化)가 밖으로 빛났도다.

아, 우리 고을에 끼친 교화가 없어지지 아니하였으니 어느 누군들 칭송하지 않을 것이랴만, 지나온 자취가 있는 곳은 모두가 상상노니 감개(感慨)가 간절하도다. 사당을 세워 향사(享祀)를 거행하지 않는다면 어찌 영원토록 간절히 추모하는 생각을 할 수 있으랴. 이에 옛날 살던 곳에 한 구역의 터를 잡으니, 실로 구성산(九成山) 자락의 아름다운 곳을 얻었도다. 이 강산의 어우러진 모습은 마치 경치가 빛을 한층 발하는 듯하고, 하물며 지팡이 짚고 유람한 곳이라 인기척이 어제인 듯한데, 백년이나 사람으로서 해야 할 일이 지체되었으니 오늘날에 와서 머지않아 사당이 세워지기를 바랐었노라. 한 곳을 우러러 바라보노니 높은 기둥이 우뚝하게 솟음을 보게 되는지라, 세 분의 어진 이들께 향기로운 제수를 올리노니 영원히 밝은 덕에서 우러나오는 향기로운 제사가 있을지어다. 어찌 우리가 스승을 높이려는 성의만 이루게 된 것뿐이겠는가, 후손들의 묵은 소원을 돌아보건대 이보다 더한 다행이 어디 있으리오. 이에, 좋은 날을 가려서 감히 대들보 올리는 노래 '어영차'를 부르겠도다.

들보 저 동쪽에 떡을 던지노라.	抛梁東
황봉(凰峯)의 아침 해가 맑은 하늘에 떠올랐네.	凰峯朝日上晴空
평소 예악을 주선하던 곳이라	平生禮樂周旋地
아직까지 남은 상서로운 빛살이 한 기운으로 통하네.	猶有祥輝一氣通
들보 저 서쪽에 떡을 던지노라.	抛梁西
봉산(鳳山)의 한 망아지가 저녁연기 속에 내려오네.	鳳山一秣夕烟低
작은 수레가 한가롭던 날을 생각노라니	小車想得從容日
물새와 들꽃을 모두 다 형언하고 난 뒤로다.	江鳥山花盡品題
들보 저 남쪽에 떡을 던지노라.	抛梁南
근원 있는 샘물이 용솟음치며 흐르다가 고였도다.	淵泉混混去成潭
오동나무 사이로 하늘에 걸린 달이 개였으니	梧桐天外月輪霽
물에 비친 달님은 맑기가 쪽같이 푸르네.	印作中心淨似藍
들보 저 북쪽에 떡을 던지노라.	抛梁北
옛터는 백년이 지났어도 사람들이 응당 알아보네.	遺墟百載人應識
소나무며 대는 골짜기에 찬바람이 부나	松篁一壑帶寒風
여전히 푸르러 세밑에도 자태 뽐내네.	依舊蒼蒼歲暮色
들보 저 위쪽에 떡을 던지노라.	抛梁上
하늘이 사문(斯文)을 버리려 한 적이 없네.	天爲斯文未嘗喪
바로 이 섭리는 예나 지금이나 다르지 않으니	直是性無今古殊
원래 다만 사람들이 능히 기르는데 달렸어라.	由來只在人能養
들보 저 아래쪽에 떡을 던지노라.	抛梁下

수많은 서책이 먼지 낀 서가에 가득하네. 洋洋黃卷盈塵架
성인의 언행이 이 책 속에 머물고 있으니 聖人言行此中留
읽어서 바야흐로 아는 데에 노력해야 하리라. 讀得方知有爲者

삼가 바라건대, 대들보를 올린 다음에는 그 모습이 변하지 아니하고 풍경과 운치가 길이 보존되어지소서. 제례(祭禮)에 맞게 제사가 갖춰지니 충만하여 옆에 계시는 듯한데, 남긴 가르침을 선비들이 익혀서 응당 많고도 많은 아름다운 재주를 가진 이들이 태어나게 하소서. 우뚝이 고을과 나라의 밝은 빛이 되어 영원히 군자들께서 남기신 그 은택을 잇게 하소서.

호계 선생 봉안문/虎溪先生奉安文

이돈우

밝고 진실한 선생은	顯允先生
충성과 효성의 덕이 온전하였도다.	忠孝全德
한강(寒岡 : 정구), 여헌(旅軒 : 장현광)을 스승으로 모시고	雪立岡軒
동계(桐溪 : 정온), 석담(石潭 : 이윤우)을 벗으로 삼아서,	澤麗桐石
재주와 자질에 바탕을 두고	本之才資
학문의 조예까지 겸하였도다.	濟以學力
서애(西厓 : 유성룡) 선생의 정평에	厓老定評
의리는 명백하였고,	義理明白
우복(愚伏 : 정경세) 선생의 감식안에	愚翁鑑識
타고난 자질이 우뚝하였도다.	天分高卓
빙계서원에 남긴 간괴(奸魁)의 이름을 삭제했고	院削奸魁
스승에게 예를 갖추어 문난질의(問難質疑)를 했도다.	禮質函席
서쪽 오랑캐 후금(後金)이 쳐들어오자	西戎豕突
군량미를 모아서 다급하게 달려갔도다.	贏粮赴急
찰방(察訪 : 상운도)을 제수 받고는	酬以一郵
결딴난 주민들을 소생케 하였도다.	蘇我蕩析
후금이 또 다시 쳐들어옴에 이르러	及夫再猘
의병장이 되어 충분(忠憤)의 눈물 뿌리자	元戒涕雪
의병의 깃발이 서쪽을 가리키며	義旗西指
남한산성에 우뚝하였도다.	南城崒嵂

화의(和議)하자는 말이 요망하게도 싹트니 和言孽芽
어찌 저들이 나라를 판단 말이냐며 奈彼賣國
만 마디의 극언하는 상소를 아뢰어 疏陳萬言
강상(綱常)의 윤리를 바로잡았도다. 綱常賴植
고향의 봄이 이미 저물었어도 故園春晚
시로써 피 토하듯 진정을 토로하고는 詩出腔血
벼슬길에 나가라는 권유를 사양하고 남으로 돌아와 謝事南還
산간의 초가집에서 山間草屋
경서(經書)와 사서(史書)로써 즐기며 娛以書史
몸가짐을 겸손히 하였도다. 持以謙牧
사람들은 지선(地仙)이라 일컬었고 人稱地仙
나라에 유일(遺逸)로 천거되었도다. 邦有遺逸
근원을 미루어 처음을 되돌아보매 推原反始
마땅히 제사 받을 자격 있으니, 宜享芬苾
오직 진번(陳蕃)과 서치(徐穉)만 惟陳徐氏
그들의 고사에 대해 써라 함이랴. 況有故寔
그럭저럭하다가 미처 시행할 겨를이 없어 因循未遑
어느덧 삼백 년이 지났으나 歲幾三百
이 보잘것없는 후생들은 藐玆後生
대대로 내려온 일을 이제 경영하노라. 積世營度
또한 난재(懶齋) 어른도 亦粤懶翁
형제로서 덕을 합하고, 同氣合德
이에 인재(忍齋) 어른에 미쳐서도 爰及忍爺
능히 가학(家學)을 이어서, 克紹家學
두 대에 걸친 풍격(風格)이 兩世風範
백 년 동안 한결같았으니, 百年如一

같은 사당에 합향(合享)하는 것이	合餟同堂
인정과 예의에 실로 마땅하도다.	情禮允叶
생각건대 이 단구서원은	念玆丹邱
산과 물이 아름답고 맑도다.	山水淸淑
세 분의 위패와 의자, 탁자는	三位倚卓
두어 칸을 단청하여서	數間丹雘
혹은 나란히 혹은 따로 놓는데	或聯或配
조상의 신주(神主)를 모시는 차례에 따랐도다.	從其昭穆
이에 성대한 제사를 거행하고자	爰擧縟儀
좋은 날을 가려서,	辰良日吉
제수를 정갈하게 차리고	樽俎潔淸
사림들이 경건히 재를 올리오니,	襟紳齊遬
이곳에 강림하시어	陟降在玆
우리에게 끝없는 은혜를 내려주소서.	惠我無極

상향축문/常享祝文

학문은 스승의 가르침을 전수받았고 學傳師訣
의리는 나라의 기강을 바로잡았도다. 義扶邦綱
훌륭한 가르침 사람들에게 남아 있어 餘教在人
보답의 제사 폐함 없이 영원하리로다. 報祀無疆

난재 선생 봉안문/懶齋先生奉安文

밝고 진실한 선생은	顯允先生
맑은 정기 이어받았도다.	淑氣降鍾
가문의 아름다운 전통을 이은 할아버지는	趾美令祖
덕을 생각하면 어진 스승이었으며,	考德賢師
두 형에 이르러서는	爰曁二兄
서로 화목하며 학문을 창도하였도다.	塤篪唱學
대범하고 덕망이 두터우나 자신을 감추었다는	簡重自晦
학사(鶴沙 : 김응조)의 묘지명은 아첨이 아니었고,	鶴銘匪諛
유문(儒門)에 인재 얻었다는	儒門得人
여헌 선생의 칭찬은 밝으신 안목이었도다.	旅評則哲
이미 젊어서부터	已自妙歲
높은 명성이 조정에 알려져,	高名西馳
구고(九皐)의 학 울음소리 하늘에 들리는 격이라	皐鶴聞天
지위가 높고 귀한 벼슬 역임하였도다.	歷敭華貫
후금(後金)이 쳐들어왔을 때	西戎內逼
강화도로 피란하는 어가(御駕)를 호종하였고,	扈駕沁都
당시 사람들의 화해(和解)하자는 논의에 대해	時人議和
항의하는 상소로써 그러한 논의를 배척했도다.	抗章論斥
명나라 조공(朝貢)하러 가는 바닷길을	朝天海路
탄탄대로를 걷듯 갔는데	坦如康莊

육로가 누르하치와 가깝다다는 혐의 때문이었고,　事由近酋
우리에게 몰래 초황(硝黃) 구매한 사실을 책망하자　責我潛買
명나라 예부(禮部)에 변명하는 상소를 하여　呈書禮部
국가의 오해를 씻어내고 책망을 그치게 하였도다.　光國之休
병자호란 때는 남한산성에 있으면서　柔兆卜城
죽기로써 맹서하는　死以爲誓
의대(衣帶)를 몸에 지녔고　隨身以帶
서신을 집에다 보냈지만,　處家以書
항복한 비분을 마음속에 넣어두고 참으며 귀향하니　含忍南歸
벼슬길 나오기 전에 품었던 마음을 이루었도다.　遂我初服
진실하고 충성된 마음만은　斷斷忠赤
북쪽 대궐(大闕 : 경복궁)에다 걸어두었으니,　北闕于懸
병풍을 성학십도(聖學十圖)로 만들도록 아뢰었고　屛陳十圖
상소를 통해 태평성대의 뜻을 논했도다.　疏論交泰
선도(善道)를 개진함이 공경하고 삼갔으니　啓沃翼翼
백세토록 본받을 만했도다.　百世可師
오랫동안 영령을 모시려 했지만　久擬安靈
그럭저럭하다가 미처 시행할 겨를이 없었는데,　因循未擧
얼마나 다행인가, 근년에　何幸近歲
공의(公議)가 모두 똑같이 모아졌도다.　公議僉同
삼가 생각건대 호계(虎溪) 어른은　緬惟溪翁
도(道)가 같고 덕(德)이 맞았으며,　道同德合
또한 인재(忍齋) 어른도　亦奧忍爺
능히 가학(家學)을 이었도다.　克紹庭學
사림들이 함께 도모하여　衿紳合謨
모두 제향하기로 돈독히 의논하였는지라,　敦議齊享

조상의 신주(神主)를 모시는 차례에 따라서 從以昭穆
혹은 나란히 혹은 따로 놓았도다. 或聯或配
한 집안 세 현인(賢人)의 一家三賢
그 아름다움을 모두 받들고자 並徽齊美
좋은 날을 가려서 玆涓吉日
이에 성대한 제사를 거행하도다. 爰擧縟儀
천지신명께서 이 마땅한 봉안(奉安)을 보살펴 주시면 神理宜安
인정이 다 즐거워지니, 人情胥悅
제사를 받드는 시초에 將事之始
감히 그 떳떳함을 아뢰나이다. 敢伸厥彝
삼가 생각건대 영령께서는 伏惟尊靈
우리의 제사를 흠향하시고, 歆我牲禮
천백 년 동안 於千百歲
폐하지 않고 이어가게 하소서. 勿替引之

상향축문/常享祝文

존명양이(尊明攘夷)의 지극한 의리를 지녔고	春秋至義
정학(正學)에 학문적 근원을 두었도다.	淵源正學
형제가 한 사당에 모셔졌으니	壎篪一堂
길이 제향을 천년만년 누리소서.	永享千億

인재 선생 봉안문/忍齋先生奉安文

밝고 진실한 선생은	顯允先生
타고난 인품이 단정하고 정중하였도다.	天資端確
가학(家學)으로 시례(詩禮)를 전수받았고	庭傳詩禮
하도(河圖)와 낙서(洛書)에 심취하였도다.	工飫圖書
소학(小學)을 우리 집안에 관한 책이라 했다더니	學曰吾家
어린 나이에 이미 효행이 현저했고,	孝著冲歲
덕성을 확충하고 수양하여 절도가 있으니	充養有節
근본을 세우매 도가 생겼도다.	本立道生
학봉(鶴峯)과 서애(西厓) 선생을 사숙하고	私淑鶴厓
여헌(旅軒) 선생의 문하에서 배우니	摳衣旅老
성리학을 깊이 궁리하였고,	沈潛閩洛
한유(韓愈)와 구양수(歐陽脩)를 계승하여	羽翼韓歐
문장이 일찍 성취되니	文章早成
끝내 그들과 일체가 될 경지에 도달하였도다.	窮達一體
밝은 시대였어도 은둔하고자 하여	明時遯跡
강호(江湖)가 나의 인연에 맞다 하였으며,	江湖好緣
태학명(太學銘)을 지어서 걸리게 된 이후로는	璧水題名
관학(館學)의 세 아무개(三某)라고 불렸도다.	館稱三某
행실은 효도와 우애가 온전하고	行全孝友
학문은 고명한 경지에 나아갔으나,	學造高明

만년에도 학문을 닦으려 했으니	晩暮藏修
이에 서재를 지어 그칠 줄 아는 도를 얻고자 했도다.	爰契知止
한가한 속에 매화와 대나무를 심어놓고	閒中梅竹
고요한 속에 의관을 갖추고서	靜裏衣冠
조용히 숨어 살면서도 자신의 뜻한 바를 찾으니	潛修隱求
그 밖의 제자백가(諸子百家)에까지 미쳤도다.	旁及百氏
능주 목사 계부(季父)는 치하하여 감탄해마지 않았고	牧伯致敬
목재(木齋 : 홍여하)와는 망년교(忘年交)를 맺었도다.	木老忘年
초연히 속세를 벗어나 있어도	翛然出塵
미덥고 바른 덕이 사방에 미쳤지만	孚尹旁達
애석하게도 등용되지 않았으니	惜未見用
운명이 때와 서로 어긋남일러라.	命與時違
덕을 숨겨도 빛은 그윽하여	潛德幽光
지금까지 후손에게 물려주니	至今裕後
멀리 추모함이 더욱 깊어지는지라	曠慕采篤
어찌 티끌만큼이라도 보답하지 않으랴.	曷以報塵
진실로 좋은 규범이 있었나니	厥有令規
나머지는 동택(董澤)의 고사에 따르기로	餘干董澤
유림들이 합의하였는지라	儒林合議
이제 단구서원에 모시려 하는도다.	爰就丹邱
한편으로 꾀하고 한편으로 경영하며	載度載營
재각(齋閣)을 지으니,	組成齋閣
발자취가 일찍이 쉬었던 곳이라	杖履曾憩
제향을 베풀기에 참으로 알맞도다.	俎豆允宜
좋은 날을 가려서 몸소 제수를 차리고	筮吉蠲躬
신위(神位)를 모시려니,	揭妥神位

맨 오른쪽엔 호계 어르신이요	旣右溪老
다음 오른쪽엔 난재 어른일러라.	亦右懶翁
여기에 배향(配享)하여	于以配之
두 어른의 묘당(廟堂)과	于二公廟
같은 사당(祠堂)에 함께 계시면	同堂合食
대대로 혁혁한 덕이 더욱 광채를 발하리로다.	赫世彌光
영령께서 강림한 묘정(廟庭)은	陟降在庭
석물(石物)도 엄연하고	象設有儼
동기간인 형제분도 이에 감응하니	一氣肹蠁
이승과 저승 간에도 이치는 같도다.	幽明理同
영령께서 즐겁고 평안하길 바라노니	神庶樂康
우리를 돌아보시어 우리의 정성 흠향하시고,	顧我歆我
영원토록 변함없이 할지니	其永無斁
우리에게 광명을 내려 주소서.	惠我光明

상향축문/常享祝文

학문은 <성학십도명(聖學十圖銘)>을 지었고	學程十圖
도의는 육행(六行)으로 드러났도다.	道著六行
선친과 선계부(先季父)와 나란히 배향되어서	躋配二考
일체(一體)처럼 공경을 받도다.	一體祗敬

영귀서당 통지문/詠歸書堂通文

단구서원을 짓고자 할 때

삼가 고하건대, 호계(虎溪) 만오(晩悟) 난재(懶齋) 등 세 분의 선생은 침상을 맞대며 학문을 널리 닦아서 예의로 귀결시켜 실행에 옮기는 공부를 하였고, 다 함께 호란(胡亂) 때는 충의를 떨친 행적이 있으니, 실로 우리 사림(士林)의 출중한 선각자이로다. 더군다나 인재(忍齋) 선생은 학문의 연원으로서 능히 가학(家學)의 전통을 이었고, 효성과 우애의 참된 덕성은 선조(先祖)의 아름다운 발자취를 본받았으니, 또한 그 학문과 진퇴출처가 매우 탁월하여 진실로 사당(祠堂)에 조상의 신주(神主)와 나란히 배향하는 데에 합당하도다. 이는 참으로 송(宋)나라 때 서정휴(徐廷休) 세 부자(父子)와 진성화(陳省華) 네 부자를 같은 사당에서 합향한 삼서사진(三徐四陳)의 예이니, 어찌 거룩한 덕 되는 일이 아니겠는가. 삼가 바라건대, 고을의 여러분들은 장대서원(藏待書院)에서 회의를 하여 도내(道內)에 알려주셔서 미리 중대한 일을 완비할 수 있도록 해주시면 공의(公義)에 있어서 매우 다행이겠노라.

장대서원 통지문/藏待書院通文

단구서원에 봉안할 때

삼가 고하건대, 우리 고향의 선배인 호계(虎溪)와 난재(懶齋) 두 신(申) 선생과 호계의 대를 이은 아들 인재(忍齋) 선생의 덕행, 학식과 풍채는 대개 우리 영남(嶺南) 모두가 우러러 흠모하는 바라. 세 현인들은 세상을 빛내는 영걸의 재질을 갖추고서 국가의 밝고 밝은 운수를 타고 일찍부터 효도가 극진했음은 물론이요, 학업도 서로 본분을 다하여 잇달아서 과거에 급제하니 명성이 빛나려니와 널리 퍼졌도다. 훌륭한 명성이 이미 널리 알려져 벼슬길도 막 열리려고 했다. 그렇게만 되었다면 벼슬과 학문 둘 다 서로 여유가 있었을 것이니, 지위와 덕망이 모두 융숭해졌을 것이리로다.

그러나 끝내 병자년(丙子年 : 1636)을 당하였도다. 천지가 꽉 막히고 관(冠)과 신이 거꾸로 되는 변란에서 형제간에 나란히 충의를 떨치니, 명예와 충절이 오직 한 집안에만 있는 것 같았도다. 이를테면, 호계 선생은 의병을 일으켰다가 상소(上疏)하여 화친(和親)하자는 치욕스런 주장을 통렬히 비판하고, 의병들에게 눈물 뿌리며 맹세하여 적개심을 고취시켰도다. 더군다나 학문적 심오한 경지는 성리(性理)에 관한 논변(論辨)의 설(說), ≪중용(中庸)≫과 ≪대학(大學)≫ 두 경전을 분류한 도(圖)에서 더욱 돋보였으니, 더 없이 높고 장하도다. 난재 선생은 상국(上國) 명나라를 조공하는 명을 받들어 가서 독자적으로 응대하며 일을 잘 처리한 전대(專對)의 책략으로 이름을 매우 드날렸고, 남한산성이 포위되어 고립되었을 때도 맨 먼저 화의(和議)에 대해 비난하였도다. 대개 그 형제가 보인 충절의 바른 연원은 한강(寒岡),

여헌(旅軒) 선생의 가르침에서 나온 것이라. 그리고 도의(道義)로 사귀는 것의 소중함은 동시에 동계(桐溪) 정온(鄭蘊)과 용주(龍洲) 조경(趙絅)의 무리들과 함께 의리를 선택했다는 점이다. 이 같을지니, 뛰어나도다.

인재 선생에 이르러서는 가학(家學)으로 시례(詩禮)를 익히고 선조의 아름다운 발자취를 본받으니, 당대에 명성이 자자하였도다. 영남에 있어서 세 아무개[三某]라고 칭해졌고, 태학관(太學館)에서 육행(六行)이 갖추어졌다고 천거하였도다. 그리고 <성학십도(聖學十圖)>의 뜻을 풀이한 것 같은 경우는 임금이 칭찬하여 상을 준 바가 있었고, 한 부의 책문(策問)도 의리가 또렷이 빛남을 볼 수 있으니, 또한 어진 집안이라고 일컫지 않을 수 있으랴.

오호라! 충절이 한 집안에서 완전히 갖추어지고, 사행(事行 : 일종의 행실)이 두 대에 걸쳐 모두 현저한지라, 기풍을 세울 수도 있고 거룩한 덕에 대한 보답을 할 수도 있겠지만, 그래도 장차 백세토록 제사해야 할 것이로다. 그런데 고향의 후학들이 옛 어진 이들의 드높은 공적을 받들어 잊지 않아 좋은 명성과 향기가 남아 있는 고장에서 아직도 제사 한 번 드린 적이 없었으니, 참으로 이웃 대방가(大方家)들에게 버림받음을 면치 못하리라는 것을 잘 알고 있다.

이 덕 있는 집안에 남기신 법도가 아직도 지극히 효성스럽고 부지런하며 성실한 기풍이 남아 있어서, 선생들의 후손은 재실(齋室)을 지어서 삼가 송(宋)나라 때 서정휴(徐廷休) 세 부자(父子)와 진성화(陳省華) 네 부자의 고사에 의거해 예(禮)대로 줄지어 배향하였다. 저희들이 삼가 생각건대, 당일 헌축(獻祝)하는 의식을 선생들의 본가(本家)가 직접 맡는 것은 옳지 않으니, 이에 회의하여서 통고하노라. 삼가 바라건대, 고을의 여러분은 멀리서 오셔서 참석하시어 향사(享祀)의 예절을 돈독히 해주면 다행이겠노라.

* 역자 주 : ≪호계선생문집≫ 권5의 <사림통문(士林通文)>은 이 통문과 동일한 것으로 지은이가 김석유(金奭裕)로 밝혀져 있다.

발/跋

퇴재 선생은 고려의 운수가 다할 즈음에 북풍이 씽씽 불자 (야은 길재) 손잡고 고향으로 돌아가서 그 자취를 감추니 알 수가 전혀 없었다. 그윽이 살펴보건대, 선생의 크나큰 절개는 국승(國乘)과 승람(勝覽)에 모두 있고, 부모를 섬김에 있어서는 정성을 다하여 효도로 봉양하였으며, 여묘(廬墓)살이는 그에 감응하여 두 그루의 대나무가 돋아나는 데에 이르렀고, 안렴사(按廉使)는 당대의 인물 중에서 극진히 선택된 사람이었다. 우복(愚伏) 정경세(鄭經世) 선생이 지은 묘표(墓表), 학사(鶴沙) 김응조(金應祖) 선생이 찬한 봉안문(奉安文), 문숙공(文肅公) 채제공(蔡濟恭)이 지은 유허비명(遺墟碑銘) 등은 모두 세상에 널리 알리고 칭송하고자 대서특필하여 쓰고 또 쓴 것이니, 어찌 못난 내가 쓸데없는 여러 말을 덧붙일 필요가 있으랴. 다만 실기(實紀)가 상자 속에서 뒹굴고 있었을 뿐 아직 널리 알려지지 못한지라, 후손 돈식(敦植)이 여러 종친들과 힘을 다하기로 합의하고 바야흐로 인쇄에 부치니, 매우 거룩한 일일러라.

퇴재 선생과 관계된 사행(事行)이 모여 책 모양을 갖추게 되자, 그 세파도(世派圖)와 후손들의 사당(祠堂)과 관련된 글들을 후미에 덧붙였으니, 정은(靜隱) 신원복, 회당(悔堂) 신원록, 오봉(梧峯) 신지제, 호계(虎溪) 신적도, 난재(懶齋) 신열도, 인재(忍齋) 신채 등과 같은 여러 선생들이다. 모두 효우와 학문, 충의와 덕행이 해와 별처럼 세상에 빛나도다. 오호라! 위대하도다. 퇴재공이 길을 앞에서 빛나게 열고 회당 등 여러 후손들이 뒤에서 그 아름다운 발자취를 이으니, 공자(孔子)가 "아버지는 일을 일으켰고 아들은 계승하였다."고 한 격이라, 훌륭한 명성을 모두 함께하도다.

이 출간하는 일은 곧 조상신에 대한 도리로나 사람의 정리로나 분수를 지키는 것인데, 못난 내가 욕되게도 먼 외손이기에 더더욱 아랫사람으로서의 구구한 정성을 감당하지 않을 수 없어 이에 감히 손을 씻고 공경히 쓰노라.

후인 풍산(豊山) 류도헌(柳道獻) 삼가 발문을 짓다.

원문과 주석

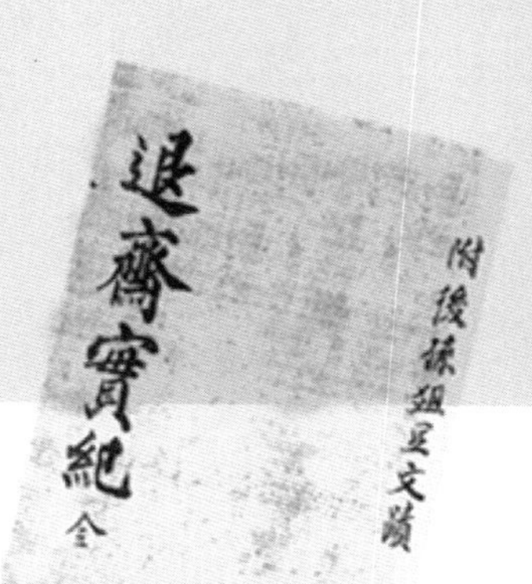

申退齋[1])先生實紀 序

若昔麗社之屋也，圃隱[2])先生死之，耘谷[3])處士去之，其義一也。若乃心於死而跡於去，人無得以知之者，其惟退齋先生申公乎?

噫! 公以忠義之世，有卓絶之行，其事親，則始終匪懈，血淚霑地，而有雙竹之挺出，其事君，則淸白自持，風裁凜然，而有按廉之特選。

北風喈喈[4])，氣像不佳，則見機翩然，以全其介石之貞操[5])，山河異昔，天命有

1) 退齋(퇴재) : 고려조에서 全羅道安廉使를 지낸 아주신가 6세손 申祐의 호. 고려가 기울자 부친 允濡, 조카사위 吉再 등과 함께 남으로 내려와 당시 尙州 丹密 萬景山으로 들어가 세거지를 틀었는데, 이는 松京을 바라본다는 뜻을 붙여 '望京'으로 새겼기 때문이라 한다. 고려가 망한 후, 태조가 왕 되기 전의 친구라 하며 형조판서 벼슬을 주었으나 응하지 않았다. 한편, 아버지 版圖判書 允濡가 세상을 떠나자 여묘살이 3년을 하였다. 그곳에 한 쌍의 靑竹이 돋아나니 당시 사람들은 孝誠에 감동된 것으로 칭송하였는데, 조정에서는 그 마을을 효자리로 하게하고 旌閭를 내렸다. 開城의 杜門洞書院과 丹密의 涑水書院에 배향되어 있다.

2) ㄴ圃隱(포은) : 鄭夢周(정몽주, 1337~1392)의 호. 고려 말의 학자이자 문인. 본관은 延日이고, 자는 達可이다. 永川에서 태어났다. 李成桂의 <何如歌>로 朝鮮에 참여할 것을 권유하자 <丹心歌>로써 고려에 충성하리라 한 것은 유명한 일화이다. 고려 三隱의 한 사람으로 1401년(태종 1) 영의정에 추증되고 益陽府院君에 추봉되었다. 중종 때 文廟에 배향되었고 개성의 崧陽書院 등 11개 서원에 제향되었다.

3) 耘谷(운곡) : 元天錫(원천석, 1330~?)의 호. 본관은 原州이고, 자는 子正이다. 진사가 되었으나 고려 말의 혼란한 정계를 개탄하여, 치악산에 들어가 부모를 봉양하고 농사를 지으며 은둔생활을 하였다. 또한 그곳에서 李穡 등과 교유하며 지냈다. 조선의 太宗이 된 李芳遠을 가르친 바 있어, 태종이 즉위한 뒤로 여러 차례 벼슬을 내리고 그를 불렀으나 응하지 않았다.

4) 北風喈喈(북풍개개) : ≪詩經≫<國風・邶・北風>의 "북풍은 씽씽 부는데 눈이 펄펄 날린다.(北風其喈, 雨雪其霏.)"는 구절을 염두에 둔 표현. 시의 내용은 국가의 위급한 상황을 북풍과 눈보라에 비유하는 것으로 기상이 매우 참담하다.

5) 見機翩然, 以全其介石之貞操(견기편연, 이전기개석지정조) : 군자는 幾微의 은미함을 사전에 알아서 기미를 보면 조금도 지체하지 않고 당장에 행동을 취하여 지조를 돌같이 굳

歸, 則自失罔僕[6], 以效其蹈海之高義[7]。是所謂不忘溝壑[8]而自獻于先王[9]者歟。

嗚呼! 當日, 巾箱之蹟, 拘於魯諱[10], 不敢顯行于世, 而史氏載之後, 賢述之。愚伏[11]先生嘗表其墓, 樊巖[12]文肅公又銘其墟, 煌煌繭婦之筆, 有足以徵

게 지키는 것을 말함. 곧, 자신의 신념과 어긋날 때에는 지조를 지켜 단호하게 벼슬을 버리고 낙향하였다는 의미이다. ≪周易·豫卦·繫辭傳 下>의 "군자는 기미를 보고 떠나면서 하루가 다하기를 기다리지 않는다. 豫卦 六二에 '돌처럼 견고해서 하루가 다하기를 기다리지 않으니 정하고 길하다.'라고 하였다. 절개가 돌과 같으니 어찌 하루가 다하기를 기다리겠는가. 이를 통해서 군자가 결단하는 것을 알 수 있다.(君子見幾而作, 不俟終日, 易曰 : '介于石, 不終日, 貞吉.' 介如石焉, 寧用終日, 斷可識矣.)"라는 말이 나온다.

6) 罔僕(망복) : 망국의 신하로서 의리를 지켜 새 왕조의 신복이 되지 않으려는 절조를 말함. 殷나라가 망하려 하자 箕子가 "은 나라가 망하더라도 나는 남의 신복이 되지 않으리라.(商其淪喪, 我罔爲臣僕.)"라는 말에서 유래한다.(≪書經≫<微子>)

7) 其蹈海之高義(기도해지고의) : 전국시대 齊나라 高節의 선비 魯仲連이 언변으로 상대를 잘 설복하여 각국을 돌아다니며 분쟁을 해결하고 위난을 구제해 주었다. 齊의 田單이 燕의 聊城을 공격할 때는 요성의 성주에게 편지를 써 싸우지 않고 성문을 열도록 했다. 이로 인해 제의 전단이 그에게 작위를 주었지만 받지 않고 홀연히 떠나 功成身退의 면모를 보여주었다. 또 趙의 平原君을 설복하여 秦을 황제로 섬기지 못하게 하였다. 특히, 그는 "秦나라가 천하의 제왕으로 군림하게 되면 나는 동해에 빠져 죽을지언정(蹈東海而死) 그 백성이 되지 않겠다." 하였다.(≪史記≫<魯仲連列傳>)

8) 不忘溝壑(불망구학) : ≪孟子≫<藤文公章句 下>의 "지사는 제 시체가 구렁텅이에 던져지는 것을 잊지 않고, 용사는 제 목이 달아나는 것을 잊지 않는다.(志士, 不忘在溝壑, 勇士, 不忘喪其元.)"는 구절에서 인용.

9) 自獻于先王(자헌우선왕) : ≪書經≫<微子>의 "스스로 의리에 편안하게 하여 사람마다 스스로 선왕에게 뜻을 바쳐야 한다.(自靖, 人自獻于先王.)"는 구절에서 인용.

10) 魯諱(노휘) : ≪論語≫<八佾篇>의 "모른다고 답한 것은 魯나라 군주 때문에 숨기는 것이다.(孔曰 : '答以不知者, 爲魯諱.)"는 구절에서 인용.

11) 愚伏(우복) : 鄭經世(1563~1633)의 호. 본관은 晉州이고, 자는 景任이며, 호는 一默·荷渠도 있다. 경북 尙州에서 출생했고, 柳成龍의 문인이다. 1582년 진사를 거쳐 1586년 謁聖문과에 급제, 승문원 副正字로 등용된 뒤 검열·奉教를 거쳐 1589년 賜暇讀書를 하였다. 1592년 임진왜란이 일어나자 의병을 일으켜 공을 세워 修撰이 되고 정언·교리·정랑·司諫에 이어 1598년 경상도·전라도 관찰사가 되었다. 광해군 때 鄭仁弘과 반목 끝에 削職되었다. 예론에 밝아서 김장생 등과 함께 예학파로 불렸다. 시문과 서예에도 뛰어났다.

12) 樊巖(번암) : 蔡濟恭(1720~1799)의 호. 본관은 平康이고, 자는 伯規이며, 호는 樊翁도 있다. 시호는 文肅이다. 1758년 도승지였을 때, 사도세자를 미워한 영조가 세자를 폐위하는 명령을 내리자 죽음을 무릅쓰고 건의하여 철회시켰다. 1776년 정조가 즉위하자 형조판서 겸 의금부판사로서 사도세자의 죽음에 관여한 자들을 처단하는 일을 처리한 후, 공노비의 폐단을 바로잡는 절목을 마련하는 등 국왕의 정책을 보필하였다. 淸南계열의 지도자로 사도세자의 신원 등 자기 정파의 주장을 충실히 지키면서 정조의 탕평책을 추진

信於百世，則何恨乎文辭之缺而不傳哉?

後孫敦植[13]，甫猶以杞宋[14]爲懼，乃取其先世所輯，諸先輩文字及後來紀述之作，編爲實紀一冊，略以見公之肇卒，而使其族姪亮煥，問序於不佞。自顧耄荒，非能言者，而竊不勝曠世之感[15]，謹書一言于卷端，如此云爾。

隆熙二年戊申 黃花節[16] 義禁府都事 聞韶[17] 後人 金道和[18] 謹序

한 핵심적인 인물이다. 대상인의 특권을 폐지하고 소상인의 활동 자유를 늘리는 조치인 辛亥通共을 주도하였다. 1788년 정조의 특명에 의해 우의정이 되었으며 2년 후 좌의정으로 승진하면서 3년간 혼자 정승을 맡아 국정을 운영하였다. 1793년에 한때 영의정에 임명되었으나, 그 후로는 주로 수원 화성 축성을 담당하였다.

13) 敦植(돈식) : 申敦植(1848~1932). 자는 敬安이고, 호는 夢山이다. 家學의 庭訓을 입어 經史子集에 정통하였으며 일찍이 과거에 뜻을 끊고 爲已之學에 전념하였다. 일제치하에 대항하여 일체 행위를 거부하였고 飢寒의 救恤에 힘썼다.

14) 杞宋(기송) : 先代의 일을 상고할 만한 문헌이 없는 것을 뜻함. 杞나라는 夏나라를 계승했고, 宋나라는 殷나라를 계승했고, 기와 송에는 하와 은의 일을 상고할 만한 문헌이 전혀 없었기 때문에 이르는 말이다. ≪論語≫<八佾篇>에서 孔子가 이르기를 "夏나라의 예를 내가 말할 수 있지만 夏나라의 후예인 杞나라가 내 말을 증거댈 만하지 못하고, 殷나라의 예를 내가 말할 수 있지만 殷나라의 후예인 宋나라가 내 말을 증거댈 만하지 못하다. 그것은 문헌이 부족한 때문이니, 문헌이 넉넉하다면 내가 내 말을 증거댈 수 있을 것이다.(夏禮吾能言之，杞不足徵也，殷禮吾能言之，宋不足徵也. 文獻不足故也，足則吾能徵之矣.)"라는 구절에서 인용한 말이다.

15) 曠世之感(광세지감) : 세상에 유례가 없는 느낌.

16) 黃花節(황화절) : 9월.

17) 聞韶(문소) : 경북 의성의 옛 명칭.

18) 金道和(김도화, 1825~1912) : 본관은 義城이고, 자가 達民이며, 호가 拓庵이다. 安東에서 태어났다. 柳致明에게 학문을 배웠으며 퇴계 이황의 맥을 이었다. 1893년 69세의 나이로 遺逸로 천거되어 義禁府都事에 제수되었다. 1895년 을미사변과 단발령에 항거하여 안동 군내 擧義通文을 각지에 돌렸으며, 다음해 의병대장에 추대되어 의병활동을 지휘하였다.

序

聖祖龍興[1], 人神咸歸, 而圃冶[2]兩先生, 或死或去, 扶君臣之大綱, 樹風聲於永世。若我先祖退齋公, 於麗鼎[3]之革也, 義不食周粟[4], 辭其爵祿, 翩然鴻擧[5], 隱於商山[6]之萬景, 名其山曰望京, 遂寓瞻望松[7]之意, 蓋義於死而智於去也。

杜門晦跡, 事親誠孝, 三年廬墓, 有雙竹之挺生。而後世丘墓之文, 俎豆之辭, 忠義一節, 不少槪見, 何哉? 噫! 當日事蹟, 拘於時宜, 不敢顯揚而然歟。

按公嘗從圃隱先生, 得聞大義, 麗政失紀, 與冶隱[8]先生, 携歸田里。嗚呼!

---

1) 龍興(용흥) : 용이 구름을 얻어 하늘로 올라간다는 뜻으로, 왕업이 흥함을 이르는 말.
2) 圃冶(포야) : 圃隱과 冶隱. 포은은 鄭夢周의 호이고, 야은은 吉再의 호이다.
3) 鼎(정) : 九鼎. 왕업을 가리킴.
4) 周粟(주속) : 伯夷와 叔齊는 殷나라 말기 孤竹君의 두 아들인데, 周武王이 은나라를 평정하여 천하를 통일하기에 이르자, 백이와 숙제가 이를 부끄럽게 여기어 의리상 주나라 곡식을 먹을 수 없다 하고 首陽山에 은거하여 고사리만 캐어 먹다가 마침내 굶어 죽었던 고사에서 온 말. 여기서는 조선의 곡식을 일컫는다.
5) 漢高祖가 戚夫人의 아들 如意를 사랑하여 呂后가 낳은 태자를 폐하려 하였다가 商山의 四皓가 와서 태자를 끝까지 보호하여 바꾸지 못하게 하니, 한 고조가 척부인을 위로한 노래 "홍곡이 높이 날면 대번에 천리를 가는데, 우익이 이미 이루어져서 사해를 횡단하는지라, 사해를 횡단하니 어찌할 수 없도다.(鴻鵠高飛, 一擧千里. 羽翮已就, 橫絶四海. 橫絶四海, 當可奈何.)"는 구절을 염두에 둔 표현.
6) 商山(상산) : 尙州의 옛 이름. 秦나라 때 東園公, 夏黃公, 甪里(녹리)先生, 綺里季 등 네 노인이 숨어살던 商山을 연상케 하기 위해서, 상주의 옛 이름을 사용한 것으로 보인다.
7) 松(송) : 松都. 松京. 開城의 옛 이름. 고려의 수도였다.
8) 冶隱(야은) : 吉再(1353~1419)의 호. 본관은 海平이고, 자가 再父이며, 호가 金烏山人도 있다. 시호는 忠節이며, 구미에서 태어났다. 李穡・鄭夢周・權近 등의 문하에서 학문을 익혔다. 1374년 生員試에, 1383년 司馬監試에 합격하고, 그해 중랑장 申勉의 딸과 결혼하였다. 조선이 건국된 뒤 1400년에 이방원이 太常博士에 임명하였으나 두 임금을 섬기지 않겠다는 뜻을 말하며 거절하였다. ≪冶隱集≫의 <行狀>과 ≪世宗實錄≫ 1년 4월 12일조

百世之下，仰究心迹，豈非覰得君臣之大義而辦得此栗里[9)]田園之歸乎？然歲月滋荒，燹灰屢颺，公之事行之懿，咳唾之寶，莫得以一二髣髴，則雲仍[10)]追遠[11)]之感，當何如哉？

裔孫敦植[12)]，猥以懜陋，旣訖譜役，更竊思之，惟我鵝洲氏，同祖退齋府君，而巾衍[13)]遺蹟，尙未鋟梓廣傳，不明不仁[14)]，實所大懼。肆取先世所輯，首敍世系圖，末附後承畏壘[15)]文字，彙成一弓[16)]。綿力未伸，仍用活字，設役于比汀齋。略書所存于中者，聊寓微顯闡幽[17)]之意云爾。

十七世孫 敦植 拜手稽首 謹敍

4번째 기사 <高麗 門下注書 吉再 卒記>를 보면, 다음과 같은 일화들이 전한다. 장인 申勉이 일찍이 10여 명의 종이 있었는데, 도피하여 해가 지나도 돌아오지 않으므로, 자손과 약속하기를, “찾은 자에게 넘겨주라.” 하니, 길재가 마침 찾아내었다. 그래서 신면은 약속과 같이 하려 하니, 길재는 굳이 사양하므로, 몰래 약속한 바와 같이 증서를 만들어 주었다. 길재는 얼마 뒤에 문서를 뒤지다 그것을 보고 또 굳이 사양하니, 신면은 성내어 하는 말이, “벼슬도 사양하고 노복도 사양하니, 사람의 처사는 아니다.” 하였다. 길재는 이르기를, “자손은 조상의 遺體인데 厚薄을 두어서는 되겠습니까? 嫡子가 이미 죽고 없으니, 비록 서자라도 마땅히 제사를 받들어야 하는 것인즉, 소중하지 않을 수 없습니다.” 하고, 드디어 나누어 반 이상을 주었다. 또 길재 나이 62세 때(1414) 장인이 돌아가시자, 마침 喪主가 從軍하여 미처 돌아오지 못하였으므로, “내가 신씨 가문에서 받은 은혜는 너무나 무거웠다.” 하고, 緦麻服을 입고, 100여 일을 나다가 상주가 돌아오자, 비로소 服을 벗었다고 한다. 신면은 퇴재공의 아우라, 길재는 퇴재공의 질서이다.

9) 栗里(율리) : 경북 의성군 단밀면 생송리에 있는 자연부락. 東晉 때 陶淵明이 은거했던 고을 이름이기도 한데, 그 은거한 뜻이 중첩될 수 있을 것이다.

10) 雲仍(운잉) : 후손. 자손.

11) 追遠(추원) : 조상의 덕을 생각하며 제사에 정성을 다함.

12) 敦植(돈식) : 申敦植(1848-1932). 자는 敬安이고, 호는 夢山이다. 家學의 庭訓을 입어 經史子集에 정통하였으며 일찍이 과거에 뜻을 끊고 爲己之學에 전념하였다. 일제치하에 대항하여 일체 행위를 거부하였고 飢寒의 救恤에 힘썼다.

13) 巾衍(건연) : 명주로 바른 상자.

14) 不明不仁(불명불인) : ≪禮記≫<祭統>의 “선조에 좋은 것이 있는데 알지 못하면 밝지 못한 것이요, 알면서도 후세에 드러내어 전하지 못하면 어질지 못한 것이다.(先祖, 有善而弗知, 不明也；知而弗傳, 不仁也.)”는 구절에서 인용.

15) 畏壘(외루) : 사당.

16) 弓(권) : 卷.

17) 微顯闡幽(미현천유) : ≪周易≫<繫辭傳 下>의 “역은 과거를 드러내고 미래를 보여 주며 은미한 것을 드러내고 숨겨진 것을 밝혀 준다.(夫易, 彰往而察來, 而微顯闡幽.)”라는 구절에서 인용.

申氏世系

本貫平山，而鵝洲君分封後，仍以貫焉。鵝洲巨濟屬縣，今巨濟府鵝洲縣。尙多有姓申者云。

鄭圃隱先生文科榜目，有曰申仁甫[1]，鵝州人[2]，吉冶隱先生夫人，亦曰鵝州申氏[3]。而州字不從水，竊攷是皆鵝洲之申。而去其水，則未知本是鵝州而以其沿海，故從水歟。洲與州，音同而字相近，故因以互書歟。

又按退溪[4]先生，撰申參奉椿年[5]墓碣，曰'公巨濟人.' 悔堂先生孝友錄[6]及中

---

1) 申仁甫(신인보) : 아주신가 7세손. 고려의 判書令同正을 지낸 弘의 아들이다. 文掌令을 지냈는데, 공민왕 9년(1360) 포은 정몽주와 함께 과거에 급제하였다. 絶孫이 되었다.

2) 李存吾의 문집 ≪石灘集 下≫<榜目>의 "元順帝至正二十年庚子，恭愍王九年十月二十五日，新京東堂及第."라는 기사에는 을과 3인 속에 정몽주가 포함되어 있는 바 "國子進士鄭夢周，年二十四，本延日. 父成均服膺齋生云瓘，祖直長同正裕，曾祖檢器監仁壽. 外祖膳官署丞李約，本永州."라 소개되어 있고, 병과 7인 속에 신인보가 포함되어 있는 바 "服膺齋生申仁甫，年三十七，本鵝州. 父令同正弘，祖令同正守，曾祖令同正留安. 外祖戶長朴衫，本蔚州."라 소개되어 있다. 留安은 아주신가 4세손 得安의 初名이다.

3) 아주신씨(鵝州申氏) : 퇴재공 申祐의 동생 勉의 딸을 일컬음.

4) 退溪(퇴계) : 李滉(1501~1570)의 호. 본관이 眞城이고, 초명이 瑞鴻이며, 자가 景浩이고, 초자가 季浩이며, 호는 陶翁·淸凉山人도 있다. 李彦迪의 主理說을 계승, 朱子의 주장을 따라 우주의 현상을 理와 氣 二元으로 설명, 이와 기는 서로 다르면서 동시에 상호 의존 관계에 있어서, 이는 기를 움직이게 하는 근본 법칙을 의미하고 기는 형질을 갖춘 形而下的 존재로서 이의 법칙을 따라 具象化되는 것이라 하였다. 理氣互發說이 사상의 핵심이다. 그의 학풍은 뒤에 그의 문하생인 柳成龍·金誠一·鄭逑 등에게 계승되어 嶺南學派를 이루었고, 李珥의 제자들로 이루어진 畿湖學派와 대립, 동서 당쟁과도 관련되었다. 일본 유학계에 큰 영향을 끼쳤다. 도산서원을 설립하여 후진양성과 학문연구에 힘썼다.

5) 申參奉椿年(신참봉춘년) : 申椿年(1493~1562). 아주신가 12세손 龜派이며, 과천현감을 지낸 用甫의 아들이다. 자는 壽翁이고, 호는 栗亭이다. 承仕郎 典涓司 參奉을 지냈다. 그의 次子 暹이 龍宮縣監을 지냈는데, 일찍이 퇴계문인이어서 부친의 묘갈명을 받았다.

6) 悔堂先生孝友錄(회당선생효우록) : 靜隱公 申元福이 지은 것인데, 신해진의 『역주 회당선

世一門諸先輩大小科榜眼[7], 或書以巨濟, 或書以鵝洲, 豈以巨濟爲鵝洲領郡? 鵝洲爲巨濟屬縣而互稱之歟。然見今闔族, 無或以巨濟書, 本但稱鵝洲, 若相謀然, 未知始於何代。而家藏古牒, 亦多書梅城後人, 梅城非巨濟舊號, 或鵝洲縣一名, 又稱梅城歟。

* 역자 주 : 이 부분에는 시조 신숭겸부터 시작하여 27세손(아주신가 16세손)까지 306명이 소개되어 있는 바, 이는 부록의 영인 자료를 참고하기 바란다.

생문집』(역락, 2009) 141~152면을 참고하기 바람.

7) 榜眼(방안) : 殿試의 甲科에 둘째로 급제한 사람.

退齋先生實紀 卷之一

墓表

尙[1]之轄(管)丹密縣[2]傍, 有小石碑立路左, 刻曰孝子里。故老傳以爲按廉使申公所居也, 過者敬之。

謹按公諱祐, 仕高麗, 官至掌令, 嘗爲全羅道按廉使。麗朝故事, 以時分遣近侍于諸道, 祭告[3]山川, 廉問[4]民俗, 黜陟守令之幽明[5], 名之曰按廉使[6], 蓋極一時之選也。

公處昏濁之世, 能皎潔持身, 事父母盡孝。父版圖判書諱允濡[7]卒, 廬墓三年, 朝夕號于墓, 有雙竹生墓前, 人以爲孝感, 事聞旌閭, 以孝子名其里, 事載國乘及輿地勝覽。

---

1) 尙(상) : 尙州.

2) 丹密縣(단밀현) : 경상북도 의성군 단밀면·단북면 일대에 있었던 옛 고을이름. 조선조 말엽까지 상주목의 직할령이었다.

3) 祭告(제고) : 임금이 산천에 드리는 제사를 대행하는 것을 이름.

4) 廉問(염문) : 어떤 사실을 남몰래 조사하는 것.

5) 黜陟守令之幽明(출척수령지유명) : ≪書經≫<舜典>의 "3년에 한 번씩 공적을 고사하고, 세 번 고사한 다음, 어리석은 자를 내치고 현명한 자를 승진시키니 여러 공적이 다 넓혀졌다.(三載考績, 三考, 黜陟幽明, 庶績咸熙.)"는 구절을 염두에 둔 표현임.

6) 按廉使(안렴사) : 李穡이 <送慶尙道按廉李持平詩序>에서, 안렴사의 직분에 대해 "실로 옛날 사방을 巡省하는 遺法인 동시에 임금을 대신하여 행사하기 때문에 그 존귀하고 영화로움이 다른 사신으로는 감히 견줄 수 없다."고 한 것이 참고가 됨.

7) 允濡(윤유) : 아주신가 5세손 申允濡. 원래 초명은 元濡였다가 忠宣王을 諱하기 위하여 이름을 고쳤다. 고려조에서 奉翼大夫 版圖判書 겸 군기시별검교사(軍器寺別檢校事)를 지냈는데, 국사를 그르치는 간신배를 베어낼 것을 극간하는 등 목숨을 돌아보지 않는 충성을 보였으니, 그의 청직함은 宋나라의 唐介에 비유되었다. 당개는 宋나라 사람으로 皇祐연간에 殿中侍御史가 되어 간쟁할 때 권력자들을 피하지 않다가 재상 文彦博 휘하의 사람을 탄핵하다 英州別駕로 좌천당했던 인물이다. 소환되어 다시 諫院을 맡았는데, 언사가 예전과 변함이 없어 다시 여러 고을의 知州를 전전했던 인물이다.

公有二子, 曰光富[8)]・光貴[9)]。光富有二子, 曰士贇縣令・士廉[10)]彦陽縣監。其玄孫元福[11)]薦授寢郎, 元祿[12)]又以孝行趾公美旌閭。

公之八世孫今侍講院文學達道[13)]氏與余友甚善。一日, 以家狀示余而言曰: "吾先祖歿已數百年, 衣冠之藏[14)], 在所居之東十里許蛇浦[15)]辛向之原, 而墓道無表, 子孫又散居遠地, 展省不能以時, 恐久遂湮夷。樵牧或登丘壠[16)], 則雖雲仍[17)], 亦不得識其處。況其卓絶之行又將泯泯無傳, 則豈不悲且懼哉? 族兄承旨公[18)]在世時, 曁余諸同宗謀伐石具砆碣, 未及樹而歿。今願得公一語而剞劂

---

8) 光富(광부) : 아주신가 7세손 申光富. 邑派의 派祖이다. 문과에 급제하였고, 臺省에 출입하면서 강직하여 權奸들의 미움을 받았다. 中顯大夫 內府令 軍器寺主簿를 지냈다. 卞季良이 사위이다.

9) 光貴(광귀) : 아주신가 7세손 申光貴. 龜派의 派祖이다. 知鳳川事 軍器寺正을 지냈다.

10) 士廉(사렴) : 아주신가 8세손 申士廉. 通德郎 彦陽縣監을 지냈다.

11) 元福(원복) : 申元福(1509~1584). 자는 仲綏이고, 호는 靜隱이다. 參奉 申壽의 아들이자, 悔堂 신원록의 兄이다. 지극한 孝行으로 將仕郎 獻陵參奉에 除授되었다.

12) 元祿(원록) : 申元祿(1516~1576). 경북 義城 출신이며, 退溪・周世鵬의 門人이다. 11살 때 아버지가 병이 들자 八公山 수백 리 길을 걸어 약초를 찾아나서는 등 8년 동안 간호하였으며, 뒷날 長水・三嘉(현 陜川)・淸道 등지에서 學官이 되어 연로한 부모를 봉양하였다. 이러한 그의 효행을 표창하기 위해 旌閭가 세워졌다. 모친상을 당했을 때는 하루에 세 번씩 성묘를 하였다. 戶曹參議가 추증되었고, 의성의 藏待書院에 배향되었다.

13) 達道(달도) : 申達道(1576~1631). 자는 亨甫이고 호는 晩悟이다. 月川 趙穆과 旅軒 張顯光의 문인이다. 1610년 사마시에 입격하였으나, 정계가 혼란하여 광해군 때는 벼슬에 나아가지 않았다. 1623년 명나라 熹宗의 등극을 기념하여 치러진 儒生庭試에 갑과로 장원급제하여, 文翰官을 거쳐 1627년 사간원 정언에 이어 곧 持平으로 승진하였다. 이해 6월 병조판서 李貴의 전횡을 배척하는 상소를 올려 이귀의 미움을 사서 부사직으로 전보되었다. 1627년 정묘호란 때 尹煌과 함께 斥和論을 적극적으로 주장하다가 파직되었다. 또 1629년 사헌부장령이 되었을 때, 內需司가 進上을 과다하게 강요하는 폐단을 없애라는 상소를 올렸다. 도승지에 추증되었고, 시문집에 ≪만오문집≫이 있다.

14) 衣冠之藏(의관지장) : 산소를 가리킴.

15) 蛇浦(사포) : 경북 의성군 단밀면에 있는 지명.

16) 丘壠(구롱) : 丘壟. 조상의 산소.

17) 雲仍(운잉) : 후손. 자손.

18) 族兄承旨公(족형승지공) : 申之悌(1562~1624)를 가리킴. 아주신가 龜派의 후손이다. 자는 順甫이며, 호는 梧峰・梧齋이다. 1589년 增廣文科에 甲科로 급제하여 正言・禮曹佐郎・文學 등을 역임하였다. 임진왜란 때는 禮安縣監으로 縣軍을 이끌고 龍仁싸움에 참전하여 宣武・扈從의 두 原從功臣이 되었다. 1613년 昌寧府使로 나가 백성을 괴롭히던 도적을 토평하고 민심을 안정시켜 그 공으로 通政大夫에 올랐으며, 仁祖 초 同副承旨에 제수되었으나 부임하지 못하고 죽었다. 義城의 藏待書院에 배향되었다.

之, 使先德顯於後, 則爲賜大矣。敢拜以請.”

余惟按廉公之孝誠, 旣已感鬼神而斡造化, 赫赫在人耳目, 奚待蕪拙而傳? 顧余尙鄕之末學, 而於公又外裔也[19], 於義有不得以辭者, 遂攷其狀而敍之如右。其立朝歷官次序及家居行誼, 年代已遠而文籍無徵, 不得以詳焉。

其孫衆多, 亦不能盡錄, 略書于左。見今在朝者, 文學君及其兄適道[20], 祥雲察訪, 弟悅道[21], 禮曹佐郞。其所謂族兄承旨, 名曰之悌, 有文名取大科, 爲士類所重, 不幸而不克壽。有子名弘望進士, 文學君有子名在・圭, 皆俊秀而溫雅。余所未及知者當亦不少, 申氏之祿蓋未艾也。詩曰 : “孝子不匱, 永錫爾類.”[22] 又曰 : “君子萬年, 永錫祚胤.”[23] 非公之謂也耶? 嗚呼休哉。

崇禎元年(戊辰) 四月日 正憲大夫 行弘文館 副提學 知製教 兼 經筵參贊官

---

19) 於公又外裔也(어공우외예야) : 공과는 먼 외손이다. 崔晛의 ≪訒齋先生文集(拾遺)≫, 事蹟, <三仁事蹟> 가운데 ‘耕隱先生’편을 보면, “先生娶直提學金成美之女(善山人, 爲尙州按廉使申祐之壻), 生四男一女. 男一曰朝散大夫行大丘敎授恂, 嫡孫淸河縣監垠源, 外孤有修撰李德洙, 都事李德泗(淸州), 判書鄭經世(尙州). 曰惴, 外孤有縣監李軫・李輔(軍威), 承旨崔晛(善山), 進士申適道, 掌令申達道, 佐郞申悅道(義城). 曰惇, 外孤有牧使金涌, 進士李榮男. 曰怡, 外孤有進士金安節, 生員金光繼(禮安), 進士朴弘慶, 幼學宋光弘(善山). 女適輔德朴斯悌.”라는 기록이 있는데, 퇴재공의 외손서가 이맹전이고, 그 이맹전의 먼 외손들이 정경세, 최현, 신적도 3형제 등이다.

20) 適道(적도) : 申適道(1574~1663). 자는 士立이고, 호는 虎溪이다. 향시에 장원 급제하였으나, 임진란을 겪은 뒤 과거 보는 공부보다는 爲己之學에 뜻을 두어, 寒岡 鄭逑과 旅軒 張顯光의 문하에 출입하였고, 향촌교화와 학문수양에 매진했다. 그러나 정묘호란이 일어나자 慶尙左道 號召使였던 장현광의 천거로 54세 때 의병장이 되어 분연히 몸을 떨쳐 일어나 우국충정을 펼쳤으나 강화가 체결되는 바람에 자신의 뜻을 이루지 못했다. 이에, 그는 和議論者를 공격하는 충정의 疏를 올렸는데, 仁祖가 매우 훌륭히 여겨 祥雲都察訪을 제수하였고, 선정을 하고 떠나자 去思碑가 세워졌다. 병자호란이 다시 일어나자, 의성 儒生들의 추대로 63세의 고령에도 불구하고 의병장이 되어 구국의 대열에 앞장을 섰으나, 이 역시 和親이 맺어지는 바람에 자신의 뜻을 이루지 못했다. 그는 귀향하여 採薇軒을 짓고 산림처사로서 은둔하며 여생을 보내다가 90세의 생을 마친 인물이다. 1867년에 이르러서야 그의 道學과 忠節을 기려서 吏曹參議가 추증되었다.

21) 悅道(열도) : 申悅道(1589~1659). 자는 晉甫이고, 호는 懶齋(난재)이다. 張顯光의 문인이다. 어려서부터 총명하여 10여 세에 經史에 통달하고 1606년에 사마시에 합격하여 진사가 되고, 1624년 증광문과에 을과로 급제하였으며, 1627년 정묘호란 때에 인조를 江華로 호종하였다. 이듬해 書狀官으로 명나라에 다녀온 후 1638년 蔚珍縣監, 1647년 司憲府掌令, 1648년 綾州牧使가 되었다. 저서에 ≪仙槎志≫, ≪聞韶志≫ 등이 있다.

22) ≪詩經≫<大雅・旣醉>의 구절을 인용.

23) ≪詩經≫<大雅・旣醉>의 구절을 인용.

春秋館 修撰官 藝文館 提學 世子左副賓客 鄭經世[24] 述

十世孫 進士 弘望[25] 書

24) 鄭經世(정경세, 1563~1633) : 본관은 晉州이고, 자는 景任이며, 호는 愚伏·一默·荷渠이다. 경북 尙州에서 출생했고, 柳成龍의 문인이다. 1582년 진사를 거쳐 1586년 謁聖문과에 급제, 승문원 副正字로 등용된 뒤 검열·奉教를 거쳐 1589년 賜暇讀書를 하였다. 1592년 임진왜란이 일어나자 의병을 일으켜 공을 세워 修撰이 되고 정언·교리·정랑·司諫에 이어 1598년 경상도·전라도 관찰사가 되었다. 광해군 때 鄭仁弘과 반목 끝에 削職되었다. 예론에 밝아서 김장생 등과 함께 예학파로 불렸다. 시문과 서예에도 뛰어났다.

25) 弘望(홍망) : 신홍망(申弘望, 1600~1673). 자는 望久이고, 호는 孤松이다. 義城 출생으로, 1627년 進士試에 합격하여 1638년 천거로 康陵 參奉에 임명되었으나 부임하지 않았으며, 1639년 別試文科에 丙科로 급제하여 1644년 承政院 注書 兼 春秋館 記事官에 제수되었으나, 얼마 후 노모의 병을 이유로 낙향하였고, 곧이어 체직되었다. 1646년 典籍, 兵曹 佐郎, 司諫院 正言, 禮曹 佐郎를 거쳐 1647년 全州 判官에 부임하였다. 1650년 母夫人의 상을 당하였는데, 상을 마친 후 곧 司憲府 持平에 제수되었다. 이때 持平 李溫發이 都承旨 李時楳를 탄핵하자, 이시매는 疏를 올려 자신의 잘못이 없음을 증명하려고 하였는데, 신홍망은 그 소의 내용이 선현을 모욕하는 것이라고 반박하였다. 이 일로 그는 자기 당파를 비호한다고 지목되어 碧潼郡에 유배될 뻔하였으나, 正言 鄭斗卿(1597~1673)의 변론으로 平海에 中途付處되었고, 곧 사면되었다. 1656년부터 1658년까지는 蔚山府使에 재직하였는데, 이곳에 그를 기리는 淸德碑가 세워졌다. 1659년부터는 수년 동안 풍기군수로 재직하였다. 그 후 강원도 都事, 成均館 司藝, 宗簿寺正 兼 春秋館 編修官, 承文院 判校 등에 제수되었으나 출사하지 않았다. 1673년 정월에 세상을 떠났는데, 묘소는 義城縣 下川 黑石里로 정해졌다. 그는 旅軒 張顯光의 문하에 드나들었으며, 李民宬(1573~1649)의 사위이다.

竪碣告由文[1]

恭惟我祖, 挺生[2]麗季, 格天之孝, 高世之行, 雷轟宇宙, 輝暎簡策[3]。至今三百年之久, 而墓道無表, 衣冠之藏[4], 逝將泯夷, 而莫知其處, 不肖諸孫, 爲此之懼, 相與鳩財伐石。且請於外裔副提學鄭經世[5], 略記當日行蹟之一二, 劖之石而涓吉以竪, 用圖永久。嗚呼! 香火之奉, 庶無替, 於來雲[6], 霜露之感[7], 曷有窮? 於是日, 謹以淸酌庶羞, 庸伸虔告。

八世孫 通訓大夫 世子侍講院文學 知製教 達道[8] 撰

---

1) 告由文(고유문) : 중대한 일을 치른 뒤에 그 내용을 적어서 사당이나 신명에게 알리는 글.

2) 挺生(정생) : 傑出. 남보다 훨씬 뛰어남.

3) 簡策(간책) : 역사 기록.

4) 衣冠之藏(의관지장) : 의관을 묻는 곳, 곧 무덤을 일컬음.

5) 鄭經世(정경세, 1563~1633) : 본관은 晉州이고, 자는 景任이며, 호는 愚伏・一默・荷渠이다. 경북 尙州에서 출생했고, 柳成龍의 문인이다. 예론에 밝아서 김장생 등과 함께 예학파로 불렸다. 시문과 서예에도 뛰어났다.

6) 來雲(내운) : 후손.

7) 霜露之感(상로지감) : 돌아가신 부모나 선조를 슬피 그리워하는 마음. ≪禮記≫<祭義>에서 가을 제사 때에 "서리나 이슬이 내리면 군자가 이것을 밟고 반드시 서글퍼지는 마음이 있으니, 이는 추워서 그러한 것이 아니다.(祭義曰 : '霜露旣降, 君子履之, 必有悽愴之心, 非其寒之謂也.)"는 구절에서 인용하였다.

8) 達道(달도) : 申達道(1576~1631). 자는 亨甫이고 호는 晩悟이다. 月川 趙穆과 旅軒 張顯光의 문인이다. 1610년 사마시에 입격하였으나, 정계가 혼란하여 광해군 때는 벼슬에 나아가지 않았다. 1623년 명나라 熹宗의 등극을 기념하여 치러진 儒生庭試에 갑과로 장원급제하여, 文翰官을 거쳐 1627년 사간원 정언에 이어 곧 持平으로 승진하였다. 도승지에 추증되었고, 시문집에 ≪만오문집≫이 있다.

涑水書院[1)]奉安文

密[2)]於商顔[3)], 實乃僻縣, 地偏以左, 庠學[4)]最遠。不有君子, 曷樹風聲, 退翁[5)]挺世, 本立道生[6)]。至誠感神, 笋抽血泣, 大字鐫石, 爀爀前日。愚老[7)]鸞棲[8)], 文翁化蜀[9)], 異治登聞, 徵黃[10)](覇)增秩。深仁厚澤, 浹民肌骨, 惟我兩賢,

1) 涑水書院(속수서원) : 경북 의성군 단밀면 涑岩里에 있는 서원. 1509년(중종 4)에 지방유림의 公議로 申祐·孫仲暾·金宇宏·趙竫·趙翊을 추모하기 위해 세웠다.
2) 密(밀) : 丹密.
3) 商顔(상안) : 사람의 얼굴 형태와 비슷한 모양의 商山이라는 뜻. 그리하여 상안은 보통 상산의 별칭으로 쓰이는데, 상산은 尙州의 옛 이름이다.
4) 庠學(상학) : 향리에 있는 학교.(鄕校)
5) 退翁(퇴옹) : 退齋 申祐를 가리킴.
6) 本立道生(본립도생) : ≪論語≫<學而篇>의 "군자는 근본에 힘써야 하며 근본이 서야 도가 생긴다.(君子務本, 本立而道生.)"는 구절에서 인용.
7) 愚老(우노) : 孫仲暾(1463~1529)을 가리킴. 본관은 慶州이고, 자는 大發이며, 호는 愚齋이다. 金宗直의 문인이다. 1482년 司馬試와 1489년 式年文科에 급제하여, 藝文館奉教와 여러 淸宦職을 지냈다. 중종반정 직후 尙州牧使로 복귀, 공조·예조의 참판을 역임하고 1517년 聖節使로 명나라에 다녀왔다. 그 후 공조판서 등에 이어 도승지·대사간 등을 수차 지내고 1527년 그간의 공적으로 月城君에 봉해졌고, 右參贊에 이르렀다. 중종 때 청백리에 녹선되었다.
8) 鸞棲(난서) : 난봉이 가시나무에 깃든다는 것은 곧 賢士가 낮은 지위에 있음을 의미. 後漢 때 考城令이었던 王渙이 嚴猛한 정사를 숭상하다가 그 고을의 亭長인 仇覽이 덕으로 사람을 교화시킨다는 말을 듣고는 그를 主簿로 삼은 다음에 "주부는 陳元이란 사람의 죄과를 듣고도 처벌하지 않고 그를 교화시켰다 하니, 응전(鷹鸇) 같은 맹렬한 뜻이 적은 게 아닌가?" 하자, 구람이 말하기를 "응전이라는 것이 鸞鳳만 못합니다."라고 하였다. 이에 왕환이 사과하고 그를 보내면서 말하기를 "가시나무는 난봉이 깃들 곳이 아니거니, 백리 고을이 어찌 대현이 있을 곳이리오.(枳棘非鸞鳳所棲, 百里豈大賢之路.)"라고 했다는 고사에서 온 말이다.(≪後漢書≫<循吏列傳·仇覽>) 손중돈이 성주목사가 되었음을 일컫는다.
9) 文翁化蜀(문옹화촉) : 漢나라 文翁이 景帝 때 蜀郡太守로 있으면서 학교를 세워 교화를 일으킨 것을 일컬음. 이 영향을 받아 武帝 때 郡國 모두에다 학교를 세우게 되었다 한다.
10) 徵黃(징황) : 漢나라 때 黃覇가 潁川太守로 있으면서 치적이 천하제일로 일컬어져서, 關內

先後揆一[11]。世遠人亡，芳躅如昨，民彝同好，報祀寧忽。顧惟生祠，制度疎略，矧在鄕賢，俎豆尙闕。合祠幷享，先正遺敎，迺卜新基，有儼淸廟。溪山動色，雲物增輝，涓吉妥靈，酒香牲肥。淸明如在[12]，典型維新，庶幾歆格，牖我後人。

通政大夫 司諫院 大司諫 金應祖[13] 撰

侯의 작위를 하사받고 조정으로 소환되어 太子太傅가 된 고사를 일컬음.

11) 先後揆一(선후규일) : ≪孟子≫<離婁章句 下>의 "순임금은 諸馮에서 태어나고 負夏로 옮겼으며, 鳴條에서 돌아가셨으며 東夷人이다. 문왕은 岐周에서 태어나고 畢郢에서 돌아가셨으며 西夷人이다. 땅의 거리가 천여 리이고 서로 떨어짐이 천여 년이로되, 뜻을 얻어서 중국에 행한 것은 부절을 합한 것과 같으니라. 먼저 난 성인이나 나중에 난 성인이나 그 행한 법도가 같다.(舜生於諸馮, 遷於負夏, 卒於鳴條, 東夷之人也. 文王生於岐周, 卒於畢郢, 西夷之人也. 地之相去也, 千有餘里, 世之相後也, 千有餘歲, 得志行乎中國, 若合符節. 先聖後聖, 其揆一也.)"는 구절에서 활용.

12) 如在(여재) : 제사를 지낼 적에 정성을 다하는 것. ≪論語≫<八佾篇>의 "제사지낼 때에는 조상신이 와 계신 것같이 하고, 산천의 신에게 제사할 때는 신들이 와 계신 것같이 한다.(祭如在, 祭神如神在.)"는 구절에서 인용.

13) 金應祖(김응조, 1587~1667) : 본관은 豊山이고, 자가 孝徵이며 호가 鶴沙·啞軒이다. 안동 출생으로 柳成龍에게 사사하였다. 1613년 생원이 되었으나 광해군의 난정을 보고 문과응시를 포기하고, 張顯光의 문하에서 학문연마에 힘썼다. 1623년 인조가 즉위하자 알성문과에 병과로 급제하여 병조정랑·선산부사를 지냈다. 1662년 大司諫에 임명되었으나 사양하고, 그 뒤 한성부우윤이 되었다. 안동의 勿溪書院과 영천의 義山書院에 배향되었다. 申悅道와는 동서지간이다.

常享祝文

孝通天地　　誠貫雙竹

本立道生　　百代準則

鄕邦後學　　景慕惟均

屬玆仲春(隨時)　　敬薦精禋.

八世孫 通訓大夫 司諫院 司諫 知製敎 悅道[1] 撰

1) 悅道(열도) : 申悅道(1589~1659). 자는 晉甫이고, 호는 懶齋(난재)이다. 張顯光의 문인이다. 어려서부터 총명하여 10여 세에 經史에 통달하고 1606년에 사마시에 합격하여 진사가 되고, 1624년 증광문과에 을과로 급제하였으며, 1627년 정묘호란 때에 인조를 江華로 호종하였다. 이듬해 書狀官으로 명나라에 다녀온 후 1638년 蔚珍縣監, 1647년 司憲府掌令, 1648년 綾州牧使가 되었다. 저서에 ≪仙槎志≫, ≪聞韶志≫ 등이 있다.

涑院奉安時告墓文

猗歟我祖，挺生麗末。嶽降之英[1]，氷玉之潔。得自家庭，正直之節。立朝峥嵘，僚宋震縮。湖節剛明，贓汚屏息。匪風洌泉[2]，莫奈運訖。自靖以獻[3]，志遂罔僕[4]。惠以携歸，甘心蹈迹。至孝格天，血淚化竹。鐫石數字，萬世不沏。表飾門閭，赫赫耳目。高蹈[5]危行[6]，宜享芬苾。鄉後詢同，建祠躋餟。祭社古義，有待今日。雲仍感戴，虔告冥漠[7]。

八世孫 建元陵 參奉 適道[8] 謹撰

---

1) 嶽降之英(악강지영) : ≪詩經≫<大雅・崧高>의 "높디높은 산악이, 우뚝 하늘에 닿았도다. 이 산에서 신령을 내려 보후와 신백을 내셨도다. 보후와 신백 두 사람은 주나라의 기둥이라, 사국의 번병이 되어 사국에 덕을 베풀도다.(崧高維嶽, 駿極于天. 維嶽降神, 生甫及申. 維申及甫, 維周之翰. 四國于蕃, 四方于宣.)"라는 구절을 염두에 둔 표현.

2) 匪風洌泉(비풍열천) : 洌泉은 <下泉>의 "차가운 저 하천이여.……저 주나라 서울을 생각하노라.(洌彼下泉……念彼京周.)"는 구절에서 인용한 것이라, 결국 ≪詩經≫의 편명인 <匪風>과 <下泉>을 가리킴. 모두 周나라의 쇠퇴함을 賢人이 걱정하는 마음을 나타낸 시들로써 예전의 훌륭했던 정사를 흠모하는 내용이다.

3) 自靖以獻(자정이헌) : ≪書經≫<微子>의 "스스로 의리에 편안하게 하여 사람마다 스스로 선왕에게 뜻을 바쳐야 한다.(自靖, 人自獻于先王.)"는 구절에서 활용.

4) 罔僕(망복) : 망국의 신하로서 의리를 지켜 새 왕조의 신복이 되지 않으려는 절조를 말함. 殷나라가 망하려 하자 箕子가 "은 나라가 망하더라도 나는 남의 신복이 되지 않으리라.(商其淪喪, 我罔爲臣僕.)"라는 말에서 유래한다.(≪書經≫<微子>)

5) 高蹈(고도) : 세속을 떠나 몸을 깨끗이 함.

6) 危行(위행) : ≪論語≫<憲問篇>의 "나라에 도의가 있으면 말도 준엄하게 하고 행동도 준엄하게 하며, 나라에 도의가 없으면 행동은 준엄하게 하되 말은 공손하게 해야 한다.(邦有道, 危言危行, 邦無道, 危行言孫.)"는 구절에서 인용.

7) 冥漠(명막) : 무덤에 묻혀 있는 사람을 일컬음.

8) 適道(적도) : 申適道(1574~1663). 자는 士立이고, 호는 虎溪이다. 정묘호란 때 慶尙左道 號召使였던 장현광의 천거로 54세 때 의병장이 되었고, 병자호란 때 의성 儒生들의 추대로 63세의 고령에도 불구하고 의병장이 되었으나 和親이 이루어져 그 뜻을 이루지 못했다.

告由孫愚齋[1]先生文

自生祠移奉時

馴雉之化[2]，浹髓之澤。生祠[3]奉享，曷稱報德。矧惟退爺[4]，縣地秀出。泣血三年，墓前雙竹。里名剖瞓，流芳百禩[5]。俎豆不設，吾黨之恥。禮宜合享，

1) 愚齋(우재) : 孫仲暾(1463~1529)의 호. 본관은 慶州이고, 자는 大發이다. 金宗直의 문인이다. 1482년 司馬試와 1489년 式年文科에 급제하여, 藝文館奉教와 여러 淸宦職을 지냈다. 중종반정 직후 尙州牧使로 복귀, 공조·예조의 참판을 역임하고 1517년 聖節使로 명나라에 다녀왔다. 그 후 공조판서 등에 이어 도승지·대사간 등을 수차 지내고 1527년 그간의 공적으로 月城君에 봉해졌고, 右參贊에 이르렀다. 중종 때 청백리에 녹선되었다.

2) 馴雉之化(순치지화) : 손중돈이 목사로서 선정을 베풀어 치적이 이루어졌음을 의미함. 後漢 章帝 때에 각 지방의 벼가 멸구의 피해를 입었으나 魯恭이 수령으로 있는 中牟란 고을은 아무런 피해를 입지 않았다는 소문이 나자, 河南尹이었던 袁安이 감찰관 肥親을 보내 그 사실을 알아보도록 했다. 비친이 뽕나무 아래 앉아 쉬고 있을 때, 꿩이 지나가는데 그 곁에 아이가 서 있으면서도 꿩을 잡지 않기에 그 까닭을 물었더니 아이가 대답하기를, "꿩이 바야흐로 새끼를 데리고 가고 있습니다." 하였다. 비친은 깜짝 놀라 일어나서 노공과 작별하며 말하기를 "내가 온 것은 당신의 정사 현황을 살펴보려 한 것인데, 이제 보니 해충이 고을을 범하지 않은 것이 하나의 異迹이고, 교화가 새에게까지 미친 것이 두 가지 이적이고, 어린아이가 어진 마음이 있으니 세 가지 이적입니다. 오래 머무르면 당신에게 폐만 끼칠 뿐입니다." 하고, 돌아갔다는 고사가 있다.(≪後漢書≫<魯恭傳>)

3) 生祠(생사) : 生祠堂. 감사나 수령 따위의 선정을 찬양하는 표시로 그가 살아 있을 때부터 백성들이 제사 지내는 사당.

4) 退爺(퇴야) : 고려조에서 全羅道安廉使를 지낸 아주신가 6세손 申祐를 가리킴. 고려가 기울자 부친 允濡, 조카사위 吉再 등과 함께 남으로 내려와 당시 尙州 丹密 萬景山으로 들어가 세거지를 틀었는데, 이는 松京을 바라본다는 뜻을 붙여 '望京'으로 새겼기 때문이라 한다. 고려가 망한 후, 태조가 왕 되기 전의 친구라 하며 형조판서 벼슬을 주었으나 응하지 않았다. 한편, 아버지 版圖判書 允濡가 세상을 떠나자 여묘살이 3년을 하였다. 그곳에 한 쌍의 靑竹이 돋아나니 당시 사람들은 孝誠에 감동된 것으로 칭송하였는데, 조정에서는 그 마을을 효자리로 하게하고 旌閭를 내렸다. 開城의 杜門洞書院과 丹密의 涑水書院에 배향되어 있다.

5) 百禩(백사) : 百代.

士論歸一。乃建廟宇，其宮肅肅。將擧縟儀[6]，合堂聯席。前期移奉，卜吉在卽。敢告端由，恭陳泂酌[7]。

6) 縟儀(욕의) : 성대한 의식.

7) 泂酌(형작) : 변변치는 않지만 정성을 다하여 올리는 제사라는 뜻. ≪詩經≫<大雅・泂酌>의 "저 길가에 고인 빗물을 멀리 떠다가, 저기에서 떠내고 다시 여기에다 붓는 정성만 지극하다면, 제사에 올리는 밥도 만들 수 있다.(泂酌彼行潦, 挹彼注玆, 可以饙饎.)"라는 구절에서 나왔다.

尙州士林通文

兩賢合享時

麗祖按廉使退齋先生，乃本縣人也。居判書公[1]憂，廬墓泣血三年，雙竹生于墓前。事聞于朝，表飾門閭，以孝子名其里，立石識其所居。又按國乘・輿地誌，公之誠孝，感鬼神而斡造化(缺)。其處濁世，能皎潔其身，亦無疚於行藏之道[2]，蓋亦左右之嘗與聞者也。

竊惟一行一藝成名者，皆足以祭於社，而惟我先生，通天地亘萬古，卓異之行，尙闕苾苾之禋，孰不爲之慨然也哉? 前於月城君[3]孫先生建廟之後，縣中父老，曾以我先生幷享事，奉稟于愚伏[4]・蒼石[5]・沙西[6]三先生，已定奉安之議，

1) 判書公(판서공) : 아주신가 5세손 申允濡. 고려조에서 奉翼大夫 版圖判書 겸 군기시별검교사(軍器寺別檢校事)를 지냈다. 원래 초명은 元濡였다가 忠宣王을 諱하기 위하여 이름을 고쳤다. 그는 국사를 그르치는 간신배를 베어낼 것을 극간하는 등 목숨을 돌아보지 않는 충성을 보였으니, 그의 청직함은 宋나라의 唐介에 비유되었다. 당개는 宋나라 사람으로 皇祐연간에 殿中侍御史가 되어 간쟁할 때 권력자들을 피하지 않다가 재상 文彦博 휘하의 사람을 탄핵하다 英州別駕로 좌천당했던 인물이다. 소환되어 다시 諫院을 맡았는데, 언사가 예전과 변함이 없어 다시 여러 고을의 知州를 전전했던 인물이다.

2) 行藏之道(행장지도) : ≪論語≫<述而>의 "공자가 안연에게 말하기를 '세상이 나를 써주면 내 뜻을 펴고 나를 버리면 물러나 숨는 짓을 네와 나만이 할 수 있을 것이다.' 하였다.(子謂顔淵曰 : '用之則行, 舍之則藏, 惟我與爾有是夫.')"는 구절을 활용. 進退出處를 적절하게 함을 일컬은 말이다.

3) 月城君(월성군) : 孫仲暾(1463~1529)이 1527년에 그간의 공적으로 하사받은 封號. 본관은 慶州이고, 자는 大發이며, 호는 愚齋이다. 金宗直의 문인이다. 1482년 司馬試와 1489년 式年文科에 급제하여, 藝文館奉敎와 여러 淸宦職을 지냈다. 중종반정 직후 尙州牧使로 복귀, 공조・예조의 참판을 역임하고 1517년 聖節使로 명나라에 다녀왔다. 그 후 공조판서 등에 이어 도승지・대사간 등을 수차 지내고 右參贊에 이르렀다. 중종 때 청백리에 녹선되었다.

4) 愚伏(우복) : 鄭經世(1563~1633)의 호. 본관은 晉州이고, 자는 景任이며, 호는 一默・荷渠도 있다. 경북 尙州에서 출생했고, 柳成龍의 문인이다. 예론에 밝아서 김장생 등과 함께

而侯廟偏狹，未果列享，爲前輩之深歎者雅矣。

今者祠宇，將傾棟礎已撓，生等不量物力[7]之微，將營重修之擧。玆將厥由，禀定于鄕先生，增加數椽之宇，方擧合享之議。而歲比不登[8]，役鉅力綿，馴致半途之廢，未免侮賢之誚，則豈不爲吾儕之所共羞也歟？伏願諸君子，誠存好賢，同聲一心，兼力共事，幸甚。

예학파로 불렸다. 시문과 서예에도 뛰어났다.

5) 蒼石(창석) : 李埈(1560~1635)의 호. 본관은 興陽이고, 자는 叔平이며, 호는 酉溪도 있다. 柳成龍의 문인이다. 임진란이 일어나자 鄭經世와 의병을 모집, 姑母潭에서 적군과 싸워 패했다. 1594년 다시 의병을 일으켜 이긴 공으로 형조좌랑에 임명되었으나 사양하고 이듬해 慶尙道都事로 나가 ≪中興龜鑑≫을 편술하여 왕에게 바쳤다. 정묘호란에도 의병을 모집하고 왕명을 받들어 전주에 가서 수만 섬의 군량미를 모은 공으로 中樞府僉知事가 되었다.

6) 沙西(사서) : 全湜(1563~1642)의 호. 본관이 沃川이고, 자가 淨遠이며, 시호가 忠簡이다. 임진란 때 의병을 모아 왜병 수십 명을 죽이고 金盆南의 추천으로 連源 도찰방이 되었다. 1603년 문과에 급제했으나 광해군의 실정으로 벼슬을 포기하고 鄭經世·李埈 등과 산수를 遊歷하여, '商社의 三老'로 불렀다. 병자호란이 일어나자 의병을 일으켜 적을 방어하였다. 1642년 중추부지사 겸 經筵同知事·춘추관동지사에 이어 대사헌에 보직되었으나 취임하지 않았다.

7) 物力(물력) : 집 짓는 데 쓰는 돌, 기와, 흙 따위를 통틀어 일컬음.

8) 不登(불등) : ≪맹자≫<滕文公章句上>의 "오곡이 여물지 않는다.(五穀不登.)"에서 보임.

涑院景賢祠上梁文

孝宗丙申合享，仍號景賢祠

一邦遺化旣醉心於當時，百世不忘宜瓣香[1]於玆土。卽此規模之革舊，忽焉風采[2]之鼎新[3]。嘗觀昔賢經過之鄕，必有後來瞻仰之所。臥龍庵設，諸葛之號偶然相符[4]，栖鳳院名，道卿之行不過一宿。玆皆出於好賢之攸篤，矧今仁者遺澤之所存。

恭惟退齋申先生。誠通鬼神，本立忠孝。血淚入土竹抽孝子之心，風霜灑途棠暎[5]御史之節。惟其君子之居最近，所以親炙[6]其德尤深。愚齋孫先生。視民如傷[7]，澤物爲利。活我壽我福我[8]出靈佛[9]於西天，慇斯懃斯[10]閔斯呼慈母

1) 瓣香(판향) : 꽃잎 모양의 香. 존경하는 어른을 欽仰할 때 사용한다.
2) 風采(풍채) : 사람의 드러나는 의젓한 겉모양을 의미하나, 여기서는 '경현사의 겉모양'을 의미하므로 '집채'로 파악함.
3) 鼎新(정신) : 鼎新革古. ≪周易≫<雜卦傳>의 "혁은 옛것을 없앰이요, 정은 새것을 세움이다.(革，去古也；鼎，取新也.)"라는 구절에서 나왔다.
4) 廬山의 臥龍潭 곁에 臥龍庵이란 암자가 무너져 터만 남아 있었는데, 宋나라 때 朱熹가 私財 10만 錢을 덜어서 西原隱者 崔嘉彦을 시켜 중수하게 한 뒤, '와룡'이라는 이름이 제갈량의 號와 같다 하여 이곳에 제갈량의 畫像을 안치하게 했다는 고사를 염두에 둔 것이다.(≪晦庵集≫<臥龍庵記>)
5) 棠暎(당영) : 善政을 베푼 수령을 위해 베지 않고 남겨 놓은 나무. 頌德碑와 같은 뜻이다. ≪詩經≫<周南・甘棠>을 보면, 周나라 文王 때 南國의 백성들이 召公의 善政에 감사하는 뜻에서 그가 머물고 쉬었던 감당나무를 소중히 여겨서 "무성한 감당나무를 자르지도 말고 베지도 말라. 소백께서 그 그늘에 쉬셨던 곳이니라.(蔽芾甘棠，勿翦勿伐. 召伯所茇.)"라 노래하였다 한다.
6) 親炙(친자) : 친히 교화를 받음.
7) 視民如傷(시민여상) : ≪孟子≫<離婁章句 下>의 "문왕은 백성을 아픈 사람 보듯이 했다.(文王，視民如傷.)"는 구절에서 인용.
8) 壽我福我(수아복아) : 韓愈가 柳宗元을 추모하며 지은 <柳州羅池廟碑>의 "공이 우리에게 복과 수명을 내려 주며, 악귀들도 산 저쪽으로 쫓아내 주시리라.(福我兮壽我，驅厲鬼兮山

於赤子。

不謂其暫留一日，至于今永戴二天[11]。雖先後遠近之不同，實觀感欣慕之無間。去後遺愛猶知事生之薦虔，卽玆妥靈敢昧尙賢之以禮。載經營之爰始，亦謀度[12]之自初。尸祝[13]以安已經諸老先生之指教，民彝同好益見一縣多士之心勤。

覩虹梁之忽騰，喜鳥革[14]之如跂。羣山卓立瞻氣像之峩峩，大川彎回悟本源[15]之混混[16]。

之左.)"라는 구절에서 인용.

9) 靈佛(영불) : "살아 움직이는 모든 것은 영을 가졌으니 다 불성이 있다.(蠢動含靈, 皆有佛性.)"고 한 데서 활용. 무릇 생명을 갖고 있는 것은 미물이라 해도 다 불성을 갖고 있다는 말이다.

10) 慇斯懃斯(은사근사) : 드러나지 않게. 1480년에 지은 朴成乾의 경기체가 <錦城別曲>의 제4장에 나온다.

11) 二天(이천) : 친구 간에 서로 오랜만에 만나 옛 추억을 이야기하며 우정을 나누는 私的인 술자리를 말하기도 하고, 특별한 은혜를 하늘에 비겨 이르는 말이기도 하고, 監司를 일컫는 말이기도 한데, 여기서는 '특별한 은혜'를 뜻함. 後漢 順帝 때 蘇章이 冀州刺史로 부임했을 적에 옛 친구가 그의 관할 구역인 淸河의 太守로 있으면서 부정행위를 범한 사실을 적발하고는 그 친구를 불러 술을 같이 마시면서 화기애애하게 옛날의 우정을 서로 나누었다. 그런데 그 친구가 기뻐하며 "사람들은 모두 하나의 하늘을 가지고 있지만 나만은 두 개의 하늘을 가지고 있다.(人皆有一天, 我獨有二天.)"고 하자, 소장이 "오늘 저녁에 내가 自然人으로서 옛 친구를 만나 술을 마시는 것은 私恩이요, 내일 기주 자사로서 사건을 처리하는 것은 公法이다." 하고는 마침내 그의 죄를 바로잡아 처벌하였다는 고사가 있다.(≪後漢書≫<蘇章列傳>)

12) 謀度(모탁) : 많은 사람들을 두루 방문하며 의견을 묻는다는 뜻. ≪詩經≫<小雅・皇皇者華>에 나오는 "이에 두루 의논하고, 도모하고, 헤아리고, 자문하도다.(周爰咨諏, 周爰咨謀, 周爰咨度, 周爰咨詢.)"에서 나온다.

13) 尸祝(시축) : 종묘 제사의 祝官.

14) 鳥革(조혁) : 翬飛鳥革. 새가 날개를 편 것 같고 꿩이 나는 것같이 궁실이 웅장하고 아름다우며 훌륭한 것을 말함. ≪詩經≫<小雅・斯干>의 "공중에 우뚝 선 건물의 모양은 마치 새가 깜짝 놀라서 날개를 펴는 듯하고(如鳥斯革), 화려하게 장식된 추녀는 마치 꿩이 날아오르는 것 같다.(如翬斯飛)"는 구절에서 활용한 것이다.

15) 本源(본원) : 강, 개울 따위가 흘러 내려오는 근원.

16) 混混(혼혼) : 샘물이 용솟음쳐 나오는 모양. ≪孟子≫<離婁章句 下>의 "근원 있는 샘물이 퐁퐁 솟아나서 밤낮을 그치지 아니하여 구덩이가 가득 찬 뒤에 전진하여 四海에 이른다.(原泉混混, 不舍晝夜, 盈科而後進, 放乎四海.)"는 구절에서 나온다. 이는 곧 학문에 근본이 있음을 일컫는 말이다.

牲幣俱潔二丁[17]之享祀始修，門牆[18]益高諸子之依歸有所。願有朋自遠而來者，當見賢思齊[19]而敬焉。人毋曰卽亡[20]瞻之在前仰之在上，道如是而可入則爲孝出則爲忠。無墜先輩之儀形，益懋古人之事業。助以善頌，樂此成功。

抛樑東，二子高名孝與忠，莫謂典型今已遠，表章[21]將欲啓羣蒙。

抛樑南，涑水晴光玉鏡涵，獨樂園[22]中當日樂，請君須向此中探。

抛樑西，山高萬頃[23]豈能躋，雖然勉勉無停步，分寸[24]攀緣自有梯。

抛樑北，道波浩浩流無極，泝洄如欲尋眞源，從此撐船各努力。

抛樑上，水若增淸山更爽，當見洋洋[25]知所趍，莫令貿貿[26]迷方往。

抛樑下，倚檻平看千頃野，不耕而獲非所聞，務學當如務農稼。

---

17) 二丁(이정) : 음력 2월 첫 丁日과 8월의 첫 정일.

18) 門牆(문장) : 스승의 문을 말함. 魯나라 대부 叔孫武叔이 子貢을 孔子보다 어질다고 한 것에 대하여, 자공이 "궁장에 비유하자면 나의 담장은 어깨에 닿을 정도여서 집 안의 좋은 것들을 다 엿볼 수 있지만, 부자의 담장은 여러 길이나 되어서 그 문을 통하여 들어가지 않으면 종묘의 아름다움과 백관의 많음을 볼 수가 없다.[譬之宮牆 賜之牆也及肩 窺見室家之好 夫子之牆數仞 不得其門而入 不見宗廟之美 百官之富]"고 말한 데서 나온 말이다.(≪論語≫<子張篇>)

19) 見賢思齊(견현사제) : ≪論語≫<里仁篇>에서 孔子가 이르기를, "어진 이를 보거든 그와 똑같이 되기를 생각하고, 어질지 못한 이를 보거든 스스로 반성해야 한다.(見賢思齊焉, 見不賢而內自省也.)"고 한 구절을 인용.

20) 卽亡(즉망) : 則亡. 魯나라 哀公이 공자에게 학문을 좋아하는 제자가 누구인지 물으니, 공자는 "안회라는 제자가 학문을 좋아하여 노여움을 옮기지 않고 허물을 거듭 범하지 않더니, 불행히도 단명하여 죽었습니다. 지금은 없으니 학문을 좋아하는 이가 있다는 말을 듣지 못했습니다.(有顔回者好學, 不遷怒, 不貳過, 不幸短命死矣. 今也則亡, 未聞好學者也.)"라고 한 고절에서 인용.(≪論語≫<雍也篇>)

21) 表章(표장) : 훌륭한 행실을 한 데 대하여 세상에 널리 알려 칭찬함.

22) 獨樂園(독락원) : <獨樂園記>를 지은 司馬溫公을 涑水先生이라 부른 데서 인용한 것으로 보임. 사마온공의 이름은 光이고 자는 君實이며, <독락원기>는 만년에 향리에 은거하며 지은 것이라 한다. 그 뜻이 고상하여 후세의 많은 선비들이 따라 살기를 즐거워하는 글이었다고 한다.

23) 萬頃(만경) : 아주 많은 이랑이라는 뜻으로, 지면이나 수면이 아주 넓음을 이르는 말. 그러나 여기서는 까마득하게 높다는 의미로 쓰였다.

24) 분촌(分寸) : 일 분 일 촌이라는 뜻으로, 아주 적음을 비유적으로 이르는 말.

25) 洋洋(양양) : 넓고 큰 모양.

26) 貿貿(무무) : 무지하고 서투름.

伏願上梁之後。道一變而至魯[27]，己百能[28]而加人。左圖右書，有朝夕游泳之樂，上棟下宇，無風雨震陵[29]之災。但知聖賢之經訓菑畬[30]，不憂貧而憂道[31]，豈願富貴之膏粱文繡，毋外馳而外營。將使荒濱寂寞之餘，庶覩盛際文明之化。

通訓大夫 司諫院 正言 李元圭[32] 撰

---

27) 道一變而至魯(도일변이지노) : ≪論語≫<雍也篇>의 "패도를 따르던 제나라의 풍속이 한 번 변하면 周公의 법제를 따랐던 노나라의 문화에 도달하게 되며, 노나라가 한 번 변하면 이상적인 정치를 펼쳤던 선왕의 도에 도달하게 될 것이다.(齊一變, 至於魯 ; 魯一變, 至於道.)"는 구절을 활용.

28) 己百能(기백능) : ≪中庸≫의 "남이 한 번에 능하거든 나는 백 번에 능하도록 하며, 남이 열 번에 능하거든 나는 천 번에 능하도록 할 것이니라.(人一能之, 己百之, 人十能之, 己天之.)"는 구절에서 인용.

29) 震陵(진능) : '震凌'의 오기. 몰아치다.

30) 菑畬(치여) : 묵은 밭을 갈아서 농사를 짓는 것. 韓愈가 아들에게 준 勸學詩 <符讀書城南>에 "문장이 어찌 귀하지 않으리오, 경서의 가르침 전답과 같은 것이라네.(文章豈不貴, 經訓乃菑畬.)"라는 구절에서 나온다.

31) 不憂貧而憂道(불우빈이우도) : ≪論語≫<衛靈公篇>의 "군자는 도를 걱정하지 가난은 걱정하지 않는다.(君子憂道不憂貧.)"는 공자의 말에서 인용.

32) 李元圭(이원규) : 생몰 미상. 창석 이준의 아들.

景賢祠記

商山[1]治之東，有密縣，縣之西涑水上，有祠焉，乃申退齋[2]・孫愚齋[3]兩先生，揭虔尸祝之所也。

按退齋麗朝人也。居家而雙竹著孝感之異，立朝而風采振一代之聲，俱載於三綱錄・輿地誌。古所謂可祭於社，其不在於斯人歟[4]?

愚齋，去退齋最後而莅是邦，卽本朝中仁廟[5]世臣也。治爲一代最而仁愛，尤深於是縣也。縣之人，去思之無已，碑頌之不足，遂依狄梁公故事[6]，立生祠[7]

1) 商山(상산) : 尙州의 옛 명칭.

2) 退齋(퇴재) : 고려조에서 全羅道安廉使를 지낸 아주신가 6세손 申祐의 호. 고려가 기울자 부친 允濡, 조카사위 吉再 등과 함께 남으로 내려와 당시 尙州 丹密 萬景山으로 들어가 세거지를 틀었는데, 이는 松京을 바라본다는 뜻을 붙여 '望京'으로 새겼기 때문이라 한다. 고려가 망한 후, 태조가 왕 되기 전의 친구라 하며 형조판서 벼슬을 주었으나 응하지 않았다. 한편, 아버지 版圖判書 允濡가 세상을 떠나자 여묘살이 3년을 하였다. 그곳에 한 쌍의 靑竹이 돋아나니 당시 사람들은 孝誠에 감동된 것으로 칭송하였는데, 조정에서는 그 마을을 효자리로 하게하고 旌閭를 내렸다. 開城의 杜門洞書院과 丹密의 涑水書院에 배향되어 있다.

3) 愚齋(우재) : 孫仲暾(1463~1529)의 호. 본관은 慶州이고, 자는 大發이다. 金宗直의 문인이다. 1482년 司馬試와 1489년 式年文科에 급제하여, 藝文館奉教와 여러 淸宦職을 지냈다. 중종반정 직후 尙州牧使로 복귀, 공조・예조의 참판을 역임하고 1517년 聖節使로 명나라에 다녀왔다. 그 후 공조판서 등에 이어 도승지・대사간 등을 수차 지내고 右參贊에 이르렀다. 1527년에 그간의 공적으로 月城君을 하사받았다. 중종 때 청백리에 녹선되었다.

4) 可祭於社, 其不在於斯人歟(가제어사, 기부재어사인여) : 韓愈의 <送楊巨源少尹序>에서, "옛날부터 말하던 '고을의 선생이 죽으면 사당에 제사를 지낸다.'고 한 것은 바로 이런 사람이었을 것이다.(古之所謂鄕先生沒而可祭於社者, 其在斯人歟.)"는 구절을 활용.

5) 中仁廟(중인묘) : 손중돈의 생몰을 고려하건대, '中廟'의 오기.

6) 狄梁公故事(적량공고사) : 적량공은 唐나라 때 狄仁傑인데, 梁國公에 봉해졌으므로 불린 이름. 그는 幷州法曹參軍으로 나가 있을 적에 자기 어버이는 河陽에 있었는데, 太行山에 올라가 하양을 돌아보다가 흰 구름이 외로이 나는 것을 보고는 左右에게 "우리 어버이

以寓其慕。時則退翁餟享之典，未擧焉。盖切於一時耳目之所及，而百世以定之議，則必有鄭重而不敢容易者，亦有數闕[8]焉。洎于萬曆[9]壬辰[10]之亂，祠宇遺像，蕩然於兵燹[11]中，越四十三年崇禎[12]乙亥[13]，重建而還安之。

於是，縣中父老，仍與之謀，曰："愚老遺愛，誠不可泯，而以退翁淑行，尙闕縟儀，於蓄德旌異[14]之地，此吾輩之羞也。盍亦妥其靈而幷享之乎?" 倡議者，趙公光瑩，權君堉，孫君克昌也。頷其說而翕然以定者，愚伏鄭先生，蒼石李先生，沙西全先生也。趾美而追述之者，申臺省悅道兄弟也。摭實而揄揚之者，李臺省元圭，金大諫應祖[15]也。議克合，遂從之廣其室而合祀焉。時大明崇禎甲申[16]，越十二年，丙申歲冬十一月也。是擧也，吁亦盛矣。

噫! 縣之轄於商，境僻而地偏，去州序[17]最遠。不有君子而爲之表準，則小子後生，於何考德而興起哉? 兩先生，存而樹風猷，歿而著徽烈，無是懿德，則世惡知節義之可尙，無是崇奉，則人孰知趍向之有方哉? 祀典之擧不擧，在兩先

가 저 밑에 계신다.(吾親所居 在此雲下.)" 하고, 한참 동안 슬피 바라보다가 구름이 사라진 뒤에야 갔다는 고사를 일컫는 것으로 보인다.(≪新唐書≫ 권115 <狄仁傑傳>) 적인걸은 唐나라 초 太原이라는 곳에 살았는데, 자는 懷英이다. 당나라 高宗과 則天武后 시대의 유명한 大臣으로서 여러 관직을 거쳤다가, 후에는 宰相이 되었다.

7) 生祠(생사) : 生祠堂. 監司나 수령의 공적을 백성들이 고맙게 여겨 그 사람이 살아있을 때에 그를 위하고자 모시던 사당. 생사당을 지은 것은 손중돈의 47세 때인 1509년도의 일이다.

8) 闕(궐) : 闕位. 神主의 자리를 비워둠.

9) 萬曆(만력) : 明나라 神宗의 연호(1573~1615).

10) 壬辰(임진) : 1592년.

11) 兵燹(병선) : 전란.

12) 崇禎(숭정) : 明나라 毅宗의 연호(1628~1644).

13) 乙亥(을해) : 1635년.

14) 旌異(정이) : 旌表. 착한 행실을 세상에 드러내어 널리 알림.

15) 金大諫應祖(김대간응조) : 金應祖(1587~1667). 본관은 豊山이고, 자가 孝徵이며 호가 鶴沙·啞軒이다. 안동 출생으로 柳成龍에게 사사하였다. 1613년 생원이 되었으나 광해군의 난정을 보고 문과응시를 포기하고, 張顯光의 문하에서 학문연마에 힘썼다. 1623년 인조가 즉위하자 알성문과에 병과로 급제하여 병조정랑·선산부사를 지냈다. 1662년 大司諫에 임명되었으나 사양하고, 그 뒤 한성부우윤이 되었다. 안동의 勿溪書院과 영천의 義山書院에 배향되었다. 성은공의 셋째 아들 申悅道와는 동서지간이다.

16) 甲申(갑신) : 1644년.

17) 州序(주서) : 고을의 향교.

生，無所增損，而宇宙間公論，至今日始定，則諸公敦尙扶護之功，有裨於風化也，不淺尠矣。扶民彝，植名教，其自此根柢矣。

余之生世苦晩，雖未得親炙於兩賢之世，而去賢人之居，若此其甚近[18]，則聞其風仰其德，亦莫吾若也。齋舍諸君，屬余記其事，余作而辭曰："秉彝好德[19]之誠心，余不必後於人，而若其敍事而記實，則自有其人焉，余何敢當?" 諸君屬愈懇，不舍義，不敢終辭，遂擧其顚末而粗述之.

通訓大夫 司諫院 正言 權震翰[20] 記

---

18) 去賢人之居，若此其甚近(거현인지거, 약차기심근)：≪孟子≫<盡心章句 下>의 "성인이 살던 시대와 이같이 멀지 않고, 성인이 살던 곳과도 이같이 그리 멀지 않다.(去聖人之世，若此其未遠也，近聖人之居，若此其甚也.)"는 구절을 활용.

19) 秉彝好德(병이호덕)：≪詩經≫<大雅・烝民>의 "백성들 모두 하늘이 내려 준 본성을 지니고 있는지라, 이 아름다운 덕을 좋아하게 되었도다.(民之秉彝，好是懿德.)"라는 구절을 인용.

20) 權震翰(권진한, 1615~?)：본관은 安東이고, 자는 九萬이다.

題雙竹圖

孟宗[1]泣冬竹，雪裏青笋生。王裒[2]攀墓栢，樹枯春不榮。人子苟盡道，天必格至誠。今看雙竹圖，問是尙書[3]塋。尙書有是子，寶樹[4]振家聲。湖節旣化俗，栢臺[5]曾蜚英[6]。墓側廬三年，血泣哀惸惸。至孝神亦知，地祇有所呈。亭亭碧玉竿[7]，異哉物之禎。雙叢傍馬鬣[8]，侍立如弟兄。乃知孝子心，與竹同其貞。大凡植物中，此君[9]聖之淸[10]。其實鳳凰食，其節松栢爭[11]。所以感於孝，

---

1) 孟宗(맹종) : 중국 삼국시대 吳나라 江夏 사람. 효자로서 이름이 높았으며, 겨울에 그의 어머니가 즐기는 죽순이 없음을 슬퍼하자 홀연히 눈 속에서 죽순이 나왔다고 한다.

2) 王裒(왕부) : 晉나라 武帝 때 사람. 그가 아버지의 무덤가에 여막을 짓고 아침저녁으로 항상 묘소에 가서 절하고 잣나무를 붙잡고 슬피 울었는데 잣나무가 눈물에 말라 버렸다고 한다. 攀栢은 부모의 묘소가 있는 선영을 말한다.

3) 尙書(상서) : 아주신가 5세손 申允濡. 원래 초명은 元濡였다가 忠宣王을 諱하기 위하여 이름을 고쳤다. 고려조에서 奉翼大夫 版圖判書 겸 군기시별검교사(軍器寺別檢校事)를 지냈는데, 국사를 그르치는 간신배를 베어낼 것을 극간하는 등 목숨을 돌아보지 않는 충성을 보였으니, 그의 청직함은 宋나라의 唐介에 비유되었다.

4) 寶樹(보수) : 훌륭한 자손이란 뜻. 晉나라 때 숙부인 謝安이 "왜 사람들은 모두 자기의 자제가 출중하기를 바라는가?" 하고 묻자, 謝玄이 "이것은 마치 芝蘭과 玉樹가 자기 집 정원에서 자라나기를 바라는 것과 같습니다."고 대답한 데서 나온 말이다.

5) 栢臺(백대) : 御史臺의 별칭. 漢나라 때 어사대에 잣나무를 많이 심었으므로 柏府 혹은 백대라고 불렀다 한다. 신우가 당시 전라도 안렴사를 지낸 것을 지칭한다.

6) 蜚英(비영) : 蜚英騰茂. 명성과 실제가 훌륭하게 서로 부합되는 것을 말함.

7) 碧玉竿(벽옥간) : 푸른 대나무. 玉은 미화한 표현이다.

8) 馬鬣(마렵) : 말갈기라는 뜻이나, 墳墓의 모양을 일컬음.

9) 此君(차군) : 대나무의 별칭. 晉나라 王徽之가 주인이 없는 빈집에 잠시 거처할 적에 대나무를 빨리 심도록 다그치자, 사람들이 그 이유를 물으니, "어떻게 하루라도 차군이 없이 지낼 수가 있겠는가.(何可一日無此君耶?)"라고 대답한 고사에서 유래한다.

10) 聖之淸(성지청) : ≪孟子≫<萬章章句 下>의 "백이는 성인 중에 맑은 분이다.(伯夷聖之淸者也.)"는 구절에서 인용한 것으로, 여기서는 대나무를 백이의 맑음에 비유한 것임.

11) 其節松栢爭(기절송백쟁) : ≪論語≫<子罕篇>의 "날씨가 추워진 다음에야 송백이 제일 늦

欲與孝子並。芟除築場地，不因根本萌。苞矣[12]豈偶然，效異通靈精。玉立[13]塚隧外，猗猗[14]卓數莖。樹德[15]似於賢，凜然瘦骨勍。葉露如淚滴，林禽爲哀鳴。聲寒野風吹， 影凄山月晴。生何幷並不孤[16]， 此理吾且明。後於退翁者，世有黃(香)[17]陸(績)[18]名。其枝本乎根，孫亦祖攸行。寢郞[19]及子姪，善行俱可評。炷掌侍母疾， 祈天達五更[20]。身以當白刃， 賊虜猶人情[21]。天敎鶻擊雉，

게 시든다는 것을 알게 된다.(歲寒然後知松柏之後雕.)"는 구절을 염두에 둔 표현.

12) 苞矣(모의) : 대나무가 떨기로 난 모양을 일컬음. ≪詩經≫<小雅・斯干>의 "질펀히 흐르는 물가요, 그윽한 남산이로다. 대나무가 떨기로 난 듯하고, 소나무가 무성한 듯하도다. 형과 아우 다 모여서, 서로 잔 권하며 좋아하고, 서로 딴마음 없으리로다.(秩秩斯干, 幽幽南山. 如竹苞矣, 如松茂矣. 兄及弟矣, 式相好矣, 無相猶矣.)"는 구절에서 나온다.

13) 玉立(옥립) : 대나무 줄기가 푸른 옥같이 생겼다고 하여 한 말.

14) 猗猗(의의) : 무성하게 우거진 모습을 표현하는 말. ≪詩經≫<衛風・淇奧>의 "저 기수 물굽이를 굽어다 보니, 푸른 대나무가 무성하도다. 아름답게 문채나는 우리 님이여, 깎고 다듬고 쪼고 간 듯하네.(瞻彼淇奧, 綠竹猗猗. 有斐君子, 如切如磋, 如琢如磨.)"라는 구절에서 나온다.

15) 樹德似於賢(수덕사어현) : 白居易의 <養竹記>의 "대는 현자와 비슷하니, 어째서인가? 대의 뿌리는 단단하니 단단함으로써 덕을 세우는 것이다.(竹似賢, 何哉? 竹本固, 固以樹德.)"는 구절을 활용.

16) 不孤(불고) : ≪論語≫<里仁篇>의 "덕이 있는 사람은 외롭지 않고 반드시 이웃이 있다.(德不孤, 必有隣.)"는 구절을 염두에 둔 표현.

17) 黃(황) : 黃香. 後漢 때 효자로, 9세 때 어머니를 여의고 아버지를 섬기면서 여름이면 아버지의 베개에 부채질하여 서늘하게 하고, 겨울이면 자기가 아버지의 자리에 먼저 들어가서 자리를 따뜻하게 해 드렸다는 고사를 일컬음.

18) 陸(육) : 陸績. 삼국시대 吳나라의 효자로 여섯 살 때 袁術을 만났는데, 그가 귤을 주자 이를 먹지 않고 품에 넣어 가지고 가 어머니에게 드렸다는 고사를 일컬음.

19) 寢郞(침랑) : 申壽(1481~1533)가 연산군 때 慶基殿參奉 제수되었으나 나아가지 않았고, 중종 때 獻陵參奉에 제수되었으나 또 나아가지 않은 데서 붙인 호칭임. 字가 子期이며, 두문불출하여 뜻을 구하고는 관직의 이력을 쓰지 말라고 유언했다.

20) 炷掌侍母疾, 祈天達五更(주장시모질, 기천달오경) : 침랑공 신수의 둘째 아들 悔堂 申元祿의 사적을 가리킴. 이에 대해서는 신해진의 『역주 회당선생문집』(역락, 2009)에 실린 '효우록'(141~152면)을 읽어보기 바란다.

21) 身以當白刃, 賊虜猶人情(신이당백인, 적로유인정) : 申之孝(1561~1592)의 사적을 가리킴. 자는 達夫이고 호는 鷹巖이다. 임란시 왜적의 칼에 죽은 인물이다. 임진왜란이 급박할 때 아우 梧峯 之悌는 宣城縣令으로 있었고, 지효는 늙은 부모를 모시고 집에 있다가 바위틈에 숨어 있더니 왜적이 쫓아와서 칼로 선생의 왼쪽 배를 쳐서 피가 흐르는지라, 목숨이 끊어질 때까지 칡을 입으로 씹어 붓을 만들어 혈서로 옷소매에 써서 아우에게 주었다. 곧, "나의 몸가짐이 綢密하지 못하고 효성이 없음이 이보다 더할 수가 있겠는가? 늙은 부모는 여러 아우들이 있어 모시고 있거니와, 君은 이미 몸을 왕실에 맡겨 職守가 있는

王雀比豈輕[22]。一家三斷指[23]，門閭宜寵旌。如竹不待培，天性非琢成。先人美其事，文字炳縱橫。鄕黨聳瞻聆，人人歎且驚。家行永不墜，庶或裨世程[24]。孝以傳苗裔，何須金滿籯[25]。至今孝子里，片石何崢嶸。餟食景賢祠，春秋薦犧牲。復觀三綱錄，流芳若蘭蘅。人誰無父母，世多鴟梟[26]獰。嗟我幼失慈，羡他遺君羹[27]。所怙[28]亦已矣，白首悲孤煢。撫圖憶古人，潸然[29]

터이니 마땅히 난에 임하여 임금의 명을 받들어 矢石을 무릅쓰고 죽음에 나갈 것이며, 내 시체를 찾지 못할까 걱정하여 다행히 발바닥에 '宣城' 두 자를 써서 알도록 하였노라." 하였다고 한다.

22) 天敎鶻擊雉, 王雀比豈輕(천교골격치, 왕작비기경) : 申興孝(1574～1658)의 사적을 가리킴. 자는 行初이고, 호는 桂月堂이다. 부모를 지극한 효성으로 섬겼으며, 부친의 환우를 당하자 손가락을 끊어 피를 입에 흘려 넣어 다시 소생시켰고, 기일에는 꿩이 부엌에 스스로 날아들어서 이를 정성껏 공양하였는데, 사람들은 효성에 감응하였다고 하여 사림에서는 여러 차례 정려할 것을 논의하였다고 한다.

23) 一家三斷指(일가삼단지) : 申之益과 그의 아들, 조카의 효행을 일컬음. 申之益(1588～1649)은 아주신가 15세손. 그는 일찍이 부친을 여의고 홀어머니를 지극한 효성으로 모셨는데, 어머니가 병환이 나자 목욕재계하고 북두칠성에 빌었으며, 손가락을 잘라 그 피로 어머니 병간호를 하였다. 또 모친상을 당하여서는 애통함이 지나쳐 곡을 하다 혼절하기도 하였으며, 최질을 풀지 않고 執喪하였던 일이 조정에 알려져 숙종 때에 旌閭되었다. 지익의 아들 鐔(1611～1647)도 병자호란 때 적병을 만나 위기에 처하자 부모를 해치지 말도록 적병에게 애원하여 무사하였고, 그 후 어머니가 병환이 들자 역시 손가락을 끊어 구한 사실이 알려져 효자로 정려되었다. 지익의 조카 鋏(1605～1691)도 어머니가 병환이 들자 지극정성으로 간호하였고, 차도가 없자 자신의 손가락을 잘라 그 피로 어머니를 소생시킨 사실이 알려져 역시 효자로 정려되었다. 한 집안에서 3명의 효자가 나온 것이다.

24) 世程(세정) : 세상의 법식과 모범.

25) 金滿籯(금만영) : '자식에게 황금을 한 바구니 가득 남겨주는 것이 경서 한 권을 가르치는 것만 못하다(遺子黃金滿籯, 不如敎子一經)'는 구절에서 인용. 漢나라 때 학자이자 정치가인 韋賢이 승상의 지위에서 사임하고 죽은 이후 막내아들이 다시 승상의 지위에 오른 데서 생긴 일화로, 부모가 자식들에게 많은 재산을 물려주기 위해 애쓰는 것보다는 차라리 경서를 가르쳐 제대로 된 인성을 갖춘 사람을 만드는 것이 중요함을 일깨워준다.

26) 鴟梟(치효) : 어미 새를 잡아먹는 올빼미. 참고로 獍은 제 아비를 잡아먹는 짐승이다.

27) 遺君羹(유군갱) : 어머니를 위해 임금이 드시는 곰국을 남기다는 뜻. 穎考叔이 자신의 어머니는 그가 먹는 음식은 모두 먹어 보았지만 임금님의 곰국은 드신 적이 없기 때문에 그것을 갖다 드릴 수 있도록 허락해달라고(未嘗君之羹, 請以遺之.) 하자, 이에 鄭나라 莊公은 "그대는 선물을 갖다 드릴 어머니가 있지만, 아! 나 혼자 어머니가 없구나!(爾有母遺, 繄我獨無!)"라는 고사에서 나온다.

28) 所怙(소호) : 아버지의 아칭. ≪詩經≫<蓼莪篇>의 "아비가 없으면 무엇을 믿으랴.(無父何怙.)"에서 나온다.

29) 潸然(산연) : 눈물이 하염없이 흐르는 모양.

霑我纓。

辛亥[30] 三月 下澣 進士 南陽 洪錫箕[31] 稿

---

30) 辛亥(신해) : 1671년.

31) 洪錫箕(홍석기, 1606~1680) : 본관은 南陽이고, 자는 元九이며, 호는 晩洲이다. 庭試文科에 장원하여 兵曹佐郎을 거쳐 禮曹正郎, 南原牧使를 지냈다. 청주에 자리잡고 머무르면서 華陽에 와 있는 宋時烈과 교유하면서 학문을 연마하고 시사를 담론하기도 하였다. 그는 늙어서 나라를 걱정하는 마음과 세상사에 관해 시로써 표현하였다. 그러한 시가 수백 편에 이르렀다. 병중에서도 나라를 걱정해 수천 언에 이르는 상소문을 지었다. 吏曹判書에 추증되고 시호는 孝定이다.

寒食謁蛇浦先塋

古人雨露[1]感，此日尤傷情。寒食忠臣淚，故國杜宇[2]聲。心同圃冶[3]節，志合夷齊[4]淸。忠義根於孝，血淚徹佳城[5]。呈異雙笋抽，地祇感至誠。棹楔輝閭里，畏壘[6]潔犧牲。苟非情義深，胡能乃爾禎。耳孫悽愴久，不但感楸[7]縈。

九世孫 進士 埰[8] 謹稿

---

1) 雨露(우로) : 남들로부터 흠뻑 받은 은혜를 일컬을 때 씀.
2) 杜宇(두우) : 蜀나라 望帝의 이름. 望帝는 죽어서 두견새가 되어 '不如歸'라는 소리를 내며 울었다고 하여, 후인들이 두견새를 가리켜 杜宇 또는 蜀魄이라 한다.
3) 圃冶(포야) : 圃隱과 冶隱. 포은은 鄭夢周의 호이고, 야은은 吉再의 호이다.
4) 夷齊(이제) : 伯夷와 叔齊. 은나라 고죽군의 두 아들. 무왕이 은나라를 치자 이를 간하였으며, 무왕이 천하를 손에 넣으매 주나라의 곡식 먹기를 부끄러이 여겨 수양산에서 고사리를 캐어먹고 살다가 굶어 죽었다.
5) 佳城(가성) : '무덤'을 비유적으로 이르는 말.
6) 畏壘(외루) : 산 이름. 老子의 제자 庚桑楚가 노자에게서 도를 배우고 북쪽의 외루에 들어가 살면서 첩이나 하인 중에 지혜로운 자는 멀리하고 어리석은 자들만 데리고 들어가 살았는데, 그곳에 산 지 3년 만에 큰 풍년이 들자, 외루 사람들이 그를 聖人에 가깝다고 여겨 임금으로 받들려고 하였다.(≪莊子≫<庚桑楚>) 여기서는 상주에 살고 있는 후손들을 지칭하는 것으로 보인다.
7) 楸(추) : 松楸. 선영을 뜻한다.
8) 埰(채) : 申埰(1610~1672). 자는 子卿이고, 호는 忍齋이다. 1646년 司馬試에 합격하여 진사가 되고, 太學館에 있으면서 成均館長의 명에 따라 太學銘을 지었고, 또 세자의 명에 의하여 聖學圖銘을 지었다. 1660년에 모친상을 당하고 1664년에 부친상을 당하자 마치 어린아이가 부모를 사모하듯 지극 정성으로 喪을 치루고, 그 후로는 과거를 단념하고 실천의 공부에 전념하였다. 일찍이 그는 張顯光의 문하에서 洪汝河 등과 도의로서 사귀며 서로 학문을 토론하였다. 大山 李象靖이 묘갈명을 지었고, 丹邱書院에 배향되었다.

祭墓文

知縣 安應昌[1)]

維太歲丙申月日, 知縣事[2)]順興安應昌, 敬祭于故高麗孝子退齋按廉使申公之墓。伏以維操之潔, 維孝之至。奉親之誠, 一於養志[3)]。生而致敬, 歿而過毁。三年墓廬, 日夕血淚。神明鑑臨, 感其至意。忽有雙竹, 寔生幽隧[4)]。厥孝攸格, 植物效異。事聞于朝, 表閭褒美。片石有刻, 名孝子里。聞風起敬, 庸奠薄具。

1) 安應昌(안응창, 1603～1680) : 본관은 順興이고, 자는 興叔이며, 호는 柏巖이다. 安珦의 14세손으로, 張顯光의 문인이다. 1636년 병자호란 때 大君師傅에 제수되어 청나라 瀋陽에서 볼모로 있던 鳳林大君을 1640년부터 3년 동안 모시다가 昭顯世子 · 봉림대군 일행과 같이 환국하였다. 그 뒤 瓦署別提 · 司憲府監察이 되었다. 1644년 金化縣監 · 1655년 義城縣令에 각각 임명되었다. 그 뒤 낙향하여 학문 연구에 전념했다.

2) 知縣事(지현사) : 縣監.

3) 養志(양지) : 부모의 뜻을 받들어 지극한 효도를 다함을 말함. ≪孟子≫<離婁章句 上>의 "맹자가 부모 모심에 관하여 말하면서 '曾子가 그의 아버지 曾晳을 봉양할 때 반드시 술과 고기를 드려, 다 들고 나서 물릴 때에는 어김없이 방금 당신이 먹고 남은 것은 누구한테 줄 것인지를 물어 보고, 또 당신이 나중에 드실 게 있겠는지를 물으면 반드시 있다고 말하였다. 증석이 죽고 나서 증자의 아들인 曾元이 아버지인 증자를 봉양할 때 역시 반드시 술과 고기를 드렸는데, 다 들고 나서 물릴 때에 증원은 아버지께 먹고 남은 것을 누구한테 줄 것인지를 물어 보지 않았고, 남은 것이 있느냐고 물어도 짐짓 없다고 하여 장차 그것을 다시 드시게 하려는 것이니, 이것은 이른바 입과 몸으로 봉양하는 것[養口體]이다. 앞서 증자와 같이 하면 뜻으로 봉양하는 것[養志]이니, 부모 모심을 증자와 같이 하는 것이 맞다.'고 하였다.(孟子曰 : '曾子養曾晳, 必有酒肉 ; 將徹, 必請所與 ; 問有餘, 必曰有. 曾晳死, 曾元養曾子, 必有酒肉 ; 將徹, 不請所與 ; 問有餘, 曰亡矣 ; 將以復進也. 此所謂養口體者也. 若曾子則養志. 事親若曾子者可也.')"는 구절에 나온다.

4) 幽隧(유수) : 묘지.

懶齋拜門錄

申悅道

萬曆壬戌[1]春, 悅道拜謁旅軒張先生, 先生問[2], 曰：“先祖與冶隱, 爲道義之交, 見麗季政亂, 並轡南下, 先祖居尙州, 冶隱居善山。世代已遠, 今無所徵考, 然以勝覽所載, ‘皎潔其身, 能得行藏之道[3].’等語, 觀之, 則傳來之言, 似不虛矣.” 先生再三歎賞焉。

---

1) 萬曆壬戌(만력임술) : 임술년은 1622년. 만력은 명나라 神宗의 연호(1573～1619)이어서 상호간의 모순인데, 熹宗의 연호인 天啓(1621～1627)를 사용하지 않고 있다.

2) ≪旅軒先生續集≫ 권9, 부록, <拜門錄(門人申悅道)>. 이 기록에는 “임술년 봄에 나는 仲氏와 함께 남산으로 와서 선생을 뵈었으며, 저녁에는 모시고 不知巖으로 가서 이틀 동안 머물러 모시면서 ≪근사록≫의 의심스러운 부분 10여 조항을 질문하였다. 중씨가 여쭙기를, ‘남추강(남효온)의 글에 달가(정몽주의 자)가 친히 두 姓의 왕을 섬겼다는 구절이 있으니, 이는 어떻습니까?’ 하니, 선생은 대답하시기를, ‘우리나라에는 문헌이 없어 증거할 수가 없으니, 상상컨대 추강이 자세한 내용을 알지 못하여 이렇게 말씀한 듯하다. 어찌 이것을 가지고 포은을 의심하겠는가.’ 하시고는, 인하여 물으시기를, ‘세상에 전하기를, 안렴공이 길야은과 함께 손을 잡고 같이 돌아왔다고 하니, 이것이 사실인가?’ 하자 중씨가 대답하였다.(壬戌春, 與仲氏來謁于南山, 夕陪往不知巖, 留侍二日, 講質近思錄疑義十餘條. 仲氏問：‘南秋江達可親經二姓王之句, 何如?’ 先生答曰：‘吾東文獻無徵, 秋江想未得其詳而云爾. 豈可以此而疑圃隱乎?’ 仍問曰：‘世傳按廉公與吉冶隱, 攜手同歸云, 有諸?’ 仲氏對曰.)”는 부분이 있는데, 누락되어 있다. 이 부분이 보충되지 않으면 장현광 선생의 질문 내용이 무엇인지 알 수 없고, 대답한 주체가 晩悟公이 아니라 懶齋公으로 이해할 여지가 있다.

3) 行藏之道(행장지도) : ≪論語≫<述而>의 “공자가 안연에게 말하기를 ‘세상이 나를 써주면 내 뜻을 펴고 나를 버리면 물러나 숨는 짓을 네와 나만이 할 수 있을 것이다.’ 하였다.(子謂顔淵曰：‘用之則行, 舍之則藏, 惟我與爾有是夫.’)”는 구절을 활용. 進退出處를 적절하게 함을 일컬은 말이다.

事蹟

遺墟碑文請撰時

公諱祐, 號退齋, 姓申氏, 本巨濟鵝洲縣人, 壯節公[1]十七世孫, 鵝洲君[2]五世孫。高祖太子太師諱英美。是生諱晉升, 令同正。是生諱得昌, 散員同正。是生諱允濡[3], 版圖判書兼軍器寺別檢校事, 謚貞肅。以淸名直節, 顯高麗忠烈王[4]時。時元皇帝怒, 東國表牋之不敬, 徵撰表人, 人皆畏避, 不欲行。公獨進啓, 請斬輕國愛身之輩, 王從之, 下集賢殿[5]提學柳得韶等四人于獄, 時人比之唐介[6]。於公爲皇考, 妣星州李氏持平堰之女。

公居尙州之丹密縣官洞里, 應孝廉[7]累官, 至奉常大夫司憲府掌令。嘗爲全

---

1) 壯節公(장절공) : 申崇謙의 謚號.
2) 鵝洲君(아주군) : 申益休의 封號. 관직은 金紫光祿大夫 門下侍郞을 지냈으며, 軍功으로 鵝洲君에 봉해졌다. 자손들은 아주군으로 分貫하였다. 묘는 開城府 三岐里에 있다. 부인은 慶州金氏로 합장했다.
3) 允濡(윤유) : 아주신가 5세손 申允濡. 원래 초명은 元濡였다가 忠宣王을 諱하기 위하여 이름을 고쳤다. 고려조에서 奉翼大夫 版圖判書 겸 군기시별검교사(軍器寺別檢校事)를 지냈는데, 국사를 그르치는 간신배를 베어낼 것을 극간하는 등 목숨을 돌아보지 않는 충성을 보였으니, 그의 청직함은 宋나라의 唐介에 비유되었다. 당개는 宋나라 사람으로 皇祐연간에 殿中侍御史가 되어 간쟁할 때 권력자들을 피하지 않다가 재상 文彦博 휘하의 사람을 탄핵하다 英州別駕로 좌천당했던 인물이다. 소환되어 다시 諫院을 맡았는데, 언사가 예전과 변함이 없어 다시 여러 고을의 知州를 전전했던 인물이다.
4) 忠烈王(충렬왕, 1236~1308) : 고려 제 25대 왕(재위 1274~1308). 원나라의 지나친 간섭과 왕비의 죽음 등으로 정치에 염증을 느껴 왕위를 선위했으나 7개월 만에 복위해야 했다. 정사를 돌보지 않다가 재위 34년만인 1308년 죽었다.
5) 集賢殿(집현전) : 고려 이래 조선 초기에 걸쳐 궁중에 설치한 학문 연구기관.
6) 唐介(당개, 1010~1069) : 宋나라 江陵人. 자가 子方이다. 皇祐연간에 殿中侍御史가 되어 간쟁할 때 권력자들을 피하지 않다가 재상 文彦博 휘하의 사람을 탄핵하다 英州別駕로 좌천당했다. 소환되어 다시 諫院을 맡았는데, 언사가 예전과 변함이 없어 다시 여러 고을의 知州를 전전했던 인물이다.

羅道按廉使, 神虎衛保勝, 攝護軍, 歷中外, 風裁[8]凜然, 後値濁世, 廉介特立。按麗乘[9], 公嘗從圃隱鄭夢周, 獲聞大義。世傳, 公見麗氏政亂, 與吉冶隱再, 携歸鄕里, 而輿地誌曰: "皎潔其身, 能得行藏之道." 其觀象玩占, 遠引[10]自靖[11]之義, 可知已。我太宗[12], 有潛龍舊誼, 徵以刑曹判書, 終不起。

性至孝, 遭貞肅公憂, 守塚三年, 朝夕號哭, 血淚漬土, 有足以感天地, 而參鬼神, 其拜展[13]處, 有異竹雙生, 人以爲孝感。事聞, 命旌閭, 錄三綱行實, 名其里曰'孝子里.' 玆石以表之, 今丹密縣, 路傍小石碑, 是也。密其初, 固椎樸貿貿[14], 自公之後, 孝子踵相出, 烏頭赤角[15], 彪炳巷閭間, 有復其身·復其戶[16]者, 其遺風餘敎之入人者如此。尙之人士, 誦慕之不已, 卽其鄕立廟以祀之, 盖從愚伏鄭文莊公經世·蒼石李公埈·沙西全公湜議也。

配若木柳氏, 府院君益貞[17]之女。有二子, 長曰光富, 內府令, 次曰光貴, 知鳳州事。連世衣冠不絶, 多以孝友風節著名。府令公之五世孫元福[18]參奉, 以孝聞, 元祿[19]贈戶曹參議, 篤學實踐, 孝行旌閭, 士林揭虔于義城藏待書院。參

---

7) 孝廉(효렴) : 관리를 임용하는 과거의 하나. 중국 前漢의 武帝가 군국에서 매년 부모에 효도하고 형제간에 우애 있는 사람과 청렴한 사람을 각각 한 사람씩 천거하게 한 데서 비롯하였다.

8) 風裁(풍재) : 당당한 위의와 풍모. 옛날 사헌부 관리의 강직하고 엄숙한 모습을 이른다.

9) 麗乘(여승) : 高麗史.

10) 遠引(원인) : 멀리 숨음.

11) 自靖(자정) : 나라가 망했을 때에 자기 몸을 깨끗이 하여 욕됨이 없이 선왕에게 바친다는 말. ≪書經≫<微子>의 "스스로 의리에 편안하여 사람마다 스스로 자신의 뜻을 선왕에게 바칠 것이니, 나는 뒤돌아보지 않고 떠나가 은둔하겠다.(自靖, 人自獻于先王, 我不顧行遯.)"라는 구절에서 나온다.

12) 太宗(태종) : '太祖'의 오기.

13) 拜展(배전) : 묘를 살핌.

14) 貿貿(무무) : 견식이 없음. 무식하고 뒤떨어짐.

15) 烏頭赤角(오두적각) : 홍살문을 일컫는 표현. 陵, 園, 廟, 대궐, 官衙 따위의 정면에 세우는 붉은 칠을 한 門. 둥근기둥 두 개를 세우고 지붕 없이 붉은 살을 세워서 죽 박는다.

16) 復其身復其戶(복기신복기호) : 身役의 면제와 戶役의 면제. 조선 시대에, 충신·효자·군인 등 특정한 대상자에게 부역이나 조세를 면제하여 주던 일이다.

17) 益貞(익정) : 柳益貞. 고려 충숙왕 때 崑山부원군이었다.

18) 元福(원복) : 申元福(1509~1584). 자는 仲綏이고, 호는 靜隱이다. 參奉 申壽의 아들이자, 悔堂 신원록의 兄이다. 지극한 孝行으로 將仕郎 獻陵參奉에 除授되었다.

奉公之孫弘道[20]，以文學鳴，參議公之子，伈[21]監察，仡[22]贈承旨。承旨公長子適道[23]，建元陵參奉，學問節義爲世所推，次子達道[24]，修撰贈都承旨，經學風儀，爲一世重，季子悅道[25]，掌令，有士林望。鳳州公之八世孫之孝[26]，壬辰

19) 元祿(원록) : 申元祿(1516~1576). 경북 義城 출신이며, 退溪・周世鵬의 門人이다. 11살 때 아버지가 병이 들자 八公山 수백 리 길을 걸어 약초를 찾아나서는 등 8년 동안 간호하였으며, 뒷날 長水・三嘉(현 陜川)・淸道 등지에서 學官이 되어 연로한 부모를 봉양하였다. 이러한 그의 효행을 표창하기 위해 旌閭가 세워졌다. 모친상을 당했을 때는 하루에 세 번씩 성묘를 하였다. 戶曹參議가 추증되었고, 의성의 藏待書院에 배향되었다.

20) 弘道(홍도) : 申弘道(1558~1611). 字는 大中이며, 호는 鼎峯이다. 旅軒 張顯光과 樂齋 徐思遠의 문하에 종유했고, 임진란 때는 군량미를 거두는 공문을 지었으며, 무신년과 신해년에는 당숙 성은공과 함께 회재 이언적과 퇴계 이황을 변무하는 상소를 했다.

21) 伈(심) : 申伈(1547~1615). 자는 喜之이고, 호는 輿溪・城軒이다. 임진란 때 의병장으로 추대되어 활동했다.

22) 仡(흘) : 申仡(1550~1614). 본관이 鵝洲이고, 자가 懼之이며, 호가 城隱이다. 아버지 申元錄의 삼년상을 마친 후 묘 아래에 집을 지어 永慕라는 편액을 달고 애도하였다. 임진란에 의병을 일으키고 金垓・柳宗介・鄭世雅와 함께 왜군에 대항하여 싸웠다. 1603년 조정의 명으로 ≪亂中事蹟≫을 편찬하였다.

23) 適道(적도) : 申適道(1574~1663). 자는 士立이고, 호는 虎溪이다. 향시에 장원 급제하였으나, 임진란을 겪은 뒤 과거 보는 공부보다는 爲己之學에 뜻을 두어, 寒岡 鄭逑과 旅軒 張顯光의 문하에 출입하였고, 향촌교화와 학문수양에 매진했다. 그러나 정묘호란이 일어나자 慶尙左道 號召使였던 장현광의 천거로 54세 때 의병장이 되어 분연히 몸을 떨쳐 일어나 우국충정을 펼쳤으나 강화가 체결되는 바람에 자신의 뜻을 이루지 못했다. 이에, 그는 和議論者를 공격하는 충정의 疏를 올렸는데, 仁祖가 매우 훌륭히 여겨 祥雲都察訪을 제수하였고, 선정을 하고 떠나자 去思碑가 세워졌다. 병자호란이 다시 일어나자, 의성 儒生들의 추대로 63세의 고령에도 불구하고 의병장이 되어 구국의 대열에 앞장을 섰으나, 이 역시 和親이 맺어지는 바람에 자신의 뜻을 이루지 못했다. 그는 귀향하여 採薇軒을 짓고 산림처사로서 은둔하며 여생을 보내다가 90세의 생을 마친 인물이다. 1867년(고종 4)에 이르러서야 그의 道學과 忠節을 기려서 吏曹參議가 추증되었다.

24) 達道(달도) : 申達道(1576~1631). 자는 亨甫이고 호는 晩悟이다. 月川 趙穆과 旅軒 張顯光의 문인이다. 1610년 사마시에 입격하였으나, 정계가 혼란하여 광해군 때는 벼슬에 나아가지 않았다. 1623년 명나라 熹宗의 등극을 기념하여 치러진 儒生庭試에 갑과로 장원급제하여, 文翰官을 거쳐 1627년 사간원 정언에 이어 곧 持平으로 승진하였다. 이해 6월 병조판서 李貴의 전횡을 배척하는 상소를 올려 이귀의 미움을 사서 부사직으로 전보되었다. 1627년 정묘호란 때 尹煌과 함께 斥和論을 적극적으로 주장하다가 파직되었다. 또 1629년 사헌부장령이 되었을 때, 內需司가 進上을 과다하게 강요하는 폐단을 없애라는 상소를 올렸다. 도승지에 추증되었고, 시문집에 ≪만오문집≫이 있다.

25) 悅道(열도) : 申悅道(1589~1659). 자는 晉甫이고, 호는 懶齋(난재)이다. 張顯光의 문인이다. 어려서부터 총명하여 10여 세에 經史에 통달하고 1606년에 사마시에 합격하여 진사가 되고, 1624년 증광문과에 을과로 급제하였으며, 1627년 정묘호란 때에 인조를 江華로

殉孝，之悌[27]承旨贈參判，有德望，與參議公並享藏待院。參判公之子弘望[28]，正言，以淸直稱。參奉之益，之益與子鐔・姪鋏，俱以孝相繼[29]，蒙棹楔之

호종하였다. 이듬해 書狀官으로 명나라에 다녀온 후 1638년 蔚珍縣監, 1647년 司憲府掌令, 1648년 綾州牧使가 되었다. 저서에 ≪仙槎志≫, ≪聞韶志≫ 등이 있다.

26) 之孝(지효) : 申之孝(1561~1592). 자는 達夫이고 호는 鷹巖이다. 임란시 왜적의 칼에 죽은 인물이다. 임진왜란이 급박할 때 아우 梧峯 之悌는 宣城縣令으로 있었고, 지효는 늙은 부모를 모시고 집에 있다가 바위틈에 숨어 있더니 왜적이 쫓아와서 칼로 선생의 왼쪽 배를 쳐서 피가 흐르는지라, 목숨이 끊어질 때까지 칡을 입으로 씹어 붓을 만들어 혈서로 옷소매에 써서 아우에게 주었다. 곧, "나의 몸가짐이 綢密하지 못하고 효성이 없음이 이보다 더할 수가 있겠는가? 늙은 부모는 여러 아우들이 있어 모시고 있거니와, 君은 이미 몸을 왕실에 맡겨 職守가 있는 터이니 마땅히 난에 임하여 임금의 명을 받들어 矢石을 무릅쓰고 죽음에 나갈 것이며, 내 시체를 찾지 못할까 걱정하여 다행히 발바닥에 '宣城' 두 자를 써서 알도록 하였노라." 하였다고 한다.

27) 之悌(지제) : 申之悌(1562~1624). 아주신가 龜派의 후손이다. 자는 順甫이며, 호는 梧峰・梧齋이다. 1589년 增廣文科에 甲科로 급제하여 正言・禮曹佐郎・文學 등을 역임하였다. 임진왜란 때는 禮安縣監으로 縣軍을 이끌고 龍仁싸움에 참전하여 宣武・扈從의 두 原從功臣이 되었다. 1613년 昌寧府使로 나가 백성을 괴롭히던 도적을 토평하고 민심을 안정시켜 그 공으로 通政大夫에 올랐으며, 仁祖 초 同副承旨에 제수되었으나 부임하지 못하고 죽었다. 義城의 藏待書院에 배향되었다.

28) 弘望(홍망) : 신홍망(申弘望, 1600~1673). 자는 望久이고, 호는 孤松이다. 義城 출생으로, 1627년 進士試에 합격하여 1638년 천거로 康陵 參奉에 임명되었으나 부임하지 않았으며, 1639년 別試文科에 丙科로 급제하여 1644년 承政院 注書 兼 春秋館 記事官에 제수되었으나, 얼마 후 노모의 병을 이유로 낙향하였고, 곧이어 체직되었다. 1646년 典籍, 兵曹 佐郎, 司諫院 正言, 禮曹 佐郎를 거쳐 1647년 全州 判官에 부임하였다. 1650년 母夫人의 상을 당하였는데, 상을 마친 후 곧 司憲府 持平에 제수되었다. 이때 持平 李溫發이 都承旨 李時楳를 탄핵하자, 이시매는 疏를 올려 자신의 잘못이 없음을 증명하려고 하였는데, 신홍망은 그 소의 내용이 선현을 모욕하는 것이라고 반박하였다. 이 일로 그는 자기 당파를 비호한다고 지목되어 碧潼郡에 유배될 뻔하였으나, 正言 鄭斗卿(1597~1673)의 변론으로 平海에 中途付處되었고, 곧 사면되었다. 1656년부터 1658년까지는 蔚山府使에 재직하였는데, 이곳에 그를 기리는 淸德碑가 세워졌다. 1659년부터는 수년 동안 풍기군수로 재직하였다. 그 후 강원도 都事, 成均館 司藝, 宗簿寺正 兼 春秋館 編修官, 承文院 判校 등에 제수되었으나 출사하지 않았다. 1673년 정월에 세상을 떠났는데, 묘소는 義城縣 下川 黑石里로 정해졌다. 그는 旅軒 張顯光의 문하에 드나들었으며, 李民寏(1573~1649)의 사위이다.

29) 俱以孝相繼(구이효상계) : 申之益(1588~1649)은 아주신가 15세손. 그는 일찍이 부친을 여의고 홀어머니를 지극한 효성으로 모셨는데, 어머니가 병환이 나자 목욕재계하고 북두칠성에 빌었으며, 손가락을 잘라 그 피로 어머니 병간호를 하였다. 또 모친상을 당하여서는 애통함이 지나쳐 곡을 하다 혼절하기도 하였으며, 최질을 풀지 않고 執喪하였던 일이 조정에 알려져 숙종 때에 旌閭되었다. 지익의 아들 鐔(1611~1647)도 병자호란 때 적병을 만나 위기에 처하자 부모를 해치지 말도록 적병에게 애원하여 무사하였고, 그 후

典。至今稱爲孝友之族者，盖有以也。

嗚呼! 公遭時不祥，卷懷林泉，不獲大其施於世。先世所撰家狀，逸不傳，生年卒歲及立朝言行・居家事蹟之懿，皆不得以攷焉，爲可慨也已。雖然，公之遯野罔僕[30]，獨保王氏祖臘[31]以歿世，而無得以知者，於公無加損。而公以出天之孝，超世之操，克承先烈，垂範後昆，化鄕里而淑人心者，足以聳動百世之觀聽。後之知德尙論[32]之君子，可因此而得其大略矣。

墓在孝子里東十里許，蛇浦辛向之原。文莊公，文以表墓道，子孫，歲一祭之。香火無替而顧，以遺墟蕪沒，東西行過者，莫不低徊指點。興兎葵燕麥之感[33]，藐玆裔孫，方謀建石琢辭，於以傳之來世，遂掇拾爲事蹟一通。

어머니가 병환이 들자 역시 손가락을 끊어 구한 사실이 알려져 효자로 정려되었다. 지익의 조카 鋏(1605～1691)도 어머니가 병환이 들자 지극정성으로 간호하였고, 차도가 없자 자신의 손가락을 잘라 그 피로 어머니를 소생시킨 사실이 알려져 역시 효자로 정려되었다. 한 집안에서 3명의 효자가 나온 것이다.

30) 罔僕(망복) : 망국의 신하로서 의리를 지켜 새 왕조의 신복이 되지 않으려는 절조를 말함. 殷나라가 망하려 하자 箕子가 "은 나라가 망하더라도 나는 남의 신복이 되지 않으리라.(商其淪喪, 我罔爲臣僕.)"라는 말에서 유래한다.(≪書經≫<微子>)

31) 王氏祖臘(왕씨조랍) : 漢代의 제사 의식 가운데 하나. 祖는 선조의 신에게 드리는 제사요, 臘은 일반 신에게 드리는 것. 陳咸은 後漢의 成帝・哀帝 때 尙書를 지냈는데, 왕망이 집권하자 벼슬을 버리고 향리로 돌아간 뒤, 일체 출입을 않고 있으면서 한나라의 祖臘을 사용했다고 한다.("時三子參・豐・欽皆在位, 乃悉令解官, 父子相與歸鄕里, 閉門不出入, 猶用漢家祖臘. 人問其故, 咸曰 : '我先人豈知王氏臘乎?' 其後莽復徵咸, 遂稱病篤.")(≪後漢書≫<陳寵列傳>)라는 구절에서 보인다. 그러나 여기서는 고려의 종묘사직을 의미한다.

32) 尙論(상론) : 옛사람의 일을 평론함. ≪孟子≫<萬章章句 下>의 "한 고을의 훌륭한 선비일 경우에는 한 고을의 훌륭한 선비를 벗으로 사귀고, 한 나라의 훌륭한 선비일 경우에는 한 나라의 훌륭한 선비를 벗으로 사귀고, 천하의 훌륭한 선비일 경우에는 천하의 훌륭한 선비를 벗으로 사귀고, 천하의 훌륭한 선비를 벗으로 사귀는 것이 만족스럽지 못할 경우에는 또 옛사람을 숭상하여 논한다.(一鄕之善士, 斯友一鄕之善士, 一國之善士, 斯友一國之善士, 天下之善士, 斯友天下之善士, 以友天下之善士爲未足, 又尙論古之人.)"는 구절에서 나온다.

33) 兎葵燕麥(토규연맥) : 폐허에 잡초가 무성하다는 의미로, 가슴 아픈 황량한 정경을 말할 때 쓰는 표현. ≪唐書≫<劉禹錫傳>의 "현도관 안의 도화 천 그루는 모두 유랑이 가고 난 후 심은 것이다. 두 번 귀양살이를 하고 14년에 주객랑으로 복직되어 다시 현도관에서 놀 때 도화는 씻은 듯이 한 그루도 없고 유일하게 토규(너도바람꽃)와 연맥(패랭이꽃, 귀리)만이 봄바람에 나부꼈다. 시를 지어 이르길, '백 이랑의 뜰에는 반은 이끼인데, 도화는 깨끗이 다 지고 채화가 피었도다. 도화를 심었던 도사는 어디로 돌아갔는가, 지난날의 유랑이 오늘 다시 왔건만.'라고 했다.(玄都觀裏桃千樹, 盡是劉郎去後裁. 再謫十四年, 復

敢以累秉筆立言之門。若蒙賜之一言，標識遺址，長使後之人，摩挲起敬，曠百世如一日，則不但爲諸孫銘骨之感，亦豈不爲扶世敎激頹俗之一大助也耶？謹齊沐再拜而請焉。

上(英祖)之四十一年(乙酉)[34] 仲春[35] 下浣 十三世孫 熿[36] 盥手謹書

入爲主客郞，重遊玄都觀，桃花蕩然，無復一樹，唯兎葵燕麥，動搖春風耳. 題詩曰：百畝庭中半是苔，桃花淨盡菜花開. 種桃道士歸何處，前度劉郞今又來.)"는 구절에서 나온다.

34) 上之四十一年(상지사십일년)：英祖 41년은 을유년 1765년임.

35) 仲春(중춘)：2월.

36) 熿(황)：申熿(1715～1796). 아주신가 19세손으로 晩悟派. 자는 景晦이고, 초명은 龍慶이며, 호는 尼西이다. 通德郞을 지냈다.

又

公諱祐, 退齋號也, 姓申氏, 系出鵝洲。考諱允濡, 仕高麗忠烈王朝, 官版圖判書, 淸名直節, 表顯當世, 人比之唐介。元皇帝, 以東國表牋不敬, 徵撰表人, 人皆畏避不行。判書公獨進啓曰 : "國事無可爲已[1]。凡爲人臣者, 不避夷險以循, 王職是固其分, 今廷臣, 鼠畏狼, 顧爭自謀, 免思全身, 若千金之重。忘爲國如樊, 廬之賤如是, 而國將何保臣? 請斬輕國愛身之輩, 以厲其餘, 遣能事專對[2]之人, 使不生患." 王嘉納, 事在麗史。妣星州李氏持平堰之女。

公居尙州丹密縣官洞里, 以孝廉進官, 奉常大夫司憲府掌令, 全羅道按廉使, 忠惠王二年辛巳[3], 拜神虎衛保勝・攝護軍。高麗故事, 遣近侍于諸道, 祭名山大川, 糾察民風, 專制一方, 黜陟幽明, 是爲按廉使, 如今御史觀察使, 非淸峻有重望者, 未或應選也。公廉介正直, 得自家庭, 出入臺憲, 僚寀震縮, 按節宣化[4], 貪汚解印。及世季政亂, 見時事日非, 羞與俯仰, 高蹈[5]遠引。人之稱之者, 或謂'立朝而風采, 振一代之聲.' 或謂'風霜灑途棠暎御史之節.' 或謂'甘心

1) 爲已(위이) : 없는 일로 함. ≪孟子≫<梁惠王章句 上>의 "일정한 생업이 없어도 언제나 선한 본심을 견지할 수 있는 것은 선비만이 가능한 일이다. 일반 백성의 경우는 일정한 생업이 없으면 선한 본심을 지킬 수 없게 된다. 이처럼 선한 본심이 없어지게 되면 방탕하고 편벽되고 간사하고 넘치게 행동하는 등 못할 짓이 없게 된다.(無恒產而有恒心者, 惟士爲能. 若民則無恒產, 因無恒心. 苟無恒心, 放僻邪侈無不爲已.)"라는 구절에서 나온다.

2) 專對(전대) : 외국에 사신으로 나가서 독자적으로 응대하며 일을 잘 처리하는 것을 말함.

3) 二年辛巳(이년신사) : '5년 갑신'(1344)의 잘못. 이 역주서의 '퇴재 신우 선생 유적'에 소개된 왕지를 참고할 것.

4) 宣化(선화) : 承流宣化. ≪漢書≫<董仲舒傳>에 나오는 말로, 風敎를 받들어 숭상하고 은택을 베풀어 백성을 교화하는 관원의 직분을 가리키는 말이다.

5) 高蹈(고도) : 세속을 떠나 몸을 깨끗이 함.

韜晦[6], 得行藏之道.'也.

公事親至孝, 出於天性, 判書公卒, 廬墓三年, 朝夕號泣。血淚漵土, 有雙竹生墳前, 人謂孝感, 事聞旌閭, 名所居里曰'孝子里.' 事在麗史及輿地勝覽・續三綱行實。今遺墟路傍, 有小石碑刻'孝子里'三字, 知是旌表時所建, 過者加敬。

孝子里西距數里, 有洞名淸愼[7], 判書公墓, 嘗在是洞, 而世代寢遠, 誌碣無徵, 不幸失其墓。至今密人相傳爲居廬洞云。公墓在孝子里東十里許, 蛇浦辛向之原。愚伏鄭先生, 表墓道曰："昏濁之世, 能以皎潔持身." 又曰："公之孝誠, 感鬼神斡造化, 赫赫在人耳目." 其後愚伏・蒼石・沙西, 諸先生, 又議立景賢祠祀之, 號曰'涑水書院'。鶴沙[8]金先生, 撰奉安文曰："本立道生[9]. 至誠感神." 湖西進士洪錫箕[10], 作雙竹圖歌, 略曰："湖節旣化俗, 栢臺曾蜚英. 至孝神亦知, 地祇有所呈. 乃知孝子心, 與竹同其貞." 密自公之後, 號多孝子, 至今閭里間, 異蹟繼起, 棹楔相望, 論者謂'自公祭之也'。

配若木柳氏, 崑山府院君益貞女。有二子, 長曰光富, 內府令, 次曰光貴, 知鳳州事。府令之後, 在尙州有曰興孝[11], 以孝載密城誌, 后孫居遺墟。在義城

---

6) 韜晦(도회) : 세상에 재주와 덕을 감추고 어리석은 듯이 처세하는 것.

7) 淸愼(청신) : 의성군 단밀면에 있는 동네 이름.

8) 鶴沙(학사) : 金應祖(김응조, 1587～1667)의 호. 본관은 豊山이고, 자가 孝徵이며 또 다른 호가 啞軒이다. 안동 출생으로 柳成龍에게 사사하였다. 1613년 생원이 되었으나 광해군의 난정을 보고 문과응시를 포기하고, 張賢光의 문하에서 학문연마에 힘썼다. 1623년 인조가 즉위하자 알성문과에 병과로 급제하여 병조정랑・선산부사를 지냈다. 1662년 大司諫에 임명되었으나 사양하고, 그 뒤 한성부우윤이 되었다. 안동의 勿溪書院과 영천의 義山書院에 배향되었다. 申悅道와는 동서지간이다.

9) 本立道生(본립도생) : ≪論語≫<學而篇>의 "군자는 근본에 힘써야 하며 근본이 서야 도가 생긴다.(君子務本, 本立而道生.)"는 구절에서 인용.

10) 洪錫箕(홍석기, 1606～1680) : 본관은 南陽이고, 자는 元九이며, 호는 晩洲이다. 庭試文科에 장원하여 兵曹佐郎을 거쳐 禮曹正郎, 南原牧使를 지냈다. 청주에 자리잡고 머무르면서 華陽에 와 있는 宋時烈과 교유하면서 학문을 연마하고 시사를 담론하기도 하였다. 그는 늙어서 나라를 걱정하는 마음과 세상사에 관해 시로써 표현하였다. 그러한 시가 수백 편에 이르렀다. 병중에서도 나라를 걱정해 수천 언에 이르는 상소문을 지었다. 吏曹判書에 추증되고 시호는 孝定이다.

11) 興孝(흥효) : 申興孝(1574～1658). 아주신가 14세손. 자는 行初이고, 호는 桂月堂이다. 부

有日元福參奉, 號靜隱, 以孝友稱；元祿贈參議, 號悔堂, 孝行趾公美, 亦居廬三年旌閭, 享義城藏待書院。靜隱有孫, 弘道有文名, 號鼎峯。鼎峯子瑠[12], 文科縣監, 以淸白稱, 號淸齋。悔堂有子, 佖監察, 壬辰倡義；佐贈承旨, 稱孝友。承旨有子, 適道察訪, 丁卯丁丑, 倡義斥和, 號虎溪；達道修撰贈都承旨, 丁卯斥和, 號晩悟；悅道掌令, 丁丑扈駕南漢, 號懶齋。虎溪有子, 埰[13]進士, 有士望, 號忍齋。晩悟有子, 在[14]衛率, 圭[15]文佐郎。

鳳州之後, 在義城有曰之孝, 壬辰殉於孝, 臨絶血書, 寄弟勉死國。之悌承旨, 錄壬辰勳, 贈參判, 有德行, 號梧峯, 享藏待院。梧峯有子, 弘望文科正言, 號孤松。在淸州有曰之益, 參奉, 以孝旌閭。參奉有子, 鐔及兄子鋏, 俱孝聞旌閭。是其表表著顯者, 其錄不盡錄。

嗚呼! 公以超世拔倫之操, 雖未得致位卿相, 究展所蘊然。出入臺憲, 追繼家聲, 百行之源[16], 垂範後代, 子姓鄕人, 相繼興行, 想平日至行懿德, 必不止如右所記者。年代久遠, 無籍可据, 生年卒歲及出處履歷, 皆不得以攷焉, 爲可慨也。顧今遺墟尙在, 過者興慕, 方謀建石琢辭, 垂#(日示)來世, 逐先輩稱述文字

모를 지극한 효성으로 섬겼으며, 부친의 환우를 당하자 손가락을 끊어 피를 입에 흘러 넣어 다시 소생시켰고, 기일에는 꿩이 부엌에 스스로 날아들어서 이를 정성껏 공양하였는데, 사람들은 효성에 감응하였다고 하여 사림에서는 여러 차례 정려할 것을 논의하였다고 한다.

12) 瑠(유) : 申瑠(1606~?)의 오기. 자는 時受이며, 호는 淸齋이다. 1646년 문과에 급제하여 禮安현감을 지냈다. 증조부 元福과 부친 弘道와 함께 梅岡書院에 배향되었다.

13) 埰(채) : 申埰(1610~1672). 자는 子卿이고, 호는 忍齋이다. 1646년 司馬試에 합격하여 진사가 되고, 太學館에 있으면서 成均館長의 명에 따라 太學銘을 지었고, 또 세자의 명에 의하여 聖學圖銘을 지었다. 1660년에 모친상을 당하고 1664년에 부친상을 당하자 마치 어린아이가 부모를 사모하듯 지극 정성으로 喪을 치루고, 그 후로는 과거를 단념하고 실천의 공부에 전념하였다. 일찍이 그는 張顯光의 문하에서 洪汝河 등과 도의로서 사귀며 서로 학문을 토론하였다. 大山 李象靖이 묘갈명을 지었고, 丹邱書院에 배향되었다.

14) 在(재) : 申在(1609~1663). 초명은 垚이고, 자는 文若이며, 호는 禾谷이다. 우복 정경세의 문인이다. 1630년 생원시에 합격하여, 衛率과 監察, 泰仁현감을 지냈다.

15) 圭(규) : 申圭(1611~1656). 자는 君瑞이고 호는 迂齋이다. 1648년 생원시에, 1651년 문과에 급제하여 正言, 持平, 工禮曹佐郎, 高靈현감 등을 지냈다.

16) 百行之源(백행지원) : 孝를 가리킴. “효란 온갖 행실의 근원이요, 오륜의 머리이다.(孝者, 百行之源, 五倫之首也.)”는 구절을 염두에 둔 표현이다.

爲遺事一通。

敢以累秉筆立言之門。若得一言爲重, 標識遺址, 長使後之人, 摩挲起敬, 則凡爲吾鵝洲之族, 固將受其賜, 而其有補於世敎亦不少

上之四十一年乙酉 仲春 上浣 十五世孫 體仁[17] 謹書

17) 體仁(체인) : 申體仁(1731~1812). 자는 子長이고, 호는 晦屛이다. 梧峰 之悌의 후손으로, 道萬의 아들이다. 金樂行・任必大・李相靖의 문인이다. 湖門에서 道學을 연마하였으며 出仕에 뜻을 끊고 居敬窮理하면서 崇敬錄을 저술하였다. 그리고 大山 이상정의 묘갈명을 蔡濟恭에게 받았다. 金川沙, 南損齋, 金苟齋, 李默軒, 鄭立齋, 安順庵 등과 서로 교류하였으며 湖門六君子로 錦山書院에 배향되었다.

遺墟碑銘(幷序)

丹密，尙之陬也。地僻而偏，宜無以章於世。然有所謂官洞里，碑之曰孝子里。有川橫其前，稱之曰孝水。川之上，巋然而立者，曰涑水書院。盖以麗朝按廉使，退齋申公，嘗居於此也。

竊稽麗乘，士大夫，無禮俗，未有服三年者。雖以朴尙衷[1]之賢，其所以自異於人者，不過食素[2]朝堂耳。公性至孝，父卒，終三年廬墓，朝夕號于前。淚血至地，雙竹生墓前，人以爲孝感，事聞，旌其閭。孟子曰："不失其身而能事其親者，吾聞之矣；失其身而能事其親者，吾未之聞也."[3] 公當麗季昏濁，嘗以按廉使，專制湖南黜陟，已而歸田里，以終其身，卽官洞里是已。輿地誌曰："皎潔其身，行藏能得其道."

嗚呼! 公之能事親盡其孝者，豈非不失其身，有以致之者耶? 公歿殆三四百

---

1) 朴尙衷(박상충, 1332~1375) : 본관은 潘南이고, 자는 誠夫이며, 시호는 文正이다. 공민왕 때 문과에 급제한 뒤, 禮曹正郎에 올라 享祀의 법식을 정리하였다. 성품이 침착하여 말이 적고 강개하여 큰 뜻이 있었던 그는 신진 유생으로서 친명파에 가담하여 이인임 등 친원파에 대항하다가, 그로 인해 귀양을 가는 도중에서 죽었다. 경사·역학에 해박하고 글을 잘 지었으며 星命學에도 통달하였다. 古禮를 참작하여서 순서대로 조목을 지은 ≪祀典≫을 썼다. 한편, 이 글에서 언급한 것은 그가 典校令이 되었을 때 어머니의 상을 당하여 3년 복을 입으려 하였으나 사대부들이 부모상에 100일만 복을 입으므로 뜻을 이루지 못하고 그 대신 3년간 고기를 먹지 않았던 고사를 일컫는다.

2) 食素(식소) : 素食. 고기나 생선이 들어 있지 아니한 반찬을 먹음.

3) ≪孟子≫<離婁章句 上>에 나오는 구절. "섬기는데 무엇이 큰가 하면 부모를 섬기는 것이 크며, 지킴에 큰 것이 무엇인가 하면 자신의 몸을 지키는 것이 가장 큰 것이니, 몸을 잃지 않아야 부모를 잘 섬길 수 있다는 것은 내가 들었으나, 몸을 잃고 부모를 섬긴다는 것은 나는 아직 듣지 못하였다.(事孰爲大事親爲大，守孰爲大守身爲大，不失其身而能事其親者，吾聞之矣，失其身而能事其親者，吾未之聞也.)"고 한 맹자의 말씀이다.

年, 環密城, 孝子踵相接, 棹楔相望, 識者謂'自公發之[4]'。至若公之裔孫, 皆以孝友, 趾其美。今以最著者言之, 曰元福, 以孝友薦, 朝廷授一命[5]), 曰元祿, 至孝旌閭, 享藏待書院。曰適道, 曰達道, 曰悅道, 俱以孝友, 爲士林望, 而適道, 當仁廟丁卯丁丑, 倡義師, 達道, 斥和議, 悅道, 扈駕誓死。曰興孝以孝, 載密城誌。曰之孝, 死壬辰倭刃, 臨絶血書寄弟, 勉死國, 曰之悌, 有孝友德行, 享藏待書院。曰之益, 曰鐔, 曰鋏, 皆以孝旌閭。曰弘望, 以孝友淸直稱, 曰烋以六行[6]薦, 曰濂, 贈持平以孝。嗚呼! 何其盛也?

公之享涑水書院也, 愚伏・蒼石・沙西, 諸先生實主之, 而愚伏, 表其墓所, 以闡揚之無憾。公之諸孫, 猶以公之所居里, 久或湮沒, 謀伐石以文之。幾世孫道通[7]氏, 千里走京師[8], 屬濟恭記其事, 濟恭作而曰："懿哉! 斯役也。後之人, 式其閭[9] 不如師其人, 師其人, 不如師其心, 師其心, 又莫先於百行之源。如使人之過密城者, 因是石以慕其人, 慕其人以及其心, 鄕而州, 州而國, 洞洞焉, 興於百行之源, 克底於比屋可封[10], 則是役也, 未必不爲之倡也。其有補於風教, 大矣, 濟恭, 何敢辭?"

公諱祐, 號退齋, 鵝洲人也。公之父諱允濡, 官版圖判書, 有直節, 人比之唐介云。銘[11]曰："亂邦不居[12], 跡何其潔也? 爲子盡分, 行何其篤也? 是惟申退

4) 發之(발지) : '祭之'의 오기. 신체인의 청문을 보면 알 수 있다.
5) 一命(일명) : 말단 관직. 최하위 품계인 종9품의 관직을 말한다.
6) 六行(육행) : 遺逸을 천거할 때 고려한 여섯 가지의 행실. 곧, 經明, 行修, 純正, 勤謹, 老成, 溫和 등이다.
7) 道通(도통) : 申道通(1711~1766). 자는 汝執이다. 梧峯 申之悌의 현손으로, 아주신가 20세손이다.
8) 京師(경사) : 서울.
9) 式其閭(식기려) : 현인이 사는 마을을 지날 때 머리를 수그리는 것.
10) 比屋可封(비옥가봉) : 집집마다 封을 받을 만큼 인물이 많다는 뜻. ≪漢書≫<王莽傳>의 "요순시대는 집집마다 다 봉하여도 되었다.(堯舜之世, 比屋可封.)"는 구절에서 나오는 말로, 堯舜시대에는 聖王의 교화가 천하에 두루 미쳐서 사람마다 德行이 있었으므로, 백성 모두가 封해줄 만한 인물이 되었다는 의미이다.
11) 銘(명) : 金石, 器物, 비석 따위에 남의 공적을 찬양하는 내용이나 사물의 내력을 새김. 또는 그런 문구.
12) 亂邦不居(난방불거) : ≪論語≫<泰伯篇>의 "위태로운 나라에는 들어가지 말고, 어지러운

齋故里，聞公之風者，是效是則.”

上之四十一年乙酉 嘉善大夫 原任 司憲府大司憲

兼 藝文館提學 春秋館事 蔡濟恭[13] 撰

나라에는 살지 말아야 한다. 천하에 도가 있으면 자신을 드러내어 벼슬을 하고, 도가 없으면 숨어야 한다.(危邦不入，亂邦不居，天下有道則見，無道則隱.)”는 공자의 말에서 인용.

13) 蔡濟恭(채제공, 1720～1799) : 본관은 平康이고, 자는 伯規이며, 호는 樊巖·樊翁이다. 1735년 15세에 향시에 급제하였고, 충청도 암행어사, 副承旨·利川府使·大司諫을 거쳐 1758년 都承旨가 되었는데, 思悼世子를 미워한 英祖가 세자를 폐위하는 명령을 내리자 죽음을 무릅쓰고 건의하여 철회시켰다. 이후 大司憲·藝文館과 弘文館의 提學 등 언론과 학문의 관직, 京畿監司·開城留守·咸鏡監司·漢城判尹 등의 지방행정직, 備邊司堂上과 兵曹·禮曹·戶曹의 判書 등 중앙 政治·行政職을 두루 역임하고, 正祖 때는 우의정, 좌의정, 영의정에까지 이르렀다. 정조의 탕평책을 추진한 핵심적인 인물이다. 대상인의 특권을 폐지하고 소상인의 활동 자유를 늘리는 조치인 辛亥通共을 주도하였다.

涑院明倫堂重修上梁文

詠好賢之緇衣[1], 尙且敝予又改[2], 琓治蠱[3]之羲象[4], 可不圖厥新修。衿紳聳觀, 山川增賁[5]。

伏惟按廉使退齋申先生, 尙書孝子, 麗氏名臣。文獻不足徵, 惟傳御史淸節, 父老以手指, 尙識上仁[6]攸廬。三時之哀哭徹天, 誠結寸草[7], 兩行之血淚著地, 精感雙筠。何論王栢[8]之自枯, 不啻孟筍[9]之呈異。長江滾滾[10], 遡百行之淵源, 片石峩峩, 景二字之里號。盍觀彼南閭之楔, 蓋聞我先生之風。

---

1) 緇衣(치의) : ≪詩經≫<鄭風>의 篇名. 賢士를 예우하는 내용이다. ≪禮記≫<緇衣>에 "현인을 좋아하기를 치의의 시편처럼 하고, 악인을 미워하기를 巷伯의 시편처럼 하면, 벼슬을 번거롭게 하지 않고도 백성들이 조심할 줄 알게 될 것이며, 형벌을 시험하지 않고도 백성들이 모두 복종할 것이다.(好賢如緇衣, 惡惡如巷伯, 則爵不瀆而民作愿, 刑不試而民咸服.)"라는 공자의 말이 실려 있다.

2) 敝予又改(폐여우개) : ≪詩經≫<鄭風·緇衣>의 "검은 그 옷 잘도 어울리네, 해지면 다시 지어 드리지요. 관청에 일하러 가셨던 당신이, 돌아오시면 내 진지 차려 드리지요.(緇衣之宜兮, 敝予又改爲兮. 適子之館兮, 還予授子之粲兮)"라는 구절에서 인용.

3) 治蠱(치고) : ≪易經≫의 山風蠱에 의하면, 폐단을 구제하고 혼란을 다스리는 일.

4) 羲象(희상) : ≪易經≫을 가리킴.

5) 賁(분) : 꾸밈. ≪周易≫<賁卦>의 "구원을 꾸민다.(賁于丘園.)"는 구절에서 나온다.

6) 上仁(상인) : ≪道德經≫ 38장의 "위없는 빼어난 어진이는 의도적으로 어진 행위는 하지만 남에게 어질게 행위하도록 강요하지는 않는다.(上仁爲之, 而無以爲也.)"에서 인용.

7) 寸草(촌초) : 부모를 몹시 그리워하는 마음. 孟郊의 <遊子吟>의 "어머니의 바느질하는 옷은 유자가 입을 옷이로세. 한 치 풀의 마음을 가지고 삼춘의 햇볕에 보답하기 어려워라.(慈母手中線, 遊子身上衣. 難將寸草心, 報得三春暉.)"는 구절에서 나온다.

8) 王栢(왕백) : 王裒의 잣나무. 晉나라 武帝 때 사람으로, 그가 아버지의 무덤가에 여막을 짓고 아침저녁으로 항상 묘소에 가서 절하고 잣나무를 붙잡고 슬피 울었는데 잣나무가 눈물에 말라 버렸다고 하는 고사를 말한다.

9) 孟筍(맹순) : 孟宗의 죽순. 吳나라 江夏 사람으로 효자로서 이름이 높았으며, 겨울에 그의 어머니가 즐기는 죽순이 없음을 슬퍼하자 홀연히 눈 속에서 죽순이 나왔다고 한다.

10) 滾滾(곤곤) : 끊임없이 흐르는 모양.

景節公愚齋[11]孫先生，囊敏[12]訓承，佔畢[13]學受。感激成中之殊遇，納允而出宣[14]，來贊廊廟[15]之訏謨，亮工[16]而弘化[17]。爲文元[18]賢舅，盡蒙養[19]誘掖[20]之誠，載國朝寶書[21]，勉躬行節儉之德。盖陽春到處而均布，而仁澤密縣

---

11) 愚齋(우재) : 孫仲暾(1463~1529)의 호. 본관은 慶州이고, 자는 大發이다. 金宗直의 문인이다. 1482년 司馬試와 1489년 式年文科에 급제하여, 藝文館奉教와 여러 清宦職을 지냈다. 중종반정 직후 尙州牧使로 복귀, 공조·예조의 참판을 역임하고 1517년 聖節使로 명나라에 다녀왔다. 그 후 공조판서 등에 이어 도승지 세 번·대사간 네 번 등을 수차 지내고 1527년 그간의 공적으로 月城君에 봉해졌고, 右參贊에 이르렀다. 중종 때 청백리에 녹선되었다.

12) 囊敏(양민) : 孫昭(1433~1484)의 시호. 손중돈의 부친이다. 본관은 慶州이고, 자는 日章이다. 1467년 이시애의 난 때 종사관으로 출정, 난이 평정된 뒤 적개공신 2등에 책록되었으며 내섬시정에 특진되었다. 공조참의 등을 거쳐 계천군에 봉해졌고 이어 진주목사 등을 지냈다.

13) 佔畢(점필) : 金宗直(1431~1492)의 호. 조선의 성리학자이며, 자는 季昷이다. 학문과 문장이 뛰어나 영남학파의 宗祖가 되었고, 성종의 특별한 총애를 받아 자기 문인들을 관직에 많이 등용시켰으며, 기성세력인 훈구파와 심한 반목과 대립을 했다.

14) 出宣(출선) : 承宣에 出仕함. 승선은 承旨의 다른 말로, 손중돈이 세 번이나 한 都承旨를 일컫는다.

15) 廊廟(낭묘) : 의정부.

16) 亮工(양공) : 임금이 공을 세우도록 보좌함.

17) 弘化(홍화) : 교화를 넓히는 직책을 맡은 공. 《書經》<周官>에 "소사, 소부, 소보를 삼고라 하니, 삼공의 다음이 되어 조화를 널리 펴서 천지를 공경하여 밝혀서 나 한 사람을 보필하느니라.(少師·少傅·少保, 曰三孤, 貳公弘化, 寅亮天地, 弼予一人.)"라고 한 데서 온 말로, 三公의 다음인 三孤 즉 小師·少傅·少保를 말하는데, 여기서는 參贊을 말한다. 손중돈이 의정부의 좌참찬과 우참찬을 차례로 역임한 사실을 이른다.

18) 文元(문원) : 李彦迪(1491~1553)의 시호. 본관은 驪州이고, 자는 復古이고, 호는 晦齋·紫溪翁이다. 원래 이름은 迪이었으나 중종의 명령으로 彦迪으로 고쳤다. 그는 조선의 유학이 나아가야 할 방향을 제시함으로써 성리학의 정립에 선구적인 역할을 하였다. 27세 때 영남지방의 선배학자인 孫叔暾과 曺漢輔 사이에 벌어진 '無極太極' 논쟁에 참여하여, 主理的 관점에 입각하여 이들의 견해를 모두 비판하였다. 그의 氣보다 理를 중시하는 주리적 성리설은 李滉에게 계승되어 영남학파의 중요한 성리설이 되었으며, 조선 성리학의 한 특징을 이루었다.

19) 蒙養(몽양) : 《周易》<蒙卦>의, "몽매한 이에게 바름을 길러 주는 것이 성인 만드는 일이다.(蒙養以正, 聖功也.)"고 한 데서 온 말로, 후세에는 童蒙을 교육하는 뜻으로 전용.

20) 誘掖(유액) : 타이르고 이끌어줌. 誘掖激勵에서 나온 것인데, 말로써 가르치고 인도하는 것을 誘라 하고, 손으로 붙잡아두는 것을 掖이라 하며, 激은 격동하여 진작시키는 것이며, 厲는 권면하고 격려하는 것이다.

21) 載國朝寶書(재국조보서) : 손중돈의 實紀序文을 보면, 洪良浩가 1784년 《國朝寶鑑》을 편찬하면서 손중돈의 대사헌 때의 상소문을 상고하는데 그 첫머리에 "학문을 부지런히 하

而偏深。適當大荒之年，哺以江東漕粟，普濟衆生之命，稱曰西方彌陀。是故圖像而生祠，仍復尙德而祭社。

副提學開巖[22)]金先生，以七峯[23)]父，爲東岡[24)]兄。山海[25)]門從遊，仰高風於

고 의리의 구분을 분명히 할 것을 말하였고 이어서 절약과 검소를 높이고 인재를 쓰는 방법을 강조했다."고 한 것을 일컬음.

22) 開巖(개암) : 金宇宏(1524~1590)의 호. 본관은 義城이고, 자는 敬夫이다. 경북 성주 출생이다. 李滉의 문인으로 1566년 별시문과에 을과로 급제하여 검열 등 淸宦職을 역임하고 병조참의를 거쳐 1582년 충청도관찰사가 되었다. 대사성・부제학・光州牧使 등을 지냈으며, 죽은 뒤 尙州의 涑水書院에 배향되었다. 초년에 아우 김우옹과 함께 부친의 명으로 남명 선생의 문하에서 수학하였고, 후에 퇴계 선생의 문하에서도 수학하였다.

23) 七峯(칠봉) : 金希參(1507~1560)의 호. 본관은 의성이고, 자는 師魯요, 星州 출생이다. 開巖金宇宏과 東岡 金宇顒의 부친이다. 1531년에 생원이 되고, 1540년에 문과에 급제했으며, 관직은 牧使에 이르렀다. 文辭와 經術이 당세 사람들로부터 신망을 받았다. 임금이 소원을 묻는 말에, 김희삼은 대답하기를 "소신의 집은 성산에 있는데 일곱 봉우리들이 앞뒤로 둘러싸고 있으며, 그 안에는 작은 내가 흐르고 있습니다. 저는 벼슬에서 물러나 칠봉산 아래에서 나물이나 캐고, 물고기나 낚으면서 일생을 마치기를 원합니다."고 하자, 국왕은 김희삼에게 '칠봉'이라는 호를 내리면서, "나중에 거기 가서 살라."고 했다는 것이다. 1540년에 과거에 급제했는데, 당시 시험관이었던 金安國은 그의 답안을 보고 "반드시 선비일 것이다"라고 찬사를 보냈다고 한다. 김안국의 천거로 승무원으로 들어갔는데, 거기서 金麟厚와 함께 정자로 임명되었고 서로 도의로 사귀었다. 敬差官(지방에 임시로 보내던 벼슬)으로 경상우도를 시찰할 때, 三嘉縣에 이르러 溪伏堂으로 찾아가서 남명 조식을 만났던 그는 네 아들을 모두 남명의 문하에서 공부를 시켰다. 南冥 曹植 선생은 공이 고향으로 돌아가고자 하는 것을 알고서 '허둥대며 달리는 子路, 머리에 단 구슬은 어찌 그리 높은고?(駃駃之子路, 頭玉何亭亭.)'라는 구절의 시를 지어 주었다.

24) 東岡(동강) : 金宇顒(1540~1603)의 호. 본관은 義城이고, 자는 肅夫이다. 성주에서 태어났다. 1567년 식년문과에 병과로 급제하여 정자・수찬・전적・부교리・이조 좌랑・부응교 등을 두루 역임하였다. 그 뒤 직제학・대사성・대사간을 지냈다. 외직으로 전라도 관찰사・안동 부사를 역임했으며, 이어 대사성・이조 참판・예조 참판을 지낸 뒤 1599년 사직하였다. 曺植의 문하에서 학문을 익혀 유교적 정치이념과 문장에 뛰어나 수차례 시무책을 올렸다. 동인으로 유성룡・김성일 등과 교류했고 이조 판서에 추증되었다.

25) 山海(산해) : 李山海(1539~1609). 본관은 韓山이고, 자는 汝受이며, 호는 鵝溪・終南睡翁이다. 李穡의 7대손으로, 아버지는 李之蕃이다. '산해'라는 이름은 아버지가 山海關에서 그의 잉태를 꿈꾸었기 때문에 붙여진 것이라 한다. 어려서부터 작은아버지인 之菡에게 학문을 배웠다. 문장에 능하여 宣祖代 문장8대가의 한 사람으로 불렸다. 金時習의 문집 서문을 썼으며, 평해 유배시절에는 수많은 시문을 지었다고 한다. 1561년 식년문과에 급제하여 승문원부정자가 되었다. 그 뒤 이조정랑・직제학・동부승지・대사성・도승지 등을 지냈다. 1578년 대사간으로 서인 尹斗壽・尹根壽 등을 탄핵하여 파직시켰다. 이어 대사헌・형조판서・이조판서・우찬성 등을 지냈다. 1588년 우의정이 되었는데, 이무렵 동인이 남인과 북인으로 갈라지자 북인의 영수로 정권을 장악했다. 1589년 좌의정을 거쳐

千仞，退陶[26]書見賞[27]，無虛士於盛名。請斬妖僧頭[28]，自韋布[29]而忠憤激膽，覈發贓吏[30]跡[31]，正豸笏[32]而風采動朝。面論無慚於更張[33]，箚陳受益於弘廣[34]。苟非識全體之道[35]，充養得來，焉能展大用之才，從容做去。所以負重名於朝野，終焉遂初服[36]於巖泉。

贈參判黔澗[37]趙先生，剛毅之資，醇正之學。受心經於岡老[38]，早聞向裏之

이듬해 영의정이 되었다. 이해 光國功臣 3등에 책록되었고 鵝城府院君에 봉해졌다.

26) 退陶(퇴도) : 퇴계 李滉(1501～1570)의 또 다른 호. 본관이 眞城이고, 초명이 瑞鴻이며, 자가 景浩이고, 초자가 季浩이며, 호는 陶翁·淸凉山人도 있다. 李彦迪의 主理說을 계승, 朱子의 주장을 따라 우주의 현상을 理와 氣 二元으로 설명, 이와 기는 서로 다르면서 동시에 상호 의존관계에 있어서, 이는 기를 움직이게 하는 근본 법칙을 의미하고 기는 형질을 갖춘 形而下的 존재로서 이의 법칙을 따라 具象化되는 것이라 하였다. 理氣互發說이 사상의 핵심이다. 그의 학풍은 뒤에 그의 문하생인 柳成龍·金誠一·鄭逑 등에게 계승되어 嶺南學派를 이루었고, 李珥의 제자들로 이루어진 畿湖學派와 대립, 동서 당쟁과도 관련되었다. 일본 유학계에 큰 영향을 끼쳤다. 도산서원을 설립하여 후진양성과 학문연구에 힘썼다.

27) 退陶書見賞(퇴도서견상) : 1566년 李滉이 개암에게 답한 편지 <答金敬夫>의 "지난날 성균관에 있을 때 그대의 策 한 통을 얻어 보고 참으로 이름난 밑에 헛된 선비가 없음을 알았노라.(往年在泮，得見盛策一道，信知名下無虛士.)는 구절을 염두에 둔 표현.

28) 請斬妖僧頭(청참요승두) : 1565년 普雨가 檜巖寺에서 無遮會를 거창하게 열어 文定王后를 초청하였다가 종국에는 득병케 한 것을 두고, 김우굉이 보우의 목을 베도록 소를 올린 것을 염두에 둔 표현.

29) 韋布(위포) : 韋帶布衣. 장식이 없는 평민용 가죽 띠와 베로 만든 옷이라는 뜻으로, 벼슬을 하기 전의 처지를 비유적으로 이르는 말.

30) 贓吏(장리) : 부정한 짓으로 재물을 탐하는 관리.

31) 覈發贓吏跡(핵발장리적) : 珍島郡守 李銖가 張世良을 시켜 權臣 尹斗壽 3부자에게 쌀을 뇌물로 주었다는 사건을 일컬음. 이때 입직 승지였던 김우굉이 파직되고 도승지였던 李山海는 체직되었다.

32) 豸笏(치홀) : 豸冠과 笏. 치관은 시비를 가리는 법관이 쓰는 冠이고, 홀 벼슬아치가 임금을 만날 때에 손에 쥐던 물건. 正豸笏은 죄를 논하다는 의미인 듯하다.

33) 김우굉이 1578년 經筵에서 임금의 도량이 크지 못함을 극진히 간한 사실을 일컬음.

34) 김우굉이 1578년 箚子를 올려 군왕의 덕에 대해 논하였던 사실을 일컬음.

35) 全體之道(전체지도) : 鄭齊斗의 <孟子說 下> '求放心'에 나오는 "仁은 전체의 덕이요 사람의 마음은 그 근본이며, 의는 전체의 도요 사람의 길[人路]은 사람이 행하는 데서 생긴 것이다.(仁者全體之德，而人心則其本也，義者全體之道，而人路則其出於人行者也.)"는 구절이 참고가 됨.

36) 初服(초복) : ≪楚辭≫<離騷經>의 "물러가 장차 다시 내 초복 손질하리.(退將復脩吾初服.)"에서 나온 것으로, 관직을 버리고 벼슬길에 들어가기 전에 입었던 옷을 다시 입기를 원하는 마음을 말함.

方，講朱書於鶴門[39]，因資終身之用。一擧義旅，奮孤臣之白衣，三乞親征，瀝滿腔之丹血。惟欲盡分於己職，何庸辭卑於小官。以禮敎而道齊[40]，興三物[41]善俗於南郡，設學課而點閱[42]，無一士染迹於北人[43]。謨猷[44]則貽燕[45]於子孫，道義則矜式於鄕黨。

盖惟我四先生，雖世代差池於先後，而道揆同符於忠孝。肆於崇禎後丙申[46]，並享退爺愚老，又以英廟之庚戌[47]，追奉開老黔爺。第玆堂宇之成，在三去癸

---

37) 黔澗(검간) : 趙靖(1555～1636)의 호. 본관은 豊壤이고, 자는 安中이다. 金誠一의 문인이다. 1592년 임진란 때 의병을 일으켜 활약하였고, 1596년 왜와의 강화를 배격하는 소를 올렸다. 1599년 천거로 참봉이 되고, 1603년 사마시에 합격한 뒤 1605년 좌랑으로 증광문과에 병과로 급제하였다. 1624년 李适의 난 때 공주까지 扈駕하였고, 그 뒤 벼슬이 봉상시정에 이르렀다. 鄭逑를 종유하였으며, 經述과 문장에 뛰어났다. 이조판서에 추증되고, 상주의 涑水書院에 배향되었다.

38) 岡老(강로) : 寒岡 鄭逑(1543-1620)를 가리킴. 본관은 淸州이고, 자는 道可이다. 시호는 文穆이다. 吳健에게 수학하고 曺植・李滉에게 性理學을 배웠다. 白梅園을 세워 제자를 가르치는 데 힘썼고, 임진란 때에는 義兵을 일으켜 싸우기도 했다. 문신 겸 학자로서, 경학을 비롯하여 산수부터 풍수에 이르기까지 정통하였고 특히 예학에 밝았으며 당대의 명문장가로서 글씨도 뛰어났다. ≪寒岡集≫이 있다.

39) 鶴門(학문) : 鶴峯 金誠一(1538～1593)을 가리킴. 본관은 義城이고, 자는 士純이다. 안동 출생. 1556년(명종 11) 도산서원으로 가서 李滉을 만나 그 문하생이 되었다. 일본에 파견되었다가 돌아와 각기 조정에 상소를 올릴 때, 황윤길은 반드시 왜군의 침입이 있을 것이라고 보고하였고, 그는 그렇지 않다고 하였다. 이 발언 때문에 임진왜란을 불러온 장본인으로 각인되었고, 임진왜란이 발발하자 파직되었다.

40) 道齊(도제) : 인도하고 다스림. ≪論語≫<爲政篇>의 "법령으로써 인도하고 형벌로써 다스린다면, 백성은 법망을 뚫고 형벌을 피하는 것을 수치로 여기지 않는다. 그러나 덕으로써 인도하고 예로써 다스린다면, 백성은 수치를 알아 바른 길로 나아갈 것이다.(道之以政, 齊之以刑, 民免而無恥. 道之以德, 齊之以禮, 有恥且格.)"는 구절을 활용한 것이다.

41) 三物(삼물) : 옛적 鄕學의 교과로서, 六德(知・仁・聖・義・忠・和, 六行(孝・友・睦・婣・任・恤, 六藝(禮・樂・射・御・書・數)를 두었던 것을 말함.

42) 點閱(점열) : 성균관에서 寄齋하는 儒生들은 居齋한 날짜 수에 따라 점수를 매기고 그 점수가 일정한 기준에 달하지 못하면 과거에 응시하지 못하게 하는 제도가 있었으니, 점열이란 말은 그 기재한 점수를 考閱한다는 말.

43) 이때 도내의 문인 才士들이 鄭仁弘에게 몰려든 현실을 일컬음.

44) 謨猷(모유) : 좋은 훈계. 검간의 연보를 보면, 자손에게 '차라리 죽는 날까지 독서를 하지 않을지언정 하루라도 소인의 말을 가가이 해서는 안 된다.'고 훈계했다 한다.

45) 貽燕(이연) : 제비가 알을 품듯 품어주었다는 말.

46) 崇禎後丙申(숭정후병신) : 孝宗 7년인 1656년.

47) 英廟之庚戌(영묘지경술) : 英祖 6년인 1730년.

巳[48]之歲，計其日月之數，凡百有五十餘年。奈此棟撓而將傾，未有物久而不壞。遂與渭濱士友[49]，周咨而合謀，爰曁江東老成，鄭重而區劃。皆曰是吾責，寧憚奔走之勞，苟不及今圖，恐有顚仆之患。玆乃始事於載陽之日，遂焉揭梁於[50]淸和之辰。爲嫌地勢過高，減一尺於舊址，足容士子齊宿，倣五架於前規。因舊貫如之何[51]，惟苟完[52]而已矣。

士殫誠工效力，倏見鳥革而翬飛[53]，日旣吉辰又良，有若神助而鬼相。幸得扶顚而補敗，庶無替於昔人，聊且詔後而紹前，將有辭於來世。玆將燕賀[54]，庸助虹[55]謠。

抛樑東，仙鶴山高可御風[56]，不必御風乘鶴去，仙鄕自在此堂中。

抛樑西，萬景蒼蒼落日低，日暮星稀千載下，前人風範孰思齊。

抛樑南，道湖[57]春水綠成潭，吾知此水源於行[58]，從古丹邱幾孝男。

---

48) 三去癸巳(삼거계사) : 1805년을 기준으로 세 번 지나간 계사년. 곧 1653년이다.

49) 渭濱士友(위빈사우) : 상주의 선비. 위빈은 '渭川의 가'란 뜻으로, 위천은 상주에 있는 냇물 이름으로, 낙동강의 동쪽에 있는 지류이다.

50) 淸和之辰(청화지진) : 淸和節. 음력 4월의 이칭.

51) 舊貫如之何(구관여지하) : ≪論語≫<先進篇>에 魯나라 사람이 長府라는 창고를 만들자, 閔子騫이 "옛것을 그대로 쓰면 어때서 하필 새로 지어야만 하는가.(仍舊貫如之何, 何必改作.)"라고 말하니, 공자가 "저 사람이 말을 하지 않을지언정, 말을 하면 꼭 도리에 맞게 한다.(夫人不言, 言必有中.)"라고 평한 말에서 인용.

52) 苟完(구완) : ≪論語≫<子路篇>에서 공자가 일찍이 衛나라 公子荊을 두고 이르기를 "그는 가정생활을 잘하는도다. 살림살이를 처음 가졌을 때는 '그런대로 모여졌다.' 하였고, 조금 더 가졌을 때는 '그런대로 갖추어졌다.' 하였고, 많이 가졌을 때는 '그런대로 아름답다.'고 하였다.(善居室. 始有曰苟合矣, 小有曰苟完矣, 富有曰苟美矣.)"고 한 말에서 인용.

53) 鳥革而翬飛(조혁이휘비) : 웅장하고 화려한 건물을 비유하는 말. ≪詩經≫<小雅・斯干>의 "공중에 우뚝 선 건물의 모양은 마치 새가 깜짝 놀라서 날개를 펴는 듯하고(如鳥斯革), 화려하게 장식된 추녀는 마치 꿩이 날아오르는 것 같다.(如翬斯飛)"는 구절이 나온다.

54) 燕賀(하연) : ≪淮南子≫의 "큰 집이 낙성되면 제비・참새가 서로 치하한다.(廈成而燕雀相賀.)"고 한 말에서 인용.

55) 虹(홍) : 虹樑. 무지개처럼 휜 들보를 일컬음.

56) 御風(어풍) : ≪莊子≫<(逍遙遊>에 列子가 "바람 기운을 타고 하늘 위로 올라가서 기분 좋게 보름 동안쯤 마음대로 돌아다니다가 돌아오다.(御風而行, 泠然善也, 旬有五日而後反.)"는 구절에서 인용.

抛樑北，江流遡上如彎曲，春來欲放蒙衝船[59]，野老莫須愁費力。

抛樑上，月白風淸天宇曠，一氣流行不暫停，自强[60]君子宜觀象。

抛樑下，菽麥禾秔連四野，憂國老夫但願豐，和風是日從南也。

伏願上梁之後，登斯堂而春夏詩書，入是齋而秋冬禮樂。朝益暮習[61]，不撤絃誦之聲，鄙廉薄敦[62]，益修端謹之行。或以文而會朋友[63]，麗澤[64]而切偲，時有事而執豆籩，肅將而蹌濟[65]。夫然後堂楣[66]生色，庶幾乎宮牆[67]有光。掃

---

57) 道湖(도호) : 동네 이름. 구한말 상주군 丹東面에 속했던 것이 현재 의성군 단밀면 용곡리로 바뀐 동네이다.

58) 此水源於行(차수원어행) : 속수서원 앞에 흐르는 냇물을 효수라 일컫는 것을 염두에 둔 표현. 源於行은 온갖 행실의 근원이라는 뜻인데, 곧 孝를 일컫고 있다.

59) 蒙衝船(몽충선) : 옛 전함의 하나. 모양이 좁고 길며 위는 生牛皮로 덮고 전후 좌우에 弩·矛를 설치하는 창구멍이 나 있으며 속력이 빨라서 적선 가운데를 충돌해 들어가는 데에 쓰인다. 효수를 거슬러 가야하기 때문에 戰船으로 쓰이는 배를 띄운다고 한 것 같다.

60) 自强(자강) : ≪易經≫의 “상에서 말하기를, 하늘의 운행이 강건하니 군자는 그것을 본받아 스스로 힘쓰고 쉬지 않는다.(象曰, 天行健, 君子以自强不息.)”에서 인용.

61) 朝益暮習(조익모습) : ≪小學≫<立敎篇>의 “아침에 더 배우고 저녁에는 그것을 익혀서 조심하는 마음으로 공경하여야 할 것이니, 이처럼 한결같이 게을리하지 않은 것, 이것을 바로 배우는 법이라는 것이다.(朝益暮習, 小心翼翼, 一此不懈是謂學則.)”는 구절에서 인용.

62) 鄙廉薄敦(비렴박돈) : ≪孟子≫<萬章章句 下>의 “백이의 기풍을 들은 사람은 탐욕스런 이도 청렴해지고 나약한 이도 뜻을 세우게 된다. 유하혜의 기풍을 들은 사람은 박한 이도 후해지고, 비루한 이도 너그러워진다.(聞伯夷之風者, 頑夫廉, 懦夫有立志, 聞柳下惠之風者, 薄夫敦, 鄙夫寬.)”는 구절을 활용.

63) 以文而會(이문이회) : ≪論語≫<顔淵篇>에서 曾子가 “군자는 학문을 통해서 벗을 모으고 벗을 통해서 자신의 인덕을 배양한다.(君子以文會友, 以友輔仁.)”라는 말에서 인용.

64) 麗澤(여택) : 붕우가 서로 도와 절차탁마하는 것을 말함. ≪周易≫<兌卦·象>의 “두 개의 못이 서로 이어져 있는 것이 태이니, 군자는 이를 보고서 붕우와 함께 강습한다.(麗澤兌, 君子以朋友講習.)”라는 구절에서 나온다.

65) 蹌濟(창제) : 몸가짐이 위엄 있고, 질서 정연함.

66) 堂楣(당미) : 上引枋. 창문 위 또는 벽의 위쪽 사이에 가로지르는 인방. 이곳에 주로 현판 등을 단다.

67) 宮牆(궁장) : 집을 의미하는데, 궁극적으로는 속수서원을 의미함. 魯나라 대부 叔孫武叔이 子貢을 孔子보다 어질다고 한 것에 대하여, 자공이 “궁장에 비유하자면 나의 담장은 어깨에 닿을 정도여서 집 안의 좋은 것들을 다 엿볼 수 있지만, 부자의 담장은 여러 길이나 되어서 그 문을 통하여 들어가지 않으면 종묘의 아름다움과 백관의 많음을 볼 수가 없다.[譬之宮牆 賜之牆也及肩 窺見室家之好 夫子之牆數仞 不得其門而入 不見宗廟之美 百官之富]”고 말한 데서 나온 말이다.(≪論語≫<子張篇>)

梁上遺塵，輝暎鋤老大筆[68]，抛佛頭不潔[69]，惶愧鯫生[70]拙辭。百歲千歲宜傳，今文古文皆有。

豐壤 趙沐洙[71] 撰

---

68) 大筆(대필) : 출중한 명문장. 晉나라 王珣이 꿈에 어떤 사람이 서까래처럼 큰 붓(大筆如椽)을 건네주자, 꿈을 깨고 나서는 사람들에게 "반드시 대수필을 쓰는 일이 있을 것이다.(當有大手筆事.)"고 하였다. 얼마 뒤에 황제가 죽자, 哀冊文과 諡議 등을 모두 왕순이 도맡아 지었던 고사에서 유래한 것으로, 문장을 짓는 실력이 출중함을 뜻한다.(≪晉書≫<王珣列傳>)

69) 抛佛頭不潔(포불두불결) : 부처의 머리에 불결한 것이 있는데도 그대로 둠. 곧, 부처의 머리에 똥을 묻힌다는 佛頭之穢의 고사를 염두에 둔 것이다. 宋나라 道源이 지은 ≪景德傳燈錄≫에 "崔相公이 절에 들어가서 '새들이 부처의 머리 위에 똥을 싸는 것(鳥雀, 於佛頭上放糞.)'을 보고 승려에게 새들도 佛性이 있는지 물었더니, 승려가 '있다.'고 대답하였다. 그러자 그가 '불성이 있으면 왜 부처의 머리에다 똥을 싸지요?' 물으니, 승려는 '그 까닭은 자비로운 부처는 살생을 하지 않기 때문인데, 새들이 새매 머리 위에는 싸지 않지 않소.' 하였다."는 일화가 있다.

70) 鯫生(추생) : 천박하고 비루한 소인이라는 뜻으로, 조목수 자신을 가리키는 겸사.

71) 趙沐洙(조목수, 1736～1807) : 본관은 豐壤이고, 자는 士威이며, 호는 舊堂이다. 초명은 虎然이었다. 어려서부터 남보다 총명하여 약관에 史書와 諸子百家書를 두루 섭렵하였으며, 大小鄕試에 10차례나 前列에 합격하였지만 거듭되는 喪事와 憂患으로 會試나 大科에는 응시하지 못하였다. 중년 이후에는 깨달은 바가 있어 과거공부를 폐하고 내면으로 향하는 공부에 전심하였다. 한평생 후학 양성에 힘썼다.

明倫堂重修記

商[1]之屬密城縣, 有涑水書院, 卽四先生尸祝[2]之所也。粤我皇明正德[3]元年, 景節公愚齋孫先生, 來守是邦, 所以養士治民之道, 救災恤患之方, 靡不用極, 而於密遺愛[4]爲最淡。縣人立生祠, 俎豆之, 若潮民之廟韓文公[5], 中値龍蛇之變[6], 遂丘墟矣。

崇禎[7]甲申後十二年丙申[8], 一邦諸先輩, 慨然興愴, 遂披荊棘而掃塵坌, 拓舊址而等新廟。因議于衆曰 : “孫先生, 向時生祠之奉, 誠美矣。然此不過一縣人遺愛之感而止耳.” 先生立朝, 負三孤[9]之重, 出治洽百里之澤, 盛大德業, 通明學識, 實爲士林之所矜式。

---

1) 商(상) : 商山. 尙州의 옛 명칭이다.
2) 尸祝(시축) : 종묘 제사의 祝官. 여기서는 享祀의 의미이다.
3) 正德(정덕) : 明나라 武宗의 연호(1506~1521).
4) 遺愛(유애) : 仁愛스런 德政이 남아 있는 것.
5) 韓文公(한문공) : 唐나라 韓愈(768~824). 자는 退之이고, 시호는 文公이다. 792년 진사에 등과하고, 지방 절도사의 속관을 거쳐 803년 監察御使가 되었을 때 수도의 장관을 탄핵하였다가 도리어 陽山顯 현령으로 좌천되었다. 이듬해 소환된 후로는 주로 國子監에서 근무하였으며, 817년 吳完濟의 반란 평정에 공을 세워 刑部侍郎이 되었으나, 819년 憲宗皇帝가 佛骨을 모신 것을 간하다가 潮州剌史로 좌천되었다. 이듬해 헌종 사후에 소환되어 吏部侍郎까지 올랐다.
6) 龍蛇之變(용사지변) : 임진란을 가리킴.
7) 崇禎(숭정) : 明나라 毅宗의 연호(1628~1644).
8) 甲申後十二年丙申(갑신후십이년병신) : 갑신은 1644년이고, 병신은 1656년임.
9) 三孤(삼고) : ≪書經≫<周官>에 “소사, 소부, 소보를 삼고라 하니, 삼공의 다음이 되어 조화를 널리 펴서 천지를 공경하여 밝혀서 나 한 사람을 보필하느니라.(少師・少傅・少保, 曰三孤, 貳公弘化, 寅亮天地, 弼予一人.)”라고 한 데서 온 말로, 三公의 다음인 三孤 즉 小師・少傅・少保를 말하는데, 여기서는 參贊을 말함. 손중돈이 의정부의 좌참찬과 우참찬을 차례로 역임한 사실을 이른다.

且廟之南，有按廉使退齋申先生誾，先生卽勝國[10]名臣，當麗氏運訖，遜荒而遂罔僕[11]之志。性至孝，守墓而感，雙竹之異。卓節懿行，亦足以樹風聲而勸來後，盍於是而幷享焉？遂一堂而辛二賢，名其祠曰景賢。其後四十七年癸未，升而爲院，又其後二十七年庚戌，奉金開巖・趙黔澗，兩先生躋享，以寓羹牆[12]之慕。

噫！本院肇創，實在於吾商，大小院所未有之先，而古而灰燼於兵燹，中而拘綴於力勢[13]，營度措置，俱未免草草略略。講舍爲尤甚，前後數百載之間，幾經修補，而歲月浸久，至於瓦漫而漏，棟撓而傾，榱桷腐敗，窓櫺毁壞，東痿西圮，若不支吾者，已累年矣。鄕父老，用是大懼，區劃得若干物，使同志老成，掌之責，以修復之擧，凡八閱月，而工告訖，卽我聖上[14]卽位之元年[15]乙丑也。

噫！丹邱一區，水麗而山明，天長而野曠，無邊風月，灑落光景，皆是爽胸襟，而快心目，余乃登斯堂，喟然而歎曰："宇宙間，名區勝景，亭榭[16]樓觀[17]，在在何限，而此不過遊人墨客輩，一觴一詠之地而已。天於此節孝君子之鄕，而假之以如許名勝，又得以爲崇賢講道之所者，抑豈非玆區之一大遇耶？然先輩所以創設藏修[18]之意，夫豈徒然哉？昔朱夫子[19]之知縣南康也，重建白鹿洞書

---

10) 勝國(승국) : 전대의 왕조.

11) 罔僕(망복) : 망국의 신하로서 의리를 지켜 새 왕조의 신복이 되지 않으려는 절조를 말함. 殷나라가 망하려 하자 箕子가 "은 나라가 망하더라도 나는 남의 신복이 되지 않으리라.(商其淪喪, 我罔爲臣僕.)"라는 말에서 유래한다.(≪書經≫<微子>)

12) 羹牆(갱장) : 羹墻. 죽은 사람에 대한 간절한 추모의 정을 말함. ≪後漢書≫<李固傳>의 "舜이 堯를 사모하여, 앉아 있을 적에는 요 임금을 담에 뵙는 듯하고, 밥 먹을 적에는 요 임금을 국에서 뵙는 듯했다."고 한 데서 나온 말이다.

13) 力勢(역세) : 物力과 事勢. 물자와 형편.

14) 我聖上(아성상) : 純祖를 일컬음.

15) 元年(원년) : '5년'의 오기.

16) 亭榭(정사) : 亭子. 경치가 좋은 곳에 놀거나 쉬기 위하여 지은 집. 벽이 없이 기둥과 지붕만 있다.

17) 樓觀(누관) : 樓閣. 사방을 바라볼 수 있도록 문과 벽이 없이 다락처럼 높이 지은 집.

18) 藏修(장수) : 책을 읽고 학문에 힘씀. ≪禮記≫<學記>에 나오는 말로, 藏은 늘 학문에 대한 생각을 품고 있는 것이요, 修는 방치하지 않고 늘 익히는 것이다.

19) 朱夫子(주부자) : 朱子를 높여 일컫는 말. 南宋의 大儒學者 朱熹. 字는 元晦 또는 仲晦. 號는 晦庵・晦翁. 북송 이래 理學을 집대성하고 사상체계를 정립하였는데, 程顥・程頤의 理氣

院[20], 手書明倫而扁其堂, 列爲條目而揭于壁, 與村秀才, 敎之以父子・君臣・夫婦・長幼・朋友之序, 導之以博學・審問・愼思・明辨・篤行之目[21], 皆所以明人倫也。人倫明於上, 而治敎行於下[22]。故化洽而治隆, 風淳而俗美。自三代以後, 做一番休明之治者, 必以南宋爲首者, 此也。在我東大[23], 嶺爲尤盛, 家塾[24]・黨庠[25]・鄕社[26]・國學[27], 處處相望, 規模設施, 大小節次, 一遵朱先生儀文規度。於是乎, 群賢輩出, 斯道大明, 絃誦[28]禮樂之敎, 孝謹忠信之行, 蔚爲海東鄒魯[29]。而嗟! 夫世降俗偸, 人亡敎弛[30], 庠序間[31], 揖讓折

論을 계승하여 天理와 人欲의 대립을 강조하면서 私欲을 버리고 천리에 복속할 것을 요구하는 등 理의 先在를 주장하였다. 그는 經學에 정통하여 宋學을 집대성한 것인데, 그 學을 朱子學이라 일컫는다.

20) 白鹿洞書院(백록동서원) : 송나라 4대 서원의 하나. 江西省 星子縣 북쪽의 廬山五老峯 밑에 있다. 1179년 朱子가 南康軍 太守로 부임하여, 9세기에 건립되어 10세기에서 번성했다가 그 뒤 폐허가 된 백록동서원을 재건했다. 주희에 의해 원래의 모습을 회복하게 된 이 서원은 그 후 8세기에 걸쳐 그 명성을 유지했다. 주희는 예전의 학관을 중수하여 스스로 백록동서원 원장이 되어, 三綱五倫과 ≪中庸≫을 학생에게 강의하는 동시에 천하의 학자를 초청하는 등 유교의 이상 실현에 힘썼다.

21) ≪中庸≫ 제20장의 "널리 배우고, 자세히 묻고, 삼가 생각하고, 명철하게 판단하고, 독실하게 행해야 한다.(博學之, 審問之, 愼思之, 明辨之, 篤行之.)"는 구절을 인용.

22) 人倫明於上, 而治敎行於下(인륜명어상, 이치교행어하) : ≪童蒙先習≫<總論>의 "인륜의 도리가 위에서 밝아져야 교화가 아래로 행해진다.(人倫明於上, 敎化行於下.)"는 구절 활용.

23) 東大(동대) : '東方'의 오기.

24) 家塾(가숙) : 집안의 학교. 교사를 초빙하여 집에서 가르치는 사숙이다.

25) 黨庠(당상) : 마을의 학교.

26) 鄕社(향사) : 術序. 고을의 학교.

27) 國學(국학) : 나라의 학교.

28) 絃誦(현송) : 거문고를 타고 시를 읊조림. 공자의 제자 子遊가 武城이라는 고을의 邑宰로 있으면서 현가로 백성을 교화하였던 데서 나온 말로, 여기에서 '글 읽는 소리'를 뜻한다.

29) 鄒魯(추로) : 孔子・孟子의 遺風이 있는 문명한 곳을 일컬음. 鄒는 맹자의 출생지이고, 魯는 공자의 출생지이다.

30) 人亡敎弛(인망교이) : ≪小學≫의 <小學題辭>의 "세대가 멀어지고 성인이 없어져서 경전은 잔폐하고 교육은 해이해져서 어린이 교육이 올바르지 못하고 자라면서 더욱 경박하고 사치해졌다.(世遠人亡, 經殘敎弛, 蒙養弗端, 長益浮靡.)"는 구절을 활용.

31) 庠序間(상서간) : ≪孟子≫<滕文公章句 上>의 "庠과 序, 學과 校를 세워서 백성을 가르칠 것이니, 庠은 기르는 것이요, 校는 가르치는 것이요, 序는 활 쏘는 것이다. 夏나라는 敎라 하고, 殷나라는 序라 하고, 周나라는 庠이라 하고 學은 곧 3대가 같이 썼으니, 다 인륜을 밝히는 것들이다.(設爲庠序學校以敎之. 庠者, 養也, 校者, 敎也, 序者, 射也. 夏曰敎, 殷曰序, 周曰庠, 學則三代共之, 皆所以明人倫也.)"는 구절을 활용.

旋[32]之地, 反爲游衍[33]談笑之場。而或至風波[34]數起, 氣象不佳, 則玆豈非世道之寒心, 而有識之竊歎也哉? 雖然, 物極而反理[35]也。本院之比來凋弊, 似非一朝一夕之所可容易修復者, 而何幸五六架輪奐[36]翬革[37]之美, 忽地突兀? 廊廡・廚包之室, 次第又衆新。諸父老, 殫竭勤苦之誠, 足令人欽尙, 而斯文休復之運, 又安知不由於斯耶? 凡我吾黨君子, 因堂宇之重新, 而思所以日新又新之工, 入是門而想前賢之風範, 登斯堂而顧明倫之昭揭。講於斯・讀於斯・絃歌於斯, 反以求之於心身, 驗之於言行, 奮發振作, 交相勅厲, 庶無負前後刱修之意者, 豈非吾輩之所區區相勉處耶?"

進士 豊壤 趙學洙[38] 撰

---

32) 揖讓折旋(읍양절선) : 군자의 몸가짐을 일컬음. ≪禮記≫ 32장의 "달려감에는 采齊에 맞추고, 걸어감에는 (肆夏에 맞추며, 두루 돌 때에는 規(원을 그리는 자)에 맞게 하고, 꺾어서 돌 때에는 矩(곡척)에 맞게 하며, 나아감에는 읍하듯이 하고 물러 나옴에는 몸을 드니, 그런 뒤에 옥소리가 쟁쟁히 울린다.(趨以采齊, 行以肆夏, 周還(旋)中規, 折還中矩, 進則揖之, 退則揚之, 然後玉鳴也.)"는 구절과, 주자의 말 "周旋은 곧바로 갔다가 그대로 돌아오는 것이니, 회전하는 곳에 그 둥긂이 規와 같고자 함이다, 折旋은 곧바로 갔다가 다시금 옆으로 가는 것이니, 그 옆으로 꺾어 도는 그 사각이 矩와 같고자 함이다,(朱子曰 : 周旋, 是直去却回來, 其回轉處, 欲其圓如規也. 折旋, 是直去了復橫去, 其橫轉處, 欲其方如矩也.)"는 구절이 참고가 된다.

33) 游衍(유연) : 遊樂. 마음껏 놀고 즐김. 방자히 행함. 멋대로 놀아남.

34) 風波(풍파) : 波瀾. 분란이나 분쟁, 특히 사회를 살아가는 데서 생기는 곤란이나 고통 따위. 여기서는 1769년 奉法者의 誤審으로 開巖 金宇宏, 黔澗 趙靖 두 선생이 撤享되는 변이 생긴 것을 일컫는다. 한 고을 사림의 강력한 항의와 백방의 辨證으로 1776년 朝令으로 復享되었다.

35) 物極而反理(물극이반리) : ≪明心寶鑑≫의 "만물은 극도에 달하면 처음으로 돌아가고, 운수가 극도로 비색 하면 통쾌한 운수가 나온다.(物極則返, 否極泰來.)"는 구절을 활용.

36) 輪奐(윤환) : 규모가 크고 아름답다는 뜻. 건물이 낙성된 것을 축하할 때 쓰는 상투적인 표현이다. ≪禮記≫<檀弓 下>에 晉나라 憲文子가 저택을 신축하여 준공하자, 대부들이 가서 축하하였는데, 이때 張老가 말하기를 "규모가 크고 화려하여 아름답도다. 제사 때에도 여기에서 음악을 연주하고, 상사 때에도 여기에서 곡읍을 하고, 연회 때에도 여기에서 국빈과 종족을 모아 즐기리로다.(美哉輪焉. 美哉奐焉. 歌於斯, 哭於斯, 聚國族於斯.)"라고 하니, 헌문자가 장로의 말을 되풀이하며 그렇게 되기를 바란다면서 두 번 절하고 머리를 조아리자, 군자들이 축사와 답사를 모두 잘했다고 칭찬한 고사가 전한다.

37) 翬革(휘혁) : 鳥革翬飛. 웅장하고 화려한 건물을 비유하는 말. ≪詩經≫<小雅・斯干>의 "공중에 우뚝 선 건물의 모양은 마치 새가 깜짝 놀라서 날개를 펴는 듯하고(如鳥斯革), 화려하게 장식된 추녀는 마치 꿩이 날아오르는 것 같다.(如翬斯飛)"는 구절이 나온다.

38) 趙學洙(조학수, 1739～?) : 본관은 豊壤이고, 자는 誨之이며, 호는 可隱이다.

神道碑銘(幷序)

退齋先生, 姓申氏, 諱祐, 鵝洲縣人。壯節公諱崇謙之十七世孫, 十二世至諱益休, 以軍功, 封鵝洲君, 子孫仍以貫焉。四世諱允濡, 高麗忠烈王朝, 官版圖判書, 謚貞肅, 有淸名直節。於公爲皇考, 妣星州李氏持平堰之女。

居尙州丹密縣官洞里, 應孝廉科累官, 至奉常大夫司憲府掌令。嘗爲全羅道按廉使, 盖一時極選也。嘗從圃隱鄭先生, 得聞大義。麗季政荒, 遂與冶隱吉先生, 同歸田里。入尙州萬景山, 隱不出, 我太宗大王, 以潛龍舊契, 徵以刑曹判書, 不起。

性至孝, 遭貞肅公憂, 廬于墓側, 朝夕哭泣, 以終三年, 涕淚着地, 忽有雙竹挺生, 人以爲孝感。事聞旌閭, 名曰孝子里, 鄕人鑴石以表之。其後, 孝子踵相接, 盖公所過者化也[1]。尙之人士, 誦慕不置, 餟享于涑水, 從愚伏・蒼石・沙西諸先生議也。

配若目柳氏, 府院君益貞女。有子二人, 長光富, 內府令, 次光貴, 知鳳州事。簪組[2]世不絶, 子孫之以孝友名節著者, 錄之如左。府令公之五世孫元福, 以孝薦, 授參奉, 號靜隱, 享梅岡祠。元祿學行, 至孝旌閭, 贈參議, 號悔堂, 享藏待院。子仡, 壬辰倡義, 官監察, 號興溪。弟仡, 抗疏斥仁弘, 贈承旨, 號城隱。子適道, 健元陵參奉, 學問節義, 爲世所推, 丁卯丁丑, 倡義斥和, 贈吏議, 號虎溪, 享丹邱。弟達道, 修撰, 經學直節, 爲一世重, 丁卯斥和, 贈都承旨, 號

1) 所過者化也(소과자화야) : ≪孟子≫<盡心章句 上>의 "성인이 지나가는 곳마다 감화를 받고, 머무는 곳마다 백성들이 신령스럽게 된다.(所過者化, 所存者神.)"는 구절을 인용.

2) 簪組(잠조) : 관직.

晩悟。弟悅道，掌令，受師門旨訣，丙子，扈駕誓死，號懶齋，享丹邱。靜隱公之孫弘道，以文學鳴世，號鼎峯。子増，官止正言，有淸德，號淸齋，並享梅岡。虎溪公之子琛，進士，以孝學登剡薦[3]，號忍齋，享丹邱。鳳州公之八世孫之孝，壬辰殉於孝，號鷹巖。弟之悌，承旨，有德望，錄壬辰勳，贈吏參，號梧峯，享藏待。子弘望，官正言，以淸直稱，號孤松。有參奉之益，號養一堂，與子鐔姪鋏，俱孝行旌門。是其表顯者也。

嗚乎! 先生，値麗運之季，見幾而作，不竢終日[4]。後雖屢被徵，辟[5]而不起，盖其跡也隱。箕子曰："我罔爲臣僕[6]." 後之尙論者，於此可以知公大節之有在也。墓在蛇浦辛向原。

日公之十七世孫敦植，袖公實紀，示不佞，責以墓道之文。顧不佞，老且病，曷敢當是役，請益堅，謹依來狀，略加檃括[7]，竊附平昔景仰之忱云。系之以銘，曰：

國旣屋社[8]，我罔臣僕，潔身而去，不忘丘壑[9]。義並採薇[10]，志同耘谷[11]，

---

3) 剡薦(염천) : 추천. 또는 추천장.

4) 見幾而作, 不竢終日(견기이작, 불사종일) : 시국의 기미를 살펴서 떠남이 옳다고 판단되면 하루도 미적거리지 않고 즉시 떠남을 일컫는 말. ≪周易≫<繫辭傳 下> 5장에 "군자는 기미를 보고 일어나 하루가 끝나기를 기다리지 않는다.(君子見幾而作, 不竢終日.)"는 구절에서 나온다.

5) 辟(벽) : 辟穀. 곡식은 안 먹고 솔잎, 대추, 밤 따위만 날로 조금씩 먹음. 또는 그런 삶.

6) 我罔爲臣僕(아망위신복) : ≪書經≫<微子篇>의 "商나라가 망하더라도 나는 신복이 될 리 없다.(商其淪喪, 我罔爲臣僕.)"는 구절에서 인용.

7) 檃括(은괄) : 손질함. 기울어지고 굽은 것을 바로잡는 것으로, 굽은 것을 잡는 것을 檃이라 칭하고 모난 것을 잡는 것은 括이라 한다. ≪淮南子≫에 "그 굽은 것이 발라지게 되는 것은 은괄의 힘이다.(其曲中規, 檃括之力.)"는 구절에서 나온다.

8) 屋社(옥사) : 패망한 나라의 社稷에 지붕[屋]을 설치하여 햇볕을 막는 것으로, 나라가 망한 것을 지칭하는 말.

9) 不忘丘壑(불망구학) : ≪孟子≫<藤文公章句 下>의 "지사는 제 시체가 구렁텅이에 던져지는 것을 잊지 않고, 용사는 제 목이 달아나는 것을 잊지 않는다.(志士, 不忘在溝壑, 勇士, 不忘喪其元.)"는 구절에서 인용.

10) 採薇(채미) : 周나라 武王이 殷나라를 멸망시키자, 伯夷·叔齊가 주나라 곡식을 먹을 수 없다 하여 首陽山에 들어가서 고사리를 캐 먹다가 죽은 것을 일컬음.

11) 耘谷(운곡) : 元天錫(원천석, 1330~?)의 호. 본관은 原州이고, 자는 子正이다. 진사가 되었으나 고려 말의 혼란한 정계를 개탄하여, 치악산에 들어가 부모를 봉양하고 농사를 지으

淸風苦節，百世如昨。移孝而忠[12]，終始一節，跡幾沈晦，有證深目。聞者有立[13]，過者必式，有菀者陰[14]，子孫千億[15]。蛇浦之阡，有崇三尺，詔我無窮兮，山可平石可泐。

義禁府都事 後人 豐山 柳道獻[16] 謹撰

며 은둔생활을 하였다. 또한 그곳에서 李穡 등과 교유하며 지냈다. 조선의 太宗이 된 李芳遠을 가르친 바 있어, 태종이 즉위한 뒤로 여러 차례 벼슬을 내리고 그를 불렀으나 응하지 않았다.

12) 移孝而忠(이효이충) : ≪孝經≫의 "군자는 어버이에 대해 효성을 다 바치기 때문에, 나라에 대해서도 그처럼 충성을 다 바칠 수 있는 것이다.(君子之事親孝, 故忠可移於君.)"라는 말에서 활용.

13) 聞者有立(문자유립) : ≪孟子≫<盡心章句 下>의 "백 대 이전에 분발해서 일어났던 일이 백 대 이후에 듣는 사람들로 하여금 감동하지 않는 사람이 없게 하니 성인이 아니고서야 어찌 이와 같을 수 있겠는가.(奮乎百世之上, 百世之下, 聞者莫不興起也, 非聖人而能若是乎.)"는 구절을 염두에 둔 표현.

14) 有菀者陰(유울자음) : ≪詩經≫<小雅・菀柳>의 "무성한 버드나무들, 그 그늘에 쉬고 있지 않은가.(有菀者柳, 不尙息焉)"는 구절을 활용.

15) 子孫千億(자손천억) : ≪詩經≫<大雅・假樂>의 "녹을 구하고 百福을 얻은지라 자손이 千이며 億이로다. 목목하고 황황하여 제후에게 마땅하고 천자에게 마땅하다.(干祿百福, 子孫千億. 穆穆皇皇, 宜君宜王.)"는 구절에서 인용.

16) 柳道獻(류도헌, 1835～1909) : 서애 유성룡의 후손. 어려서부터 공부에 뜻을 두었지만, 17세 때 生父喪을 당하였고, 이후 집안 대소사 처리와 어머니 봉양으로 학업에 전념할 수 없었다. 그러한 상황을 걱정하다가 족부 溪堂 柳疇睦의 문하에 나아가 수학하면서 자신의 의지를 관철할 수 있게 되었다. 이후 종신토록 ≪心經≫, ≪近思錄≫, ≪朱子書≫ 및 ≪退溪書≫ 공부와 誠心修養에 노력하였으며, 1893년 薦으로 義禁府都事에 임명된 바도 있다.

退齋先生實紀 卷之二

後孫 祠宇祭禮文

尼山書院上樑文

南夢賚[1)]

* 退齋先生六世孫悔堂元祿，顯宗己酉，以士論尸祝營建，擬與松隱金光粹[2)]幷享，未果，移奉藏待書院

崇厥德，不掩爾善，旣有秉彝之天，祭於斯，其在斯人[3)]，可無妥靈之地。有侐[4)]數間之廟宇[5)]，聿新四方之瞻聆。粤自徐羅舊邦，有此義城新府，二水分流於前後，會于洛江[6)]，朝于九溟，諸山環鎭乎東西，起爲金城[7)]，結爲五土[8)]。扶

※ 이 주석과 번역문은 신해진, 『역주 회당선생문집』(역락, 2009)의 185～189면, 389～395면을 전재하였다.

1) 南夢賚(남몽뢰, 1620～1682) : 본관은 英陽이고, 자는 仲遵이며, 호는 伊溪이다. 처는 鵝州申氏로 申之義의 딸이다. 신지의는 오봉 申之悌의 이복동생이다. 어릴 때부터 총명하여 13세에 백일장에서 수석 입상했고, 23세인 1642년에 생원시에 합격하였고 성균관에서 학문을 닦았다. 32세인 1651년에 증광문과에 급제하였다. 이후 成均館學諭, 典籍 및 병조와 예조의 正郎, 함양군수, 通禮院右通禮, 선산부사를 지냈다. 1666년에는 晋州牧使가 되었으나 禮制의 개혁을 상언했다가 왕의 노여움을 당해 파직되었다. 1659년 효종이 죽자 자의대비의 복상 기간을 기년(朞年 : 만 1년)으로 할 것인가 3년(만 2년)으로 할 것인가에 대한 논란이 있었는데, 이때 眉叟 許穆, 孤山 尹善道와 더불어 서인들의 논거에 반대하는 의론을 폈다. 1680년 庚申換局 때 남인이 실각하자 전라도 興陽으로 유배되었고, 서인들의 공격으로 이듬해 서울로 호송되던 도중에 南原 객사에서 목숨을 끊었다.

2) 金光粹(김광수, 1468～1563) : 본관은 安東이고, 자는 國華이다. 1501년 진사에 합격하였으나 더 이상 과거를 볼 뜻이 없어 고향인 의성의 북촌에 머물면서 시가를 읊조리며 청빈하게 지냈으며, 효성과 우애가 지극하여 부근의 사람들로부터 존경을 받았다. 죽은 뒤 大谷山에 장사지냈는데, 그 뒤 외손인 柳成龍이 왕의 명을 받아 제사지내고 묘를 살펴보았다. 의성의 藏臺書院에 배향되었다.

3) 祭於斯, 其在斯人(제어사, 기재사인) : 韓愈의 <送楊少尹序>에 "옛날부터 말하던, '고향선배로서 죽은 다음 사에 제사를 모실 수 있는 사람'이란 바로 이런 사람이었을 것인저.(古之所謂鄕先生沒而可祭於社者, 其在斯人歟.)"라는 구절을 활용함. 祭於斯는 祭於社의 오기.

4) 有侐(유혁) : ≪詩經≫<魯頌・閟宮>의 "깊게 닫혀 있는 사당이 고요하기도 하다.(閟宮有侐.)"는 구절에서 나오는 말.

5) 廟宇(묘우) : 신위를 모신 집.

6) 洛江(낙강) : 낙동강.

輿靈淑之氣，亭育豪傑之才，當麗祖創業之時，有洪術[9]洪儒[10]之武，逮聖祖興平之日，稱金淳[11]金末[12]之文。言功名而固難勝枚，語眞儒則請姑舍是。伏惟松隱[13]金先生，情高意逸，行安學成。用而行，舍而藏[14]，浮雲富貴。入則孝，出則悌，餘事文章[15]。警心十章箴，盖有得於三綱領八條目[16]，豐城[17]一片劒，

---

7) 金城(금성) : 의성군 금성면.

8) 五土(오토) : 오토산.

9) 洪術(홍술) : 929년 가을 7월에 견훤이 무장한 군사 5천 명으로 義城府를 공격했을 때 지키다가 전사한 城主. 태조는 통곡하면서 "나는 양손을 잃었다"고 하였는데, 후에 홍술의 殉死를 오래 기억하기 위해 이곳을 '義로운 城' 곧 의성이라 명명한 것으로 전해진다.

10) 洪儒(홍유) : ≪高麗史≫<洪儒列傳>의 "홍유의 처음 이름은 洪術이니 의성부 사람이다. 궁예 말기에 배현경, 신숭겸, 복지겸과 함께 기병대장[騎將]으로 되었는데 이들이 밀모하고 밤에 태조(왕건)의 집으로 찾아 가서 말하기를 '삼한이 분열되고 뭇 도적이 봉기하였을 때 지금 임금이 용기를 분발하고 크게 호통 침으로써 그만 도적들을 쳐 없애고 遼左 지방의 3분의 1에서 그 절반 이상을 점유한 후 나라를 건설하고 도읍을 정한 지도 이미 2紀가 넘습니다.(洪儒, 初名術, 義城府人. 弓裔末年, 與裴玄慶・申崇謙・卜智謙, 同爲騎將, 密謀夜詣太祖第, 言曰 : '自三韓分裂, 群盜競起, 今王奮臂大呼, 遂夷滅草寇, 三分遼左, 據有大半, 立國定都, 將二紀餘.')"는 구절에서 나온다.

11) 金淳(김순, ?~1462) : 본관은 義城이다. 1432년 식년문과에 급제하여 헌납・지평・성균사예・형조 참의 등을 지냈으며, 헌납 재직 시에는 量田의 시행에 관한 策을 올렸고, 성균 사예로 있을 때인 1450년에는 종사관이 되어 충청・전라・경상도 체찰사 鄭苯과 함께 변방의 방위체계를 점검하였다. 1455년 형조참판으로 賀正使가 되어 명나라를 다녀온 뒤 대사헌・이조참판・병조참판・慶昌府尹 겸 경상도 관찰사를 거쳐 1459년 11월 漢城府尹에 임명되었다. 부윤으로 있을 때 경기도에 유민이 많아 普濟院・梨泰院・弘濟院에 賑濟場을 설치하여 진휼하였다.

12) 金末(김말, 1383~1464) : 본관은 義城이고, 자는 幹之이다. 1415년 식년문과에 급제하여 성균관 학유에 제수되었다. 1427년 副司正, 1449년 司成이 되었다. 이때 대사성 金泮, 사성 尹祥과 경서에 관하여 논쟁하다가 김반은 파직되고, 그는 종학으로 옮겨졌다. 1451년 첨지중추원사가 되었고, 1453년 嘉善大夫가 되어 慶昌府尹에 제수되었고, 예문 제학・중추원사・판중추원사를 역임하였다. 그는 經史와 성리학에 정통하였으며 후진 교육과 경학 발전에 공로가 컸으므로 金鉤・金泮과 더불어 '三金' 또는 '經學三金'・'館中三金'이라 불리었다. 당시 조정의 많은 儒士들이 그의 문하에서 배출되었다.

13) 松隱(송은) : 金光粹(1468~1563)의 호. 본관은 安東이고, 자는 國華이다. 1501년 진사에 합격하였으나 더 이상 과거를 볼 뜻이 없어 고향인 의성의 북촌에 머물면서 시가를 읊조리며 청빈하게 지냈으며, 효성과 우애가 지극하여 부근의 사람들로부터 존경을 받았다. 죽은 뒤 大谷山에 장사지냈는데, 그 뒤 외손인 柳成龍이 왕의 명을 받아 제사지내고 묘를 살펴보았다. 의성의 藏臺書院에 배향되었다.

14) 用而行, 舍而藏(용이행, 사이장) : ≪論語≫<述而篇>의 "공자가 안연에게 말하기를, '등용되면 도를 실천하고 등용되지 않으면 덕을 수양하는 것은 나와 너만이 할 수 있을 것인저.' 했다.(子謂顔淵曰, 用之則行, 舍之則藏, 惟我與爾有是夫.)"는 구절을 활용함.

亦何害於二鳥賦・九辯歌。作模楷於當時，樹風聲於來世，如今百年之後，猶髣髴於羹墻[18]。未作九原[19]之前，孰覬覦[20]其門戶。嗟呼追而莫及，是以久而不忘。暨惟悔堂[21]申先生，孝友出天，踐履實地。有日用當行之路，惟孝惟忠，而早得依歸之師，載欣載悅。生三事一[22]，克盡方心之喪[23]，有知輒行，勿失服膺之訓。體先儒精詣之見，驗平生篤信之心，人無得以間焉，亦有子騫之昆

---

15) 入則孝，出則悌，餘事文章(입즉효, 출즉제, 여사문장) : ≪論語≫<學而篇>의 "들어와서는 효도하고, 나가서는 공손하며, 삼가소서 미쁘게 하며, 널리 뭇사람을 사랑하되 어진 이를 가까이할지니, 행함에 남은 힘이 있거든 글을 배울지라.(入則孝，出則弟，謹而信，汎愛衆而親仁，行有餘力，則以學文.)"는 구절을 염두에 둔 표현임.

16) 三綱領八條目(삼강령팔조목) : ≪大學≫의 기본이 되는 세 가지 강령과 여덟 가지 조목. 삼강령은 明明德・新民・止於至善이고, 팔조목은 格物・致知・誠意・正心・修身・齊家・治國・平天下이다.

17) 豐城(풍성) : 천하의 보검인 龍泉劍과 太阿劍이 묻혀 있던 곳으로, 江西省 南昌縣의 남쪽. ≪晉書≫<張華傳>에 "장화가 '붉은 기운이 언제나 북두성에 뻗쳐있으니 이것이 무슨 기운인가?' 하고 묻자, 천문에 밝은 雷煥은 '寶劍의 기운이 하늘에 비쳐서입니다.' 하였다. 몇 해 뒤에 장화는 풍성 원이 되어 獄의 터를 파다가 두 자루의 칼을 얻었는데, 하나는 龍泉, 하나는 太阿라 새겨진 보검이었다. 이 보검을 발굴한 뒤로는 북두성 사이의 붉은 기운이 보이지 않았다."고 하는 고사이다.

18) 羹墻(갱장) : 죽은 사람에 대한 간절한 추모의 정을 말함. ≪後漢書≫<李固傳>의 "舜이 堯를 사모하여, 앉아 있을 적에는 요 임금을 담에 뵙는 듯하고, 밥 먹을 적에는 요 임금을 국에서 뵙는 듯했다."고 한 데서 나온 말이다.

19) 九原(구원) : 九泉. 저승.

20) 覬覦(개유) : 분수에 넘치는 야심으로 기회를 노리고 엿봄.

21) 悔堂(회당) : 申元祿(1516~1576)의 호. 경북 義城 출신이며, 退溪・周世鵬의 門人이다. 11살 때 아버지가 병이 들자 八空山 수백 리 길을 걸어 약초를 찾아나서는 등 8년 동안 간호하였으며, 뒷날 長水・三嘉(현 陜川)・淸道 등지에서 學官이 되어 연로한 부모를 봉양하였다. 이러한 그의 효행을 표창하기 위해 旌閭가 세워졌다. 모친상을 당했을 때는 하루에 세 번씩 성묘를 하였다. 戶曹參議가 추증되었고, 의성의 藏待書院에 배향되었다.

22) 生三事一(생삼사일) : 백성은 세 가지에 의해 삶을 꾸려가므로 그 세 가지를 하나같이 섬긴다는 뜻. 세 가지는 아버지와 스승, 임금인데, 아버지는 낳아 주고 스승은 가르쳐 주고 임금은 먹여 주므로 한 말이다.

23) 方心之喪(방심지상) : 方喪과 心喪을 일컫는 것으로, 부모의 喪事와 마찬가지로 居喪하는 것. 단, 같은 삼년이라도 아버지에게는 몸과 마음을 다 바치는 致喪 3년을, 임금에게는 아버지 상에 준하는 方喪 3년을, 그리고 스승에게는 衰麻 등의 복은 갖추지 않고 마음으로 哀戚의 정을 갖는 心喪 3년을 입는 것이다. ≪禮記≫<檀弓>의 "임금을 섬김에 방상 3년 한다 하였는데, 주씨는 말하기를, '어버이의 상사에 비교하여 의리로 은혜를 같이하는 것이다.' 하였다.(事君方喪三年，朱氏曰：方喪 比方於親喪，而以義並恩也.)"는 구절에서 나온다.

弟。吾必謂之學矣[24)]，寧無卜商[25)]之文辭，旣作則於惟家，可爲法於斯世。惟玆兩賢之出，不待作半千年期，咸萃一縣之中，亦在數十里內。夫非上穹[26)]之意，於赫間氣之鍾，一時之困屯[27)]寧論，長夜之日星昭揭。準四海而不忒，雖擧國可以師宗，生一里而必聞，在吾鄕宜益親切[28)]。想像欣慕之已久，影響聲臭之可尋，肆篤崇報之誠，乃諏俎豆之典。好是懿德[29)]，驗人心之攸同，樂哉斯丘[30)]，覺天作之非偶。方伯悉心而綱紀，特捐聖廟之舊材，地主彈力[31)]於經營，首擧賢祠之新政。同聲相應，多釋經敦事之靑衿[32)]，咸勸自來，萃承風趨役之

---

24) 吾必謂之學矣(오필위지학의) : ≪論語≫<學而篇>의 "어진 이를 어질게 여기되 색을 좋아하는 마음과 바꿔 하며, 부모를 섬기되 능히 그 힘을 다하며, 인군을 섬기되 능히 그 몸을 바치며, 붕우와 더불어 사귀되 말함에 성실함이 있으면 비록 배우지 않았다고 할지라도 나는 반드시 그를 배웠다고 이르겠다.(賢賢易色, 事父母能竭其力, 事君能致其身, 與朋友交, 言而有信, 雖曰未學, 吾必謂之學矣.)"는 구절에서 인용함.

25) 卜商(복상) : 춘추시대 魏나라 사람으로, 공자의 제자인 子夏의 본명. 魏나라 文侯가 자신의 스승으로 삼고자 했으나 받아들이지 않았다. 유가의 경전을 전승하는 데 지대한 공이 있었다. 특히 詩와 藝에 능통했다. 唐나라 현종 때 '공문십철'에 列入되었고 魏侯로 봉해졌으며, 宋나라 때 東阿公으로 가봉되었다가 魏公으로 개봉되었다.

26) 上穹(상궁) : 하늘.

27) 困屯(곤둔) : 困卦와 屯卦. 곤괘는 彖辭에 "무엇을 말해도 남이 믿지 않는다. 말이 많으면 궁지에 빠진다." 하였듯 困苦危難의 상태를 상징하는 괘이며, 둔괘는 하늘과 땅의 기운이 서로 통하지 않는 괘로 난세일수록 영웅호걸로서는 자기의 뜻을 펼치며 큰일을 할 수 있는 절호의 기회가 되는 괘이다.

28) 益親切(익친절) : ≪論語≫<憲問篇>의 "(주자)가 말하기를 자기의 사사로움을 이겨 예에 회복하면 사욕이 머무르지 않고 천리의 본연을 얻거니와, 만약 다만 제어하여 행하지를 않기만 하면 이것은 병의 뿌리를 뽑아 버리는 뜻은 있지 않고 가슴 속에 잠장 은복함을 허용하게 되니, 어찌 극기구인이라고 이르랴. 배우는 자가 두 가지 사이에 살피면 구인의 공이 더욱 친절해지고 새나가는 것이 없으리라.(克去己私, 以復乎禮, 則私欲不留, 而天理之本然者得矣, 若但制而不行, 則是未有拔去病根之意, 而容其潛藏隱伏於胸中也, 豈克己求仁之謂哉? 學者, 察於二者之間, 則其所以求仁之功, 益親切而無滲漏矣.)"는 구절에 나온다.

29) 好是懿德(호시의덕) : ≪詩經≫<大雅・烝民>의 "하늘이 모든 백성을 내시니, 사물이 있으면 법칙이 있도다. 백성들이 타고난 본성이 있어, 이렇게 미덕을 좋아하네.(天生烝民, 有物有則. 民之秉彝, 好是懿德.)" 구절에서 인용함.

30) 樂哉斯丘(낙재사구) : ≪禮記≫<檀弓 上>의 "공숙문자가 하구에 올랐는데, 거백옥이 이에 따르니, 문자가 말하기를 '안락하도다. 이 언덕이이여. 죽으면 나는 여기에 묻히기를 원한다.'고 했다.(公叔文子升瑕兵, 蘧伯玉從文子, 曰 : '樂哉斯丘也. 死則可欲葬焉.)"는 구절에서 인용함.

31) 彈力(탄력) : '殫力'의 오기. 있는 힘을 다함.

32) 靑衿(청금) : 儒生을 달리 이르는 말. 고대 태학의 유생들이 푸른 옷을 입었던 데서 유래

白叟。徵三代[33]法宮[34]之制，用兩下[35]厦屋[36]之規，旣工善而材良，亦吏勤而力贍，莿榛初闢，怳爾山川之改觀，日月幾何，隆然棟宇之如跂。室堂也，戶牖也，階墊也，秩秩斯干[37]，榍庋邪，楹翼邪，廉阿邪，噲噲其正[38]。控揖[39]乎奇峯秀岳，如見所立之嵬嵬，襟帶[40]乎細流長川，知是有本之混混[41]。倣典刑於白鹿[42]，天慳地閟之名區，幷餟食[43]於文龜[44]，異世同符之至樂。猗歟，一鄕之盛事，美哉，百世之宏規。抑昔有聞於先賢，言豈耄也，請今廣諗於同志，聽無譁兮。天之所與我者[45]，如何希之則是，井而不及泉[46]則，爲棄學而後能。

한다. ≪詩經≫의 '靑靑子衿'에서 나온 말이다.

33) 三代(삼대) : ≪論語≫<衛靈公篇>의 "이 백성은 삼대 시대에 곧은 도를 실행했다.(斯民也, 三代之所以直道而行也.)"고 한 구절을 염두에 둔 표현임.

34) 法宮(법궁) : 천지의 상서로운 기운을 모으는 곳.

35) 兩下(양하) : 가옥의 지붕 양식이 맞배지붕 양식. 용마루를 중심으로 하여 양쪽으로 처마가 늘어져 있는 지붕을 말한다.

36) 厦屋(하옥) : 처마가 쳐들지 않은 집. 앞쪽이 다섯 칸이고 뒤쪽이 네 칸이다.

37) 秩秩斯干(질질사간) : ≪詩經≫<小雅・斯干>의 "질펀히 흐르는 물가요, 그윽한 남산이로다. 대나무가 떨기로 난 듯하고, 소나무가 무성한 듯하도다. 형과 아우 다 모여서, 서로 잔 권하며 좋아하고, 서로 딴마음 없으리로다.(秩秩斯干, 幽幽南山. 如竹苞矣, 如松茂矣. 兄及弟矣, 式相好矣, 無相猶矣.)"라는 구절에서 인용함. 이 노래는 터가 공고하다는 것을 말한 것으로, 새로 집 지어 落成할 때 연회를 베푼 자리에서 그 집에 거처하는 형제간에 서로 화목하게 잘 살기를 축원한 노래이다.

38) 噲噲其正(쾌쾌기정) : ≪詩經≫<小雅・斯干>의 "평평하고 고른 그 뜰이며, 높고 큰 기둥이며, 밝고 밝은 그 남향이며, 깊고 넓은 그 방안이니 군자가 편안한 곳이다.(殖殖其庭, 有覺其楹, 噲噲其正, 噦噦其冥, 君子攸寧.)"는 구절에서 인용함. 이 노래는 집채가 견고하고 빈틈이 없음을 말한 것이다.

39) 控揖(공읍) : '拱揖'의 오기.

40) 襟帶(금대) : 옷깃[襟]처럼 감싸고 강물은 띠[帶]처럼 둘린 험한 산세라는 뜻. 요충지 또는 요해처이다.

41) 混混(혼혼) : 샘물이 용솟음쳐 나오는 모양. ≪孟子≫<離婁章句 下>의 "근원이 있는 샘물이 퐁퐁 솟아나서 밤낮으로 그치지 않는지라, 구덩이를 가득 채운 뒤에 전진하여 바다에 이르는 것이다.(原泉混混, 不舍晝夜, 盈科而後進, 放乎四海.)"는 구절에서 인용함.

42) 白鹿(백록) : 白鹿洞書院. 송나라 4대 서원의 하나로, 江西省 星子縣에 있다. 1179년 朱子가 南康軍太守로 부임하여 예전의 학관을 중수하고, 직접 강학을 하던 곳이다.

43) 餟食(철식) : 여러 신에 제사 지낼 때 각 신을 동시에 제사하는 일.

44) 文龜(문귀) : 孔子를 모신 文廟를 가리킴. 金富軾이 <仲尼鳳賦>에서 공자를 "반듯하고 긴 눈에 거북 무늬의 위대한 모습(河目龜文之偉表)"이라 묘사한 것이 참고가 된다.

45) 天之所與我者(천지소여아자) : ≪孟子≫<告子章句 上>의 "마음과 같은 기관은 생각을 하니, 생각하면 얻고 생각하지 않으면 얻지 못한다. 이것은 하늘이 우리에게 부여한 것으

或高山景行[47]之可幾，在積銖累寸之不怠，在我而已[48]，待人乎哉。請賡呼邪許之歌，敢唱兒郎偉之頌。

抛梁東，仁里[49]旌閭這箇中，從此儻知人子職，許君親見悔堂翁。

抛梁西，雉岳㟧峯眼下低，雲暗雨昏渾不管，屹然千仭護幽棲。

抛梁南，上有銅堤下碧潭，霜落霧凝元不惡，却嫌狂雨打晴嵐。

抛梁北，夫子宮墻高百尺[50]，羣弟長環七十三，也應時來許參席。

抛梁上，霽月光風[51]無盡藏[52]，景物依依道在斯，斐然狂簡嗟吾黨[53]。

로, 먼저 큰 것을 세우면 작은 것이 빼앗을 수 없다.(心之官則思，思則得之，不思則，不得也. 此天之所與我者，先立乎其大者，則其小者不能奪也.)"라는 구절에서 인용함.

46) 井而不及泉(정이불급천) : ≪孟子≫<盡心章句 上>의 "일을 해 나가는 것은 우물을 파는 것과 같다. 9 길이나 우물을 파 내려갔다 하더라도 샘물에 이르지 못할 것 같으면 그것은 우물 파기를 포기한 것과 마찬가지이다.(有爲者抗若掘井，掘井九潫而不及泉，猶爲棄井也.)"는 구절에서 인용함.

47) 高山景行(고산경행) : 높은 산과 큰 길처럼 훌륭한 인품의 소유자를 우러러 사모하는 마음. ≪詩經≫<小雅・車舝>의 "높은 산을 우러르고, 큰 길을 따라가네.(高山仰止，景行行止.)"에서 인용한 것이다. 산은 덕, 길은 행실에 비유하였다.

48) 在我而已(재아이이) : ≪孟子≫<梁惠王章句 上>의 "이 마음이 진실로 있어서 밖에 구함을 기다리지 않으니 넓혀 채워나가는 것은 내게 있을 뿐이거늘 무슨 어려움이 있으리오?(是心固有，不待外求，擴而充之，在我而已，何難之有?)"라는 구절에서 인용함.

49) 仁里(인리) : 상대방이 사는 마을을 높인 말.

50) 夫子宮墻高百尺(부자궁장고백척) : ≪論語≫<子張篇>에서 子貢이 말하기를, "부자의 문장은 두어 길이나 되는지라, 그 문을 통하여 들어가지 않으면 종묘의 아름다움과 백관의 풍부함을 볼 수가 없다.(夫子之墻數仞，不得其門而入，不見宗廟之美，百官之富.)"는 구절을 염두에 둔 표현. 공자의 道가 끝없이 높고 큼을 논한 데서 온 말이다.

51) 霽月光風(제월광풍) : 北宋의 시인이자 서예가인 黃庭堅이 周惇頤의 인품을 존경하여 쓴, "그의 인품이 심히 고명하며 마음결이 시원하고 깨끗함이 마치 맑은 날의 바람과 비갠 날의 달과 같도다.(其人品甚高，胸懷灑落，如光風霽月.)"(≪宋書≫<周敦頤傳>)는 구절에서 인용함.

52) 無盡藏(무진장) : 蘇軾의 <赤壁賦>의 "오직 강 위의 맑은 바람과 산간의 밝은 달은 귀로 들으면 소리가 되고 눈으로 보면 빛을 이루는데, 이를 취하여도 막는 사람이 없고, 아무리 써도 없어지지 않으니, 이것이 바로 조물주의 무진장한 보배이다.(惟江上之淸風，與山間之明月，耳得之而爲聲，目寓之而成色，取之無禁，用之不竭，是造物者之無盡藏也.]"는 구절에서 인용함.

53) 斐然狂簡嗟吾黨(비연광간차오당) : ≪論語≫<公冶長篇>의 "돌아가자! 돌아가자! 내 고향 젊은이들은 뜻은 크나 일에는 치밀하지 못하고, 아름답게 문물제도를 이루어온 편이지

抛梁下，柳色青青[54]連縣舍[55]，鈴閣[56]時聞宓子琴[57]，太平烟月閒多暇。

伏願上梁之後，地孕其秀，神呵不祥。惠我光明，惟新一代之化，爲人矜式，共欽百行之源。人無異師， 奮希賢慕聖[58]之心， 王多吉士[59]， 獻經國匡世之猷。

만 그것을 제대로 활용할 줄 모른다.(歸與歸與，吾黨之小子狂簡，斐然成章，不知所以裁之.)"는 구절을 활용함. 광간이란 뜻은 높지만 일에는 아직 간략한 사람을 말한다.

54) 柳色青青(유색청청) : 王維가 지은 <送元二使安西>(일명 : 渭城曲 또는 陽關曲)의 "위성의 아침에 비 내려 가벼운 먼지 적시니, 객사 앞의 버들 파릇파릇 더욱 산뜻하구려. 그대에게 권하노니 한 잔 더 들게나, 서쪽으로 양관을 나서면 벗도 없으리.(渭城朝雨浥輕塵，客舍青青柳色新. 勸君更進一杯酒，西出陽關無故人.)"라는 구절에서 인용한 것임.

55) 縣舍(현사) : 戶長이 사무를 보던 곳.

56) 鈴閣(영각) : 한림원 혹은 장수나 지방 장관이 집무하는 곳을 말함.

57) 宓子琴(복자금) : 춘추시대 魯나라 宓子賤(이름 : 宓不齊)이 거문고를 타며 교화했다는 고사. 공자의 제자였던 복자천은 선보(單父)의 원이 되어 거문고를 타면서 관아의 堂 아래로 내려가지 않고도 고을을 잘 다스렸다.

58) 希賢慕聖(희현모성) : ≪近思錄≫을 보면 北宋의 周濂溪가 말하기를 "성인은 하늘을 본받기를 바라고, 현인은 성인을 본받기를 바라고, 선비는 현인을 본받기를 바란다.(聖希天，賢希聖，士希賢.)"고 한 구절을 활용함.

59) 王多吉士(왕다길사) : ≪詩經≫<大雅・小雅・卷阿>의 "봉황이 훨훨 날아, 날개깃을 탁탁 치며, 앉을 자리에 앉는도다. 왕에게는 길사가 하 많으시니, 군자가 부리는지라, 천자께 사랑을 받는도다.(鳳凰于飛，翽翽其羽，亦集爰止. 藹藹王多吉士，維君子使，媚于天子.)"는 구절에서 인용함. 吉士는 賢人을 의미한다.

藏待書院風詠樓上梁文

洪萬朝[1)]

* 悔堂, 與梧峯之悌(退齋九世孫), 肅宗乙丑, 同享于此。金松隱·李敬亭民宬幷侑, 而戊辰, 有邦禁見撤。

一鄕有所矜式, 旣設俎豆之儀。多士得以依歸, 載新樓觀之制, 道其不墜, 仰之彌高。顧玆妥靈之遺祠, 寔出象賢之美意。有若悔堂[2)]·梧峯[3)]之學問孝友, 同出乎名家, 亦越松隱[4)]·敬亭[5)]之踐履文章, 倂稱於前代。流風猶在宛然, 桑

※ 이 주석과 번역문은 신해진, 『역주 회당선생문집』(역락, 2009)의 182~184면, 385~388면을 전재하였다.

1) 洪萬朝(홍만조, 1645~1725) : 본관은 豊山이고 자는 宗之이며, 호는 晩退이다. 1669년 성균관 유생이 되고, 1678년 증광문과에 병과로 급제한 뒤 검열을 거쳐 지평·정언을 지냈다. 1688년 부수찬, 이듬해 부응교를 거쳐 1690년 충청도관찰사로 나갔다가 다음해에 돌아와 승지·전라도관찰사·도승지가 되었다. 1693년 강화유수가 되고, 1696년 謝恩副使로 청나라에 다녀온 뒤 다시 전라도·강원도·함경도·경상도의 관찰사 및 경기도 관찰사를 역임하였고, 대사간·형조참판·한성부판윤·좌참찬·형조판서를 거쳐, 1718년 우참찬을 지낸 뒤 이듬해 耆老所에 들어갔다. 1721년 판의금부사·좌참찬을 역임하고 이듬해 판돈녕부사에 이르렀다.

2) 悔堂(회당) : 申元祿(1516~1576)의 호. 경북 義城 출신이며, 退溪·周世鵬의 門人이다. 11살 때 아버지가 병이 들자 八空山 수백 리 길을 걸어 약초를 찾아나서는 등 8년 동안 간호하였으며, 뒷날 長水·三嘉(현 陜川)·淸道 등지에서 學官이 되어 연로한 부모를 봉양하였다. 이러한 그의 효행을 표창하기 위해 旌閭가 세워졌다. 모친상을 당했을 때는 하루에 세 번씩 성묘를 하였다. 戶曹參議가 추증되었고, 의성의 藏待書院에 배향되었다.

3) 梧峯(오봉) : 申之悌(1562~1624)의 호. 본관은 鵝州이고, 자가 順甫이며, 호가 梧齋이다. 1589년 증광문과에 甲科로 급제하여 正言·禮曹佐郞·文學 등을 역임하였다. 임진왜란 때는 禮安縣監으로 縣軍을 이끌고 龍仁싸움에 참전하여 宣武·扈從의 두 原從功臣이 되었다. 1613년 昌寧府使로 나가 백성을 괴롭히던 도적을 토평하고 민심을 안정시켜 그 공으로 通政大夫에 올랐으며, 仁祖 초 同副承旨에 제수되었으나 부임하지 못하고 죽었다. 義城의 藏待書院에 배향되었다.

4) 松隱(송은) : 金光粹(1468~1563)의 호. 본관은 安東이고, 자는 國華이다. 1501년 진사에 합격하였으나 더 이상 과거를 볼 뜻이 없어 고향인 의성의 북촌에 머물면서 시가를 읊조리며 청빈하게 지냈으며, 효성과 우애가 지극하여 부근의 사람들로부터 존경을 받았

梓[6]之連陰, 後學追思允矣[7], 苾芬[8]之齊饗。惟其礪俗之道, 有賴於斯, 庶幾肄業之徒, 爰得其所。苐緣儒林之力詘, 尙闕書樓之踵成。登玆遠望, 旣乏觀物之具, 入此羣處, 安得庇士之歡。衿紳[9]合謀而同聲, 般倕[10]趍事而彈技[11]。山腰陡絶半割, 交翠[12]之閒庭, 榜額高縣怏覩, 流丹之飛閣[13]。峯巒環列, 似效拱揖之形, 欄檻高明, 實表正大之體。想像百載之下, 頓覺水丘之增輝, 指點一區之中, 無非杖屨之留跡。所謂地因人而擅勝, 况有名與義之相符。藏而待之[14], 此正吾黨, 自强之處, 道所存也[15]。奚翅門人親炙[16]之時, 登高自卑[17], 宜思積累之訓, 揣本齊末[18], 寧昧輕重之分。不但邑人之觀瞻[19], 盖欲文風之

다. 죽은 뒤 大谷山에 장사지냈는데, 그 뒤 외손인 柳成龍이 왕의 명을 받아 제사지내고 묘를 살펴보았다. 의성의 藏臺書院에 배향되었다.

5) 敬亭(경정) : 李民宬(1570~1629)의 호. 본관은 永川이고, 자가 寬甫이다. 관찰사 李光俊(1531~1609)의 아들이다. 1597년 廷試文科에 갑과로 급제하여 注書·兵曹正郎·正言·修撰 등을 역임하였다. 1617년 廢母論을 반대하다가 삭직 당했고, 1623년 書狀官으로 명나라를 다녀왔으며, 1627년 정묘호란 때는 의병장으로 활약하면서 전주에까지 진출하여 왕세자를 보호했다. 의성의 藏待書院에 배향되었다.

6) 桑梓(상재) : 부모가 살았던 고향을 말함. ≪詩經≫<小雅·小弁>에 "부모가 심은 뽕나무와 가래나무도, 반드시 공경해야 하거든, 우러러볼 건 의당 아버지이며, 의지할 건 의당 어머니임에랴.(維桑與梓, 必恭敬上, 靡瞻匪父, 靡依匪母.)"라는 구절에서 나온 말이다.

7) 允矣(윤의) : '久矣'의 오기.

8) 苾芬(필분) : 향기나는 제수.

9) 衿紳(금신) : 선비와 벼슬아치.

10) 般倕(반수) : 고대의 유명한 목수인 魯般과 工倕를 일컬음.

11) 彈技(탄기) : '殫技'의 오기.

12) 交翠(교취) : 풀이 무성하게 우거짐을 말함. 주돈이가 살던 곳의 창 앞에 풀이 무성히 자라도 베지 않기에 어떤 사람이 그 까닭을 물었더니, "나의 의사와 같다.(與自家意思一般.)" 하였는데, 이 말은 풀의 살려는 뜻[生意]이 자신의 살려는 뜻과 같기 때문에 베지 않는다는 뜻을 담고 있는 고사를 염두에 둔 표현이다.

13) 流丹之飛閣(유단지비각) : 王勃의 <滕王閣序>의 "나는 듯한 누각에 단청이 흐르고, 아래를 보니 땅이 보이지 않을 정도로 깊었다.(飛閣流丹, 下臨無地.)"는 구절을 활용함.

14) 藏而待之(장이대지) : 取藏修以待之意也.

15) 道所存也(도소존야) : 韓愈가 지은 <師說>의 "도가 있는 곳은 스승이 있는 곳이요, 스승이 있는 곳은 도가 있는 곳이다.(道之所存, 師之所存 ; 師之所存, 道之所存也.)"는 구절에서 나온 말.

16) 親炙(친자) : 스승에게서 직접 가르침을 받음.

17) 登高自卑(등고자비) : 높은 곳에 오르려면 낮은 곳에서부터 출발해야 한다는 뜻으로, 모든 일에는 순서가 있다는 말.

振作，玆涓吉日，將擧脩梁。才實慚於郢人[20]，縱乏絶響，頌竊效於張老[21]，可免後譏。

抛梁東，茫茫原野四望通，圖書左右渾無事，時有床頭一陣風。

抛梁西，坐看殘照下山低，傍人莫道黃昏近，透得[22]玄關[23]路不迷。

抛梁南，藹然和氣蒲松杉[24]，元龍百尺[25]空中起，月窟天根[26]坐可探。

---

18) 揣本齊末(췌본제말) : 뿌리를 가지런하게 놓고 나서 나무의 끝부분을 비교하라는 말.

19) 觀瞻(관첨) : 여러 사람이 다 같이 봄.

20) 郢人(영인) : 전국시대 楚나라의 高雅한 가곡으로, 일반적으로 고상하고 아취 있는 곡을 말한다. ≪文選≫ 권45 <對楚王問>에 "초나라 서울 郢에서 어떤 사람이 처음에는 보통 유행가인 下里巴人을 부르니 합창하여 부르는 자가 수천 명이었고, 陽阿薤路를 부르니 따라 부르는 자가 그래도 수백 명이 있었다. 그러나 陽春白雪을 부르니 따라서 합창하는 자가 수십 명에 지나지 않았고 품격이 높은 최고급의 노래를 부를 적에는 따라 부르는 자가 몇 사람에 지나지 않았다." 하였다.

21) 張老(장로) : 춘추시대 晉나라의 대부인 張孟의 별칭. ≪禮記≫<檀弓 下>의 "진나라 憲文子가 저택을 짓자 진나라의 대부들이 가서 축하하였는데, 장로가 '규모가 크고도 아름답고, 장식이 화려하고도 아름답도다. 제사에는 여기에서 음악을 연주하고 춤추며 喪事에는 여기에서 哭泣하고 宴禮에는 여기에서 國賓과 宗族들을 모을 것이다.' 하였다."는 고사를 일컫는다.

22) 透得(투득) : 막힘없이 환하게 깨달음.

23) 玄關(현관) : 현묘한 도에 들어가는 문.

24) 蒲松杉(포송삼) : 韓愈의 <南山詩>에 "소나무와 대나무는 부들과 잡풀의 번잡하고 무성함을 질타한다.(杉篁咤蒲蘇.)"는 구절을 활용함.

25) 元龍百尺(원룡백척) : 元龍은 삼국시대 魏나라 陳登의 자. 그는 지모가 출중하고 해박한 지식을 지녔으며 廣陵太守와 東城太守를 역임하면서 남다른 치적을 이루었는데, 호방한 기상이 있어 손님이 찾아와도 거들떠보지 않고 자기 멋대로 행동하였다 한다. '원룡백척'은 劉備가 천하의 인물을 논하는 자리에서 許汜가 진등에 대해 "전에 下邳를 지나다가 원룡을 찾아가니, 그는 손님을 접대하는 예절이 없어 한참동안 말을 하지도 않았으며 자기는 큰 침상에 올라가 눕고 손님은 아래 침상에 눕게 하였소." 하자, 유비가 말하기를 "만일 나였더라면 백척 누각 위에 눕고 그대는 땅바닥에 눕히려 했을 것이니, 어찌 높은 침상과 아래 침상의 간격뿐이겠소."라고 하였다는 데서 유래한 말이다.(≪三國志≫ <陳登傳>)

26) 月窟天根(월굴천근) : 邵雍이 周易의 伏羲八卦를 보고 읊은 "눈과 귀가 총명한 남자 몸을, 홍균께서 내게 주시니 궁색지 않도다. / 월굴을 살펴본 연후에야 만물이 드러나는 이치를 알 것이요, 천근을 밟지 못한다면 어찌 사람의 근원을 안다 하랴. / 하늘이 바람을 만날 때 비로소 월굴을 볼 것이요, 땅이 우레를 만나는 곳이 곧 천근처이다. / 천근과 월굴을 한가로이 왕래하니, 삼십육궁이 모두 봄이더라.(耳目聰明男子身，洪鈞賦予不爲貧. 須探

抛梁北，聖人猶有寸陰惜[27]，少長[28]幾時[29]須讀書，窮廬歎息亦何益。

抛梁上，綠水靑山看氣像，香火四時瞻拜地，靑衿[30]濟濟森相向。

抛梁下，詩書講習無冬夏，試看活水源頭來[31]，混混[32]何曾晝夜舍。

伏願上梁之後，儒敎丕盛，士趨益端，攝齊而前，函丈[33]之禮如在，詠歸其上，舞雩之風[34]可迎。祀事孔明，長薦春秋之享，賢才迭出，蔚爲邦國之楨。

月窟方知物，未躡天根豈識人．乾遇巽時觀月窟，地逢雷處見天根．天根月窟閒往來，三十六宮都是春.)"는 觀物詩를 염두에 둔 표현. 朱熹는 <康節先生畵像贊>에서 이 시를 "손으로 월굴을 더듬고, 발로는 천근을 밟았도다.(手探月窟，足躡天根.)"라 했다. 곧, 음양이 한가로이 왕래하니 소우주인 육체가 모두 봄이 되어 완전하다는 뜻이다.

27) 聖人猶有寸陰惜(성인유유촌음석) : 聖人은 禹임금을 일컬음. 禹임금이 舜임금의 명을 받아 治水할 적에 시간이 흘러가는 것을 아까워하면서 부지런히 하였다.

28) 長(장) : '壯'의 오기.

29) 少壯幾時(소장기시) : <秋風辭>는 漢武帝가 일찍이 河東에 행차하여 后土에 제사를 지내고 나서 帝京을 돌아보고는 기쁘게 여겨 배를 타고 中流에서 신하들과 宴飮하면서 지어 부른 노래인데, 그 노래에 나오는 구절임. "가을바람이 일고 흰 구름이 나니, 초목은 시들어 떨어지고 기러기는 남으로 돌아가도다. 난초는 빼어나고 국화는 향기로우니, 아름다운 임이 그리워 잊을 수가 없도다. 누선을 띄워서 분하를 건너가니, 중류를 가로질러 흰 물결을 날리도다. 퉁소와 북 소리 울려 퍼지고 뱃노래 부르니, 환락이 극에 이르러 슬픈 정이 많아지도다. 소장 시절이 얼마나 되랴 늙어 감을 어이할꼬.(秋風起兮白雲飛，草木黃落兮雁南歸．蘭有秀兮菊有芳，懷佳人兮不能忘．泛樓船兮濟汾河，橫中流兮揚素波．簫鼓鳴兮發棹歌，歡樂極兮哀情多．少壯幾時兮奈老何?)"라는 노래이다.

30) 靑衿(청금) : 儒生을 달리 이르는 말. 고대 태학의 유생들이 푸른 옷을 입었던 데서 유래한다. ≪詩經≫의 '靑靑子衿'에서 나온 말이다.

31) 試看活水源頭來(시간활수원두래) : 朱子의 <觀書有感>에 "한 좁은 뜰에 거울 같은 연못이 하나 열려 있으니, 그 맑은 물엔 하늘 빛깔과 구름 그림자가 함께 오락가락 한다. 내 저에게 묻기를 어찌하여 맑기가 이와 같을 수 있는가 하였더니, 대답하는 말이 근원에 생생한 물이 있어서 계속 흘러 들어오기 때문이라 한다.(半畝方塘一鑑開，天光雲影共徘徊．問渠那得淸如許，爲有源頭活水來.)"는 구절을 활용함.

32) 混混(혼혼) : 샘물이 용솟음쳐 나오는 모양.

33) 函丈(함장) : 스승을 가리킴.

34) 詠歸其上，舞雩之風(영귀기상，무우지풍) : ≪論語≫<先進篇>의 "늦은 봄철에 봄옷이 만들어지거든 어른 5,6인과 아이들 6,7인과 더불어 沂水에 목욕하고 舞雩에 올라 바람이나 쐬다가 시나 읊으면서 돌아오겠나이다.(莫春者，春服旣成，冠者五六人，童子六七人，浴乎沂，風乎舞雩，詠而歸.)"는 구절을 활용함.

悔堂先生奉安文

李玄逸[1)]

至性天全，不待勉強，事生之節，送終之誠，人無間然，可也參孝[2)]。本旣立矣[3)]，隨事逢源[4)]，行惇于家，善推於外。乍就微祿，負米[5)]之心，竭誠賑飢，濟

※ 이 주석과 번역문은 신해진, 『역주 회당선생문집』(역락, 2009)의 179~180면, 382~383면을 전재하였다.

1) 李玄逸(이현일, 1627~1704) : 본관은 載寧이고, 자는 翼升이며, 호는 葛庵이다. 형인 徽逸과 함께 嶺南學派의 주요한 인물로 李滉의 理氣互發說을 지지하여, 李珥학파의 설을 비판했다. 1646년과 1648년 초시에 합격했으나 복시에 응시하지 않았다. 1666년 영남유생의 대표로, 효종의 모후인 조대비의 服喪을 만 1년으로 하자고 주장한 송시열의 朞年說을 비판하는 소를 올렸다. 1679년 許穆의 천거로 사헌부지평에 임명되었다. 1689년에는 山林儒賢에게만 제수되는 司業・祭酒를 지내고 예조참판을 거쳐, 대사헌으로 과거를 실시할 때 陞補試・學製・都會・雜科 등을 폐지하고 덕행・문예를 중심으로 한 程子學校의 제도와 貢擧制度를 따르는 과거제도의 개혁을 주장했다. 이조참판・찬선을 거쳐 병조참판・우참찬・이조판서 등을 역임했다. 1694년 갑술옥사로 남인이 추방되자 趙嗣基를 伸救하다가 함경도 홍원으로 유배되었고, 다시 서인 安世徵의 탄핵을 받아 종성에 圍籬安置되었다. 1697년 광양으로 移配되었고, 田里放歸의 명이 내린 뒤 안동의 錦陽에 집을 짓고 후학을 양성했다.

2) 參孝(삼효) : 曾參의 효란 뜻으로, 養志를 일컬음. 양지는 부모의 뜻을 받들어 지극한 효도를 다함을 말한다. ≪孟子≫<離婁章句 上>의 "맹자가 부모 모심에 관하여 말하면서 '曾子가 그의 아버지 曾晳을 봉양할 때 반드시 술과 고기를 드려, 다 들고 나서 물릴 때에는 어김없이 방금 당신이 먹고 남은 것은 누구한테 줄 것인지를 물어 보고, 또 당신이 나중에 드실 게 있겠는지를 물으면 반드시 있다고 말하였다. 증석이 죽고 나서 증자의 아들인 曾元이 아버지인 증자를 봉양할 때 역시 반드시 술과 고기를 드렸는데, 다 들고 나서 물릴 때에 증원은 아버지께 먹고 남은 것을 누구한테 줄 것인지를 물어 보지 않았고, 남은 것이 있느냐고 물어도 짐짓 없다고 하여 장차 그것을 다시 드시게 하려는 것이니, 이것은 이른바 입과 몸으로 봉양하는 것[養口體]이다. 앞서 증자와 같이 하면 뜻으로 봉양하는 것[養志]이니, 부모 모심을 증자와 같이 하는 것이 맞다.'고 하였다.(孟子曰 : '曾子養曾晳, 必有酒肉；將徹, 必請所與；問有餘, 必曰有. 曾晳死, 曾元養曾子, 必有酒肉；將徹, 不請所與；問有餘, 曰亡矣；將以復進也. 此所謂養口體者也. 若曾子則養志. 事親若曾子者可也.')"는 고사를 염두에 둔 표현이다.

3) 本旣立矣(본기립의) : ≪論語≫<學而篇>의 "군자는 근본에 힘쓰니, 근본이 서면 도가 생

人之惠。贄文往謁，愼齋之門，屢蒙賞嗟，許以德器，硏精篤學，言行相符，飽德[6]來歸，佩服終始。悶我後學，無處藏修，慇斯懃斯，庠塾之事，勉勗後進，以衛斯文。遺澤在人，百歲如昨，沒世愈久[7]，仰德滋深。瞻彼崇阿，有儼廟貌，日辰之吉，于以妥靈。靑衿[8]鼎來，籩豆有楚[9]，千秋無替，歆我馨香。

겨날 것이다. 효도와 공경이라는 것이 인을 실천하는 근본일 것이다.(君子務本，本立而道生，孝悌也者，其爲仁之本與.)”는 구절을 염두에 둔 표현임.

4) 逢源(봉원) : 左右逢源. 가까이에 있는 것을 취해 그 근원까지 파악한다는 뜻으로, 가까이에 있는 사물이 학문의 근원이 되거나 또는 모든 일이 순조로워짐을 뜻하는 말로 의미가 확대되었다. ≪孟子≫<離婁章句 下>의 “맹자가 말하기를, ‘군자가 올바른 도리로 깊이 탐구하는 것은 스스로 그 도리를 얻고자 해서이다. 스스로 얻게 되면, 일에 대처하는 것이 편안하게 된다. 일에 대처함이 편안하게 되면, 그 일에서 얻는 것 역시 깊이가 있게 된다. 그 일에서 얻은 것이 깊이가 있게 되면, 자신의 좌우 가까운 곳에 있는 것을 취해 그 근원까지 알게 된다. 그런 까닭에 군자는 스스로 얻고자 하는 것이다.’ 하였다.(君子深造之以道，欲其自得之也. 自得之，則居之安，居之安，則資之深，資之深，則取之左右逢其原，故君子欲其自得之也.)”는 구절에서 인용한 것이다.

5) 負米(부미) : 쌀을 등에 지고 옴. 孔子의 제자 子路의 효성에 관한 고사이다. 자로가 옛날에 어버이를 모시고 있을 적에 집이 가난했기 때문에, 자기는 되는대로 거친 음식을 먹으면서도 어버이를 위해서는 백 리 바깥에서 쌀을 등에 지고 오곤 하였는데, 어버이가 돌아가시고 나서 높은 벼슬을 하여 솥을 늘어놓고 진수성찬을 맛보는 신분이 되었지만, 당시에 거친 음식을 먹으며 어버이를 위해 쌀을 지고 왔던 그때의 행복을 다시는 느낄 수 없게 되었다고 술회한 고사이다.(≪孔子家語≫<致思>)

6) 飽德(포덕) : 덕택을 많이 입은 것이 음식을 배부르게 먹여 준 것과 같다는 말. ≪詩經≫<大雅・旣醉>에 “이미 술에 실컷 취하고, 이미 베푸신 덕에 배불렀네.(旣醉以酒，旣飽以德.)”에서 나온다.

7) 沒世愈久(몰세유구) : ≪大學章句≫의 “문왕과 무왕이 ‘백성을 새롭게 교화한 것’이 ‘지극한 선에 머물러’서 천하의 후세 사람들로 하여금 한 사람이라도 자신의 위치를 얻지 않은 자가 없었기 때문에 두왕이 고인이 되었어도 사람들은 그들을 생각하고 그리워함이 더욱 더해 잊지 못하는 것이다.(此言前王所以新民者止於至善，能使天下後世無一物不得其所，所以旣沒世而人思慕之，愈久而不忘也.)”는 구절을 활용함.

8) 靑衿(청금) : 학생. 서생.

9) 籩豆有楚(변두유초) : 제사 때 쓰는 그릇인 籩과 豆를 이르는 말. ≪詩經≫<小雅・賓之初筵>에 “손님이 처음 자리에 나갈 때는 좌우가 질서 정연하거늘, 변두가 나란히 놓이고 안주와 과일이 진열되어 있으며 술이 이미 조화롭고 아름다워, 술 마시기를 크게 함께하도다.(賓之初筵，左右秩秩，籩豆有楚，殽核維旅，酒旣和旨，飮酒孔偕.)”라고 한 데서 나온다. 여기에서는 師弟가 질서정연하게 예를 지키며 즐겁게 학습하는 것을 뜻한다.

常享祝文

李惟樟[1)]

心存孝悌, 學務踐實。表裏相符, 無憾存歿。

1) 李惟樟(이유장, 1624~1701) : 본관은 全義이고, 자는 夏卿이며, 호는 孤山이다. 경북 安東에서 태어났다. 1689년 學行으로 천거되어 瓦署別提・工曹佐郎・安陰縣監・翊贊 등을 지냈다. 李滉을 私淑하였으며, 李徽逸・丁時翰・柳元之 등과 교유하였다. 성리학뿐만 아니라 禮學에도 밝았으며, 단군 이후 우리나라의 주요 사적을 간추려 ≪東史節要≫를 편찬하였다.

梧峯先生奉安文

金啓光[1)]

懿德之好, 無間哲愚, 寔出彝秉[2)], 神明之享, 報侑是圖, 亶由誠敬。至行惇薄, 高風激偸, 在古罕侔, 柯則[3)]非遠, 枌楡[4)]接區, 粤有先正。山嶽我鎭, 星斗我盱, 我思則永, 有儼書屋, 略備規模, 依如壇杏[5)]。俎豆斯設, 聲氣相孚, 公議已定, 追惟往躅, 誦其典謨[6)], 若接欬謦。顯允梧峯[7)], 天賦特殊, 孝家餘慶, 塤

1) 金啓光(김계광, 1621~1675) : 본관은 안동이고, 자는 景謙이며, 호는 鳩齋이다. 경북 안동에서 태어났다. 어려서 외할아버지 柳友潛으로부터 배웠고, 그 뒤 金尙憲・金應祖에게도 수학하였다. 경학과 성리학에 밝았다. 1654년 생원・진사 양시에 합격하였고, 1660년 증광문과에 급제하여 成均館學諭를 시작으로 假注書・奉常寺直長・成均館直講 겸 春秋館編修官을 거쳐 豊基郡守가 되었다. 그가 가주서로 있을 때는 경연에 입시, 강의기록을 잘하여 왕으로부터 상을 받기도 했으며, 풍기군수로 재직할 때는 백성을 애휼하고 白雲書院에서 선비들을 가르쳐 유학을 크게 진작시킨 치적이 있어 고을 사람이 去思碑를 세워 그의 공덕을 칭송하였다.

2) ≪詩經≫<大雅・烝民>의 "하늘이 뭇 백성을 내시니 만물에는 하늘의 법칙이 있네. 백성들이 떳떳한 도리를 지녔나니 이 아름다운 덕을 좋아 하도다.(天生烝民 有物有則 民之秉彝好是懿德)"는 구절을 염두에 둔 표현.

3) 柯則(가칙) : 표준, 典範 또는 귀감. ≪詩經≫<豳風・伐柯>의 "도끼자루 베려면, 도끼자루 베려면, 그 본보기 멀리 있는 것 아니네.(伐柯伐柯 其則不遠)"에서 유래한 말이다.

4) 枌楡(분유) : 느릅나무. 漢나라 高祖 劉邦이 일찍이 고향인 豐에 느릅나무를 심어 토지신으로 삼았던 데서, 즉 鄕里의 표시를 의미하기도 한다.

5) 壇杏(단행) : 杏壇. 孔子가 제자를 가르쳤다는 곳으로, 공자의 후손이 그곳에 단을 만들어 살구나무를 심고 비석을 세운 곳인데, 후에는 학문을 가르치는 곳의 범칭으로 쓰인다. 행단의 고사는 "공자가 緇帷의 숲 속에서 노닐며, 杏壇 위에 앉아서 휴식을 취했나니, 제자들은 글을 읽고 공자는 거문고를 타며 노래를 불렀다."는 ≪莊子≫<漁父篇>의 말에서 유래한다. 지금 山東省 曲阜縣 孔子廟의 大成殿 앞을 말한다.

6) 典謨(전모) : 뜻이 깊어 典雅한 글을 지칭하는 말. ≪서경≫의 <堯典>, <舜典>과 <大禹謨>, <皐陶謨> 등의 편을 가리킨다. 여기서는 신지제의 언행을 전모에 비유한 것이다.

7) 梧峯(오봉) : 申之悌(1562~1624)의 호. 아주신가 龜派의 후손이다. 자는 順甫이며, 또 다른 호는 梧齋이다. 鶴峯 金誠一, 惟一齋 金彦璣 문하에서 수학하고, 1589년 增廣文科에 甲科로 급제하여 1589년 사헌부 감찰, 예안현감, 1601년 正言・禮曹佐郎, 1602년 持平・成

唱篪和[8]。規步端趨，惕若三省[9]，戒色之年，目不視姝[10]。淫邪[11]自迸，大鳴王庭，初闢晉途，專城[12]卽請[13]，遭亂忘身，周窮恤孤[14]。義烈炳炳，烏府[15]避

均館典籍 등을 거쳐 1604년 世子侍講院文學・成均館直講을 역임하였다. 임진왜란 때는 禮安縣監으로 縣軍을 이끌고 龍仁싸움에 참전하여 宣武・扈從의 두 原從功臣이 되었다. 1613년 昌寧府使로 나가 백성을 괴롭히던 도적을 토평하고 민심을 안정시켜 그 공으로 通政大夫에 올랐으며, 전주 판관 재임시에는 선정을 베풀어 송덕비가 세워졌으며, 仁祖초 同副承旨에 제수되었으나 사양하여 부임하지 않고 죽었다. 義城의 藏待書院에 배향되었다.

8) 塤唱篪和(훈창지화) : 하나는 나팔 불고 하나는 화답하여 저를 불듯이 화합하여 지냄.

9) 惕若三省(척약삼성) : ≪周易≫<乾卦・九三>의 "종일 꾸준히 힘쓰고 저녁에도 조심하면 위태한 자리에 있어도 허물이 없다.(君子終日乾乾, 夕惕若, 厲無咎.)"는 구절과, ≪論語≫<顔淵篇>에서 仲弓이 仁에 대해 묻자 공자가 "문을 나갔을 때에는 큰 손님을 뵙는 듯이 하고, 백성을 부릴 때에는 큰 제사를 받드는 듯이 할 것이며, 내가 하기 싫은 일은 남에게 시키지 말아야 한다.(仲弓問仁, 子曰 : '出門如見大賓, 使民如承大祭, 己所不欲, 勿施於人.')고 대답한 구절과, ≪論語≫<學而篇>에서 曾子가 "나는 매일 세 가지 일로 자신을 반성하나니, 남을 위하여 일을 할 때 충실히 나의 능력을 다하는지, 벗과 사귀면서 성실하지 않은 점은 없는지, 스승이 나에게 전수한 학업을 힘써 익히고 있는지 하는 것이다.(吾日三省吾身, 爲人謀而不忠乎, 與朋友交而不信乎, 傳不習乎.)"고 한 구절을 염두에 둔 표현.

10) 目不視姝(목불시주) : 신지제가 17세 때 山房에서 독서할 때에 미녀가 찾아와 떠나지 않음에 꾸짖어 물리친 사실을 일컬음.

11) 淫邪(음사) : 詖淫邪遁. 不正하고 옳지 못한 학설을 가리키는 말. ≪孟子≫<公孫丑章句上>에 "한쪽으로 치우친 말에서 그의 마음이 가려 있음을 알며, 지나친 말에서 마음이 빠져 있음을 알며, 부정한 말에서 마음이 道와 멀리 떨어져 있음을 알며, 회피하는 말에서 논리가 궁함을 알 수 있다.(詖辭知其所蔽, 淫辭知其所陷, 邪辭知其所離, 遁辭知其所窮.)"는 구절에서 나왔다.

12) 專城(전성) : 한 고을을 맡아 城主가 되는 것으로, 지방 장관을 일컫는 말. 1589년 문과에 급제하여 1592년 예안현감으로 있었던 사실을 지칭한다.

13) 專城卽請(전성즉청) : 신지제가 어려서 퇴계의 문하에 나아가지 못한 것을 안타까워하여 스스로 예안현감을 자청하여 제수되자, 학봉 김성일이 "벼슬을 하는 초기부터 어찌 그리도 급급히 외직을 구한단 말인가?(仕進之初, 何汲汲求外補乎)?"며 애석히 여긴 것을 염두에 둔 표현.

14) 恤孤(휼고) : 고아를 돌보아줌. ≪大學≫ 전 10장에 "이른바 평천하가 치국에 달려 있다는 것은 상이 노인을 노인으로 봉양하면 백성들이 효행을 일으키고, 상이 어른을 어른으로 대우하면 백성들이 공순한 마음을 일으키며, 상이 고아를 돌보아 주면 백성들이 서로 저버리지 않나니, 이 때문에 군자는 혈구의 도가 있는 것이다.(所謂平天下在治其國者, 上老老而民興孝, 上長長而民興弟, 上恤孤而民不倍, 是以君子有絜矩之道也.)"는 구절에서 인용. 신지제가 1602년 예조정랑 춘추관 편수관 때 친히 굶주린 사람들을 보살폈는데 부인도 남편의 뜻을 받들어 그들을 보살핀 것을 일컫는다.

15) 烏府(오부) : 御史臺. 司憲府.

驄[16], 合浦[17]還珠[18], 冰淸桂勁。時運一變, 憂樂江湖[19], 惟安義命, 終慕蓼莪[20], 老篤烏哺[21], 曾閔[22]之行。推而友愛, 一視髮膚[23], 祥覽[24]之性。★[25]

---

16) 避驄(피총) : 강직한 어사를 일컫는 말인데, 여기서는 신지제가 1602년 사헌부의 지평과 전라도 암행어사를 한 것을 일컬음. 後漢 때 환관들이 한창 권력을 휘두를 적에 桓典이 마침 어사가 되어 권력자들의 비행을 아무런 거리낌 없이 탄핵했는데, 이때 환전이 총마를 타고 다녔으므로, 京師에서 모두 그를 두려워하여 서로 말하기를 "가는 길을 우선 멈추어서, 총마 탄 어사를 피하자꾸나.(行行且止, 避驄馬御史.)"라고 했다는 데서 나온 말이다.

17) 合浦(합포) : 합포현. 경남 昌原 馬山浦를 일컫는다.

18) 還珠(환주) : 청렴한 정사를 펼친 자를 말함. 東漢 때에 孟嘗이 合浦太守로 부임하여 폐단을 개혁하고 청렴한 정사를 펼치자 그동안 마구 캐내어 생산되지 않던 珍珠가 예전처럼 다시 많이 나오기 시작했다는 還珠合浦의 고사에서 유래한다.(≪後漢書≫ 권76 <孟嘗列傳>) 또 還珠는 창원의 별호이기도 하다. 신지제가 백성을 괴롭히던 도적을 토평하고 민심을 안정시킨 것을 염두에 둔 표현인 것으로 보인다.

19) 憂樂江湖(우락강호) : 范仲淹은 北宋의 명재상으로, 그가 지은 <岳陽樓記>에 "묘당의 높은 자리에 있으면 그 백성을 걱정하고, 강호의 먼 곳에 있으면 그 임금을 걱정하는지라, 이는 나가서도 걱정, 물러가서도 걱정하는 것이니, 그렇다면 어느 때에 즐거울 수 있겠는가? 그는 반드시 천하의 걱정은 남보다 먼저 걱정하고 천하의 즐거움은 남보다 뒤에 즐긴다고 할 것이다.(居廟堂之高, 則憂其民, 處江湖之遠, 則憂其君, 是進亦憂, 退亦憂, 然則何時而樂耶? 其必曰先天下之憂而憂, 後天下之樂而樂歟.)"고 한 구절을 염두에 둔 표현.

20) 蓼莪(육아) : ≪詩經≫<小雅>의 편명. 효자가 부모의 봉양을 뜻대로 하지 못하는 것을 슬퍼하여 읊은 것이다.

21) 烏哺(오포) : 부모 봉양하는 것을 말함. 까마귀는 다 자란 다음 어미에게 먹이를 날라다 주는 孝鳥라 하여 反哺鳥라고도 한다. 여기서는 신지제가 계모를 공양한 것을 일컫는다. 신지제 8살 때 친모 月城 朴氏가 죽고, 계모로 高敞 吳氏가 들어왔다. 아버지는 신지제의 나이 46세(1607) 때 돌아가시고, 계모는 신지제의 나이 62세 때 죽는다. 신지제는 63세로 일생을 마친다. 계모의 슬하에 申之義, 申之行, 申之敬, 申之訓 등 4형제가 있었다.

22) 曾閔(증민) : 曾子와 閔子. 曾子는 曾參을 높여서 부르는 것인데, 孔子의 首弟子로 특히 孝行으로 有名하다. 유가에서 강조하는 '효'를 재확립하는 데 힘썼는데, "부모를 기리고, 부모를 등한시하지 않으며, 부모를 부양한다."라고 하여 효를 3단계로 열거했다. 한편, 閔子는 閔損으로 자가 子騫인데, 공자의 제자로 효행이 뛰어났다. 그가 생모를 일찍이 여윈 후 아버지는 후처를 맞아 두 아들을 낳았다. 그 계모는 그를 학대하기 일쑤였다. 계모는 겨울에도 친아들에게는 따뜻한 솜옷을 입히고 민손에게는 갈대를 엮어 만든 옷을 주었다. 하루는 아버지와 함께 길을 나선 민손이 추위에 떨다 그만 수레의 새끼줄을 놓치고 말았다. 크게 노한 아버지는 민손을 매질하였는데, 그 바람에 속에 입고 있던 갈대옷이 겉으로 드러났다. 그제야 민손이 학대받고 있다는 사실을 알게 된 아버지는 집으로 달려가 계모를 내쫓으려 했다. 그러나 민손은 "어머니를 남겨두시면 저 한 사람만 추위에 떨면 그만이나, 어머니를 내쫓으시면 세 아들이 열어 죽습니다."라고 간청했다. 감동한 아버지는 민손의 뜻에 따랐고, 계모도 그를 친자식처럼 대했다고 한다.

23) 髮膚(발부) : 살갗과 머리털이란 뜻이나, 여기서는 자손이란 의미임. ≪孝經≫<開宗明義

淸流暎帶, 林壑盤紆, 地勢潔淨, 爰有同好, 鼎來于于。日吉辰令, 聿妥神位, 虔誠穆愉, 肅肅門屛。神庶佑我, 燭我昏衢, 磨我古鏡[26], 民俗歸厚, 士習變汚, 文明一境。

章>에 "이 몸은 모두 부모님에게서 받은 것이니 감히 다치지 않게 하는 것이 효의 시작이요, 자신의 몸을 바르게 세우고 바른 도를 행하여 이름을 후세에 드날림으로써 부모님을 드러나게 해 드리는 것이 효의 마지막이다.(身體髮膚, 受之父母, 不敢毁傷, 孝之始也, 立身行道, 揚名於後世, 以顯父母 孝之終也.)"라는 말이 나온다.

24) 祥覽(상람) : 王祥과 王覽. ≪小學≫<善行>의 "王祥의 이복동생인 王覽의 어머니 朱氏는 왕상을 함부로 대했다. 왕람이 서너 살 때 왕상이 매 맞는 것을 보고 갑자기 눈물을 흘리면서 이복형을 껴안았다. 그리고 열다섯 살이 되면서 매번 어머니에게 간곡하게 말하자, 왕람의 어머니도 흉악한 짓을 조금 멈추었다. 주씨가 자주 도리에 어긋나는 일을 왕상에게 시키면 왕람도 함께 일을 했다. 또한 왕상의 아내를 모질게 부리면 왕람의 아내도 달려가서 함께 그 일을 했다. 그러자 주씨는 회개하여 마침내 왕상 내외에 대한 무도한 짓을 그만 두었다.(王祥弟覽母朱氏, 遇祥無道. 覽年數歲, 見祥被楚撻, 輒涕泣抱持. 至于成童, 每諫其母. 其母少止凶虐. 朱屢以非理使祥, 覽與祥俱, 又虐使祥妻, 覽妻亦趨而共之. 朱患之, 乃止.)" 한편, 왕상은 효성이 지극하였는데 어려서 어머니를 여위었다. 계모 주씨는 인자하지 못하여 자주 참언을 하였기 때문에 아버지의 사랑을 잃었다. (부모는 그에게) 매번 소똥을 치우게 하였지만 더욱 공손하고 근실히 섬겼다. 부모가 병이 나면 옷의 허리띠를 풀지 않았으며 탕약은 반드시 직접 맛을 보았다. 계모가 항상 生魚를 먹고 싶어 하였는데 겨울이라 강물이 얼어 왕상은 옷을 벗고 얼음을 깨고 찾으려는데, 갑자기 얼음이 스스로 풀어지고 잉어 두 마리가 뛰어 올라 그것을 갖고 돌아왔다. 어머니가 또 노란 참새구이를 생각하여 왕상이 그것을 잡으려고 하니 노란 참새 수십 마리가 또 그의 장막으로 날아 들어와 어머니에게 바쳤다. 향리 사람들이 경탄하며 그의 효가 감응하여 새를 오게 한 것이라고 생각하였다. 붉은 사과나무에 열매가 열지자 어머니는 왕상에게 그것을 지키게 하니 비바람이 불 때마다 왕상은 곧 나무를 껴안고 눈물을 흘렸다.(≪晉書≫<王祥傳>)

25) "卓彼敬亭, 玉衡氷壺, 風儀峻整, 學窮天人, 才駕王蘇, 大名早騁, 獨立昏辰, 正論是扶, 群小縮頸, 藝苑高馳, 無與齊驅, 望屬文柄, 退之祭鰐, 季札觀周, 夷夏播詠, 素性不在, 世路崎嶇, 曲難和郢, 一室蕭然, 左右圖書, 跡謝季孟, 樂行憂違, 闇與道俱, 不容何病, 知命之陶, 獨樂之迂, 異世同靖, 惟玆兩賢, 揆若合符, 德隣輝映, 矧伊吾徒, 逮蒙趨隅, 呼寐喚醟, 羹墻僾然, 三十年踰, 肇自今幸." 의 이민성과 관련된 부분이 생략됨. ≪敬亭先生集年譜≫권2 '附錄'의 <藏待書院奉安文>을 보면 확인할 수 있다.

26) 古鏡(고경) : 마음에 비하는데, 여기서는 묵은 때가 낀 마음을 일컫는 듯.

常享祝文

李惟樟[1)]

眞純碩德, 孝友至行。鄕邦範則, 多士起敬。

1) 李惟樟(이유장, 1624~1701) : 본관은 全義이고, 자는 夏卿이며, 호는 孤山이다. 경북 安東에서 태어났다. 1689년 學行으로 천거되어 瓦署別提・工曹佐郎・安陰縣監・翊贊 등을 지냈다. 李滉을 私淑하였으며, 李徽逸・丁時翰・柳元之 등과 교유하였다. 성리학뿐만 아니라 禮學에도 밝았으며, 단군 이후 우리나라의 주요 사적을 간추려 ≪東史節要≫를 편찬하였다.

梅岡祠靜隱先生奉安文

柳尋春[1]

* 靜隱元福, 悔堂兄也, 妥靈於此, 與長孫鼎峯弘道・曾孫淸齋熘, 幷享, 而戊辰見撤。(二公文蹟, 逸不傳)

退齋賢孫, 悔堂難兄, 資禀粹美, 操履堅貞。至性出天, 惟行之源, 廚有具味, 辭不替人。上堂起居[2], 親心克悅, 誠感靈藥[3], 孝追雙竹。比古黔婁[4], 於今二連[5]。道在躬行, 學期精硏, 勉勉之工, 實地眞諦。篤于友愛, 惟兄及弟, 勗以

1) 柳尋春(류심춘, 1762~1834) : 본관은 豊山이고, 자는 象元이며, 호는 江皐이다. 柳成龍의 후손이다. 10세에 內兄 舊堂 趙沐洙, 可隱 趙學洙 등에게 수학하여 덕업을 스스로 세웠다. 27세에 立齋 鄭宗魯의 문하에 나아가 위기지학에 더욱 정진하였다. 1796년 承政院 假注書를 제수하였다가 다음날 將仕郞 孝陵參奉을 제수하였다. 1797년 長水縣監이 되어 校塾을 수축하여 유학을 부흥시키고 향약을 만들어 풍속을 바로잡았다. 1798년 靑陽縣監으로 전임되었다. 1815년에 의성현령이 되었다가 익년 7월에 사임하였으며 1829년 王世孫(헌종) 冊禮時 衛從司左長史를 제수받았고 1830년 敦寧府都正에 승진되었다. 1841년에 청백리로 뽑혔다. 1847년 道巖書院에 봉향하였다.

2) 韓愈의 <董生行>에 "아! 동생이여. 아침이면 나가 밭갈고, 밤이면 돌아와 고인의 책을 읽도다. 종일토록 쉬지 못하여, 혹은 산에 나무하며, 혹은 물에서 고기 잡도다. 부엌에 들어가 맛있는 음식을 장만하고 당에 올라 안부를 물으니, 부모는 근심스러워하지 않고 처자식은 원망하지 않도다.(嗟哉董生! 朝出耕, 夜歸讀古人書. 盡日不得息, 或山而樵, 或水而漁. 入廚具甘旨, 上堂問起居, 父母不戚戚, 妻子不咨咨.)"는 구절을 활용.

3) 靈藥(영약) : 안심함을 의미. 蘇軾의 <病中遊祖塔院>의 "병 때문에 한가함 얻은 게 자못 나쁘지 않아라. 안심하는 게 약이요 달리 양방이 없고말고.(因病得閒殊不惡. 安心是藥更無方.)"라고 한 데서 나온다.

4) 黔婁(검루) : 庾黔婁. 梁나라의 효자. 아버지 庾易이 설사병을 앓아 치료를 극진히 하였으나 어쩔 수 없는 지경에 이르자 의원의 말에 따라 대변을 맛보았다. 즉 대변이 달면 쉬 죽고 쓰면 산다는 것이었는데, 대변이 달았다. 그래서 부친의 병을 자신이 대신 앓게 해 달라고 매일 밤 北斗星에 빌었더니, "그대 부친의 수명이 이미 다하여 더 이상 연장해 줄 수 없으나, 그대의 정성스러운 기도가 갸륵하므로 이달 말까지만 연장해 주겠다."는 소리가 들려와 그믐날에 부친이 별세했다는 고사가 있다.(≪梁書≫<庾黔婁傳>)

5) 二連(이련) : 少連과 大連을 말하는데, 여기서는 정은공 원복과 회당공 원록의 형제를 일컬음. ≪禮記≫<雜記>에 "소련과 대련이 居喪을 잘했다.(少連大連善居喪.)"라고 공자가

征邁[6], 俾從之師。曷不欽慕, 大賢攸題[7], 教子義方[8], 迪人遜悌。長川舊院, 緊誰經始。一命[9]不起, 風樹[10]之思。藏修[11]晩計[12], 洞深溪迴, 扁齋靜隱, 養我情性。樂在書史, 間以嘯詠, 高風懿範, 想像不諼。尸祝[13]之闕, 士林攸歎, 矧爾雲仍[14], 敢忘崇報[15]。禮緣人情, 議愜廟貌, 瞻玆梅岡, 杖屨遺馥。於焉營度, 求我世德。襲訓趾美, 鼎峯[16]淸齋[17], 一廟三世, 衆論所歸。載涓吉日, 載奉祠版, 籩豆有踐, 禮儀有衎。洋洋如在[18], 旣右享之, 自今伊始, 無斁于斯。

칭찬하면서 설명한 말이 나온다.

6) 征邁(정매) : 본분을 다함. ≪詩經≫<小雅・小宛>의 "나도 날마다 이렇게 나아갈 테니, 너도 달마다 나아갈지어다.(我日斯邁, 而月斯征.)"는 구절에서 나온다.

7) 大賢攸題(대현유제) : 崔晛의 <悔堂申公墓誌>에 있는 "자식을 가르치는 데는 의리에 입각하고 사람을 훈계하는 데는 공손과 공경으로써 하였으니, 마음속에 지녔던 것은 어짊이고 겉으로 드러난 것은 관대함이었다.(教子以義方, 訓人以遜悌, 存中者仁, 處事也勤.)"는 구절을 가리킴.

8) 教子義方(교자의방) : 춘추시대 衛나라 莊公의 아들 州吁가 오만 방자하게 굴자, 石碏이 장공에게 忠諫한 말 가운데 "아들을 사랑한다면 그에게 바른 길로 가도록 가르쳐서 잘못된 곳으로 빠져 들지 않게 해야 한다.(愛子, 教之以義方, 弗納於邪.)"고 한 구절에서 나온다.(≪春秋左氏傳≫<隱公 3年>)

9) 一命(일명) : 말단 관직. 최하위 품계인 종9품의 관직을 말하는데, 정은공 원복이 1580년 효우로써 종9품인 獻陵 參奉에 제수되었던 것을 의미한다.

10) 風樹(풍수) : 세상을 떠난 부모를 생각하는 슬픈 마음을 의미함. 孔子가 길을 가는데 皐魚란 사람이 슬피 울고 있기에 까닭을 물었더니, "나무는 고요하고자 하여도 바람이 그치지 않고 자식이 봉양하고 싶어도 어버이는 기다려 주지 않는다.(夫樹欲靜而風不止, 子欲養而親不待.)"고 한 데서 유래한다.

11) 藏修(장수) : 책을 읽고 학문에 힘씀. ≪禮記≫<學記>에 나오는 말로, 藏은 늘 학문에 대한 생각을 품고 있는 것이요, 修는 방치하지 않고 늘 익히는 것이다.

12) 晩計(만계) : 뒤늦은 계획. 만년의 계획.

13) 尸祝(시축) : 위패를 모시고 제향하는 곳.

14) 雲仍(운잉) : 후손. 자손.

15) 崇報(숭보) : 문묘에 배향하는 것을 말함.

16) 鼎峯(정봉) : 申弘道(1558~1611)의 호. 字는 大中이다. 旅軒 張顯光과 樂齋 徐思遠의 문하에 종유했고, 임진란 때는 군량미를 거두는 공문을 지었으며, 무신년과 신해년에는 당숙 성은공과 함께 회재 이언적과 퇴계 이황을 변무하는 상소를 했다.

17) 淸齋(청재) : 申熘(1606~?)의 호. 자는 時受이다. 1646년 문과에 급제하여 禮安현감을 지냈다. 증조부 元福과 부친 弘道와 함께 梅岡書院에 배향되었다.

18) 洋洋如在(양양여재) : ≪中庸≫<16장>의 "洋洋히 그 위에 있는 듯하며 그 左右에 있는 듯하다.(洋洋乎如在其上, 如在其左右.)"에서 나온 말. 鬼神의 거룩한 덕을 형용한 것으로, 마치 돌아가신 분의 귀신이 실제 계신 듯 여긴다는 뜻이다.

常享祝文

道在躬行[1], 學期精研, 至行懿範, 裕我後人。

1) 道在躬行(도재궁행) : ≪論語≫<里仁篇>의 "옛날에 말을 함부로 내지 않는 것은 궁행이 미치지 못할까 부끄러워해서였다.(古者, 言之不出, 恥躬之不逮也.)"는 구절을 염두에 둔 표현.

丹邱書院上梁文

柳疇睦[1)]

* 虎溪適道[2)], 悔堂孫也, 哲宗丙辰, 與季弟懶齋悅道[3)] · 胤子忍齋埰[4)], 幷享, 而戊辰見毁.

鄕社有祭, 古人重崇報之儀, 藏修[5)]以祠, 後學寓尊慕之意。奚但推宗于宿

1) 柳疇睦(류주목, 1813~1872) : 본관은 豊山이고, 자는 叔斌이며, 호는 溪堂 · 澗谷居士 · 老柴散人이다. 柳成龍의 후손이요, 柳尋春의 손자이다. 일찍부터 벼슬길에 뜻을 두지 않고 학문에 침잠하여 李滉, 柳成龍, 鄭經世, 鄭宗魯, 柳尋春으로 이어지는 영남 성리학의 계통을 이어 나갔다. 오로지 학문 연구와 후학을 양성하는 데 뜻을 두어 성리학에 대한 저술이 많다.

2) 適道(적도) : 申適道(1574~1663). 자는 士立이고, 호는 虎溪이다. 향시에 장원 급제하였으나, 임진란을 겪은 뒤 과거 보는 공부보다는 爲己之學에 뜻을 두어, 寒岡 鄭逑과 旅軒 張顯光의 문하에 출입하였고, 향촌교화와 학문수양에 매진했다. 그러나 정묘호란이 일어나자 慶尙左道 號召使였던 장현광의 천거로 54세 때 의병장이 되어 분연히 몸을 떨쳐 일어나 우국충정을 펼쳤으나 강화가 체결되는 바람에 자신의 뜻을 이루지 못했다. 이에, 그는 和議論者를 공격하는 충정의 疏를 올렸는데, 仁祖가 매우 훌륭히 여겨 祥雲都察訪을 제수하였고, 선정을 하고 떠나자 去思碑가 세워졌다. 병자호란이 다시 일어나자, 의성 儒生들의 추대로 63세의 고령에도 불구하고 의병장이 되어 구국의 대열에 앞장을 섰으나, 이 역시 和親이 맺어지는 바람에 자신의 뜻을 이루지 못했다. 그는 귀향하여 採薇軒을 짓고 산림처사로서 은둔하며 여생을 보내다가 90세의 생을 마친 인물이다. 1867년에 이르러서야 그의 道學과 忠節을 기려서 吏曹參議가 추증되었다.

3) 悅道(열도) : 申悅道(1589~1659). 자는 晉甫이고, 호는 懶齋(난재)이다. 張顯光의 문인이다. 어려서부터 총명하여 10여 세에 經史에 통달하고 1606년에 사마시에 합격하여 진사가 되고, 1624년 증광문과에 을과로 급제하였으며, 1627년 정묘호란 때에 인조를 江華로 호종하였다. 이듬해 書狀官으로 명나라에 다녀온 후 1638년 蔚珍縣監, 1647년 司憲府掌令, 1648년 綾州牧使가 되었다. 저서에 ≪仙槎志≫, ≪聞韶志≫ 등이 있다.

4) 埰(채) : 申埰(1610~1672). 자는 子卿이고, 호는 忍齋이다. 1646년 司馬試에 합격하여 진사가 되고, 太學館에 있으면서 成均館長의 명에 따라 太學銘을 지었고, 또 세자의 명에 의하여 聖學圖銘을 지었다. 1660년에 모친상을 당하고 1664년에 부친상을 당하자 마치 어린아이가 부모를 사모하듯 지극 정성으로 喪을 치루고, 그 후로는 과거를 단념하고 실천의 공부에 전념하였다. 일찍이 그는 張顯光의 문하에서 洪汝河 등과 도의로서 사귀며 서로 학문을 토론하였다. 大山 李象靖이 묘갈명을 지었고, 丹邱書院에 배향되었다.

德, 抑將矜式於斯文。恭惟虎溪先生, 惟孝是源, 退齋悔堂之胄, 爲賢所奬, 義理文學之才。師門有愛敬之推, 承岡爺[6]而旅老[7], 仕路持辭謝之義[8], 對沙西[9]若白軒[10]。星夜勤王, 仰忠誠於當日, 冰山割籍[11], 凜直氣於千秋。明誠[12]集

---

5) 藏修(장수) : 학문을 닦고 힘쓰는 것을 말함. 후세에는 서당이나 서원을 칭하였다.

6) 岡爺(강야) : 寒岡 鄭逑(1543~1620)를 가리킴. 본관은 淸州이고, 자는 道可이며, 호는 寒岡이다. 吳健에게 수학하고 曺植·李滉에게 性理學을 배웠다. 白梅園을 세워 제자를 가르치는 데 힘썼고, 壬辰亂 때에는 義兵을 일으켜 싸우기도 했다. 문신 겸 학자로서, 경학을 비롯하여 산수부터 풍수에 이르기까지 정통하였고 특히 예학에 밝았으며 당대의 명문장가로서 글씨도 뛰어났다. ≪寒岡集≫이 있다.

7) 旅老(여노) : 旅軒 張顯光(1554~1637)을 가리킴. 본관은 仁同이고, 자는 德晦이며, 호는 旅軒이다. 1595년 학행으로 천거되어 報恩縣監을 지내고, 여러 차례 관직에 임명되었으나, 벼슬에 뜻이 없어 모두 사퇴하고 학문 연구에만 전심하여 李滉의 문인들 사이에 확고한 권위를 인정받았다. 1636년 병자호란 때에는 각지에 격문을 보내어 근왕의 의병을 일으키고 군량의 조달에 나섰으며, 패전 후 동해안의 입암산에서 은거하였다. 영남의 많은 남인 학자들을 길러냈다.

8) 신적도는, 그의 아들 申垛가 쓴 <遺事>(≪虎溪先生遺集≫ 권5)를 보면, 병자호란 때 의병을 이끌고 廣陵에 도달했지만 이미 굴욕적인 강화로 끝나자 화의의 부당함을 역설하는 상소를 올리고 의성으로 돌아왔다. 이때 백헌 이경석과 하서 전식이 벼슬길에 나가라면서 귀향을 힘써 만류하자(及歸, 李白軒全沙西二公, 以仕進力挽之.), 신적도가 탄식하기를 "천지가 꽉 막히고, 관과 신이 거꾸로 놓였으니, 어찌 백발 늙은이가 공명을 취하려 할 때이겠는가.(府君歎日 : "天地閉矣, 冠屨倒矣, 是豈白首進取之日乎?")"고 하고는 시 한 수를 읊조렸다고 한다. 그 시는 "어쩌다가 임금 은혜 두터이 입었던가, 되레 신하의 분수를 소략했음이 부끄러워라. 고향의 봄은 이미 저물었으니, 어찌 주저할 필요가 있으런가.(仍吟一絶日 : 誤被天恩重, 還慚臣分疏. 故園春已晩, 何用更躕躇.)"이다.

9) 沙西(사서) : 全湜(1563~1642)의 호. 본관이 沃川이고, 자가 淨遠이며, 시호가 忠簡이다. 임진란 때 의병을 모아 왜병 수십 명을 죽이고 金誠南의 추천으로 連源 도찰방이 되었다. 1603년 문과에 급제했으나 광해군의 실정으로 벼슬을 포기하고 鄭經世·李埈 등과 산수를 遊歷하여, '商社의 三老'로 불렸다. 병자호란이 일어나자 의병을 일으켜 적을 방어하였다. 1642년 중추부지사 겸 經筵同知事·춘추관동지사에 이어 대사헌에 보직되었으나 취임하지 않았다.

10) 白軒(백헌) : 李景奭(1595~1671)의 호. 본관은 全州이고, 자는 尙輔이다. 1623년 인조반정 뒤의 謁聖文科에서 을과로 급제, 승문원부정자를 시작으로 검열·봉교로 승진하였고 春秋館史官도 겸임하였다. 李适의 난으로 인조가 공주로 몽진할 때 승문원주서로 왕을 호종하였다. 1627년 정묘호란이 발발하자 체찰사 張晩의 종사관이 되어 강원도에서 군사를 모집하고 군량미를 조달하는 데 힘썼다. 1636년에 일어난 병자호란 때 대사헌·부제학으로서 남한산성으로 인조를 호종하였으며, 이듬해 청나라의 승전을 기념하는 삼전도비의 비문을 지었다. 비문을 완성한 후, 그는 형에게 문자 배운 것을 한탄하였다고 한다. 宋時烈·宋浚吉 등 산림의 학자들을 대거 천거하여 요직에 오르도록 도와주었으나 훗날 그가 천거한 송시열과 정적이 되어 老少分黨이 이루어지면서 소론의 비조가 되었으며,

義之工，交修講蠶牛[13]於平素，尊攘斥和之章，首抗辨熊魚[14]於蒼黃。九耋林泉[15]，作神仙於平地，一命[16]祠祿，付浮雲於先天[17]。

猗歟懶齋先生，學勵爲儒，才蘊[18]其具。通明溫雅，生稟異凡之資，經術文章，成就一家之業。謁寒[19]聞旅[20]，高足[21]於門庭，證愚[22]麗[23]修[24]，上項之

정묘호란과 병자호란 등 안팎으로 얽힌 난국을 적절하게 주관하였던 인물이다.

11) 冰山割籍(빙산할적) : 빙산은, 아무리 크고 단단하더라도 태양을 만나면 금방 녹아버린다 하여 한때 혁혁하더라도 오래 가지 못하는 권세에 비유하기도 하며, 실제로 의성의 남쪽으로 47리쯤 떨어진 지점에 있는 산이기도 하다. 여기서는 중의적인 의미로 쓰였다고 하겠다. 신적도가 47세에 氷溪書院의 원장으로 있을 때 仁穆大妃 廢母論에 가담한 바 있는 당시 방백 鄭造가 그곳에 이르러 이름을 쓰고 돌아갔는데, 이를 안 신적도는 정조의 이름을 칼로 깎아낸 일화를 일컫는다.

12) 明誠(명성) : 사리를 분명히 아는 것을 明이라 하고, 마음에 거짓이 없고 지극히 진실한 상태를 誠이라 함. ≪中庸≫ 제21장에 "誠으로 말미암아 밝아지는 것을 性이라 하고 明으로 말미암아 성해지는 것을 敎라 이르니, 성하면 밝아지고 밝아지면 성해진다.(自誠明, 謂之性, 自明誠, 謂之敎, 誠則明矣, 明則誠矣.)" 한 데서 온 말이다.

13) 蠶牛(잠우) : 蠶絲牛毛. 누에고치인데, 복잡하고 정밀한 이치에 비유한 것이다

14) 熊魚(웅어) : 곰의 발바닥과 생선으로 맛있는 음식을 가리킴. "생선 요리도 내가 먹고 싶은 것이요, 곰 발바닥 요리도 내가 먹고 싶은 것이지만, 이 두 가지를 다 겸하지 못할 바엔 생선을 그만두고 곰 발바닥을 취하리라. 그와 마찬가지로 사는 것도 내가 원하는 것이요, 의리도 내가 원하는 것이지만, 이 두 가지를 다 겸하지 못할 바엔 사는 것을 버리고 의리를 취할 것이다.(魚我所欲也, 熊掌亦我所欲也, 二者不可得兼, 舍魚而取熊掌者也. 生亦我所欲也, 義亦我所欲也, 二者不可得兼, 舍生而取義者也.)"(≪孟子≫<告子章句 上>) 구절에서 인용한 것이다. 목숨보다도 의리를 더 중시하는 선비 정신을 말한 것이다.

15) 林泉(임천) : 山林泉石. 隱者의 생활을 했던 신적도를 가리킨다.

16) 一命(일명) : 말단 관직. 최하위 품계인 종9품의 관직을 말하는데, 신적도가 59세 때 제릉(齊陵) 참봉, 건원릉(健元陵) 참봉에 제수되었던 것을 일컫는다.

17) 先天(선천) : 선천세상. 이는 필연적으로 서로가 서로를 이기려는 相剋의 질서가 지배하기 때문에 성장과 발전도 이루지만 많은 분열도 있는 세상이다. 반면, 후천세상은 상극의 질서에서 상생의 질서로 바뀌기 때문에 서로 성숙해서 조화롭게 되는 세상이다.

18) 才蘊(재온) : 抱才蘊道. 재주와 도덕을 겸비함.

19) 寒(한) : 寒岡 鄭逑를 가리킴.

20) 旅(여) : 旅軒 張顯光을 가리킴.

21) 高足(고족) : 高足弟子. 학식과 품행이 뛰어난 제자.

22) 愚(우) : 愚伏 鄭經世(1563～1633)를 가리킴. 우복의 6세손 鄭宗魯가 쓴 신열도의 행장을 보면 執贄를 들고 우복을 찾아뵌 것으로 되어 있다. 우복의 본관은 晉州이고, 자는 景任이며, 호는 一默·荷渠도 있다. 경북 尙州에서 출생했고, 柳成龍의 문인이다. 1582년 진사를 거쳐 1586년 謁聖문과에 급제, 승문원 副正字로 등용된 뒤 검열·奉教를 거쳐 1589년 賜暇讀書를 하였다. 1592년 임진왜란이 일어나자 의병을 일으켜 공을 세워 修撰이 되고 정언·교리·정랑·司諫에 이어 1598년 경상도·전라도 관찰사가 되었다. 광해군 때

道義。蜚英[25]初載，播越[26]之駕是從，航朝南天[27]，忠讜之節始著。几案不撤朱墨[28]中朱書，屛障與同聖功上聖學[29]。疏伸大義於天下[30]，後山城[31]第一議論。約行四條[32]於海隅[33]，卽旁鄰凡百觀感遭，斥於世行[34]將泰然，盡瘁之心

鄭仁弘과 반목 끝에 削職되었다. 예론에 밝아서 김장생 등과 함께 예학파로 불렸다. 시문과 서예에도 뛰어났다.

23) 麗(여) : 麗澤. 인접한 두 못이 서로 물을 윤택하게 한다는 뜻으로, 벗이 서로 도와서 학문과 덕을 닦음의 비유.

24) 修(수) : 修巖 柳袗(1582~1635)을 가리킴. 본관은 豊山이고, 자는 季華이다. 영의정 柳成龍의 아들이다. 1610년 사마시에 합격하고, 1612년 金直哉의 무옥 때 무고를 받아 5개월간 옥고를 치렀다. 인조반정 뒤 봉화현감이 되고, 이어 형조정랑이 되어 오래 묵은 寃獄을 해결하였다. 1627년 허위보고를 하였다 하여 청도군수에서 파직되었으나, 1634년 재등용되어 지평이 되었다. 안동의 屛山書院에 제향되었다.

25) 蜚英(비영) : 蜚英騰茂. 명성과 실제가 훌륭하게 서로 부합되는 것을 말함.

26) 播越(파월) : 도성을 떠나 피란함.

27) 航朝南天(항조남천) : 신열도가 1628년 聖節使 書狀官으로서 뱃길로 南京까지 조공하러 갔던 사실을 일컬음. 해로로 가게 된 것은 조공하러 가는 육로는 후금의 누루하치와 가까웠기 때문에 명나라가 뱃길로 오도록 했기 때문이었다. 풍랑이 험악하여 사람들은 다 무서워했으나 신열도는 태연히 두려워하지 않고 축하의 임무를 수행했던 것이다. 이 사실은 鄭宗魯가 쓴 신열도의 행장에 나온다.

28) 朱墨(주묵) : 예전에, 붉은 것과 검은 것으로 장부의 출입을 갈라 문서를 적은 데서, 관무를 보는 것을 이르던 말.

29) 聖學(성학) : 聖學十圖. 퇴계 이황이 68세 때 지은 것으로, 국은에 보답하고 학문을 계발하기 위한 만년의 대표작이다. 성학이란 성인이 되기 위한 학문을 일컫는 것이므로, 선조 임금에게 제왕의 길을 제시한 것이다.

30) 疏伸大義於天下(소신대의어천하) : 신열도가 蔚珍縣監이던 1638년 應旨疏에서 흉년이 계속되어 백성들의 고통이 심하므로 세금을 경감하여 줄 것과 부역을 줄이며 고을재정에 국고보조를 하여줄 것과 軍額의 과다한 폐단에 대해 아뢰면서, 많은 어려움을 극복하고 나라를 일으키기 위해서는 널리 인재를 구했던 燕나라 昭王과 원수를 갚고자 온갖 치욕을 감수했던 越나라 句踐을 잊지 말라고 했다. 인조가 이를 기쁘게 받아들였고, 또한 당시 판서였던 金世濂은 "山城 후에 제일의 의론이라(山城後第一議論)."고 하였다. 이는 鄭宗魯가 쓴 <행장>과 李玄逸이 쓴 <墓碣銘>에 나온다.

31) 山城(산성) : 산성의 수축을 주장한 <論守城及修德之要疏>를 가리키는 듯. 이것은 蒼石 李埈이 쓴 것인데, 後金의 내침에 대비하여 산성을 수축해야한다고 주장한 것으로 임진왜란 때 도처에서 아군이 쉽사리 궤멸된 것은 산성을 지키지 않고 평야에서 對敵했기 때문이라고 지적했다.

32) 四條(사조) : 鄕約의 네 조목. 곧, 德業相勸(좋은 일을 서로 권장한다) · 過失相規(잘못을 서로 고쳐준다) · 禮俗相交(서로 사귐에 있어 예의를 지킨다) · 患難相恤(환난을 당하면 서로 구제한다)이다.

33) 海隅(해우) : 蔚珍을 가리킴. 鄭宗魯의 행장에 나온다.

死而後已。是皆本之授受，曷不盛乎行藏[35]。

粤若忍齋先生，小學之自家[36]，家書卽是免。髫時語聖訓之隨類[37]，類揭盖將刻肺爲銘[38]。私淑[39]有說，論學有圖[40]。造次[41]必於是[42]，厓鶴[43]與聞，修木[44]與質就[45]，正其在斯。三某[46]之稱，嶺數大儒，六行之薦[47]，館首華聞。

---

34) 世行(세행) : 대대로 교분을 이어 온 같은 또래의 벗.

35) 行藏(행장) : ≪論語≫<述而>의 "공자가 안연에게 말하기를 '세상이 나를 써주면 내 뜻을 펴고 나를 버리면 물러나 숨는 짓을 네와 나만이 할 수 있을 것이다.' 하였다.(子謂顔淵曰 : '用之則行, 舍之則藏, 惟我與爾有是夫.')"는 구절을 활용. 進退出處를 적절하게 함을 일컬은 말이다.

36) 小學之自家(소학지자가) : 申琛의 아들 申禹錫이 쓴 <家狀>을 보면, 신채는 9살 때 아버지 신적도가 小學을 주면서 孝友에 관한 책이라고 하자, 우리 집에 관한 책이라고 하였다(九歲讀小學, 而曰是吾家書也, 曰孝曰忠曰友曰悌, 非吾先德而何讀之, 愈不懈.)는 일화를 가리킴.

37) 聖訓之隨類(성훈지수류) : 신채가 45세(1654)에 성균관 유생으로 있을 때, 李滉이 宣祖에게 올린 ≪聖學十圖≫에 대해 銘을 쓰도록 孝宗이 성균관 명륜당에 행차하였다가 명하여 신채가 쓴 작품이 으뜸으로 뽑힌 것을 일컬음. ≪성학십도≫는 제1도 太極圖, 제2도 西銘圖, 제3도 小學圖, 제4도 大學圖, 제5도 白鹿洞規圖, 제6도 心統性情圖, 제7도 仁說圖, 제8도 心學圖, 제9도 敬齋箴圖, 제10도 夙興夜寐箴圖와 圖說・題辭・규약 등 附隨文으로 되어 있다.

38) 類揭盖將刻肺爲銘(류게개장각폐위명) : 성균관장의 명에 따라 太學銘을 지었고, 이것이 성균관의 벽에 걸렸던 것을 일컬음.

39) 私淑(사숙) : 직접 가르침을 받지는 않았으나, 마음속으로 그 사람을 본받아서 道나 학문을 배우거나 따름. 신채는 <私淑說>을 지었다.

40) 論學有圖(논학유도) : 신채가 <聖學十圖贊>을 지은 사실을 일컫는 듯.

41) 造次(조차) : 갑자기. 창졸간.

42) 於是(어시) : 신채의 장인 湖陽 權益昌이 <十圖十目>을 지은 것을 염두에 두고, 권익창을 가리킴. 신채는 호양의 문하에 드나들며 학봉과 서애의 두 선생이 서로 전수한 학설을 들을 수 있었다고 金道和가 쓴 <행장>에서 밝히고 있다.

43) 厓鶴(애학) : 西厓 柳成龍과 鶴峯 金誠一.

44) 修木(수목) : 修巖 柳袗(1582~1635)과 木齋 洪汝河(1620~1674)를 가리킴.

45) 修木與質就(수목여질취) : 신채가 유진에게는 白蓮社에서 친구들과 함께 ≪中庸≫ 數十條를 읽은 후 깨닫지 못한 곳을 가르쳐주기를 요망하는 편지를 올렸고, 홍여하에게는 답장을 하면서 廟制와 服制에 관한 의문처를 지적하고 가르쳐달라는 편지를 올린 사실을 가리킴.

46) 三某(삼모) : 성균관 유생 시절에 이름뿐만 아니라 학문과 덕행까지 같은 두 李公이 있었다고 하나, 구체적인 이름은 알 수가 없음.

47) 六行之薦(육행지천) : 6가지의 행실을 구비한 사람을 遺逸로 천거하던 일. 육행은 經明, 行修, 純正, 勤謹, 老成, 溫和 등이다.

縱不售於登庸，固無傷於爲己。

竊念丹邱之佳境，最爲韶州之名區。眞同白鹿[48]之遺墟，淸冷窈窕，允合靑襟[49]之靜會，曠遠幽間。惟玆三老之栖遲，寔是一堂之倫序，昔當陪侍於函席[50]，尙有典型於摳衣[51]。藹然其仁，家庭見孝友之行，養之以德，鄕里服忠信之孚。斯其實學之內充，燦乎英華之外見。噫遺敎之不泯，孰無傳誦之懷，而往跡之所在，擧切想像之感。不有明宮俎豆之擧，詎寓永世羹牆[52]之思。爰諏一區於舊居，實取九成之美義。伊江山點綴之相，似物色增輝，矧杖屨遊賞之所，於謦欬[53]如昨。則百年人事之遷就，庶今朝不日之經營。瞻聆一方，佇見高棟之突兀，苾芬[54]三哲，永有明德之馨香[55]。寧吾黨隆師之誠，得遂而已，顧雲孫積世之願，何幸如之。玆涓叶吉之辰，敢獻升梁之頌，兒郞偉。

抛梁東。凰峯朝日上晴空，平生禮樂周旋地，猶有祥輝一氣通。

---

48) 白鹿(백록) : 白鹿洞書院. 송나라 4대 서원의 하나로, 江西省 星子縣에 있다. 1179년 朱子가 南康軍太守로 부임하여 예전의 학관을 중수하고, 직접 강학을 하던 곳이다.

49) 靑襟(청금) : 書生을 가리키는 말. 옛날 서생들은 옷깃이 푸른 옷을 입었기 때문에 이렇게 말한다.

50) 函席(함석) : 스승으로 모시는 자리. ≪禮記≫<曲禮>의 "만일 음식 대접이나 하려고 청한 손이 아니거든, 자리를 펼 때에 자리와 자리의 사이를 한 길 정도가 되게 한다.(若非飮食之客, 則布席 席間函丈.)"라고 한 데서 온 말로, 즉 서로 묻고 배우는 師生의 사이를 말한다.

51) 摳衣(섭의) : 옷자락을 걷어든다는 뜻으로, 어른 앞에서 몸가짐을 공손히 하는 태도. ≪禮記≫<曲禮>의 "옷자락을 추어올리고 구석을 향해 종종걸음으로 가서 앉고, 반드시 응대를 삼가서 해야 한다.(摳衣趨隅, 必愼唯諾.)"라고 한 데서 온 말이다. 후세에 스승 앞에 나아가 강론을 듣는 것을 일컫는다.

52) 羹牆(갱장) : 羹墻. 죽은 사람에 대한 간절한 추모의 정을 말함. ≪後漢書≫<李固傳>의 "舜이 堯를 사모하여, 앉아 있을 적에는 요 임금을 담에 뵙는 듯하고, 밥 먹을 적에는 요 임금을 국에서 뵙는 듯했다."고 한 데서 나온 말이다.

53) 謦欬(경해) : 인기척. 윗사람을 만나 뵘.

54) 苾芬(필분) : 향기로운 제수.

55) 明德之馨香(명덕지형향) : 밝은 덕에서 우러나오는 향기로운 제사라는 말. ≪書經≫<君陳>에 "지극한 다스림은 아름다운 향기가 널리 퍼지는 것과 같아서 신명을 감동시키게 마련이다. 그러니 기장과 같은 제물이 향기로운 것이 아니요, 밝은 덕이 바로 향기로운 것이라고 하겠다.(至治馨香, 感于神明. 黍稷非馨, 明德惟馨.)"는 말이 나온다.

抛梁西。鳳山一秣夕烟低，小車想得從容日，江鳥山花盡品題。

抛梁南。淵泉混混[56]去成潭，梧桐天外月輪霽，印作中心淨似藍。

抛梁北。遺墟百載人應識，松篁一壑帶寒風，依舊蒼蒼歲暮色。

抛梁上。天爲斯文未嘗喪[57]，直是性無今古殊，由來只在人能養。

抛梁下。洋洋黃卷盈塵架，聖人言行此中留，讀得方知有爲者。

伏願上梁之後，儀形不替，風韻長存。禮備精禋，尙洋洋而如在[58]，士習餘敎，當濟濟而克生[59]。蔚爲鄕邦之耿光，永承君子之遺澤。

---

56) 混混(혼혼) : 샘물이 용솟음쳐 나오는 모양. ≪孟子≫<離婁章句 下>의 "근원 있는 샘물이 퐁퐁 솟아나서 밤낮을 그치지 아니하여 구덩이가 가득 찬 뒤에 전진하여 四海에 이른다.(原泉混混, 不舍晝夜, 盈科而後進, 放乎四海.)"는 구절에서 나온다. 이는 곧 학문에 근본이 있음을 일컫는 말이다.

57) 天爲斯文未嘗喪(천위사문미상상) : ≪論語≫<子罕篇>에서 孔子가 匡 땅에서 곤궁에 처했을 때, "하늘이 사문을 없애려 하지 않으시는 바에야, 광 땅 사람들이 나를 어떻게 하겠는가.(天之未喪斯文也, 匡人其如予何?)"라고 말한 구절을 활용.

58) 尙洋洋而如在(상양양이여재) : 洋洋如在. ≪中庸≫<16장>의 "洋洋히 그 위에 있는 듯하며 그 左右에 있는 듯하다.(洋洋乎如在其上, 如在其左右.)"에서 나온 말. 鬼神의 거룩한 덕을 형용한 것으로, 마치 돌아가신 분의 귀신이 실제 계신 듯 여긴다는 뜻이다.

59) 克生(극생) : 능히 탄생함. 곧 아름다운 재주를 가진 선비로서 이 나라에 태어나 邦國을 편안케 하였다는 것을 찬탄한 말. ≪詩經≫<大雅・文王之什>의 "아름다운 多士가 왕국에 나도다. 왕국에 능히 나니 周의 간성이로다.(思皇多士. 生此王國, 王國克生維周之楨.)"에서 나온다.

虎溪先生奉安文

李敦禹[1)]

顯允先生，忠孝全德。雪立[2)]岡軒[3)]，澤麗[4)]桐石[5)]。本之才資，濟以學力。厓老[6)]定評，義理明白。愚翁[7)]鑑識，天分高卓。院削奸魁[8)]，禮質函席[9)]。西戎

1) 李敦禹(이돈우, 1807～1884) : 본관은 韓山이고, 자는 始能이며, 호는 肯庵이다. 경북 安東 출신이며, 李象靖의 玄孫이다. 柳致明의 문인이다. 1850년 과거에 급제하여, 承文院正字가 되고, 正言・敎理・동부승지 등을 거쳐 1882년 이조참판에 올랐다. 임종 때 '堯의 欽敬과 舜의 惟一, 禹의 孜孜와 湯의 慄慄'이 家傳의 학문이라고 遺戒하였다.

2) 雪立(설립) : 立雪. 제자로서의 예를 잘 갖추고 문하에 들어갔다는 뜻. 宋나라 때 楊時가 어느 날 程頤를 방문하였는데, 정이가 명상에 잠겨 앉아 있었다. 이에 양시가 곁에 侍立한 채 떠나지 않고 정자가 눈을 뜨기만을 기다렸는데, 정이가 명상에서 깨어났을 때에는 문 밖에 눈이 한 자가 쌓였다고 한다. 후대에는 이를 원용하여 제자의 예를 갖추는 말로 쓰이게 되었다.

3) 岡軒(강헌) : 寒岡 鄭逑와 旅軒 張顯光.

4) 澤麗(택려) : 麗澤. 인접한 두 못이 서로 물을 윤택하게 한다는 뜻으로, 벗이 서로 도와서 학문과 덕을 닦음의 비유.

5) 桐石(동석) : 桐溪 鄭蘊(1569～1641)과 石潭 李潤雨(1569～1634). 정온의 본관은 草溪이고, 자는 輝遠이며, 호는 鼓鼓子도 있다. 1610년 진사로서 문과에 급제하여 說書・사서・정언 등을 역임하였다. 1614년 副司直으로 永昌大君의 처형이 부당함을 상소하여, 가해자인 강화부사 鄭沆의 참수를 주장하다가 제주도 大靜에서 10년간 유배생활을 하였다. 1623년 인조반정으로 석방, 헌납에 등용되었다. 이어 사간・이조참의・대사간・경상도 관찰사・부제학 등을 역임하고, 1636년 병자호란 때 이조참판으로서 金尙憲과 함께 斥和를 주장하다가 화의가 이루어지자 사직하고 덕유산에 들어가 은거하다가 5년 만에 죽었다. 영의정에 추증되었다. 한편, 이윤우의 본관은 廣州이고, 자는 茂伯이다. 1591년 진사시에 합격하였고, 1606년 문과에 급제하였다. 推薦으로 翰苑에 들어갔으며, 인조반정으로 廢錮에서 기용되어 應敎와 舍人을 역임하고 담양부사가 되었다. 광해군 때 史筆로서 直書하다가 척출당하여 鏡城判官이 되었다. 벼슬은 공조참의에 이르렀다. 寒岡 鄭逑를 스승으로 섬겨 면전에서 旨訣을 받들어 학문이 바르고 요점을 얻으니 스승이 깊이 敬重함을 더하여 문하 諸生으로 하여금 공경하여 본받게 하였다. 이조참판에 증직하였으며, 문정공 許穆이 비갈을 지었고 문간공 金世濂이 墓誌를 지었다.

6) 厓老(애노) : 西厓 柳成龍. 신적도가 32세 때 향시에 장원으로 급제했는데, 서애 유성룡이 그의 시권을 보고는 "의리가 조목조목 트였으니, 世儒가 가히 미칠 수 없는 바이다.(義理

豕突[10), 贏粮赴急。酬以一郵[11), 蘇我蕩析。及夫再猘[12), 元戎涕雪[13)。義旗西指, 南城崒嵂。和言孼芽, 奈彼賣國。疏陳萬言, 綱常[14)賴植。故園春晩, 詩出腔血[15)。謝事南還, 山間草屋。娛以書史, 持以謙牧。人稱地仙, 邦有遺逸[16)。推原反始, 宜享芬苾。惟陳徐氏[17), 況有故寔。因循未遑, 歲幾三百。

條暢, 非世儒可及也.)라 한 것을 일컫는다.

7) 愚翁(우옹) : 愚伏 鄭經世. 신적도가 32세 때 향시에 장원으로 급제했는데, 우복 정경세가 “신적도는 견식이 端的하여 吾黨의 본보기가 될 만하다.(申適道見識端的足, 爲吾黨矜式也.)”고 한 것을 일컫는다.

8) 院削奸魁(원삭간괴) : 신적도가 47세에 氷溪書院의 원장으로 있을 때 仁穆大妃 廢母論에 가담한 바 있는 당시 방백 鄭造가 그곳에 이르러 이름을 쓰고 돌아갔는데, 이를 안 신적도는 정조의 이름을 칼로 깎아낸 일화를 일컬음.

9) 函席(함석) : 스승으로 모시는 자리. ≪禮記≫<曲禮>의 “만일 음식 대접이나 하려고 청한 손이 아니거든, 자리를 펼 때에 자리와 자리의 사이를 한 길 정도가 되게 한다.(若非飮食之客, 則布席 席間函丈.)”라고 한 데서 온 말로, 즉 서로 묻고 배우는 師生의 사이를 말한다.

10) 豕突(시돌) : 산돼지처럼 앞뒤를 헤아림 없이 함부로 달려들음.

11) 一郵(일우) : 祥雲道 察訪을 제수받은 것을 일컬음. 신적도가 떠난 이후에 주민들이 去思碑를 세웠다고 한다.

12) 再猘(재제) : 도적이 다시 침범함.

13) 元戎涕雪(원융제설) : 원융은 총사령관이란 뜻이나 여기서는 의병장을 가리킴. 신적도가 의병을 이끌고 1637년 1월 11일 廣州에 도착하여 임금이 파천한 지 한 달여에 혹한과 기아 속에 침구도 없이 지낸다는 소식을 듣고 忠憤의 눈물을 흘리며 <上出都城向南漢併日糧飯屢夜不寢群僚近侍或至凍餒云及此時臣子分義固勒兵投亂脫危殉節故遂糾旅輸糧直赴行在>란 시를 통해 자신의 심정을 드러낸 것을 일컫는 듯하다. 곧, “내 분발하여 몇 사람과 함께, 궁성을 바라보며 힘차게 말을 달리었네. 이 조금의 쌀이나마 어찜 임금께 보낼 수 있으랴, 孤軍이라 宮城을 돕는 데는 여의치 못하리라. 다만 나라를 憂愛하는 衷心을 품고, 함께 위난을 구할 생각뿐이로다. 눈길 속 찬바람을 내 어찌 꺼려하랴, 궁성에 닿을 날만 기다리며 나아갈 뿐이로다.(奮身願與二三子, 瞻望王居勇赴之. 些米何能需御供, 孤軍不合補京師. 祇將憂愛彝衷秉, 欲效艱危共濟思. 踏雪衝寒吾豈憚, 指期趍到九重墀.)”이다.

14) 綱常(강상) : 유교 도덕에서 사람이 지켜야 할 도리인 三綱과 五常을 말함.

15) 詩出腔血(시출강혈) : 신적도가 병자호란 때 의병을 이끌고 廣陵에 도달했지만 이미 굴욕적인 강화로 끝나자 화의의 부당함을 역설하는 상소를 올리고 의성으로 돌아올 때 “어쩌다가 임금 은혜 두터이 입었던가, 되레 신하의 분수를 소략했음이 부끄러워라. 고향의 봄은 이미 저물었으니, 어찌 주저할 필요가 있으련가.(仍吟一絶曰 : 謬被天恩重, 還慚臣分疏. 故園春已晩, 何用更躕躇.)”고 읊은 시를 일컬음.

16) 邦有遺逸(방유유일) : 白軒 李景奭의 천거로 임금의 은전이 베풀어진 사실을 일컬음. 신적도가 이경석에게 화답한 시 <和李白軒相公>가 있는데, “무상한 벼슬바다 어찌 구차히 관심두랴, 농삿일 가벼이 여긴다면 뉘 다시금 받드오리. 갇혔던 物이 펴나는 大化를 입음에 그 은혜 갚긴 어려우나, 시골로 은둔함이 내 본래 뜻에 맞도다.(宦海桑瀾豈苟容, 農

藐兹後生，積世營度。亦粤懶翁[18]，同氣合德。爰及忍爺[19]，克紹家學。兩世風範，百年如一。合餟同堂，情禮允叶。念兹丹邱，山水淸淑。三位倚卓，數間丹雘。或聯或配，從其昭穆[20]。爰擧縟儀，辰良日吉。樽俎潔淸，襟紳齊遨。陟降在兹，惠我無極。

虞忽沒更誰宗. 執徐洪造恩難報, 隱約鄉山愜素悑.)"이다.

17) 陳徐氏(진서씨) : 陳蕃과 徐穉. 東漢 때 豫章太守 진번이 다른 빈객들은 일절 접대하지 않았는데, 오직 南州의 高士 서치가 올 때만 매달아 놓았던 의자를 내려놓았다가 서치가 떠난 뒤에는 도로 매달아 놓았다고 한다.

18) 懶翁(난옹) : 懶齋 申悅道.

19) 忍爺(인야) : 忍齋 申埰.

20) 昭穆(소목) : 祠堂에 조상의 神主를 모시는 차례. 왼쪽 줄이 昭, 오른쪽 줄이 穆이 된다.

常享祝文

學傳師訣[1], 義扶邦綱, 餘教在人, 報祀無疆。

1) 訣(결) : 旨訣. 가르침.

懶齋先生奉安文

顯允先生，淑氣降鍾。趾美令祖[1]，考德賢師。爰曁二兄，壎篪[2]唱學。簡重自晦，鶴銘[3]匪諛。儒門得人，旅評則哲[4]。已自妙歲，高名西馳[5]。皐鶴聞天[6]，歷敭華貫[7]。西戎[8]內逼，扈駕沁都[9]。時人議和，抗章論斥。朝天海路，坦如康莊[10]。事由近酋，責我潛買。呈書禮部，光國之休。柔兆[11]卜城，死以爲誓。隨身以帶，處家以書[12]。含忍[13]南歸，遂我初服[14]。斷斷忠赤，北闕[15]

---

1) 令祖(영조) : 할아버지라는 뜻인데, 悔堂 申元祿을 가리킴. 신원록에 대해서는 『역주 회당선생문집』(역락, 2008)을 참고하기 바란다.

2) 壎篪(훈지) : 원래 壎은 흙으로, 篪는 대나무로 만든 악기 이름이나, 우애하는 형제간에 대한 美稱으로 쓰임. ≪詩經・小雅・何人斯>의 "백씨는 훈을 불고 중씨는 지를 분다.(伯氏吹壎, 仲氏吹篪.)" 한 말에서 유래한다.

3) 鶴銘(학명) : 鶴沙 金應祖가 지은 <懶齋申公墓誌銘>을 일컬음. 銘은 "鵝洲之申, 孝友家世. 傳芳趾美, 澤流後裔. 公稟淑氣, 玉質瑩然. 立雪師門, 懲窒功專. 鶴唳聞天, 平步青雲. 簡重自晦, 跡絶權門. 厥施未普, 專于一州. 卷懷林泉, 不怨不尤. 天胡不憖, 地不埋名. 悼道無徵, 我銘以貞." 이다.

4) 則哲(측철) : 밝은 안목. ≪書經≫<皐陶謨>의 "사람을 잘 알아보는 것은 곧 어짊이니, 사람들을 제자리에 쓸 수 있을 것이다.(知人則哲, 能官人.)"고 한 데서 나온 말이다.

5) 高名西馳(고명서치) : 신열도가 1606년(18세) 사마시에 합격하여 진사가 되고, 1621년 體察使를 파견하기 위해 三道의 선비들을 선발할 때 장원급제하고, 1624년 증광문과에 을과로 급제한 사실을 일컬음.

6) 皐鶴聞天(고학문천) : 어짊을 숨기고 있으나 저절로 소문이 난다는 뜻. 구고는 깊숙하고도 먼 곳을 가리킨다. ≪詩經≫<鶴鳴>의 "구고에서 학이 우니 그 소리가 하늘까지 들리는도다.(鶴鳴于九皐, 聲聞于天.)"고 한 데서 나온 말이다.

7) 華貫(화관) : 지위가 높고 귀한 벼슬. 신열도가 1625년 著作, 1626년 博士에서 成均典籍겸 春秋館 記事官을 역임한 것을 일컫는다.

8) 西戎(서융) : 後金을 가리킴.

9) 沁都(심도) : 江華島의 이칭.

10) 康莊(강장) : 大路를 이름. ≪爾雅≫<釋宮>의 "五達爲之康, 六康爲之莊."이라 한 데서 나온다.

11) 柔兆(유조) : 古甲子 표기로 丙을 뜻함. 따라서 병은 1636년(인조14)의 병자년을 말한다.

于懸。屛陳十圖[16], 疏論交泰[17]。啓沃[18]翼翼[19], 百世可師。久擬妥靈, 因循未擧。何幸近歲, 公議僉同。緬惟溪翁[20], 道同德合。亦奧忍爺[21], 克紹庭學。衿紳合謨, 敦議齊享。從以昭穆, 或聯或配。一家三賢, 並徽齊美。玆涓吉日, 爰擧縟儀。神理宜安, 人情胥悅。將事之始, 敢伸厥彝。伏惟尊靈, 歆我牲禮[22]。於千百歲, 勿替引之。

---

12) 隨身以帶, 處家以書(수신이대, 처가이서) : 鶴沙 金應祖가 쓴 <墓誌銘>의 "公以死自許, 製巾帶以備襲斂, 修家信以付蒼頭."라는 구절을 염두에 둔 표현.
13) 含忍(함인) : 마음속에 넣어두고 참음.
14) 初服(초복) : 벼슬하기 전에 입는 옷으로, 벼슬길에 나오기 전에 품었던 마음을 말함.
15) 北闕(북궐) : 景福宮을 일컬음.
16) 屛陳十圖(병진십도) : 1649년 신열도는 이황이 宣祖에게 찬진해 올린 聖學十圖로써 병풍을 만들어 宥坐具로 삼도록 청한 것(又請以李文純公所進宣廟聖學十圖作屛障, 以爲宥坐之具.)을 일컬음. 유좌기는 임금의 자리 우측에 놓고 경계를 삼는 도구를 말한다.
17) 交泰(교태) : 하늘과 땅의 기운이 크게 통하여 만물이 이루어지는 때를 말함. ≪周易≫ <泰卦 · 象傳>의 "하늘과 땅의 기운이 서로 통하는 것이 태괘이다. 제왕은 이로써 천지의 도를 지나침 없이 이루고 천지의 일을 모자람 없이 도와서 백성을 보호하고 인도한다.(天地交泰. 后以財成天地之道, 輔相天地之宜, 以左右民.)"고 한 데서 나온 말이다. 신열도가 1647년 사헌부 장령으로 제수되었을 때 올린 상소문을 일컫는다.
18) 啓沃(계옥) : 善道를 개진하여 임금을 인도하고 보좌한다는 뜻. ≪書經≫<說命>에 殷나라 高宗이 傅說에게 "그대의 마음을 열어 나의 마음을 적셔라.(啓乃心, 沃朕心.)"고 한 데서 나온다.
19) 翼翼(익익) : 공경하고 삼가는 마음의 표현. ≪詩經≫<大雅 · 大明>에서 文王의 마음을 표현하면서 "小心翼翼."이라 한 데서 나온다.
20) 溪翁(계옹) : 虎溪 申適道를 가리킴.
21) 忍爺(인야) : 忍齋 申埰를 가리킴.
22) 牲禮(생례) : 희생물을 바치는 제례.

常享祝文

春秋至義, 淵源正學, 壎篪[1]一堂, 永享千億。

1) 壎篪(훈지) : 원래 壎은 흙으로, 篪는 대나무로 만든 악기 이름이나, 우애하는 형제간에 대한 美稱으로 쓰임. ≪詩經・小雅・何人斯>의 "백씨는 훈을 불고 중씨는 지를 분다.(伯氏吹壎, 仲氏吹篪.)" 한 말에서 유래한다.

忍齋先生奉安文

顯允先生, 天資端確。庭傳詩禮, 工飫圖書[1]。學曰吾家, 孝著沖歲。充養有節, 本立道生[2]。私淑[3]鶴厓[4], 摳衣[5]旅老[6]。沈潛閩洛[7], 羽翼韓歐[8]。文章早成, 窮達一體。明時遯跡, 江湖好緣[9]。璧水[10]題名, 館稱三某。行全孝友, 學

1) 圖書(도서) : 河圖와 洛書. 하도는 伏羲氏가 黃河에서 나온 龍馬의 등에 1부터 10까지의 무늬가 있는 것을 보고 ≪周易≫의 64卦를 그은 것이고, 낙서는 禹王 때에 洛水에서 나온 거북의 등에 1부터 9까지의 점이 있는 것으로 ≪書經≫의 홍범구주는 바로 이것을 밝힌 내용이다.

2) 本立道生(본립도생) : ≪論語≫<學而篇>의 "군자는 근본에 힘써야 하며 근본이 서야 도가 생긴다.(君子務本, 本立而道生.)"는 구절에서 인용.

3) 私淑(사숙) : 직접 가르침을 받지는 않았으나, 마음속으로 그 사람을 본받아서 道나 학문을 배우거나 따름.

4) 鶴厓(학애) : 鶴峯 金誠一과 西厓 柳成龍.

5) 摳衣(섭의) : 옷자락을 걷어든다는 뜻으로, 어른 앞에서 몸가짐을 공손히 하는 태도. ≪禮記≫<曲禮>의 "옷자락을 추어올리고 구석을 향해 종종걸음으로 가서 앉고, 반드시 응대를 삼가서 해야 한다.(摳衣趨隅, 必愼唯諾.)"라고 한 데서 온 말이다. 후세에 스승 앞에 나아가 강론을 듣는 것을 일컫는다.

6) 旅老(여노) : 旅軒 張顯光을 가리킴.

7) 閩洛(민락) : 閩은 閩中, 洛은 洛陽을 가리킴. 程顥와 程頤는 낙양출신이고, 朱熹는 민중출신인 데서, 宋代의 성리학을 뜻하기도 한다.

8) 韓歐(한구) : 唐宋八家의 대표적 인물인 韓愈(768~824)와 歐陽脩(1007~1072)를 말함. 한유는 唐나라의 문장가로, 자는 退之, 시호는 文公이며 懷州 修武縣 출신이다. 對句를 중심으로 수사에 치중하는 변려문을 반대하고, 친구 柳宗元 등과 함께 古文을 창도하였다. 구양수는 宋나라의 문학가로, 자는 永叔, 호는 醉翁 또는 六一居士이다. 10세 때 한유의 문집을 읽고 매료되어 西崑體가 유행하던 송나라 초기의 문단을 혁신한다.

9) 明時遯跡, 江湖好緣(명시둔적, 강호호연) : 金道和가 쓴 <行狀>에 병자호란의 굴욕적인 항복 소식을 듣고서 신채가 읊은 시가 소개되어 있는데, "천지가 이제 어두워졌으니, 강호가 나의 연에 맞도다.(天地今焉晦, 江湖好我緣.)"를 가리킴.

10) 璧水(벽수) : 원래 周代 귀족 자제들의 교육 기관인데, 成均館의 東西門 남쪽에 빙 둘러 있는 못 물을 가리킴. 여기서는 太學館을 지칭한다.

造高明。晩暮藏修，爰契知止[11]。閒中梅竹，靜裏衣冠。潛修隱求[12]，旁及百氏[13]。牧伯[14]致敬，木老[15]忘年。翛然出塵，孚尹旁達[16]。惜未見用，命與時違。潛德幽光，至今裕後[17]。曠慕采篤，曷以報塵。厥有令規，餘干董澤[18]。儒林合議，爰就丹邱。載度載營，組成齋閣。杖履曾憩，俎豆允宜。筮吉蠲躬，揭妥神位。旣右溪老[19]，亦右懶翁[20]。于以配之，于二公廟。同堂合食，赫世彌光。陟降在庭，象設[21]有儼。一氣肹蠁[22]，幽明理同。神庶樂康，顧我歆我。其永無斁，惠我光明。

---

11) 晩暮藏修, 爰契知止(만모장수, 원계지지) : 김도화가 쓴 <행장>에 신채가 작은 서재를 짓고 '止止軒'이라 편액하게 된 내력을 일컬은 것을 염두에 둔 표현.

12) 隱求(은구) : ≪論語≫<季氏篇>의 "숨어 살면서도 자신의 뜻한 바 도를 찾고, 나아가 의리에 입각하여 행동함으로써 도를 천하에 달성시킨다.(隱居以求其志, 行義以達其道.)"라는 말에서 나온 말. 朱熹의 註에 "오직 伊尹이나 呂尙 같은 사람들만이 가능한 일이다."라고 하였다.

13) 百氏(백씨) : 諸子百家.

14) 牧伯(목백) : 牧使. 신채의 숙부 신열도를 일컬음. 신열도는 凌州牧使를 지낸 바 있는데, 그는 "우리 형제가 못다 이룬 사업을 이 아이가 성취하리라.(吾兄弟未究之業, 此兒其遂之乎.)"했으며, 또한 명나라 使行을 다녀와서는 그곳에서 받았던 ≪中庸≫과 ≪大學≫, 그리고 성리학 관련 서적들을 조카 신채에게 주었다.

15) 木老(목로) : 木齋 洪汝河(1620~1674)를 가리킴. 신채는 홍여하에게 답장을 하면서 廟制와 服制에 관한 의문처를 지적하고 가르쳐달라는 편지를 한 바 있다.

16) 孚尹旁達(부윤방달) : 덕행이 훌륭함을 일컫는 말. ≪禮記≫<聘義>에서 孔子가 "대저 옛날에 군자는 덕을 옥에 비겼으니, 온윤하되 윤택함은 仁이요……부윤이 사방으로 달함은 信이다.(夫昔者君子比德於玉焉, 溫潤而澤仁也.……孚尹旁達信也.)"고 하였는데, 孚尹은 鄭玄의 注에서는 "옥의 채색을 말한다." 하였고, 陸佃은 "信正과 같다." 하였다.

17) 裕後(유후) : 垂裕後昆. 훌륭한 道를 후손에게 물려줌을 뜻함.

18) 董澤(동택) : 미상. 참고로, 董養에 관한 사항을 밝혀 둔다. 서울의 성균관 동쪽에 四賢祠가 있었다. 진나라의 태학생 董養, 당나라의 태학생 何蕃, 송나라의 태학생 陳東과 歐陽澈의 위패를 모셨던 곳이다. 본래 숭절사라고 했다가 1764년에 영조대왕이 어필로 사현사라고 쓴 편액을 내렸다. 이 네 사람은 국자감에 재학하는 태학생으로 있을 때 나라에 변란이 일어나자 정의를 지킬 것을 주장해서 국난을 극복하게 한 인물들이다. 董養은 楊太后가 폐위되어 金墉城에 유폐되자 太學의 마루에 올라가, "조정이 이 집을 세워서 무엇하려는가? 하늘과 사람의 이치가 이미 소멸되었으니 장차 큰 난리가 올 것이라.(朝廷建斯堂, 將以何爲? 天人之理旣滅, 大亂將至矣.)"며 탄식하였다.

19) 溪老(계로) : 虎溪 申適道를 가리킴.

20) 懶翁(난옹) : 懶齋 申悅道를 가리킴.

21) 象設(상설) : 무덤 앞에 사람이나 짐승의 형상을 본떠 만든 石物.

22) 肹蠁(힐향) : 뭇벌레가 紛起하듯 振作하는 것을 말함.

常享祝文

學程十圖[1], 道著六行, 躋配二考, 一體祗敬.

1) 學程十圖(학정십도) : 1646년 성균관장이 仁祖의 명을 받아 유생들에게 李滉의 <聖學十圖>에 대한 銘을 10일 기한 내에 짓도록 한 바 있는데, 신채가 지은 것이 으뜸으로 뽑힌 사실을 일컬음.

詠歸書堂通文

丹邱書院營建時

伏以虎溪・晩悟・懶齋三先生, 聯床博約[1]之工, 同棣忠義之蹟, 實吾林之卓然先覺也。況惟忍齋先生, 學問淵源, 克紹家庭之傳, 孝友實德, 式濟先世之美, 又其文學行藏[2]之顯卓, 允合昭穆[3]之並享。此誠宋朝三徐四陳[4]之例, 豈非盛德之事也。伏願僉尊, 會議藏院, 通告道內, 預成完重事, 義幸甚。

1) 博約(박약) : 博文約禮. ≪論語≫<雍也篇>의 "군자는 널리 학문을 닦아 사리를 궁구하고 예의로 귀결시켜 실행에 옮긴다.(君子博學於文, 約之以禮.)"라는 구절에서 나온다.

2) 行藏(행장) : ≪論語≫<述而>의 "공자가 안연에게 말하기를 '세상이 나를 써주면 내 뜻을 펴고 나를 버리면 물러나 숨는 짓을 네와 나만이 할 수 있을 것이다.' 하였다.(子謂顏淵曰 : '用之則行, 舍之則藏, 惟我與爾有是夫.')"는 구절을 활용. 進退出處를 적절하게 함을 일컬은 말이다.

3) 昭穆(소목) : 祠堂에 조상의 神主를 모시는 차례. 왼쪽 줄이 昭, 오른쪽 줄이 穆이 된다.

4) 三徐四陳(심사사진) : 宋나라 때 같은 사당에서 배식한 사례임. 송나라 때 饒州에는 三徐廟가 있어서, 徐廷休 삼부자를 합향하였다. 또 유학자 陳知儉은 그의 조부 陳省華를 위해 초상을 그리고 사당을 세웠고, 진성화의 세 아들인 陳堯叟, 陳堯佐, 陳堯咨를 배향하였으니, 四令祠이다.

藏待書院通文

丹院揭虔時

伏以鄙鄕先輩，虎溪・懶齋申先生，及虎溪胤子[1]忍齋先生，德學風猷，盖吾南之所共景慕也。諸賢俱以瑞世英雋之材，乘國家晟明之運，早親有道，學業征邁[2]，聯登科第，聲輝闡發。令聞旣敷，晉途方闢。殆見仕學互優[3]，位德俱隆。

而卒當柔兆[4]，天地冠屨之變，忠義並萃於同氣，名節萃在於一家。至若伯府先生，倡旅陳疏，抗斥輸平[5]之恥，誓衆灑泣，奮發敵愾之氣。況其學問精深，尤見於性理論辨之說，庸學[6]分類之圖，嵬乎壯矣。季旁先生，聘命上國，克揚專對[7]之策，圍在孤城，首發和議之非。盖其塤篪淵源之正，出自寒旅[8]之門。而道義交遊之重，同時處義於桐龍[9]之倫。若是卓矣。

---

1) 胤子(윤자) : 대를 이은 아들.(嗣子) 호계 신적도는 네 아들을 두었는데, 셋째 신채의 형들인 申埰과 申均이 각각 아들 代에서 絶孫되었기 때문에 후세사람들이 신채를 윤자라 일컬은 것이다.

2) 征邁(정매) : 본분을 다함. ≪詩經≫<小雅・小宛>의 "나도 날마다 이렇게 나아갈 테니, 너도 달마다 나아갈지어다.(我日斯邁, 而月斯征.)"는 구절에서 나온다.

3) 仕學互優(사학호우) : 벼슬과 학문 둘 다 서로 넉넉함. ≪論語≫<子張篇>의 "학문을 하고서 여유가 있으면 벼슬을 한다.(學而優則仕.)"는 구절을 활용한 것이다.

4) 柔兆(유조) : 古甲子 표기로 丙을 뜻함. 따라서 병은 1636년(인조14)의 병자년을 말한다.

5) 輸平(수평) : 渝平. 그동안의 원한 관계를 청산하고 화친하는 것을 말함. ≪春秋左傳≫<隱公 6년條>에 "정나라 사람이 와서 예전의 좋지 못한 태도를 바꾸어 화목하게 지내자고 하였다.(鄭人來渝平.)"라는 말이 나오는데, ≪春秋公羊傳≫에는 渝平이 輸平으로 나온다.

6) 庸學(용학) : 中庸과 大學.

7) 專對(전대) : 타국에 사신으로 가서 모든 질문에 응답함.

8) 寒旅(한려) : 寒岡 鄭逑와 旅軒 張顯光.

9) 桐龍(동룡) : 桐溪 鄭蘊(1569~1641)과 龍洲 趙絅(1586~1669). 정온의 본관은 草溪이고, 자는 輝遠이며, 호는 鼓鼓子도 있다. 1610년 진사로서 문과에 급제하여 說書・사서・정

暨惟忍齋先生, 以家庭詩禮, 克濟世美, 一時聲聞。嶠南[10]有三某之稱, 學中薦六行之備。而若其十圖解義, 有聖明之稱賞, 一部策[11], 式見義理之明的, 亦豈非稱家之賢乎。

嗚乎。忠節兼全於一門, 事行俱著於兩世, 風聲之樹, 盛德之報, 猶將百世可祀也。陋鄕末學, 無以奉承前烈, 遺芳[12]剩馥之地, 尙未有一席香火之薦, 固知未免於隣鄕大方[13]之所棄也。惟是德家遺範, 尙有誠孝勤慤之風, 若爾雲裔[14], 備成堂齋, 謹依宋朝徐陳故事, 爲原列廡配之禮。生等竊念, 當日獻祀儀式, 不可直任本家, 玆以會議通告。伏願僉君子, 遠賜賁臨, 克惇儀節[15]之地, 幸甚。

언 등을 역임하였다. 1614년 副司直으로 永昌大君의 처형이 부당함을 상소하여, 가해자인 강화부사 鄭沆의 참수를 주장하다가 제주도 大靜에서 10년간 유배생활을 하였다. 1623년 인조반정으로 석방, 헌납에 등용되었다. 이어 사간・이조참의・대사간・경상도 관찰사・부제학 등을 역임하고, 1636년 병자호란 때 이조참판으로서 金尙憲과 함께 斥和를 주장하다가 화의가 이루어지자 사직하고 덕유산에 들어가 은거하다가 5년 만에 죽었다. 영의정에 추증되었다. 한편, 조경의 본관은 漢陽이고, 자는 日章이다. 1612년 사마시에 합격하고, 1623년 인조반정 후 遺逸로 천거되어 刑曹佐郞・木川縣監 등을 지내고, 1626년 庭試文科에 장원급제한 뒤 正言・校理 등을 역임, 賜暇讀書하였다. 그 뒤 이조정랑을 지내고, 1636년 司諫 때 병자호란이 일어나자 斥和를 주장, 이듬해 執義로서 일본에 請兵하여 청군을 격퇴하자고 상소했으나 채택되지 않았다. 1648년 右參贊이 되고, 1650년 청나라 査問使가 와서 그를 斥和臣이라 하여 의주에 귀양 보냈다. 이듬해 풀려나와 1653년 淮陽府使를 지내고 은퇴, 行副護軍이 되어 1658년 耆老所에 들어갔다. 숙종 때 청백리에 녹선되었다.

10) 嶠南(교남) : 嶺南을 말함.

11) 一部策(일부책) : ≪忍齋先生遺集≫권3의 策問 <心>을 일컬음. 책문은 정치에 관한 계책을 물어서 답하게 하던 科擧 과목이다.

12) 遺芳(유방) : 좋은 명성을 후세에 남기는 것을 말함. 晉나라 때 大司馬 桓溫이 제위 찬탈의 음모를 꾀하면서 일찍이 말하기를, "기왕 후세에 훌륭한 명성은 남기지 못할지라도 또한 족히 만 년 뒤에까지 악명도 남기지 못한단 말이냐.(旣不能流芳後世, 亦不足復遺臭萬載耶.)"라고 했던 데서 나온다.

13) 大方(대방) : 식견이 훌륭해서 큰 도를 아는 사람.

14) 雲裔(운예) : 후손.

15) 儀節(의절) : 禮節.

跋

退齋先生, 値麗祚告訖, 有北風[1], 攜手[2]之行, 泯其跡焉, 無得而知者。竊惟先生大節, 俱在國乘與勝覽, 事父母盡孝養, 廬墓而致雙竹之感, 按廉而極一時之選。愚伏鄭先生表其墓, 鶴沙金先生撰奉安文, 蔡文肅公銘其墟, 表章之揄揚之, 大書特書不一書, 奚容不佞贅焉? 第實紀之在笥衍者, 尙未能廣其傳, 後孫敦植, 與諸宗合議出力, 方事剞劂氏[3], 甚盛事也。

其係先生事行, 幷裒稡而成完袠, 以其世派圖及后孫俎豆文蹟, 備在左方, 有若靜隱・悔堂・梧峯・虎溪・晩悟[4]・懶齋・忍齋諸先生。孝友學問, 忠義德行, 煥然日星於世。嗚乎! 偉矣, 退齋公, 光啓於前, 悔堂諸公, 繩武[5]於後, 父作之子述之[6], 齊方[7]並美。

是役也, 卽乎神理人情之安[8], 不佞忝居外裔之列, 尤不任區區之忱, 玆敢盥

1) 北風(북풍) : ≪詩經≫<國風・邶・北風>의 "북풍은 씽씽 부는데 눈이 펄펄 날린다.(北風其喈, 雨雪其霏.)"는 구절을 염두에 둔 표현. 시의 내용은 국가의 위급한 상황을 북풍과 눈보라에 비유하는 것으로 기상이 매우 참담하다.

2) 攜手(휴수) : ≪詩經≫<邶風・北風>의 "사랑하여 나를 좋아하는 이와, 손잡고 함께 돌아가리라.(惠而好我, 攜手同行.)"는 구절을 염두에 둔 표현.

3) 剞劂氏(기궐씨) : 글자를 새기는 사람. 곧 인쇄공. 책이나 문서에서 글자나 내용을 살피어 잘못된 것을 바로잡음.

4) 晩悟(만오) : 만오공의 본손들이 병향을 거부함으로써 단구서원에 함께 합향되지 못한 것을 착각한 것임.

5) 繩武(승무) : 노끈으로 이음. 여기서 선조의 발자취를 계승하는 것을 말한다.

6) 父作之子述之(부작지자술지) : ≪中庸≫ 제18장에서 孔子가 "근심이 없는 사람은 오직 문왕이구나. 아버지는 왕계이고 아들은 무왕이니, 아버지는 일을 일으켰고, 아들은 계승하였기 때문이다.(無憂者, 其惟文王乎. 以王季爲父, 以武王爲子, 父作之子述之.)"고 말한 데서 나옴.

7) 齊方(제방) : 齊芳의 오기.

手敬書。

後人 豐山 柳道獻[9] 謹跋

8) 安(안) : 安分. 편안한 마음으로 제 분수를 지킴.

9) 柳道獻(류도헌, 1835~1909) : 서애 유성룡의 후손. 본관은 豐山이고, 자는 賢民이다. 仲父 進翰에게 출계했다. 어려서부터 공부에 뜻을 두었지만, 17세 때 生父喪을 당하였고, 이후 집안 대소사 처리와 어머니 봉양으로 학업에 전념할 수 없었다. 그러한 상황을 걱정하다가 족부 溪堂 柳疇睦의 문하에 나아가 수학하면서 자신의 의지를 관철할 수 있게 되었다. 이후 종신토록 ≪心經≫, ≪近思錄≫, ≪朱子書≫ 및 ≪退溪書≫ 공부와 誠心修養에 노력하였으며, 1893년 薦으로 義禁府都事에 임명된 바도 있다.

찾아보기

ㄱ…………

가성(佳城) 179
가숙(家塾) 91, 205
개암(開巖) 85, 90, 197
갱장(羹牆) 33, 204, 215, 240
거려동(居廬洞) 78
검간(黔澗) 86, 90, 199
경심잠(警心箴) 100
경정(敬亭) 104, 221
경현사(景賢祠) 90
계옥(啓沃) 247
고산경행(高山景行) 218
고송(孤松) 79, 95
고유문(告由文) 159
공수(工倕) 105
관동리(官洞里) 72, 76, 81, 93
관학(館學) 122, 133
광간자(狂簡者) 103
교자의방(教子義方) 233
교지(教旨) 25
교취(交翠) 221
교태(交泰) 247
구고(九皐) 129
<구변가(九辯歌)> 100
구성산(九成山) 122
구양수(歐陽脩) 133, 249
≪국조보감(國朝寶鑑)≫ 85
국학(國學) 91, 205
궁장(宮牆) 201
권문해(權文海) 29
권육(權堉) 63
권익창(權益昌) 121
권진한(權震翰) 64, 174
극생(克生) 241
금대(襟帶) 217
기궐씨(剞劂氏) 255
기송(杞宋) 147
길재(吉再) 73, 93
김계광(金啓光) 227
김광수(金光粹) 99, 104, 110, 213
김도화(金道和) 147
김말(金末) 99, 214
김석유(金奭裕) 139
김성일(金誠一) 86, 122, 199
김순(金淳) 99, 214
김우굉(金宇宏) 85, 90
김우옹(金宇顒) 85

김응조(金應祖) 51, 63, 78, 140, 161, 173
김익권(金益權) 21
김종직(金宗直) 85
김홍락(金鴻洛) 113
김희삼(金希參) 85

ㄴ …………

낙서(洛書) 133, 249
난방불거(亂邦不居) 193
난재(懶齋) 79, 94, 120, 121, 126, 137, 138, 140
남강군(南康軍) 91
남경(南京) 121
남몽뢰(南夢賚) 213
노반(魯般) 105
노중련(魯仲連) 39

ㄷ …………

단구 94
단구서원(丹邱書院) 94
단밀현(丹密縣) 47, 51, 62, 76, 85, 155
단행(壇杏) 227
당개(唐介) 72, 76, 83, 182
당상(黨庠) 91, 205
당영(棠暎) 168
대필(大筆) 202
도서(圖書) 249
도호(道湖) 201
독락원(獨樂園) 60, 170
동강(東岡) 85, 197
동계(桐溪) 125, 139
동양(董養) 250
두우(杜宇) 179
등고자비(登高自卑) 221

ㄹ …………

류검루(庾黔婁) 232
류도헌(柳道獻) 96, 141, 209, 256
류득소(柳得韶) 72
류성룡(柳成龍) 122, 242
류심춘(柳尋春) 117, 118, 232
류익정(柳益貞) 73, 78, 94, 183
류주목(柳疇睦) 235
류진(柳袗) 121, 122, 238

ㅁ …………

마렵(馬鬣) 175
만경산(萬景山) 33, 41, 93
만오(晩悟) 79, 94, 137
망복(罔僕) 146, 163, 186, 204
매강서원(梅岡書院) 94
<매곡사봉안문(梅谷祠奉安文)> 117
매성후인(梅城後人) 43
맹순(孟筍) 195
맹종(孟宗) 65, 84, 175
명륜당(明倫堂) 84
명성(明誠) 237
모유(謨猷) 199
목재(木齋) 122, 134
몽충선(蒙衝船) 201
묘표(墓表) 140
무우(舞雩) 106
문과방목(文科榜目) 43
문귀(文龜) 217
문소(聞韶) 147
문숙공(文肅公) 39, 121, 140

문옹(文翁) 51, 160
문원공(文元公) 85
문자유립(聞者有立) 209
문장(門牆) 170
문장공(文莊公) 75
민락(閩洛) 249
민자(閔子) 112
민자건(閔子騫) 87
밀성현(密城縣) 89

ㅂ …………

박상충(朴尙衷) 81, 192
박약(博約) 252
반포(反哺) 66
백대(栢臺) 175
백록동서원(白鹿洞書院) 91, 101, 122, 205
백이(伯夷) 95
백척루(百尺樓) 106
백헌(白軒) 120, 236
번암(樊巖) 39, 146
법궁(法宮) 101, 217
벽수(璧水) 249
병이호덕(秉彝好德) 174
보수(寶樹) 175
보승(保勝) 25
보우(普雨) 85, 198
복상(卜商) 216
복자천(宓子賤) 103, 219
본립도생(本立道生) 160, 189, 249
봉상대부(奉常大夫) 72, 76, 93
봉안문(奉安文) 140
봉원(逢源) 225
부미(負米) 225
부윤방달(孚尹旁達) 250
부호군(副護軍) 25
북풍개개(北風喈喈) 145
불등(不登) 167
불망구학(不忘丘壑) 208
불명불인(不明不仁) 149
비렴박돈(鄙廉薄敦) 201
비영(蜚英) 175, 238
비옥가봉(比屋可封) 193
<비풍(匪風)> 54
빙산할적(冰山割籍) 237

ㅅ …………

사서(沙西) 56, 63, 73, 78, 82, 94, 120, 167, 236
사숙(私淑) 239, 249
사포(蛇浦) 48, 75, 78, 95
사학호우(仕學互優) 253
사헌부 장령(司憲府掌令) 72, 76, 93
≪삼강행실록(三綱行實錄)≫ 73
삼서사진(三徐四陳) 137, 252
<삼인사적(三仁事蹟)> 157
상람(祥覽) 230
상로지감(霜露之感) 159
상산(商山) 148, 172
상설(象設) 250
상안(商顔) 160
상운도 찰방(祥雲道察訪) 49
상인(上仁) 195
상재(桑梓) 221
상주목(尙州牧) 47, 51, 63, 81, 89
생사당(生祠堂) 51, 55, 62, 85, 89, 173
생삼사일(生三事一) 215
서애(西厓) 122, 125, 133

서정휴(徐廷休) 137, 139
서치(徐穉) 126
석담(石潭) 125
선천(先天) 237
설립(雪立) 242
섭의(攝衣) 240, 249
섭호군(攝護軍) 25, 72, 77
성은(城隱) 94
<성학십도(聖學十圖)> 139
성학십도(聖學十圖) 121, 130
세행(世行) 239
소목(昭穆) 252
소장기시(少壯幾時) 223
소주(韶州) 122
속수서원(涑水書院) 33, 78, 81, 89, 94, 160
손극창(孫克昌) 63
손중돈(孫仲暾) 56, 62, 85, 89, 164
송덕비(頌德碑) 62
송은(松隱) 99, 104, 214, 220
수암(修巖) 121, 122
수평(輸平) 253
숙제(叔齊) 95
순치지화(馴雉之化) 164
승무(繩武) 255
시강원문학(侍講院文學) 48
시축(尸祝) 203, 233
신광귀(申光貴) 47, 73, 78, 94, 156
신광부(申光富) 47, 73, 78, 94, 156
신규(申圭) 49, 79, 190
신달도(申達道) 48, 50, 74, 79, 82, 94, 156, 159, 184
신도통(申道通) 82, 193
신돈식(申敦植) 40, 42, 95, 140, 147, 149
신득창(申得昌) 72
신렴(申濂) 82
신류(申瑠) 94
신사렴(申士廉) 47, 156
신사윤(申士贇) 47
신수(申壽) 176
신숭겸(申崇謙) 72, 93
신심(申鐔) 74, 79, 82, 95, 177, 185
신심(申伈) 74, 79, 94, 184
신역(身役) 73
신열도(申悅道) 49, 52, 63, 71, 74, 82, 157, 162, 184, 235
신영미(申英美) 72
신우(申祐) 21, 47, 62, 83, 84, 89, 164
신원록(申元祿) 47, 74, 79, 82, 94, 99, 100, 104, 110, 156, 184
신원복(申元福) 47, 74, 79, 82, 94, 156, 183
신유(申瑠) 79
신유(申增) 190
신윤유(申允濡) 47, 72, 76, 83, 93, 155, 166, 175
신익휴(申益休) 72, 93
신인보(申仁甫) 43, 150
신재(愼齋) 107
신재(申在) 49, 79, 190
신적도(申適道) 49, 54, 74, 79, 82, 94, 157, 163, 184, 235
신정보(申鼎普) 21
신지익(申之益) 74, 79, 82, 95, 177, 185
신지제(申之悌) 49, 74, 79, 82, 95, 104, 110, 113, 156, 185
신지효(申之孝) 74, 79, 82, 95, 176, 185
신진승(申晉升) 72
신채(申埰) 69, 79, 82, 95, 179, 190, 235
신체인(申體仁) 80, 191

신춘년(申椿年) 43, 150
신퇴재(申退齋) 93
신협(申鋏) 74, 79, 82, 95, 177, 186
신호위 보승(神虎衛保勝) 72, 77
신호위(神虎衛) 25
신홍도(申弘道) 74, 79, 94, 184
신홍망(申弘望) 49, 74, 79, 158, 185
신황(申熿) 75, 187
신흘(申仡) 74, 79, 94, 184
신홍계(申興溪) 94
신홍효(申興孝) 78, 82, 177, 189
심도(沁都) 246
<십도십목(十圖十目)> 121
쌍죽도(雙竹圖) 65, 68

ㅇ…………

아주군(鵝洲君) 43, 72, 93, 182
안렴사(按廉使) 21, 47, 70, 77, 81, 89, 140, 155
안응창(安應昌) 70, 180
야은(冶隱) 41, 71, 73, 93, 148
양민공(襄敏公) 85, 196
양일당(養一堂) 95
양지(養志) 180
양하(兩下) 217
여택(麗澤) 201
여헌(旅軒) 71, 120, 125, 133, 138
열도(悅道) 79, 94
영각(鈴閣) 219
영인(郢人) 105, 222
예조좌랑(禮曹佐郎) 49
오두적각(烏頭赤角) 183
오봉(梧峯) 79, 95, 104, 111, 140, 220, 227
오토산(五土山) 99
오포(烏哺) 229
옥사(屋社) 208
왕람(王覽) 112
왕백(王栢) 195
왕부(王裒) 65, 84, 175
왕상(王祥) 112
왕씨조랍(王氏祖臘) 186
왕지(王旨) 25
용주(龍洲) 139
우복(愚伏) 39, 56, 63, 73, 78, 82, 94, 121, 125, 140, 146, 166
우재(愚齋) 51, 58, 62, 85, 89, 172, 196
운곡(耘谷) 39, 145, 208
울진(蔚珍) 121
웅어(熊魚) 237
원천석(元天錫) 96
월굴천근(月窟天根) 222
월성군(月城君) 166
유검루(庾黔婁) 115
유일(遺逸) 126
유일재(惟一齋) 113
유조(柔兆) 246, 253
유허비명(遺墟碑銘) 40, 140
<육아(蓼莪)> 112, 229
육적(陸績) 66, 176
육행(六行) 193
윤환(輪奐) 206
율리(栗里) 149
은괄(檃括) 208
은사근사(慇斯懃斯) 169
읍양절선(揖讓折旋) 206
응암(鷹巖) 95
응지소(應旨疏) 121
의대(衣帶) 130

이경석(李景奭) 120
이돈우(李敦禹) 242
이민성(李民宬) 104, 110
이산해(李山海) 85, 197
이수(李銖) 198
이숭일(李嵩逸) 107
이언(李堰) 72, 76, 93
이언적(李彦迪) 85, 196
이원규(李元圭) 61, 63
이유장(李惟樟) 226, 231
이윤우(李潤雨) 242
이정(二丁) 170
이제(夷齊) 179
<이조부(二鳥賦)> 100
이준(李埈) 30, 56, 63, 73, 94
이중철(李中轍) 117
이천(二天) 169
이현일(李玄逸) 224
이황(李滉) 43, 85, 121, 198
인망교이(人亡敎弛) 205
인재(忍齋) 79, 95, 120, 121, 126, 130, 137, 138, 140
일명(一命) 193, 233, 237

ㅈ …………

자강(自强) 201
자정(自靖) 183
자하(子夏) 100
잠조(簪組) 207
장대서원(藏待書院) 74, 79, 82, 94, 99, 137
장령(掌令) 47
장로(張老) 105, 222
장수(藏修) 204, 233, 236
장절공(壯節公) 72, 93, 182
장천(長川) 101
장현광(張顯光) 71, 120, 236
적량공(狄梁公) 62
적인걸(狄仁傑) 172
전대(專對) 138, 188
전모(典謨) 111, 227
전성(專城) 228
전식(全湜) 56, 63, 73, 94, 120
점열(點閱) 199
점필재(佔畢齋) 85, 196
정경세(鄭經世) 39, 49, 50, 56, 63, 73, 75, 78, 94, 121, 140, 158, 159, 237, 243
정구(鄭逑) 86, 120, 199, 236
정매(征邁) 233, 253
정몽주(鄭夢周) 41, 73, 93
정봉(鼎峯) 79, 115, 117, 233
정숙공(貞肅公) 33, 93
정신(鼎新) 168
정온(鄭蘊) 139, 242, 253
정은(靜隱) 79, 94, 115, 116, 140
정인홍(鄭仁弘) 94, 113
정조(鄭造) 120, 243
제갈량(諸葛亮) 58
제고(祭告) 155
조경(趙絅) 139, 253
조광영(趙光瑩) 63
조목수(趙沐洙) 88, 202
조익모습(朝益暮習) 201
조정(趙靖) 86, 90
조학수(趙學洙) 92, 206
조혁(鳥革) 169
조혁이휘비(鳥革而翬飛) 200
존명양이(尊明攘夷) 132

주묵(朱墨) 238
주속(周粟) 148
주자(朱子) 91, 122
≪주자서절요(朱子書節要)≫ 86
즉망(卽亡) 170
증민(曾閔) 229
증삼(曾參) 107
증자(曾子) 111, 112
증점(曾點) 106
진등(陳登) 222
진번(陳蕃) 126
진성화(陳省華) 137, 139
질질사간(秩秩斯干) 217

ㅊ ....

차군(此君) 175
창석(蒼石) 56, 63, 73, 78, 82, 94, 167
창원(昌原) 111
채미(採薇) 208
채제공(蔡濟恭) 83, 140, 194
철식(餟食) 217
청금(青衿) 216, 223
청신동(淸愼洞) 78, 189
청재(淸齋) 79, 94, 115, 117, 233
청화절(淸和節) 87
초복(初服) 198, 247
촌초(寸草) 195
최현(崔晛) 116
추로(鄒魯) 205
충렬왕(忠烈王) 182
측철(則哲) 246
치고괘(治蠱卦) 84, 195
치의편(緇衣篇) 84, 195
칠봉(七峯) 85, 197

쾌쾌기정(噲噲其正) 217

ㅌ ....

<태학명(太學銘)> 121, 133
택려(澤麗) 242
토규연맥(兎葵燕麥) 186
퇴계(退溪) 43, 85, 150
퇴재(退齋) 39, 55, 56, 58, 62, 70, 72, 76, 81, 83, 89, 115, 120, 145, 172

ㅍ ....

판도판서(版圖判書) 33, 47, 83
포은(圃隱) 39, 41, 73, 93, 145
풍성(豐城) 215
풍수(風樹) 233
피총(避驄) 229

ㅎ ....

하도(河圖) 133
하옥(廈屋) 101, 217
<하천(下泉)> 54
학봉(鶴峯) 86, 113, 122, 133
학사(鶴沙) 78, 129, 140, 189
한강(寒岡) 86, 120, 125, 138
한유(韓愈) 89, 133, 203, 249
함석(函席) 240
함장(函丈) 223
합포(合浦) 229
항재(恒齋) 107
행단(杏壇) 111
행장(行藏) 239, 252
행장지도(行藏之道) 181

향사(鄕社) 91, 205
향품(鄕品) 21
현사(縣舍) 219
호계(虎溪) 79, 94, 120, 130, 137, 138, 140
호시의덕(好是懿德) 216
호양(湖陽) 121
호역(戶役) 73
홍만조(洪萬朝) 220
홍망(弘望) 82, 95
홍석기(洪錫箕) 68, 78, 178, 189
홍술(洪術) 99, 214
홍여하(洪汝河) 122
홍유(洪儒) 214
환주(還珠) 229
황패(黃覇) 160
황향(黃香) 66, 176
황화절(黃花節) 147
회당(悔堂) 79, 94, 99, 100, 104, 115, 120, 140, 215, 220
효렴과(孝廉科) 72, 76, 93, 183
효수(孝水) 87
효자리(孝子里) 47, 56, 70, 73, 77, 81, 93
훈지(壎篪) 246, 248
희상(羲象) 84, 195

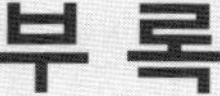

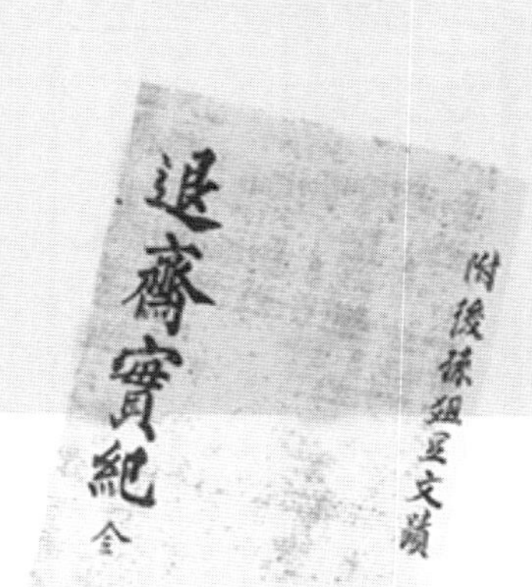

退齋實紀 影印

여기서부터는 影印本을 인쇄한 부분으로 맨 뒷 페이지부터 보십시오.

日獻祝儀式不可直任本家玆以會議還告執

願僉君子遠賜賁臨克惇儀節之地幸甚

退齋先生實紀卷之二終

若是卓矣曁惟忍齋先生以家庭詩禮克濟其
美一時聲聞嶠南有三某之稱學中爲六行之
備而若其十圖解義有 聖明之稱賞一部策
式見義理之明的亦豈非稱家之賢乎嗚乎忠
節兼全於一門事行俱著於兩世風聲之樹[illegible]
德之報猶將百世可祀也陋鄉末學無以奉[illegible]
前烈遺芳剩馥之地尚未有一席香火之薦[illegible]
知未免於鄰鄉大方之所棄也惟是德家遺範
尚有誠孝勤懇之風若爾雲裔備成堂齋[illegible][illegible]
宋朝除陳故事爲原列廡配之禮生等[illegible]合[illegible]

賢俱以瑞世英偉之材乘國家晠明之運早親有道學業征邁聯登科第聲輝闡發令聞夙敷晉途方闢殆見仕學互優位德俱隆而華當兼兆天地冠屨之變忠義竝萃於同氣名節竝[illegible]於一家至若伯府先生倡旅陳疏抗斥輸平之恥普衆灑泣奮發敵愾之氣況其學問精深尤見於性理論辨之說肅學分類之圖嵬乎壯矣季芳先生聘命上國克揚專對之策歷在孤城首發和議之非蓋其壎篪淵源之正出自寒旅之門而道義交遊之盛同時處義於桐谿之論

伏以虎溪晩悟懶齋三先生聯床博約之工同棣忠義之蹟實吾林之卓然先覺也況惟忍齋先生學問淵源克紹家庭之傳孝友實德式濟先世之美又其文學行藏之縱卓尤合昭穆之幷享此誠宋朝三徐四陳之例豈非盛德之事也伏願僉尊會議藏院通告道內預成完重事義幸甚

藏待書院通文 丹院揭虔時

伏以鄙鄉先輩虎溪懶齋申先生及虎溪胤子忍齋先生德學風猷盖吾鄕之所共景慕也諸

時遠潛德幽光至今裕後曠慕深篤曷以報塵厥有令規餘干董澤儒林合議爰紹丹師載度載營粗成齋閣杖屨曾憩俎豆允宜簋吉蠲躬揭妥神位旣右溪老亦右懶翁亍以配之于二公廟同堂合食赫世彌光陟降在庭象設有儼一氣肹蠁幽明理同神庶樂康顧我歆我其承無斁惠我光明

常享祝文

學程十圖道著六行躋配二考一體祇敬

詠歸書堂通文 丹邱書院營建時

常享祝文

春秋至義淵源正學壎篪一堂永享千億

忍齋先生奉安文

顯允先生天資端確庭傳詩禮工餘圖書學日吾家孝著冲歲克養有節本立道生私淑鶴厓摳衣旅老沉潛閩洛羽翼韓歐文章早成窮達一體明時遯跡江湖好緣璧永題名館稱三某行全孝友學造高明晩暮藏修爰契知止間中梅竹靜裏衣冠潛修隱求有及百氏牧伯致敬木老怱年翛然出塵孚尹菊達惜未見用命與

朝天海路坦如康莊事由近酋責我潛貿呈書禮部光國之休桒兆卜城死以爲誓隨身以帶處家以書含忍南歸遂我初服斷斷忠赤北關于懸昇陳十圖疏論交泰啓沃冀贊百世可師久擬妥靈因循未舉何幸近歲公議僉同縉紳湊翁道同德合亦粤忍齋克紹庭學衿紳合辭敦議齊享從以昭穆或聯或配一家三賢并徽齊美兹涓吉日爰舉縟儀神理宜安人情胥悅將事之始敢伸厥彝伏惟尊靈歆我牲禮於千百歲勿替引之

淸淑三位倚卓數間丹雘或聯或配從其昭穆
爰擧縟儀辰良日吉樽俎潔淸襟紳齊遬陟降
在玆惠我無極

常享祝文

學傳師訣義扶 邦綱餘教在人報祀無疆

懶齋先生奉安文

顯允先生淑氣降鍾趾美令祖考德賢師爰暨
二兄壎篪唱學簡重自晦鶴銘匪謨儒門得人
旅評則哲己自妙歲高名四馳皐鶴聞天歷敭
華貫西戎內逼扈駕沁都時人議和抗章論作

才資濟以學力崖老定評義理明白愚翁鑑識
天分高卓院削奸魁禮質函席西戎豕突羸粮
赴急酬以一郵蘇我湯析及夫再捌元戎滌雪
義旗西指南城崒律和言蘖芽奈彼賣國疏陳
萬言綱常賴植故園春晚詩出腔血謝事言還
山間草屋娛以書史持以謙牧人稱地仙邪有
遺逸推原反始宜享苾芬惟陳徐氏況有鼓寔
因循未遑歲幾三百藐玆後生積世營度亦粤
懶翁同氣合德愛及忍爺克紹家學兩世風範
百年如一合餟同堂情禮允叶念玆丹邱山水

舊蒼蒼歲暮邑

拋梁上天爲斯文未嘗喪直是性無今古殊由
來只在人能養

拋梁下洋洋黌巻盈塵架聖人言行此中留讀
得方知有爲者

伏願上梁之後儀形不替風韻長存禮備情禮
尚洋洋而如在士習餘教當濟濟而克生蔚爲
鄉邦之耿光永承君子之遺澤

虎溪先生奉安文　李敦禹 肎庵

顯允先生忠孝全德雪立岡軒澤麗桐石本之

兀苾芬三哲永有明德之馨香寧吾黨隆師之
誠得遂而己顧雲孫積世之願何幸如之玆涓
叶吉之辰敢獻升梁之頌兒郎偉
抛梁東凰峯朝日上晴空平生禮樂周旋地猶
有祥輝一氣通
抛梁西鳳山一抹夕烟低小車想得從容日江
島山花盡品題
抛梁南淵泉混混去成潭梧桐天外月輪霽印
作中心淨似藍
抛梁北遺墟百載人應識松篁一壑帶寒風依

窕允合靑襟之靜會曠遠幽閒惟玆三老之栖
遲寔是一堂之倫序昔當陪侍於函席尚有典
型於樞衣藹然其仁家庭見孝友之行養之以
德鄉里服忠信之孚斯其實學之內克燦乎英
華之外見噫遺教之不泯孰無傳誦之懷而遺
跡之所在擧切想像之感不有明宮俎豆之擧
詎寓永世羹牆之思爰諏一區於舊居實取九
成之美義伊江山點綴之相似物色增輝矧杖
屨遊賞之所於謦欬如昨則百年人事之遷就
庶今朝不日之經營瞻聆一方佇見高棟之突

朱墨中朱書屛障與同聖功上聖學疏伸大義
於天下後山誠第二議論約行四條於海隅卽
有鄰凡百觀感遺斥於世行將泰然盡瘁之心
死而後已是皆本之授受曷不盛乎行藏學者
忍齋先生小學之自家家書卽是兒髫時語聖
訓之隨類類揭蓋將刻肺爲銘私淑有說論學
有圖造次必於是厓鶴與聞修木與質就正其
在斯三某之稱嶺數大儒六行之薦館首華聞
縱不售於登庸固無傷於器己竊念丹鄕之佳
境最爲淄州之名區眞同白鹿之遺墟淸冷[illegible]

所奬義理文學之才師門有愛敬之推承國爵
而旅老仕路持辭謝之義對沙西若白軒星夜
勤王抑忠誠於當日氷山割籍凛直氣於千秋
明誠集義之工交修講蠶牛於平素尊攘斥和
之章首抗辦熊魚於蒼黃九耋林泉作神仙於
平地一命祠祿付浮雲於先天猗歟懶齋先生
學勤爲儒才蘊其具通明溫雅生禀異凡之資
經術文章成就一家之業謁寒聞旅高足於門
庭蹬愚麗修上項之道義蜚英初載播越之
駕是從航朝　南天忠讜之節始著几案不撤

今伊始無斁于斯

常享祝文

道在躬行學期精研至行懿範裕我後人

丹邱書院上梁文　柳疇睦 溪堂

虎溪適道悔堂孫也　哲宗丙辰與季

弟懶齋悅道胤子忍齋埰幷享而戊辰

見毁

鄕社有祭古人重崇報之儀藏修以祠後學寓

尊慕之意窃但推宗于宿德抑將矜式於斯文

恭惟虎溪先生惟孝是源退齋悔堂之胄爲賢

二連道在躬行學期精研勉勉之工實地眞諦
篤于友愛惟兄及弟勗以征邁俾從之師曷不
欽慕大賢攸題教子義方迪人遜悌長川舊院
緊誰經始一 命不起風樹之思藏修晩計洞
溪溪迴扁齋靜隱養我情性樂在書史閒以嘯
詠高風懿範想像不諼尸祝之闕士林攸歎矧
爾雲仍敢忘崇報禮緣人情議愜廟貌睠玆梅
岡杖屨遺馥於焉營度求我世德襲訓趾美鼎
峯淸齋一廟三世衆論所歸載涓吉日載奉祠
版籩豆有践禮儀有衎洋洋如在旣右享之自

鏡民俗歸厚士習變汚文明一境

常享祝文 李惟樟

眞純碩德孝友至行鄕邦範則多士起敬

梅岡祠靜隱先生奉安文 柳壽春 江皐

靜隱元福悔堂兄也妥靈於此與長孫鼎峯弘道曾孫淸齋墦幷享而戊辰見撤 二公文蹟逸不傳

退齋賢孫悔堂難兄資禀粹美操履堅貞至性出天惟行之源厨有具味瀞不替人上堂起居親心克悅誠感靈藥孝追雙竹比古黔婁於今

俎豆斯設胥氣相孚公議已定追惟往躅諷其典謨者接欽響顯允梧峯天賦特殊孝家餘慶壎唱篪和規步端趨惕若三省戒色之年目不視姝淫邪自迸大鳴 王庭初闢晉途專城卽請遭亂忘身周窮恤孤義烈炳炳烏府避驄合浦還珠冰淸桂勁時運一變憂樂江湖惟安義命終慕蓼莪老篤烏哺曾閔之行推而友愛一視髮膚祥覽之性淸流暎帶林壑盤紆地勢瀟淨爰有同好鼎來于于日吉辰令聿爰神位虔誠穆愉肅肅門辟神庶佑我燭我昏衢磨我古

以衛斯文遺澤在人百歲如昨沒世愈久仰德滋深睠彼崇阿有儼廟貌日辰之吉于以妥靈青衿鼎來籩豆有楚千秋無替歆我馨香

常享祝文　李惟樟 孤山

心存孝悌學務踐實表裏相符無憾存歿

梧峯先生奉安文　金啓光

懿德之好無間哲愚寔出彝秉神明之享報侑是圖豈由識敬至行惇篤高風激懦在古罕倂柯則非遠枌榆接區粤有先正山嶽我鎭星斗我盱我思則永有儼書屋略備規模依如壇杏

伏願上梁之後儒教丕盛士趍益端攝齊而前
函丈之禮如在詠歸其上舞雩之風可迎祀事
孔明長薦春秋之享賢才迭出蔚爲邦國之楨

悔堂先生奉安文

李玄逸 葛庵

至性天全不待勉強事生之節送終之誠人無
間然可也參考本旣立矣隨事逢源行惇于家
善推於外巳就微祿負米之心竭誠賑飢濟人
之急贄文往謁愼齋之門屢蒙賞嗟許以德器
研精篤學言行相符飽德家歸佩服終始悶我
後學無處藏修慤斯慇斯庠塾之事勉勗後進

抛梁西坐看殘照下山低傍人莫道黃昏近遠
得玄關路不迷
抛梁南藹然和氣滿松杉元龍百尺空中起月
窩天根坐可探
抛梁北聖人猶有寸陰惜少長幾時須讀書窗
廬歎息亦何益
抛梁上綠水青山看氣像香火四時瞻拜地靑
衿濟濟森相向
抛梁下詩書講習無冬夏試看活水源頭來混
混何曾晝夜舍

之形欄楹高明實表正大之體想像百載之下
頓覺水丘之增輝指點一區之中無非杖屨之
留跡所謂地因人而擅勝況有名與義之相符
藏而待之此正吾黨自强之處道所存也奚翅
門人親炙之時登高自卑宜思積累之訓端本
齊末寧昧輕重之分不但邑人之觀瞻蓋欲定
風之振作玆涓吉日將擧脩梁才賓慚於郢人
縱乏絕響頌竊效於張老可免後譏
抛梁東菸菸原野四望通圖書左右渾無事時
有床頭一陣風

載新樓觀之制道其不墜仰之彌高顧茲爰靈之遺祠寔出象賢之美意有若悔堂梧峯之學問孝友同出乎名家亦越松隱敬亭之踐履文章併稱於前代流風猶在宛然桑梓之連陰後學追思尤矣苾芬之齊饗惟其礪俗之道有賴於斯庶幾肄業之徒爰得其所萃緣儒林之力詘尚闕書樓之蹕成登茲遠望既乇觀物之具入此羣處安得庇士之歡矜紳合謀而同聲殷倕趁事而殫技山腰陡絕半割交翠之開庭榭額高懸快覩流丹之飛閣峯巒環列似效拱揖

平烟月閒多暇

伏願上梁之後地孕其秀神呵不祥惠我光明惟新一代之化爲人矜式共欽百行之源人無異師奮希賢慕聖之心王多吉士獻經國匡世之猷

藏待書院風詠樓上梁文　洪萬朝 晩退

悔堂與梧峯之悌 退齋九世孫 肅宗乙丑同享于此金松隱李敬亭民宬幷侑而戊辰有邦禁見撤

一鄉有所矜式旣設俎豆之儀多士得以依歸

許君親見悔堂翁
拋梁西雉岳嶬峯眼下低雲暗雨昏渾不管屹
然千仞護幽栖
拋梁南上有銅堤下碧潭霜落霧凝元不惡却
嫌狂雨打清嵐
拋梁北夫子宮牆高百尺羣弟長環七十二也
應時來許參席
拋梁上霽月光風無盡藏景物依依道在斯斐
然狂簡嗟吾黨
拋梁下柳色靑靑連縣舍鈴閣時聞宓子琴太

乎奇峯秀岳如見所立之嵬嵬襟帶乎經流長
川知是有本之混混倣與刑於白鹿天慳地閟
之名區科餟食於文龜異世同符之至槃猗歟
一鄕之盛事美哉百世之宏規抑音有聞於先
賢言豈耄也請今廣諭於同志聽無譁兮天之
所與我者如何希之則是井而不及泉則爲棄
學而後能或高山景行之可幾在積銖累寸之
不怠在我而已待人乎哉請賡呼邪許之歌敢
唱兒郞偉之頌

抛梁東仁里 旋閭這箇中從此儻知人子職

鄉宜益親切想像欣慕之已久影響聲臭之可尋肆篤崇報之誠乃諏俎豆之典好是懿德驗人心之攸同樂哉斯丘覺天作之非偶方伯悉心而綱紀特捐 聖廟之舊材地主殫力於經營首擧賢祠之新政同聲相應多釋經敦事之靑衿咸勸自來華承風趍役之白叟徵三代法宮之制用兩下廈屋之規旣工善而材良亦可勤而力贍荊榛初闢悅爾山川之改觀日月幾何隆然棟宇之如跂室堂也戶牖也階墍也秩秩斯干楷庋邪楹翼邪廉阿邪噲噲其正逮提

曁惟愼堂申先生孝友出天踐履實地有日用
當行之路惟孝惟忠而早得依歸之師載欣載
悅生三事一克盡方心之罔有知輒行勿失服
膺之訓體先儒精詣之見驗平生篤信之心人
無得以間焉亦有子騫之昆弟吾必謂之學矣
寧無卜商之文辭旣作則於臨家可爲法於鄕
邦惟茲兩賢之出不待半千年期歲萃一縣之
中亦在數十里內夫非上穹之意於於間氣之
鍾一時之困屯寧論長夜之日星昭揭準四海
而不忒雖擧國可以師宗生一里而必聞在吾

東西起爲金城結爲五土扶輿靈淑之氣亭育
豪傑之才當麗祖創業之時有洪術洪儒之武
遠

聖祖興平之日稱金淳金衣之文言功名
而困難勝校語眞儒則請姑舍是然惟松隱金
先生情高意逸行安學成用而行舍而藏浮雲
富貴入則孝出則悌餘事文章警心十章箴盖
有得於三綱領八條目豐城一片劒亦何害於
二鳥賦九辯歌作模楷於當時樹風聲於來世
如今百年之後猶髣髴於夢寐未作九原之前
孰覬覦其門戶嗟呼追而莫及是以久而不忘

退齋先生實紀卷之二

附後孫俎豆文蹟

尼山書院上梁文　南夢賚 伊溪

退齋先生六世孫悔堂元祿 顯宗己酉以士論尸祝營建擬與松隱金光粹幷享未果移奉藏待書院

崇厥德不掩爾善既有秉彝之天祭於耕其在斯人可無妥靈之地有侐數間之廟宇聿新四方之瞻聆粤自徐羅舊邦有此義城新府二水分流於前後會于洛江朝于九濱諸山環鎮乎

在蛇浦辛向原日公之十七世孫敦植紬公實紀示不佞責以墓道之文顧不佞老且病曷敢當是役請益堅謹依來狀略加檃括竊附乎昔景仰之悃云爾系之以銘曰

國旣屋社我罔臣僕潔身而去不忘丘壑我鉏採薇志同耘谷淸風苦節百世如昨毅老而忠終始一節跡幾沉晦有證淺目聞者有立過者必式有菀者陰子孫千億蛇浦之阡有崇三尺詔我無窮兮山可平石可泐

義禁府都事後人豊山柳道獻謹撰

道以文學鳴世號鼎峯子墧官止正言有淸德
號淸齋昇享梅岡祠虎溪公之子垛進士以孝
學登剡薦號忍齋享丹邱鳳州公之八世孫之
孝壬辰殉於孝號鷹巖弟之悌承旨有德望錚
壬辰勳　贈吏叅號梧峯享藏耆子弘望官正
言以淸直稱號孤松有叅奉之益號養一堂與
子鐔姪欽俱孝行旌門是其表顯著也嗚乎先
生值麗運之季見幾而作不俟終日後雖屢被
徵辟而不起盖其跡也隱箕子曰我罔爲臣僕
後之尚論者於此可以知公大節之有在也墓

光貴知鳳州事簪組世不絕子孫之以孝友名
節著者錄之如左府令公之五世孫元福以孝
薦授參奉號靜隱亭梅岡祠元祿學行至孝旌
閭 贈參議號悔堂亭藏待子佖壬辰倡義官
監察號興溪弟仡抗疏斥仁弘 贈承旨號城
隱子適道 健元陵參奉學問節義爲世所推
丁卯丁丑倡義斥和 贈吏議號虎溪亭丹邱
弟達道修撰經學直節爲一世重丁卯斥和
贈都承旨號晚悟弟悅道拿令受師門旨訣丙
子扈 駕誓死號懶齋亭丹邱靜隱公之孫學

嘗爲全羅道按廉使盖一時極選也嘗從圃隱鄭先生得聞大義麗季政荒遂與冶隱吉先生同歸田里入尚州萬景山隱不出我 太宗大王以潛龍舊契徵以刑曹判書不起性至孝遭貞肅公憂廬于塋側朝夕哭泣以終三年涕淚著地忽有雙竹挺生人以爲孝感事聞旌閭名曰孝子里鄕人鐫石以表之其後孝子遞相接盖公所過者化也尚之人士誦慕不置餟享于涑水從愚伏蒼石沙西諸先生議也配若木柳氏府院君益貞女有子二人長光富内府令次

作交相勅厲庶無負前後刱修之意者豈非吾輩之所區區相勉處耶

進士豐壤趙學洙撰

神道碑銘 幷序

退齋先生姓申氏諱祐鵝洲縣人壯節公諱崇謙之十七世孫十二世至諱益休以軍功封鵝洲君子孫仍以貫焉四世諱允濡高麗忠烈王朝官版圖判書諡貞肅有清名直節於公爲皇考妣星州李氏持平堰之女居尚州丹密縣官洞里應孝廉科累官至奉常大夫司憲府掌令

而或至風波數起氣象不佳則玆豈非世道之寒心而有識之竊歎也哉雖然物極而反理也本院之比來凋弊似非一朝一夕之所可容易修復者而何幸五六架輪奐翬革之美忽地突兀廊廡廚庖之室次第又重新諸父老殫竭勤苦之誠足令人欽尚而斯文休復之運又安知不由於斯耶凡我吾黨君子因堂宇之重新而思所以日新又新之工入是門而想前賢之風範登斯堂而顧明倫之昭揭講於斯讀於斯絃歌於斯反以求之於心身驗之於言行奮發振

塈與村秀才敎之以父子君臣夫婦長幼朋友之序導之以博學審問愼思明辨篤行之目皆所以明人倫也人倫明於上而治敎行於下故化洽而治隆風淳而俗美自三代以後倣一番休明之治者必以南宋爲首者此也在我東大嶺爲尤盛家塾黨庠鄕社國學處處相望規模設施大小節次一遵宋先生儀文規度於是乎羣賢輩出斯道大明絃誦禮樂之敎孝謹忠信之行蔚爲海東鄒魯而嗟夫世降俗偸人亾敎弛庠序間揖讓折旋之地反爲游衍談笑之場

八閱月而工告訖卽我　聖上卽位之元年乙丑也噫丹邱一區水麗而山明天長而野曠無邊風月灑落光景皆是爽胷襟而快心目余乃登斯堂喟然而歎曰宇宙間名區勝景亭榭樓觀在在何限而此不過遊人墨客輩一觴一詠之地而已天於此節孝君子之鄉而假之以如許名勝又得以爲崇賢講道之所者抑豈非玆區之一大遇耶然先輩所以創設藏修之意夫豈徒然哉昔朱夫子之知縣南康也重建白鹿洞書院手書明倫而扁其堂列爲條目而揭于

是而升享焉遂一堂而享二賢名其祠曰景賢
其後四十七年癸未升而爲院又其後二十七
年庚戌奉金開巖趙黔澗兩先生躋享以寓羹
牆之慕噫本院肇創實在於吾商大小院所來
有之先而古而灰燼於兵燹中而拘綴於力勢
營度措置俱未免草草略略講舍爲尤甚前後
數百載之間幾經修補而歲月浸久至於瓦漫
而漏棟撓而傾榱桷腐敗窓欞毁壞東痿西圮
若不支吾者己累年矣鄉父老用是大懼區劃
得若干物使同志老成掌之責以修復之舉凡

祖豆之若潮民之廟韓文公中値龍蛇之變遂
丘墟矣　崇禎甲申後十二年丙申一邦諸先
輩慨然興愴遂披荊棘而掃塵坌拓舊址而等
新廟因議于衆曰孫先生向時生祠之奉誠美
矣然此不過一縣人遺愛之感而止耳先生立
朝負三孤之重出治洽百里之澤盛大德業邇
明學識實爲士林之所矜式且廟之南有按廉
使退齋申先生閭先生卽勝國名臣當麗氏運
訖遜荒而遂罔僕之志性至孝守墓而感雙竹
之異卓節懿行亦足以樹風聲而勸來後盍於

時有事而執豆籩肅將而蹌濟夫然後堂楷生邑庶幾乎宮牆有光掃梁上遺塵輝暎斂老大筆拋佛頭不潔惶愧靦生拙辭百歲千歲空傳今文古文皆有

豐壤趙沐洙撰

明倫堂重修記

商之屬密城縣有涑水書院卽四先生尸祝之所也粵我 皇明正德元年景節公愚齋孫先生來守是邦所以養士治民之道救災恤患之方靡不用極而於密遺愛爲最深縣人立生祠

古丹邱戢孝男

抛梁北江流迴上如彎曲春來欲放蒙衝船野老莫須愁費力

抛梁上月白風淸天宇曠一氣流行不暫停自强君子宜觀象

抛梁下菽麥禾稻連四野憂國老夫但願豊和風是日從南也

伏願上梁之後登斯堂而春夏詩書入是齋而秋冬禮樂朝益暮習不撤絃誦之聲鄙廉薄敦益修端謹之行或以文而會朋友麗澤而切偲

宿傚五架於前規因舊貫如之何惟苟完而已
矣士殫誠工效力倏見鳥革而翬飛日既吉辰
又良有若神助而鬼相幸得扶顚而補敗庶無
替於昔人聊且詔後而紹前將有辭於來世玆
將燕賀庸助虹謠
抛梁東仙鶴山高可御風不必御風乘鶴去仙
鄕自在此堂中
抛梁西萬景蒼蒼落日低日暮星稀千載下前
人風範孰思齊
抛梁南道湖春水綠成潭吾知此水源於行從

於子孫道義則矜式於鄉黨盖惟我四先生雖世代差池於先後而道揆同符於忠孝肆於崇禎後丙申金亨退翁愚老又以　英廟之庚戌追奉開老黔翁第兹堂宇之成在三去癸巳之歲計其日月之數凡百有五十餘年奈此棟撓而將傾未有物久而不壞遂與渭濱士友周咨而合謀爰暨江東老成鄭重而區劃皆曰是吾責寧憚奔走之勞苟不及今圖恐有顚仆之患兹乃始事於載陽之日遂蔿揭梁於淸和之辰爲嫌地勢過高減一尺於舊址足容士子齊

韋布而忠憤激膽屢發贓吏跡正旁匆而風采
動朝面論無漸於夏張劉陳受益於弘廣苟非
識全體之道充養得來焉能展大用之才從容
做去所以負重名於朝野終焉遂初服於巖泉
贈參判黔澗趙先生剛毅之資醇正之學受心
經於岡老早聞向裏之方講朱書於鶴門因資
終身之用一舉義旅奮孤臣之白衣三乞 親
征瀝滿腔之丹血惟欲盡分於己職何屑辭卑
於小官以禮敎而道齊興三物善俗於南郡設
學課而點閱無一士染迹於北人謨猷則貽謀

里號斋觀彼南閭之楔蓋聞我先生之風景節
公愚齋孫先生襄敏訓承佑畢學受感激　成
中之妹遇納允而出宣夾贊廊廟之訏謨亮工
而弘化爲艾元贊冕盡蒙養誘掖之誠載　國
朝實書勉躬行節儉之德盖陽春到處而均布
而仁澤容縣而偏漢適當大旱之年備以江東
漕粟普濟衆生之命稱曰西方彌陀是故圖像
而生祠仍復尚德而叅社副提學關巖金先生
以七峯父爲東岡兄山海門從遊仰高風於千
例退陶書見賞無虛士於盛名請斬妖僧頭自

上之四十一年乙酉嘉善大夫原任司憲府大
司憲兼藝文館提學春秋館事蔡濟恭撰 樊巖

涑院明倫堂重修上梁文

詠好賢之緇衣尚且敝予又改玩治蠱之義象
可不圖厥新修衿紳聳觀山川增賁伏惟按廉
使退齋申先生尚書孝子麗氏名臣文獻不足
徵惟儔御史清節父老以手指尚識上仁攸廬
三時之哀哭徹天誠結寸草兩行之血淚著地
精感雙筍何論王柏之自枯不啻孟筍之呈異
長江滾滾遡百行之淵源片石巍巍景二字之

恭記其事濟恭作而曰懿哉斯役也後之人式其閭不如師其人師其人不如師其心師其心又莫先於百行之源如使人之過密城者因是石以慕其人慕其人以及其心鄕而州州而國洞洞焉興於百行之源克底於比屋可封則是役也未必不爲之倡也其有補於風教大矣濟恭何敢辭公諱祐號退齋鵝洲人也公之父諱允濡官版圖判書有直節人比之唐介云銘曰亂邦不居跡何其潔也爲子盡分行何其篤也是惟申退齋故里閭公之風者是效是則

孝友爲士林望而適道當 仁廟丁卯丁丑倡
義師達道斥和議悅道扈 駕皆死曰興孝以
孝載密城誌曰之孝死壬辰倭刃臨絶血書寄
弟勉死國曰之悌有孝友德行享藏待書院曰
之益曰鐔曰欽皆以孝 旌閭曰弘璧以孝友
淸直稱曰垛以六行薦曰瀛 贈持平以孝鳴
呼何其盛也公之享涑水書院也愚伏蒼石沙
西諸先生實主之而愚伏表其墓所以闡揚之
無憾公之諸孫猶以公之所居里久或湮沒謀
伐石以文之幾世孫道通氏千里走京師屬濟

曰不失其身而能事其親者吾聞之矣失其身而能事其親者吾未之聞也公當麗季昏濁嘗以按廉使專制湖南黜陟己而歸田里以終其身卽官洞里是已輿地誌曰皎潔其身行藏能得其道嗚呼公之能事親盡其孝者豈非不失其身有以致之者耶公歿殆三四百年環密城孝子踵相接棹楔相望識者謂自公發之至若公之裔孫皆以孝友趾其美今以最著者言之曰元福以孝友薦 朝廷授一命曰元祿至孝旌閭享藏待書院曰適道曰達道曰悅道俱以

謹書 昉彝

遺墟碑銘 并序

丹密尙之陬也地僻而偏室無以章於世然有所謂官洞里碑之曰孝子里有川横其前稱之曰孝水川之上巋然而立者曰涑水書院盖以麗朝按廉使退齋申公嘗居於此也竊稽麗乘士大夫無禮俗未有服三年者雖以朴尙衷之賢其所以自異於人者不過食素朝堂耳公性至孝父卒終三年廬墓朝夕號于前淚血至地有雙竹生墓前人以爲孝感事聞旌其閭孟子

入尋憲追繼家譜百行之源垂範後代子姓鄉
人相繼興行想平日至行懿德必不止如右所
記者年代久遠無籍可据生年卒歲及出處履
歷皆不得以攷焉爲可慨也顧今遺墟尚在過
者興慕方謀建石琢辭垂昭來世遂撮先輩稱
述文字爲遺事一通敢以累秉筆立言之門若
得一言爲重標識遺址長使後之人摩挲起敬
則凡爲吾鵝洲之族固將受其賜而其有補於
世教亦不少

上之四十一年乙酉仲春上浣十五世孫體仁

和號虎溪達道修撰 贈都承旨丁卯斥和號
晩悟悅道掌令丁丑扈駕南漢號懶齋虎溪
有子埰進士有士望號忍齋晩悟有子存備宰
圭文佐郞原州之後在義城有曰之孝壬辰殉
於孝臨絶血書寄弟勉死國之悌承旨錄壬辰
勳 贈參判有德行號梧峯亭號待院梧峯有
子弘望文科正言號孤松在淸州有曰之參
奉以孝旌閭參奉有子鐔及兄子鋏俱孝聞旌
閭是其表表著顯者其餘不盡錄嗚呼公以超
世拔倫之操雖未得致位卿相究展所蘊然出

至今閭里間異蹟繼起棹楔相望論者謂自公
發之也配若木柳氏崑山府院君益貞女有二
子長日光富內府令次日光貴知縣開寧府令
之後在尚州有日興孝以孝載密城誌后孫居
遺璉在義城有日元福參奉號靜隱以孝友稱
元祿 贈參議號悔堂孝行趾公美亦居廬三
年 旌閭享義城藏待書院靜隱有孫以道有
文名號鼎峯鼎峯子瑠文科縣監以清白稱號
淸齋悔堂有子仫監察壬辰倡義佗 贈承旨
稱孝友承旨有子適道察訪丁卯丁丑倡義有

公塋嘗在是洞而世代寢遠誌碣無徵不幸失
其墓至今密人相傳爲居廬洞云公墓在孝子
里東十里許蛇浦辛向之原愚伏鄭先生表墓
道曰昏濁之世能以皎潔持身又曰公之孝誠
感鬼神斡造化赫赫在人耳目其後愚伏蒼石
沙西諸先生又議立景賢祠祀之號曰涑水書
院鶴沙金先生撰奉安文曰本立道生至誠感
神湖西進士洪錫箕作雙竹圖歌略曰湖節旣
化俗栢臺會甞英至孝神亦知地祇有所呈乃
知孝子心與竹同其貞密自公以後號多孝子

得自家庭出入臺憲僚寀震縮按節宣化貪汚解印及世季政亂見時事日非蓋與俯仰高蹈遠引人之稱之者或謂立朝而風采振一代之聲或謂風霜灑途棠睒御史之節或謂甘心韜晦得行藏之道也公事親至孝出於天性判書公卒廬墓三年朝夕號泣血淚漑土有雙竹生墓前人謂孝感事聞旌閭名所居里曰孝子里事在麗史及輿地勝覽續三綱行實今送遠路傍有小石碑刻孝子里三字知是旌表時所建過者加敬孝子里西距數里有洞名淸愼判書

固其分今廷臣鼠畏猥顧爭自謀免思全身若千金之重恐爲國如鮫廬之賤如是而國將何保臣請斬輕國愛身之輩以厲其餘遣能專對之人使不生患王嘉納事在麗史娶星州李氏持平堰之女公居尚州丹密縣官洞里以孝廉進官奉常大夫司憲府掌令全羅道按廉使忠惠王二年辛巳拜神虎衛保勝攝護軍高麗故事遣近侍于諸道祭名山大川糾察民風專制一方黜陟幽明是爲按廉使如今御史觀察使非清峻有重望者未或應選也公廉介正直

骨之感亦豈不爲扶世敎激頹俗之一大助也
耶謹齋沐再拜而請焉
上 英祖之四十一年 乙酉 仲春下浣十三世孫熿盥
手謹書

又

公諱祐退齋號也姓申氏系出平州考諱允[illegible]
仕高麗忠烈王朝官版圖判書淸名宣[illegible][illegible][illegible]
當世人比之唐介元皇帝以東國表箋不[illegible]徵
撰表人人皆畏避不行判書公獨進啓曰國事
無可爲已凡爲人臣者不避夷險以循王職是

無加損而公以出天之孝超世之操克承先烈垂範後昆化鄉里而淑人心者足以聳動百世之觀聽後之知德尚論之君子可因此而得其大略矣墓在孝子里東十里許乾涌辛向之原文莊公文以表墓道子孫歲一祭之香火無替而顧以遺墟蕪沒東西行過者莫不低徊指點豈免葵燕麥之感藐玆裔孫方謀建石琢辭於以傳之來世遂掇拾爲事蹟一通敢以累秉筆立言之門君蒙賜之一言標識遺址長使後之人摩挲起敬曠百世如一日則不但爲諸孫銘

贈都承旨經學風儀爲一世重季子悅道掌令
有士林望鳳州公之八世孫之孝壬辰殉孝之
悌承旨 贈參判有德望與參議公並享藏待
院參判公之子弘望正言以淸直稱參奉之益
之益與子鐔姪鋑俱以孝相繼蒙棹楔之典至
今稱爲孝友之族者盖有以也嗚呼公遭時不
祥卷懷林泉不獲大其施於世先世所撰家狀
逸不傳生年卒歲及立朝言行居家事蹟之懿
皆不得以攷焉爲可慨也已雖然公之遐野罔
僕獨保王氏祖臘以歿世而無得以知者於公

入人者如此尚之人士誦慕之不已郎其鄕立
廟以祀之盖從愚伏鄭文莊公經世蒼石李公
埈沙西全公湜議世配若木柳氏府院君益貞
之女有二子長曰光富內府令次曰光貴知府
州事連世衣冠不絶多以孝友風節著名府令
公之五世孫元福叅奉以孝聞元祿 贈戶曹
叅議篤學實踐孝行旌閭士林揭虔于義[illegible]城
待書院叅奉公之孫弘道以文學鳴叅議公之
子佖監察佺 贈承旨承旨公長子適道健元
陵叅奉學問鄭義爲世所推次子達道修撰

傳公見麗氏政亂與吉冶隱再攜歸鄕里而與
地誌曰皎潔其身能得行藏之道其觀象玩占
遁引自靖之義可知己我 太宗有潛龍時[illegible]位
徵以刑曹判書終不起性至孝遭父喪公[illegible]守
塚三年朝夕號哭血淚洒土有足以感天地而
祭鬼神其拜展處有異竹雙生人以爲孝[illegible][illegible]
聞命旌閭錄三綱行實名其里曰孝子里封石
以表之今丹密縣路傍小石碑是也密其祖因
椎樸質買自公之後孝子踵相出頭赤衣庭
炳巷閭間有復其身復其戶者其還[illegible]敎之

正是生請尤濡版圖判書兼軍器寺別檢校學
諡貞肅以淸名直節顯高麗忠烈王時時元皇
帝怒東國表牋之不恭徵撰表人人皆畏避不
欲行公獨進啓請斬輕國愛身之輩王從之下
集賢殿提學柳得韶等四人于獄時人比之藺
介於公爲皇考妣星州李氏持平堰之女公居
尙州之丹密縣官洞里應孝廉累官至奉常大
夫司憲府掌令嘗爲全羅道按廉使神虎衛保
勝攝護軍歷敭中外風裁凜然後値濁世廉介
特立按麗乘公嘗從圃隱鄭夢周獲聞大義世

世傳退齋公與吉冶隱携手同歸云信否對曰先祖與冶隱爲道義之交見麗季政亂並轡南下先祖居尙州冶隱居善山世代已遠今無所徵考然以勝覽所載皎潔其身能得行藏之道等語觀之則傳來之言似不虛矣先生再三歎賞焉

事蹟 遺墟碑文 請撰時

公諱祐號退齋姓申氏本巨濟鵝洲縣人壯節公十七世孫鵝洲君五世孫高祖太子太師諱英美是生諱晉升令同正是生諱得昌轉員同

祭墓文

維太歲丙申月日知縣事順興安應昌敬祭于
故高麗孝子退齋按廉使申公之墓伏以維操
之潔維孝之至奉親之誠一於養志生而致敬
歿而過毁三年墓廬日夕血淚神明鑑臨感其
至意忽有雙竹寔生幽隧厥孝攸格植物效異
事聞于 朝表閭褒美片石有刻名孝子里聞
風起敬庸奠薄具

懶齋拜門錄

萬曆壬戌春悅道拜謁旅軒張先生先生問曰

他遺君羮所怙亦已矣白首悲孤煢撫圖憶古人潸然霑我纓

辛亥三月下澣進士南陽洪錫箕稿 晩洲

寒食謁蛇浦先塋

古人雨露感此日尤傷情寒食忠臣淚故國杜宇聲心同圃治節志合夷齊清忠義根於孝血淚徹佳城呈異雙笋抽地祇感至誠棹楔輝閭里異疊潔犧牲苟非情義深胡能乃爾禎耳孫悽愴久不但感楸禜

九世孫進士埰謹稿 忍齋

月晴生何幵不孤此理吾且明後於退翁者道
有黃香陸績名其枝本乎根孫亦祖彼行寢處
及子姪善行俱可評炷掌侍母疾祈天達五更
身以當白刃賊虜猶人情天教鶻擊雉王崔比
豈輕一家三斷指門閭宣寵旌如竹不待掛天
性非琢成先人美其事文字炳縱橫鄉黨聳聽
聆人人歎且驚家行永不墜庶或裨世程孝誠
傳苗裔何須金滿籯至今孝子里片石何崢嶸
餟食景賢祠春秋薦犧牲復觀三綱錄流芳聲
蘭蘅人誰無父母世多鴟梟獍嗟我幼失慈[illegible]

不榮人子苟盡道天必格至誠今看雙竹圖問是尚書塋尚書有是子實樹振家聲湖節旣化俗栢臺曾蜚英墓側廬三年血泣哀惸惸至孝神亦知地祇有所呈亭亭碧玉竿異哉物之禎雙叢傍馬鬣侍立如弟兄乃知孝子心與竹同其貞大凡植物中此君聖之淸其實鳳凰食其節松栢爭所以感於孝欲與孝子競茂除等塲地不因根本萌芭矣豈偶然效異通靈精玉立塚隧外猗猗卓數莖樹德似於賢凜然瘦骨瀏葉露如淚滴林禽爲哀鳴聲寒野風吹影凄[illegible]

風化也不淺尠矣扶民彛植名教其自此根柢矣余之生世苦晩雖未得親炙於兩賢之世而去賢人之居若此其甚近則聞其風仰其德亦莫吾若世齋舍諸君屬余記其事余作而辭曰秉彛好德之誠心余不必後於人而若其敘事而記實則自有其人焉余何敢當諸君屬愈懇不舍義不敢終辭遂擧其顚末而粗述之

通訓大夫司諫院正言權震翰記

題雙竹圖

孟宗泣冬竹雪裏靑筍生王裒攀墓栢樹枯春

臺省悅道兄弟也撫實而揄揚之者李臺省元
圭金大諫應祖也議克合遂從之廣其室而合
祀焉時 大明崇禎甲申越十二年丙申歲冬
十一月也是擧也吁亦盛矣噫縣之轄於商境
僻而地偏去州序最遠不有君子而爲之表準
則小子後生於何考德而興起哉兩先生存而
樹風猷歿而著徽烈無是懿德則世惡知節義
之可尙無是崇奉則人孰知趨向之有方哉祀
典之擧不擧在兩先生無所增損而宇宙間公
論至今日始定則諸公敦尙扶護之功有裨於

寓其慕時則退翁餟亭之與未舉焉盖切於一時耳目之所及而百世以定之議則必有鄭重而不敢容易者亦有數關焉泊于萬曆壬辰之亂祠宇遺像蕩然於兵燹中越四十三年崇禎乙亥重建而還安之於是縣中父老仍與之謀曰愚老遺愛誠不可泯而以退翁淑行尚閱經儀於蓄德旋異之地此吾輩之羞也盍亦爰其靈而幷享之乎倡議者趙公光瑩權君埼孫君克昌也領其説而翕然以定者愚伏鄭先生蒼石李先生沙西全先生也趾美而追述之者申

通訓大夫司諫院正言李元圭撰 鋤谷

景賢祠記

商山治之東有密縣之西涑水上有祠焉乃申退齋孫愚齋兩先生揭虔尸祝之所也按退翁麗朝人也居家而雙竹著孝感之異立朝而風彩振一代之聲俱載於三綱錄輿地誌古所謂可祭於社者其不在於斯人歟愚齋去退齋最後而莅是邦卽本朝 中仁廟世臣也治爲一代最而仁愛允洽於是縣也縣之人去思之無己碑頌之不足遂依殷梁公故事立生祠以

此撐船各努力

抛梁上水若增清山夏爽嘗見洋洋知所趍莫

令貿貿迷方往

抛梁下倚檻平看千頃野不耕而獲非所問務

學當如務農稼

伏願上梁之後道一變而至魯己百能而知人

左圖右書有朝夕游泳之樂上樑下宇無風雨

震陵之災但知聖賢之經訓蓄畬不爰貧而憂

道豈願富貴之膏粱文繡毋外馳而外嘗將使

荒濱寂寞之餘庶覩盛際文明之化

日卽以瞻之在前仰之在上道如是而可入則
爲孝出則爲忠無墜先輩之儀形益懋古人之
事業助以善頌樂歌成功
拋梁東二子高名孝與忠莫謂典型今已遠恭
章將欲啓羣蒙
拋梁南涑水晴光玉鏡涵獨樂園中當日樂誰
君須向此中探
拋梁西山高萬頃豈能躋雖然勉勉無停步分
寸攀緣自有梯
拋梁北道波浩浩流無極泝洄如欲尋眞源從

出靈佛於西天慇斯懃斯閟斯呼慈母於赤子不謂其暫留一日至于今永戴二天雖先後遠近之不同實觀感欣慕之無間去後遺愛猶知事生之薦虔卽茲妥靈敢昧尙賢之以禮載經營之爰始亦謀慶之自初尸祝以安己經諸老先生之指教民彛同好益見一縣多士之心勸覩虹梁之忽騰暈鳥革之如跂翬山卓立瞻氣像之峩峩大川齋回悟本源之混混牲幣俱潔二丁之享祀始修門牆益高諸子之依歸有所願有朋自遠而來者當見賢思齊而敎明人母

涑院景賢祠上梁文 孝宗丙申台享仍號景賢祠

一邦遺化旣醉心於當時百世不忘宜瓣香於玆土卽此規模之草創忽焉風氣之鼎新嘗觀昔賢經過之鄕必有後來瞻仰之所卧龍菴設諸葛之號偶然相符栖鳳院名道鄕之行不遐一宿玆皆出於好賢之攸篤矧今仁者遺澤之所存恭惟退齋申先生誠通鬼神本立忠孝無淚入土竹抽孝子之心風霜灑途棠暎御史之節惟其君子之居最近所以親炙其德光漢思壽孫先生視民如傷澤物爲利活我壽我福我

行尙闕芬苾之禮孰不爲之慨然也哉前於月城君孫先生建廟之後縣中父老曾以我先生幷享事奉禀于愚伏蒼石沙西三先生已定之奉安之議而僕廟偏狹未果列享爲前輩之遺歎者雅矣今者祠宇將傾棟礎已撓生等不量物力之微將營重修之擧玆將厥由禀定于鄕先生增加數椽之宇方擧合享之議而歲比不登役鉅力綿馴致半途之廢未免侮賢之誚則豈不爲吾儕之所共羞也耶伏願諸君子誠存好賢同聲一心並力共事幸甚

歸一乃建廟宇其宮肅肅將舉縟儀合堂聯席
前期移奉卜吉在卽敢告端由恭陳泂酌

尙州士林通文 丙寅合享時

麗朝按廉使退齋先生乃本縣人也居判書公
憂廬墓泣血三年雙竹生于墓前事聞于朝表
飾門閭以孝子名其里立石識其所居又按國
乘輿地誌公之誠孝感鬼神而幹造化缺其處
濁世能皎潔其身亦無疚於行藏之道蓋亦左
右之嘗與聞者也竊惟一行一藝成名者皆足
以祭於社而惟我先生通天地亘萬古卓異之

贓汚屛息匪風冽泉莫柰運訖自靖以獻志遂
罔僕惠以攜歸甘心蹈迹至孝格天血淚化竹
鐫石數字萬世不泐表飾門閭赫赫耳目高蹈
危行宜享芬苾鄉後祠同建祠躋餟祭社古義
有待今日雲仍感戴虔告冥漠

八世孫　健元陵參奉適道謹撰 虎溪

告由孫愚齋先生文 自生祠移奉時

馴雉之化浹髓之澤生祠奉享曷稱報德矧惟
退翁巖地秀出泣血三年墓前雙竹里名剖剛
流芳百禩俎豆不設吾黨之恥禮宜合享士論

肥淸明如在典型維新庶幾歆格牖我後人

通政大夫司諫院大司諫金應祖撰 鶴沙

常享祝文

孝通天地誠貫雙竹本立道生百代準則鄉邦

後學景慕維均屬玆仲春隨時 敬薦精禮

八世孫通訓大夫司諫院司諫知製

教悅道撰 懶齋

涑院奉安時告墓文

猗歟我祖挺生麗末嶽降之英冰玉之潔得自

家庭正直之節立朝崢嶸僚寀震縮湖節剛明

知製教 逵道撰 晩悟

涑水書院奉安文

密於商顔寶乃僻縣地偏以左庠學最遠不有
君子曷樹風聲退翁挺世本立道生至誠感神
筆抽血泣大字鐫石赫赫前日愚老鸞棲文翁
化蜀異治登聞徵黃 覇 坤秩深仁厚澤浹民肥
骨惟我兩賢先後揆一世遠人亾芳躅如昨民
彝同好報祀寧忽顧惟生祠制度疏略剏在鄉
賢俎豆尚闕合祠幷享先正遺教迺卜新基有
儼清廟溪山動色雲物增輝涓吉妥靈酒香牲

竪碣告由文

恭惟我祖挺生麗季格天之孝高世之行雷轟宇宙輝暎簡策至今三百年之久而墓道無表衣冠之藏逝將泯夷而莫知其處不肖諸孫爲此之懼相與鳩財伐石且請於外裔今副提學鄭經世略記當日行蹟之一二劖之石而涓吉以竪用圖永久嗚呼香火之奉庶無替於來雲霜露之感曷有窮於是日謹以淸酌庶羞庸伸虔告

八世孫通訓大夫 世子侍講院文學

察訪弟悅道禮曹佐郎其族兄承旨公名曰之悌有文名取大科爲士類所重不幸而不克壽有子名弘學進士文學君有子名在圭皆俊秀而溫雅余所未及知者當亦不少申氏之祿蓋未艾也詩曰孝子不匱永錫爾類又曰君子萬年永錫祚胤非公之謂也耶嗚呼休哉

崇禎元年戊辰四月日正憲大夫行弘文館副提學知製 敎兼 經筵叅贊官春秋館修撰官藝文館提學 世子左副賓客鄭經世述 愚伏

十世孫進士弘學書 孤松

絶之行又將泯泯無傳則豈不悲且懼哉族兄承旨公在世時曁余諸同宗謀伐石具砆碣未及樹而歿今顧得公一語而剞劂之使先德顯於後則爲賜大矣敢拜以請余惟按廡公之孝誠既己感鬼神而斡造化赫赫在人耳目奚待蕪拙而傳願余尙鄙之末學而於公又外裔也於義有不得以辭者遂攷其狀而敘之如右其立朝歷官次序及家居行誼年代已遠而文籍無徵不得以詳焉其子孫衆多亦不能盡錄略書于左見今在朝者文學君及其兄適道祥雲

墓三年朝夕號于墓有雙竹生墓前人以爲孝
感事聞旌閭以孝子名其里事載國乘及輿地
勝覽公有二子曰光富光貴光富有二子曰士
贇縣令士廉彥陽縣監其玄孫元福薦授寢郎
元祿又以孝行趾公美旌閭公之八世孫今侍
講院文學達道氏與余友甚善一日以家狀示
余而言曰吾先祖歿已數百年衣冠之藏在所
居之東十里許蛇浦辛向之原而墓道無表子
孫又散居遠地展省不能以時恐久遂湮夷樵
牧或登丘壠則雖雲仍亦不得識其處況其卓

退齋先生實紀卷之四

附錄

墓表

尙之轄管丹密縣傍有小石碑立路左刻曰孝子里故老傳以爲按廉使退齋申公所居也過者敬之謹按公諱硈仕高麗官至掌令嘗爲全羅道按廉使麗朝故事以時分遣近侍于諸道祭告山川廉問民俗黜陟守令之幽明名之曰按廉使蓋極一時之選也公處昏濁之世能皎潔其身事父母盡孝父版圖判書諱允濡卒廬

退齋先生實紀目錄終

常享祝文

懶齋先生奉安文

常享祝文

忍齋先生奉安文

常享祝文

詠歸書堂遷文 丹邱書院營建時

藏待書院遷文 丹院揭虔時

跋

尼山書院上梁文

藏待書院風詠樓上梁文

悔堂先生奉安文

常享祝文

梧峯先生奉安文

常享祝文

梅岡祠靜隱先生奉安文

常享祝文

丹邱書院上梁文

虎溪先生奉安文

遺墟碑銘 并序

涑院明倫堂重修上梁文

明倫堂重修記

神道碑銘 並序

廬墓圖

續三綱行實

旋閭圖

密城誌

卷之二

附後孫俎豆文蹟

告由孫愚齋先生文

尚州士林通文

涑院景賢祠上梁文

景賢祠記

題雙竹圖

寒食謁蛇浦先塋

祭墓文

懶齋拜門錄

事蹟

又

退齋先生實紀目錄

序

世系

卷之一

附錄

墓表

竪碣告由文

涑水書院奉安文

常享祝文

涑院奉安時告墓文

子仲元

子季元

子鉉

子尚義

子尚禮

子尚智

子尚信

子尚敬

僉溫
周

坤娘己卯
榮孫

鄭

子濟民

子大年 僉奉

子懇 生員

子慇 生員

子景胥 護軍

子寬一

子應復

子錫祿

子貴敦 嘉善同樞

子孟元

始錫佖
寧周

子勛
子應慶
子後慶 系循從父
子暹 龍宮縣監退溪先生甥姪婿
子仁俊
子協
子後昌
子天佑
子鳳鳴
子應斗

用椿 寅 年

子命稷

子命尹

子命贇

子命一

子命虎

子晟 將仕郎

子弘俊 參奉

子魁

系子 後慶 護軍

子光俊

子應璧 承仕郎 參陵參奉

子弘俊

子之善 訓導

子命益 通政大夫

子之問 鴻山訓導

子汝溫 將仕郎 軍資監參奉 子命漢 察訪

子汝良

子英俊

子之忠

子命龍

子命禹

子命說

子之行 系季父愛弼

子之敬

子久徵 通德郎

子以徵 系叔父之行

子幼徵 通德郎

子夔弼 贈漢城判尹

系子 之行 老職同樞

系子 以徵 表孫柳升鉉柳觀鉉俱文科參議

子夢得 贈左承旨

子之孝 號鷹巖壬辰殉孝血書寄弟勉死國

子命義 義禁府都事

子命蔓

子之悌 號梧峰文科同副承旨上辰錄勳 贈吏參享藏待院有文集

子弘望 號孤松進士文科司憲府持平 有文集

子之信

子俊望

子之義

子命元

子櫓 系叔父千齡

子檢 生員禮賓寺參奉

子之禮 内資寺直長 贈執義

子鑌 子應泗 號松谷 贈大司憲

子楗 内資寺參奉

子之福

子鎬

子之祿

子鉉

子應奎 贈工曹參判行恭陵參奉

子鋏 親病鷸擊雉 旌表門閭

子之益 號養一堂 參奉 西溪門人 亦 甞瞻○母病炷學新久 旌閭

系子 鐔 後擊父以身代刃 旌閭 參奉 號龍匪階蓬亭窮九竜門人

子百齡 參奉

子格 參奉

子以慶 護軍 居安東豊山

子弘燮

子弘弼

子彭齡

子楳 生員

子悌元

子錫 僉樞

子敬元

子鐸、

子千齡

系子 鼐 成均生員

子之亨 軍資監直長

子鏞

子鐔 系季父

子之仁 司宰監正

子夢慶

子亨吉

子杞

子應慶

子仁吉

子義吉

子禮吉

子智吉

子萬齡

子權

子仁慶

子宗慶 系伯父

子栢 系奉

子餘慶

子武吉

子麟慶

子文吉 護軍

子承慶

子佑吉

子桂

介幹 甫 清州

子克宗

子克昌

子德初

子克中

子克和

子億齡

子楫

孫子 宗慶

子大吉

子極

子斗錫 通德郎

子萬錫

子埣 號機溪 將仕郎

子徽錫

子徵錫

子舜錫

子鼎錫

子應祥 參奉

子八俊 僉知

子復初

子澧錫 𥘉再從叔垓

子悅道 號懶齋 進士文科 掌令 丁丙斥和贊 遊寒旅門 享丹巖院 有文集

子圾 號霞村 宣敎郞

子應錫 號成峯 五世孫昆鎭文科持平

子恒錫

子祉錫

子堪 號梅竹堂 宣敎郞

子仁錫

子義錫

子塼 號門厓 通仕郞

子柱 號禾谷 門 生員衛率泰仁縣監遊[illegible]伏

子夏錫 號羅浮山人○子濂 贈持平 五世孫晃周文科承旨

子晉錫 系仲父

子殷錫

子圭 號迂齋司馬文科佐郎高靈縣監 表曾孫李象靖文科參議號大山

孫子晉錫

子瑩 號桃溪通德郎

子休錫 宣務郎○子德涵生進號聾窩

子泰錫 號龍巖上沙溪陞廡疏文上 坤殷復位疏有遺稿

子貢錫 通德郎

子均 宣敎郎

子慶錫 系伯父

子爾錫

子埰 號忍齋進士以邃學懿行當稱三某
舘薦六行士林躋餟門印院春遺集

子禹錫 號芝軒崔勉菴益鉉撰遺稿識
文

子文錫 三子德謚德浩戊申倡義德洵
系子正模文科府使

子坫 號敬齋宣敎郎

子昌錫 忠武衛副司正

子玄錫 武科

子達道 號晚悟生員文壯弘文館修撰丁卯
亦和遊月川蓀軒門贈部承旨

子是錫 宣敎郞

子垓 宣務郞

系子 禮錫 號百忍堂從遊權遂菴尙夏 通德郞

子堅 贈資憲知中樞

子厦錫 號自足齋宣敎郞孝友文行稱於世

子周錫 通德郞

子佖 號城隱永嘉敎授戊申辛亥爲晦退兩先生抗佛辨疏贈左承旨有遺集

子適道 號虎溪進士建元陵參奉丁丙倡義斥和請益寒旅門贈吏參享丹邱院

子集 號勉齋從仕郞

系子 慶錫

子志道 贈司僕寺正

子堈 號三栢堂 贈左承旨

子承錫

子永錫

子宏錫

子敏道

子坤

子肇錫

子師道 有孝友文望

子垃 知中樞

子墇 資憲大夫

子弘錫

子君錫

子埴

子孝錫

子墀

系子裕錫

子泳道 號蕉犀 通德郎 旅軒門人

子垌

子昊錫

元祿

子埈

子乃錫 號元齋有孝行

子俰 號興溪司憲府監察壬辰倡義與柳正字宗介金翰林垓鄭進士世雅論討賊

子尚道 僉軍資監判官

子塾

子胤錫

子扂 承仕郎

子光錫

子裕錫 系李父墠

子瑞錫

子五錫

子樞錫

子華錫

子墒 號梅窩

子汝錫

子桓錫

子秀錫

子堉 號默庵

子大錫

子台錫

子用錫 嘉善同樞

子天錫 通德郎

子僩 嘉善護軍

子崇道 將仕郎

子圻

子蔓錫

子堨

子聖錫

子欽道

子塡 號清軒行自如道察訪

子錫範 贈工曹叅判

子以禎

子錫簡

子錫贇

子儼 宣務郎明於經術行六邑訓導

子弘道 號鼎峯從遊張旅軒徐樂齋以八寻
文章名於世享梅岡祠

子壘 號清齋生員文科行禮安縣監文學
清致顯於世享梅岡祠

子宗錫 從仕郎

子塤 號安齋將仕郎

子龜錫 從仕郎

守澄

二十五世

二十六世

二十七世

二十八世

子燮姬 學廢科作江亭於渭北自號江亭○天 翁副護軍

子宗孝

子以義

子錫筠

子以悌

子錫箕

子興孝 同樞孝行載密城誌

子以祉 贈刑曹參議

子俶 奉常寺判事

子命周 文科 扶餘縣監

子濘

子坤

子始榮

子己文

子卓

子己孫

子鶴 號悟齋 文科 以銓郎抗疏被竄

子鶴 號杏亭

子謹 訓導

子謙 參奉

子介甫 忠武衛司直

子幹 尚衣院官長 移居清州

子翰 左部將 贈掌隷院判決事自豊山移居義城新禮洞

子用甫 果川縣監

子椿年 參奉 退溪先生撰墓碣

子善甫 教授

子始亨 司果

子錫周

士懸　希信

子義傑 參奉

子守澄 司果

子錫命 成均生員以能詩名於世自尚州移居義城邑府元興洞

子俊禎 承仕郎行義城訓導

子壽 蔭山時除慶基殿參奉不就中宗朝除獻陵參奉亦不起

子元福 號靜隱薦除獻陵參奉享義城梅岡祠江皐柳尋春撰奉安文

子元祿 號梅堂以古林蹤薦贈參議孝旌閭錄三綱享義城蔵待[illegible]

子乾 內禁衛將

子始生 副司勇書居安東豐山鼎寺洞

子以甫

世譜 十三

派 一

子光胄 知鳳州事

子希信 丹陽郡守

子希忠 河東縣監

二十一世 二十二世

二十三世 二十四世

子夏

子殷

子閒

子石柱 禦侮將軍

子仁傑

得昌 邑派

子英美 官檢校太子太師○配密陽郡夫人朴氏父典法判書育權

子晉升 官令同正○文具藝沔城府院君

子得昌 官散員同正○弟留安孫弘判書曾孫仁甫文科與圃隱同榜

十七世

十八世

十九世

二十世

子允濡 官版圖判書諡貞肅公以清名直節爲麗朝名臣○孝子勉勉文吉得

子羆 號退齋司馬文科官至按廉使麗表吉冶隱同歸菴處雙竹亭尚州涑水院

子光富 本朝文科出入臺省以剛直忤權貶內府令下密亭李良爲文祭之

子士贇 官縣令○尚州官洞派

子士廉 進士彦陽縣監

十一世

十二世

子令材 官都官大直國家創寺奉佛上疏切諫 許自棄官不仕

子樀 官兵部郎中致仕屢徵不出直節豹隱 自號消遙子

子衍 號東峰官朝奉郎致仕謚文亨公

子淑 號月氷軒 平山譜漏 官左僕射禮部尙書○

十三世

十四世

十五世

十六世

子益保 官右僕射○平山派本譜漏 尹仲明官左代言本譜載東峯下

子益休 官金紫光祿大夫門下侍郞少軍功封 鵝洲君子孫仍以爲貫墓開城德三岐

里○配慶州金氏合堋

子甫蕆 一云名甫官元尹壁上功臣

子弘尚 公 官兵部尚書三韓壁上功臣麗[illegible]

子晟 號紹源堂官直提學元尹諡文元公○平山譜屬

五世

六世

子勁 號堂隱官太子太傅兼實文閣大提學諡文正公高麗肅宗徵入寶文閣賜御題詩

七世

八世

子愈毗 官承旨同正近侍左右

子命夫 官錄事直長早棄仕以經術自娛屢徵不起

子應時 官典書以明經入使明國有衛本國之勳諡敬德公

九世

十世

門諸先輩大小科榜眼或書以巨濟或書以鵝洲豈以巨濟爲鵝洲領郡鵝洲爲巨濟屬縣而互稱之歟然見今閭族無或以巨濟書本但稱鵝洲若相謀然未知始於何代而家藏古牒亦多書梅城後人梅城非巨濟舊號或鵝洲縣一名又稱梅城歟

二世

世

三世

四世

世

始祖申崇謙號野叟諡壯節公高麗開國元勳代延功臣與裴玄慶卜智謙庾黔弼配享麗太祖廟庭又並享平山太師祠其先全羅道谷城人麗太祖賜鄉平山

申氏世系

本貫平山而鵝洲君分封後仍以貫焉鵝洲巨濟屬縣今巨濟府鵝洲縣尚多有姓申者云鄭圃隱先生文科榜目有曰申仁甫鵝州人吉冶隱先生夫人亦曰鵝州申氏而州字不從水竊攷是皆鵝洲之申而去其水則未知本是鵝州而以其沿海故從水歟洲與州音同而字相近故因以互書歟又按退溪先生撰申參奉椿年墓碣曰公巨濟人悔堂先生孝友錄及中世一

君臣之大義而辨得此栗里田園之歸乎然歲月滋荒燹灰屢颺公之事行之懿咳唾之寶莫得以一二考驗則雲仍追遠之感當何如哉裔孫敦植猥以懵陋既訖譜役夏竊思之惟我鵝洲氏同祖退齋府君而巾衍遺蹟尚未鋟梓廣傳不明不仁實所大懼肆取死世所輯首敘世系圖末附後承與壘文字彙成一弓綿力未仰仍用活字設役于比汀齋略書所存于中者聊寓微顯闡幽之意云爾 十七世孫敦植拜手稽首謹敘

聖祖龍興人神咸歸而圖治兩先生或死或去扶君臣之大綱樹風聲於永世若我先祖退齋公於麗鼎之革也義不食周粟辭其爵祿翩然鴻擧隱於商山之萬景名其山曰望京遂寓瞻望松京之意蓋義於死而智於去也杜門晦跡事親誠孝三年廬塋有雙竹之挺生而後丘墓之文俎豆之辭忠義一節不少槪見何哉噫當日事迹拘於時義不敢顯揚而然歟按公嘗從圃隱先生得聞大義麗政失紀與冶隱先生攜歸田里嗚呼百世之下仰究心迹豈非覰得

蹟拘於僭踰不敢續行于世而史氏載之後賢
述之懇伏先生嘗表其墓樊巖文肅公又銘其
壙煌煌爾婦之筆有足以徵信於百世則何恨
乎文辭之缺而不傳哉後孫敦植甫猶以杞宋
爲懼乃取其先世所輯諸先輩文字及後來紀
述之作編爲實紀一冊略以見公之肇卒而使
其族姪亮煥問序於不佞自顧耄荒非能言者
而竊不勝曠世之感謹書一言于卷端如此云
爾　隆熙二年戊申黃花節義禁府都事聞
韶後人金道和謹序

申退齋先生實紀序

若昔麗社之屋也圃隱先生死之耘谷處士去之其義一也若乃心於死而跡於去人無得以知之者其惟退齋先生申公乎噫公以忠義之世有卓絶之行其事親則始終匪懈血淚霑地而有雙竹之挺出其事君則清白自持風裁凛然而有按廉之特選北風喈喈氣像不佳則見機翩然以全其介石之貞採山河異昔天命有歸則自矢罔僕以效其蹈海之高義是所謂不忘溝壑而自獻于先王者歟嗚呼當日巾箱之

附後孫祖宜文蹟

退齋實紀 全

退齋實紀 影印

여기서부터 영인본을 인쇄한 부분입니다. 이 부분부터 보시기 바랍니다.